红楼花木志

蒋春林 著

中国科学技术出版社
·北京·

序 言 一

赵世伟

中国是植物王国,是世界上植物种类非常丰富的国家之一。中国人从来就离不开植物,从植物获得裹腹的食物、御寒的衣物、疗疾的草药、劳动的工具及各种家具、建筑材料。中国不仅是植物的大国,更是植物文化的大国。中国人欣赏花木之美由来已久,不仅赏其形、色、香,更上升到精神层面,赋予花精神内涵,以花拟人,将花人格化,或以花明志,中国人眼里的花成了有灵魂的精灵。从植物学角度来说,花只是植物的生殖器官,是植物赖以吸引昆虫等媒介代为传粉从而传宗接代的器官,本无所谓美丑。而在人的眼里,花却因色彩、姿态、香味,成为美的化身。人们种花、赏花、爱花、咏花、画花,赏花成为文人的雅事。花木文化是中华优秀传统文化不可分割的一部分,在中国古典文学作品和世俗生活中具有非常丰富的含义,各种形式的文化创作中广泛融入了各种花木,寄托了人类对人和自然的生命感悟和智慧相处,具有不可替代的实用价值、审美价值。

翻开《红楼梦》,扑面而来的是满书花香,回目中就有"埋香冢飞燕泣残红""潇湘魁夺菊花诗""琉璃世界白雪红梅""柳叶渚边嗔莺叱燕""憨湘云醉眠芍药茵""林黛玉重建桃花社""史湘云偶填柳絮词""痴公子杜撰芙蓉诔"。大观园里更是花光柳影，花团锦簇，花事连连，赏花、观花、簪花、插花、画花、咏花，对花而眠、而歌、而饮，有关花的妙景雅事不断呈现。主人们日常的起居作息也离不开花，莲叶羹、梅花络、石榴裙、蔷薇硝、茯苓霜，缤纷五彩，美不胜收。

《红楼梦》的作者曹雪芹不仅是爱花懂花的园艺家，还是因时因地因主人而巧于花木配置的景观能手。大观园主要院落花木的配置非常契合院落风格设计，更加契合的是主人的性格特点，花木和主人相得益彰，交相辉映，花木、院落名、主人性格有机地统一。例如，怡红院景区有芭蕉、西府海棠、碧桃、蔷薇、宝相、玫瑰、月季、金银花、垂柳、松树等植物，总的色调是以红色为主的暖色调，衬以明艳的绿色，夹杂金色银色，色彩鲜艳明媚。其中心庭院以数株芭蕉和一棵西府海棠红绿对植为主题，红绿分明。院落名怡红院，突出红色，很好地烘托出主人贾宝玉爱红爱热闹，只愿常聚，花只愿常开的性格特征。

竹是潇湘馆的标志，"宝鼎茶闲烟尚绿，幽窗棋罢指犹凉"，竹子突出了潇湘馆的绿和幽静，元春赐院落名潇湘馆，含有娥皇女英竹上洒泪成斑的典故。地上阴暗处是苔藓，后院还有梨树和芭蕉，芭蕉终年绿色，梨树春天开的是白花，所以潇湘馆绿影参差整个色调是终年绿，春天则杂点白的冷色调，没有暖色。这样的植物配置体现出林黛玉孤洁恬静、清高脱俗，喜散不喜聚的性格特点，漫漫时光中，黛玉独自坐在潇湘馆月洞窗内，或读书写诗，或沉吟深思，或教鹦鹉读诗。主人黛玉喜读书，窗下案上设着笔砚，书架上磊着满满的书，在竹林的衬托下，林黛玉就是一个典型的女诗人形象，潇湘馆也是一座典型的文人书房。

蘅芜苑的特点是种植了各种香草，是集世人罕见的香草之大成处，色彩斑驳、暗香浮动。蘅芜院的奇草仙藤映衬了宝钗的不假修饰、天生丽质难自弃，通晓古今的绝代才华，雪洞一般的居所则反映了她冷静自律的心态，像山中高士那样精简励志。香草香草，整枝皆有馥郁芳香。宝玉列举的异草香花名字均是古人极力赞美的，具有高洁品质的类人类气质。香草美人寓意怀才不遇空余芳华之意。香草的设置非常精准地配合了薛宝钗的形象和结局。

稻香村的田园风光中如喷火蒸霞一般的几百株杏花，栊翠庵的红梅，秋爽斋的芭蕉梧桐，紫菱洲的蓼花菱叶，省亲别墅的青松玉兰，无不给人留下强烈的印象。梨花春雨、桐剪秋风、荻芦夜雪，大观园花木荣枯更替，变换运行，可谓满园芳菲四季锦绣。景物建筑名称也多与植物有关，大观园俨然一座植物园。

诗词曲赋是《红楼梦》书中不可或缺的一部分，全书氤氲着的细腻情思，缠绵哀婉的情境，超逸浪漫的气息是和这些盎然诗句分不开的。大部分的诗歌中都牵涉到植物的形象。集中的吟咏有海棠、菊花、梅花、柳絮等，诗社中诗人的诗号多与植物相关，诗社也是以海棠和桃花命名。

据统计，《红楼梦》一百二十回，提到植物的地方有240多处，提到的植物种类近250种，这在中国古典文学作品中是非常罕见的。《红楼梦》留下的植物和花木文化的遗产极其珍贵，弥足珍惜。位于北京西山脚下的北京植物园内，因20世纪70年代在正白旗"旗下老屋"发现疑似与曹雪芹有关的"题壁诗"而成为红学爱好者关注的热点，后以此屋为基础，开辟了曹雪芹纪念馆。我曾在欧美等国见识过"莎士比亚植物园"，对西方文化推崇莎士比亚作品中的植物文化甚为感慨。后又访问台北植物园的"诗经植物园",印象深刻。2014年起,在对红楼梦的植物文化进行研究的基础上,在曹雪芹纪念馆补植各类红楼植物逾70种,饰以铭牌,不仅标示植物的学名、拉丁文和用途、习性,更附上其在《红楼梦》中的所在章回及原文片段。第一个真正意义上的最有中国传统文化特色的"红楼梦植物园"终于呈现给公众。这也算是对曹公的告慰和致敬吧。

因为红楼植物,我有幸在曹雪芹纪念馆邂逅了蒋春林老师。碰巧我又推荐了刚结识的杨虚杰编辑去听蒋老师关于红楼植物的报告,据说间接促成了杨虚杰老师与蒋春林老师达成共识,出版这本有关红楼梦花木意向的书。这本书从花木的角度来解读赏析《红楼梦》,加上赏心悦目的花木实物配图,是非常别致的思路,令人耳目一新。蒋春林老师以花木为切入点,从花木意象入手,关联起花木和人,花木和花事,对曹雪芹的花木选择作了深度的解析。读者不仅可以深入了解花木在《红楼梦》中的表现,也可以欣赏了解花木本身的美和在文学中的意象。

二〇二〇年七月八日于北京植物园

赵世伟,园林植物学博士,教授级高工,先后供职于北京植物园、北京市园林科学研究院,现任中国植物学会植物园分会理事长。

序 言 二

胡联浩

  《红楼梦》中许多特殊的小物件、小门类都值得单独研究，比如器物、美食、医药、乐器等，而植物更值得认真研究。原因在哪里呢？因为《红楼梦》从书名到篇章，从人物到文化，无不与花草紧密相关。《红楼梦》一书最重要的关键词恐怕非"红"莫属，而"红"不只是颜色，还关乎女子和花，《红楼梦》中花草与女子的联系就显得非常特殊。书中最重要的两位女性林黛玉和薛宝钗，"林"为双木，"薛"是"草"头，均与花草有关，这恐怕并非偶然的巧合。林黛玉自称"草木之人"，前身是绛珠仙草。宝钗之姓"薛"，原意本是一种草本植物，即赖蒿、莎草、青蘋。她们与花草自然有着密切的关系。

  《红楼梦》中经常有由花及人，由人及花，是花是人，恍然不觉的情形。如第七十八回宝玉"猛然见池上芙蓉，想起小丫鬟说晴雯作了芙蓉之神，不觉又喜欢起来，乃看着芙蓉嗟叹了一会"。后想到作《芙蓉女儿诔》芙蓉花前一祭。先行礼毕，将那诔文即挂于芙蓉枝上，念完诔文黛玉从芙蓉花中走出。芙蓉花与芙蓉女儿恍然一体。第七十九回末香菱说自己的名字是薛姑娘起的，金桂说这个名字不通，香菱忙笑道："我们姑娘的学问连我们姨老爷时常还夸呢。"随后：

话说金桂听了,将脖项一扭,嘴唇一撇,鼻孔里哧了两声,拍着掌冷笑道:"菱角花谁闻见香来着?若说菱角香了,正经那些香花放在那里?可是不通之极!"香菱道:"不独菱角花,就连荷叶莲蓬,都是有一股清香的。但他那原不是花香可比,若静日静夜或清早半夜细领略了去,那一股香比是花儿都好闻呢。就连菱角、鸡头、苇叶、芦根得了风露,那一股清香,就令人心神爽快的。"金桂道:"依你说,那兰花桂花倒香的不好了?"香菱说到热闹头上,忘了忌讳,便接口道:"兰花桂花的香,又非别花之香可比。"一句未完,金桂的丫鬟名唤宝蟾者,忙指着香菱的脸儿说道:"要死,要死!你怎么真叫起姑娘的名字来!"

这段叙述从香菱的名字,到植物菱角、桂花,再到金桂的名字,人花不分,饶有风趣。

从花草角度切入红楼,据我所知已有十余种,就春林本人也著有《人间芳菲——〈红楼梦〉中的植物世界》一书,或许有读者会觉得《红楼花木志》恐怕炒冷饭了吧,其实不然,新书最重要的改变和进步在于对《红楼梦》中花草的意蕴进行了深入浅出的系统的探讨。

所谓意蕴,通俗点说,就是含义、内涵,文字所表达的意思。作为我国古典小说高峰的《红楼梦》,最令人惊叹莫过于它的神奇艺术魅力。之所以能在古典文学中熠熠生辉,独放异彩,令人常读常新,百看不厌,关键就在于文字之下蕴含着丰富的意蕴。就拿花草来说,这种意蕴并不仅仅在于花草本身,而在于它还指向特别意蕴。在我看来,花草的特别意蕴有三种。

第一种是审美意蕴,利用花草装点环境、衬托人物,产生审美效果,不同的环境体现主人不同的审美情趣。林黛玉选择住在潇湘馆，就在于她"爱那几竿竹子隐着一道曲栏，比别处更觉幽静"。怡红院的芭棠二植、蘅芜苑的杜若蘅芜香草、栊翠庵的梅花，等等，都别有风味。审美意蕴主要在于个人的品味，春林在许多细节上对花草的审美品说别出心裁，独具一格，例如贾母簪菊的解读：

菊花能久开不败，慢慢枯萎于枝头而不是一瓣瓣落下，所以有"宁可枝头抱香死，何曾吹落北风中"的赞美，也因而发间簪菊比较可靠，花在发上不易变形，能保持新鲜久一点，贾母鬓发如银，配上大红的菊花，红白搭配，非常妥当庄重而且醒目。

第二种是文化意蕴。在中国悠久的文化长河里，花草常出现在诗歌、神话、戏曲、典故中而赋予丰富多彩的文化内涵。例如竹的文化意蕴常关联着斑竹传说、岁寒三友、竹林七贤、板桥画竹。潇湘馆的竹子最容易让人联想的是斑竹传说，这与林黛玉的号潇湘妃子相联系，也与绛珠还泪相联系。在春林这本书里，花草的文化意蕴有许多独特的见解，颇为有趣。如西番莲，"置于大观园正门口的纹样，从此开启大观园的花木之旅"就是一个很有意思的发现，它的一般含义是热情激情，另一个含义是受难，由花朵的造型而来，春林进一步分析道：

细细品味这个西番莲的花样，欣赏之后继之恻然，不由得为曹公匠心所折服。红楼花木，真是步步藏玄机。由于元春升为凤藻宫尚书，加封贤德妃，被恩准省亲，从而有了这个大观园，也开启了众儿女们"千红一哭，万艳同悲"的历程。大观园承接的第一滴眼泪却是这个富贵的、高高在上的、关系一门荣耀的皇妃所流淌的。

第三种是象征意蕴。象征意蕴是意境的象征意味，借用某种事物暗示特定的人物或事理，以表达真挚的感情和深刻的寓意。在中国传统文化中，各种花草都有特定的象征意蕴，如莲花象征高洁、圣洁、清廉，出污泥而不染的品格；菊花象征坚强的品格或清高的气质；竹子象征人品清逸和气节高尚的君子；梧桐则是凄凉悲伤的象征；红豆借指爱情信物，象征相思，等等。春林对"天上碧桃和露种，日边红杏倚云栽"的解读中规中矩：

天、日是皇帝的象征，天上碧桃、日边红杏应是皇帝身边的女子。天上碧桃和露种，皇帝的恩典如同雨露，日边红杏倚云栽，富贵如云逼人来。日边红杏是富贵无比的象征。惜春的判词里"说什么，天上夭桃盛，云中杏蕊多"也化用了这个意思。

在春林的这本专著有三个显著的特点，让我印象深刻：贴近文本而不局限于文本，贴近作者而不局限于曹雪芹，贴近红学而不局限于红学。

贴近文本而不局限于文本。贴近文本并不是说引用文本，而是以红楼文本为依据、为中心进行分析。或许有人会说，这不废话吗？还真不是废话。把红楼人物与花草联系起来有两种依据，一是以红楼文本为依据，二是以读者自己的想象为依据。前者无须多解释，如黛玉的芙蓉、宝钗的牡丹、湘云的海棠都有《红楼梦》的描述依据。后者如王熙凤、巧姐对应什么花，书中并没明写，有人凭想像说王熙凤是罂粟花，巧姐是牵牛花。这种想象并无多大的研究价值，只是增添阅读的趣味。春林的路子以文本为主，适当想象而不失风趣，似乎更能让读者接受，如"黛玉属于红玫瑰，宝钗属于白玫瑰"之说，让人耳目一新。

贴近作者而不局限于曹雪芹。品味《红楼梦》中植物的意蕴，并没有标准可言，难以判断孰是孰非，全凭个人的悟性。但仍然有应当遵循的原则，就是从中国传统文化出发，从作者的角度出发，揣摩作者用意，而不能脱离作者与时代。例如玫瑰的含义，现代常用来示爱，中国古代并无此意，春林的分析是：

《红楼梦》里有两个被明确形容成玫瑰花的姑娘，都是排行第三：贾家三姑娘探春和尤家三姑娘尤三姐。……庶出的身份是探春心中的一根刺，不管是谁，一提到这个事实，她就来气，她在生活细节上表现自己的珍贵和华贵，贵气十足，强调自己是主子的身份，她关注家族的命运，揣摩当权长辈的心情，强调自己做事管理的能力和智慧，自卑里是超出一般的自尊自爱泼辣好强。……尤三姐是贾琏和尤二姐谈心的时候比喻的，贾琏道："前日我曾回过大哥的，他只是舍不得。我说'是块肥羊肉，只是烫的慌；玫瑰花儿可爱，刺大扎手。咱们未必降的住，正经拣个人娉了罢。'他只意意思思，就丢开手了。你叫我有何法。"可惜这朵美丽的玫瑰花不幸夭折，一缕芳魂，断送在柳湘莲的鸳鸯剑下。

这样围绕作者为中心，是比较符合实际的。在《红楼花木志》里，花草意蕴的解读并不局限于《红楼梦》作者的时代，而是古今中外，侃侃而谈，可以看出花草意蕴的源流变迁。春林著有《花影流年——张爱玲笔下的花花草草》，对张爱玲小说中的花花草草了如指掌，信手拈来，浑然成趣。试看下面一段：

文学作品中以玫瑰来形容女孩的写法很常见，亦舒小说《玫瑰的故事》中，名为玫瑰的女子颠倒众生。张爱玲在《红玫瑰与白玫瑰》中将女子分为红玫瑰和白玫瑰两种类型，代表性格迥异的两类女子，红玫瑰们有激情有活力，热烈多彩，象征一种热情澎湃的生活，需要用很多的情感和精力去交流应对。白玫瑰们恬淡苍白，象征一种稳妥安静的生活，没有多少情感的消耗，无需过多交流。这个比喻广为流传，将男子顾此失彼，鱼和熊掌不可得兼的心理刻画得生动无比，直探人心。若按照这个标准，黛玉属于红玫瑰，宝钗属于白玫瑰。

贴近红学而不局限于红学。红学无疑是研究《红楼梦》的学问，然而，围绕《红楼梦》中的植物而写成的专著未必都属于红学，以介绍植物的形态、花期、分布地区等特性为主，有助于读者认识《红楼梦》中的植物，理当归属于科普类书籍，而非红学。春林的这本《红楼花木志》，与前书《人间芳菲》相较，无疑更贴近红学，称之为红学专著亦无不可。植物品类繁多，一般的读者恐怕了解并不太多，比如我对西番莲毫无印象，适时地科普一下还是很有必要的，兼具学术性、通俗性与知识性就成为一种最自然而恰当的选择。不局限于红学，适当地发挥与红楼无关的植物话题也颇为有趣，如《佛手》的最后一段：

佛手其实是可以吃的，当然需要腌渍入味，直接吃不得。何济公的一种润喉小蜜饯，就是用佛手做的。还有一种佛手瓜，和佛手却不是一个科，是葫芦科多年生藤本植物。果实梨形，有明显的多条纵沟。果肉紧紧包围着扁平的种子。用肉片炒了吃，清甜爽脆，别有一番风味。作为吃货，一不小心就扯到吃上了。

春林的这本书就是这样的"清甜爽脆，别有一番风味"。我相信，读者都能从中体会到花的馥郁、木的芳香，也能品赏到《红楼梦》中植物的独特艺术意蕴。

二〇二〇年七月二日于羊城最红轩

胡联浩，中国红楼梦学会理事，北京曹雪芹学会理事。

目录

序言一		I
序言二		V
零壹·红豆	滴不尽相思血泪抛红豆	○○一
零贰·西番莲	荣华背后的受难	○○六
零叁·凤仙花	跟晴雯一样美艳而爆炭	○一二
零肆·杜若	那香的是杜若	○一九
零伍·银杏	宝钗有一个道三不着两的小丫头文杏	○二八
零陆·紫茉莉	扔给贾环的茉莉粉也是好东西	○三四
零柒·红蓼	元春为何要删蓼汀存花溆，要从蓼花说起	○三九
零捌·木芙蓉	为什么林黛玉满意芙蓉花签	○四五
零玖·芭蕉	为什么宝钗改绿玉为绿蜡	○五二
拾·梧桐	探春为何舍梧桐择芭蕉	○五九
拾壹·菊花	孤标傲世偕谁隐？	○六四
拾贰·菱	根并荷花一茎香	○七二

贰拾柒·杏 花　　得此签者必得贵婿 …… 一六三

贰拾捌·杜鹃花　洒上空枝见血痕 …… 一七一

贰拾玖·碧 桃　　错教人留恨碧桃花 …… 一七八

叁 拾·牡 丹　　任是无情也动人 …… 一八三

叁拾壹·蔷 薇　　龄官为什么在蔷薇架下画了几千个"蔷"字？ …… 一九一

叁拾贰·石 榴　　楼子上起楼子的石榴花是什么样？ …… 一九七

叁拾叁·艾 草　　端午节辟邪打怪的草 …… 二〇三

叁拾肆·菖 蒲　　和艾草并肩战斗在端午节 …… 二〇九

叁拾伍·紫 薇　　宝钗是紫微舍人薛公之后 …… 二一五

叁拾陆·美人蕉　和君子竹是绝配 …… 二二一

叁拾柒·荔 枝　　和缠丝白玛瑙碟子最搭配的水果 …… 二二五

叁拾捌·荷 花　　史湘云家的荷花是楼子花 …… 二三二

叁拾玖·玫 瑰　　怡红院特产之一 …… 二四一

肆 拾·沉 香　　贾母的拐棍是沉香拐 …… 二四八

章节	标题	页码
拾叁·菩提树	听宝姐姐讲六祖慧能的故事	〇七八
拾肆·芋头	林老爷家的香芋，偏要煮香芋吃	〇八四
拾伍·枸杞	一碟油盐炒枸杞芽儿为什么要花五百钱	〇八八
拾陆·佛手	巧姐的吉祥物	〇九四
拾柒·蜡梅	明月梅花漫疑猜，知是红梅与黄梅？	〇九九
拾捌·水仙	这屋子越发暖，这花香的越清香	一〇四
拾玖·梅花	春妆儿女竞奢华	一一一
贰拾·芦蒿	芦蒿炒面筋和炖鸡蛋的两败俱伤	一一九
贰拾壹·芹菜	贾雨村辜负了甄士隐的芹意	一二五
贰拾贰·金银藤	卖到茶叶铺药铺去，也值几个钱	一三〇
贰拾叁·桃花	桃红又见一年春	一三七
贰拾肆·薛荔	蘅芷阶通萝薜门	一四五
贰拾伍·李花	李下嫌疑谁能幸免？	一五〇
贰拾陆·梨花	宝钗的冷香丸埋在梨花树底下	一五七

伍拾伍·葛	宝玉和元春为什么都喜欢"浣葛"一词？	三四三
伍拾陆·稻	大观园何处有"十里稻花香"的美景？	三五〇
伍拾柒·秋海棠	海棠诗社的第一社主角	三五六
伍拾捌·扁豆	刘姥姥眼中的扁豆架子在大观园哪里？	三六七
伍拾玖·香橼	芬芳的摆设品	三七三
陆拾·枫	大观园枫树底下的一次密谈	三七九
陆拾壹·生姜	火辣辣的一场四人戏	三八八
陆拾贰·辣椒	凤辣子是个泼皮破落户儿	三九六
陆拾叁·葱	晴雯两根葱管一般的指甲送给了宝玉	四〇三
陆拾肆·砂仁	尤二姐喜欢的零食之一	四一一
陆拾伍·合欢	黛玉和宝钗共饮了合欢花浸的烧酒	四一九
后记		四二五

肆拾壹・罗汉松	罗汉松的果实很像罗汉	二五四
肆拾贰・茉莉花	长大了送给别人家	二六〇
肆拾叁・芡实	红楼梦里称为鸡头	二六七
肆拾肆・香蒲	香蒲，为什么又叫水蜡烛	二七三
肆拾伍・萱草	中国的母亲花	二八〇
肆拾陆・桂圆	桂圆汤是宝玉幽梦后的安神汤	二八五
肆拾柒・茄子	茄鲞是什么？	二八九
肆拾捌・葫芦	哪两位女子被称为没嘴的葫芦？	二九一
肆拾玖・芦苇	灯姑娘多姑娘的蒹葭倚玉之叹	三〇五
伍拾・橄榄	念在嘴里倒象有几千斤重的一个橄榄	三一一
伍拾壹・佛豆	佛豆好拣佛心难修	三一九
伍拾贰・南瓜	花儿落了结个大倭瓜	三二五
伍拾叁・落花生	腊八粥的主力之一	三三一
伍拾肆・桂花	真正袭人的夏金桂	三三七

滴不尽相思血泪

零壹

抛红豆

红 豆

之所以选择红豆作为第一篇,是因为在网上发"红楼花木志"专栏的时候,编辑的开栏按语写道:"就脂批引古人云,'一花一石如有意,不语不笑能留人。'孰谓草木无情物,红楼里,最是知心知愁。《红楼花木志》为书中那些一花一木,或虚或实,都摘片羽以记。整部红楼,弥漫相思。专栏首发,自以'红豆'开篇为宜。"

而红豆只在《红楼梦》中出现了一次,见第二十八回,宝玉在外出聚会时唱了首新鲜时尚曲子,曲中有句"滴不尽相思血泪抛红豆"。

红豆有着极其深厚的文化底蕴,红豆和相思之情紧密相关,此相思很宽泛,既可以是男女之情,也可以是眷念朋友之情以及亲情,红豆又被称为相思红豆。王维一首《相思》(一作《江上赠李龟年》):"红豆生南国,春来发几枝,愿君多采撷,此物最相思。"被当作相思的典范之作,在唐朝时候就是梨园弟子爱唱的歌词，安史之乱后，李龟年流落江南，常唱此曲，令听者动容。此诗朗朗上口，脍炙人口，借用红豆将相思之情表达，几乎每个人小时候都被教过。之所以选择红豆，李时珍在《本草纲目》中解释道："按《古今诗话》云，相思子圆而红，故老言，昔有人殁于边，其妻思之，哭于树下而卒，因以名之。"

红豆成熟后，豆荚裂开，红豆在绿叶中悬挂或坠落之态一如落雨和垂泪，有一种浪漫的凄美，大小形状和眼泪也差不多，更何况我国古典文学中有红泪的意象，红豆就和雨滴、鲜血、泪珠、血泪等联系起来了。如唐贯休《将入匡山别芳昼二公二首（一作将入庐山别僧）其二》："红豆树间滴红雨，恋师不得依师住嶓"宋赵崇 《归朝欢》："交枝红豆雨中看，为君滴尽相思血。"明何吾驺《落花》："朝来树下问相思，红豆今年发几枝。不是愁心千万种，何缘都作泪珠垂。"明末清初屈大均《一丛花烛花》："泪珠滴滴成红豆，欲穿起、寄与婵娟。"《南歌子五首其五》："珠泪成红豆，香心作彩云。"

另外古诗词里喜欢用红豆来比喻烛光。如宋秦观（一作黄庭坚），词《御街行·银烛生花如红豆》："银烛生花如红豆。这好事、而今有。"宋汪晫《念奴娇·词韵》："后夜山深何处宿，红豆寒灯明灭。"宋艾性夫《寒灯作花》："寒釭融白脂，冻焰结红豆。"有一很出名的书斋联："书似青山常乱叠，灯如红豆最相思。"

果实小而鲜红且坚固可作信物的植物不少，而被称为是相思红豆的有两种植物，

一种藤本，一种木本。

藤本红豆为豆科蝶形花亚科相思子，有漂亮碧绿的羽状复叶，蝶形花是粉紫色的，结的荚果，先绿后黑，成熟爆开后里面的红豆椭圆形，大半为鲜红色，有一小半是黑色，色彩明艳手感莹润，像某种动物的眼睛，所以又名鸡母珠，英文名cock's eye（鸡的眼睛），或者crab's eye（螃蟹眼睛）。宝钗的蘅芜苑在秋天时分，奇草仙藤愈冷愈苍翠，都结了实，似珊瑚豆子一般，累垂可爱。也许这些奇草仙藤中也有藤本红豆呢。

木本红豆为豆科含羞草亚科海红豆属落叶乔木海红豆，《本草纲目》："其叶似槐，其花似皂角，其荚似扁豆。"其种子为海红豆，也称红豆、相思豆。成熟豆荚卷曲爆开，红豆近圆形至椭圆形，不过种子上没有黑色，全是鲜红色。

大自然赋予这两种红豆同一种特质：形如心脏、红艳如血、亮丽光洁、质地坚硬，不蛀不腐，且不褪色，收藏多年色彩如初。可制作为饰品如手链、项链，赠送情人当作爱情的信物，当然也可以作为友谊的信物。清陈淏子《花镜》："市人取嵌骰子，或贮银囊，俗皆用以为吉利之物。"唐温庭筠："玲珑骰子安红豆，入骨相思知也无"，红豆大小合适可以嵌做骰子上的色点，"罗带惹香，犹系别时红豆"，可以做罗带上的装饰品，宋刘过《江城子》："万斛相思红豆子，凭寄与个中人。"可以直接邮寄。

但是这两种红豆都是有毒的。王菲唱了首《红豆》："还没为你把红豆，熬成缠绵的伤口，然后一起分享，会更明白，相思的哀愁。"可千万不能将这两种红豆熬成红豆粥分享。可以食用的红豆，又名赤豆，豆科蝶形花亚科豇豆属一年生草本。还有祛湿煲汤利器同属的一年生草本赤小豆，李时珍在《本草纲目》中也名之为赤豆、红豆，并没有从名字上加以区分，只是说："此豆以紧小而赤黯色者入药，其稍大而鲜红、淡红色者，并不治病。"赤小豆具有药用价值，赤豆是普通食物。植物起名不严谨，有毒无毒需要擦亮慧眼。

宝玉展示歌才的场面在书中也就是这一次，还是现场原创，宝玉的文学和音乐修养很高。

不知道宝玉和黛玉一起有没有唱过什么当时的流行歌曲？这次宝玉唱的曲子是：

滴不尽相思血泪抛红豆，睡不稳纱窗风雨黄昏后，忘不了新愁与旧愁，

咽不下玉粒金莼噎满喉，照不见菱花镜里形容瘦。

展不开的眉头，捱不明的更漏。

呀！恰便似遮不住的青山隐隐，流不断的绿水悠悠。

也许只有在这样的场合，宝玉才能尽情地抒发心中的苦闷，发泄欲诉不能的爱情的煎熬。对于苦恋的人来说，真是红豆不堪看，满眼相思泪。

荣华
背后的受难

零贰

西番莲

只见正门五间，上面桶瓦泥鳅脊；那门栏窗槅，皆是细雕新鲜花样，并无朱粉涂饰。一色水磨群墙，下面白石台矶，凿成西番草花样，左右一望，皆是白粉墙，下面虎皮石，随势砌去……

——《红楼梦》第十七回

选择西番莲做第二篇，是因为西番莲是置于大观园正门口的纹样，从此开启大观园的花木之旅。

西番草就是西番莲，多年生常绿攀缘草质藤本植物，又名为玉蕊花、转心莲、转枝莲、转盘花、子午莲、转子莲、时钟花、洋酸茄花、西洋鞠、时计草等。西番莲花非常别致，整朵花具有立体感，如宝塔似重楼，层层惊奇。最下层为五枚萼片，外面淡绿色，内面绿白色，外面顶端长一角状绿色附属器；上一层是五枚花瓣，与萼片差不多等长，淡绿色；再上一层是多轮丝状外或内副花冠，外轮中轮放射形，顶端天蓝色、中部白色、下部紫红色，内副花冠流苏状紫红色；再一层是雌雄蕊，雄蕊五枚绿色，雌蕊子房卵圆球形状类胆瓶，花柱三枚紫红色。

西番莲，拉丁文名字 *Passiflora coerulea* Linn，英文名为 Passionflower，Passion 的一般含义是热情、激情，我们甚少知道 the Passion 还有一个含义：the suffering and death of Christ 耶稣的受难，Passionflower 花的含义实际上是指受难之花而非热情花。仔细观摩，西番莲花朵最上面的柱头像是人被钉在十字架上的样子，状如耶稣受难图，引申而言，柱头和花药就分别代表了钉耶稣的三根钉子和五道伤痕，那些呈放射形的丝状副花冠就像是荆棘也是光芒。西番莲西班牙语的名字是 Espina de Cristo（基督的荆棘），德语的名字是 Muttergottes-Schuzchen（圣母之星），都和宗教紧密相关。此外柱头排列也如时钟的时针分针秒针，所以也称为时钟花、计时草、转盘花等。

西番莲花的精美形象被广泛应用于各种器物上作为图案装饰，如瓷器木器上地毯上，但是没有记录直接凿在地面做装饰。细细品味这个西番莲的花样，欣赏之后继之恻然，不由得为曹公匠心所折服。红楼花木，真是步步藏玄机。由于元春升为凤藻宫尚书，加封贤德妃，被恩准省亲，从而有了这个大观园，也开启了众儿女们"千红一哭，万艳同悲"的历程。大观园承接的第一滴眼泪却是这个富贵的、高高在上的、关系一门荣耀的皇妃所流淌的。

省亲过程，贾妃先是直接进了大观园，再出园来到贾母正室，她满眼垂泪，和贾母王夫人等彼此相见，"一手搀贾母，一手搀王夫人，三个人满心里皆有许多话，只是俱说不出，只管呜咽对泪。"和亲人们相聚，她一再哽咽哭泣。

然后再游幸大观园，她兴致勃勃地写诗，给喜欢的院落赐名，看妹妹弟弟们写诗，点评妹妹弟弟们的诗作，看戏，发送礼物，再逛，和亲人们共享天伦之乐，然而最终还是要离别，当执事太监启道："时已丑正三刻，请驾回銮。"贾妃听了，"不由的满眼又滚下泪来。却又勉强堆笑，拉住贾母、王夫人的手，紧紧的不忍释放。"

贾妃的眼泪一淌再淌，令人印象深刻。

在建造这个繁花似锦天上人间诸景备的园林的时候，作者闲闲地在门口展示了这个受难之花西番莲的图案，极令人深思。

西番莲的果实叫百香果，又叫巴西果、热情果，是世界上已知特别芳香的水果之一。市场常见的称为百香果的，是同属的紫果西番莲。花的副花冠是弯曲的，叶三裂非五裂，鲜果形似鸡蛋，果汁似蛋黄，所以也叫鸡蛋果。外表其貌不扬，削开了里面是黄茨茨的透明果肉色泽，类似鸡蛋蛋黄。包裹着黑色种子，一颗颗晶莹剔透。用一个小勺子舀着吃，或者用吸管一个个地去吸那小小的颗粒，很是写意。味道酸酸甜甜的。只是黑色种子实在是难以分离的，如果嚼碎了吞下去，简直就是咬牙切齿的感觉。百香果还可以加工成纯果汁，特别具有亲和力，百搭双赢。可以与其他果汁或酸奶搭配加工成香甜味美的混合果汁，能大大提升原汁的品质。

花冠与雄蕊之间具有一至数轮丝状或鳞片状副花冠，这个是西番莲属最典型的特征。欣赏几张美丽的西番莲属花吧，下次遇到可以相识了。

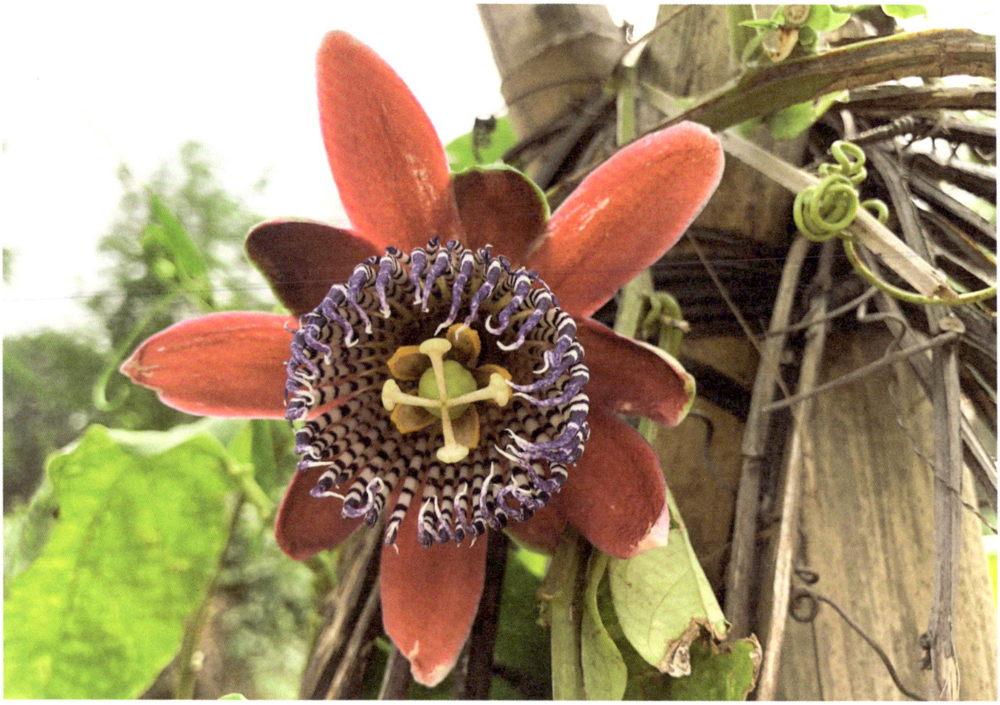

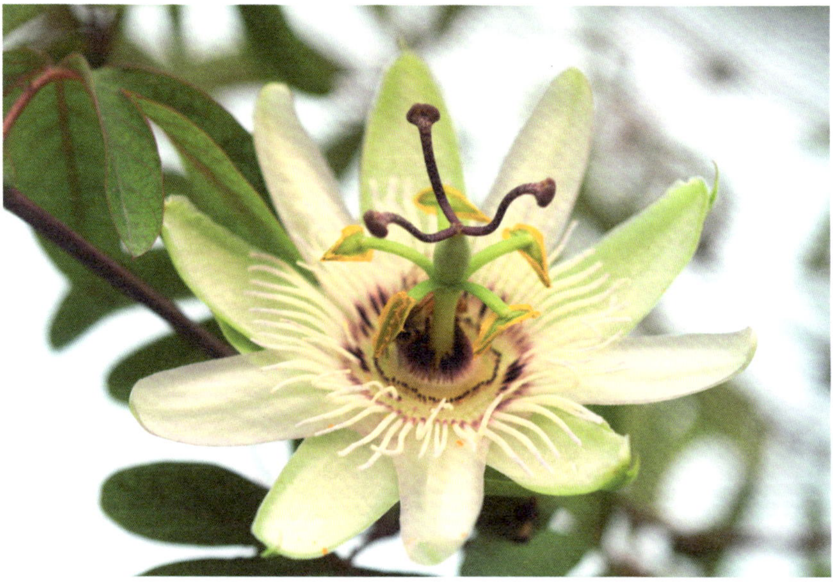

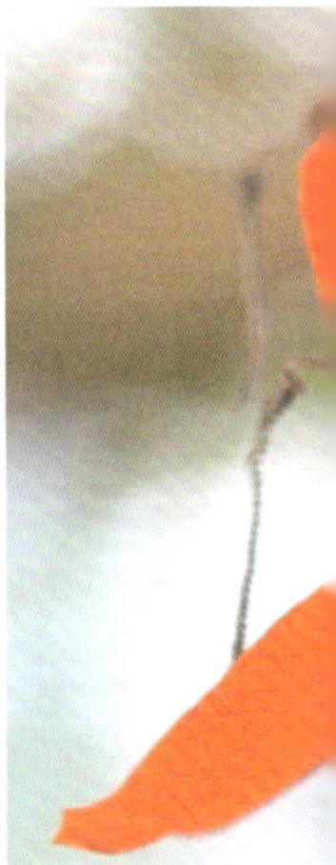

西番莲的花

跟晴雯一样
美艳而爆炭

零叁

凤 仙 花

> 大家说着，往前迈步正走，忽见史湘云、平儿、香菱等在山石边掐凤仙花呢。
>
> ——《红楼梦》第三十五回

凤仙花，一年生草本植物，花有紫红白等色，有单瓣的也有复瓣的，腋生，整朵花形如飞凤，头、翅、尾俱全，翘然如凤状，故名凤仙，花朵基部急尖成长一厘米左右内弯的距，这个距非常像耳坠的挂环。所以英文名 Balsam 或 Jewelweed，也称为 Lady's eardrops，女士耳坠子。

凤仙花又名凤仙透骨草、指甲花等，曾因避南宋光宗李皇后讳改名为好女儿花，此外还有其他名字，如《花镜》："凤仙花一名小桃红，一名海纳，一名旱珍珠，又名菊婢。"对菊婢此名，郭沫若很是不忿，在《百花诗》中写道："有人还把我们贬斥为菊花的奴婢，我们的菊花姐姐听了都不高兴。"还有一个名字为羽客。

指甲油是舶来品，传统的染指甲方法是用红色凤仙花来染，红色凤仙花带有天然红棕色素，在纯天然的时代里，凤仙花使用广种植多，因为它是旧时女孩子们染指甲的神器，元陆琇卿《醉花阴》详细写了用凤仙花染指甲的过程："曲阑风子花开后，捣入金盆瘦。银甲暂教除，染上春纤，一夜深红透。绛点轻襦笼翠袖，数颗相思豆。晓起试新妆，画到眉弯，红雨春心逗。"清宗婉《望湘人染指》："觑纤长指爪，未褪嫣痕，女儿花又开遍。懒理金针，慵抽彩笔，爱傍芳丛频捡。小摘繁英，细删攒蒂，轻研霞片。捲袖罗、蘸上春葱，仿佛珊瑚成串。"明瞿佑《红甲》："金盆和露捣仙葩，解使纤纤玉有瑕。一点愁凝鹦鹉喙，十分春上牡丹芽。"采摘新鲜红色凤仙花花瓣，和明矾一起捣碎，包在指甲上，一夜就可以染好，红色鲜艳，经久不退。

红指甲对女子装扮的作用和效果是巨大的，纤纤如柔荑的白嫩玉手配上鲜红的指甲实在香艳的很，更能让诗人浮想联翩，比如女艺人的手，"昨日琵琶弦索上，分明满甲染猩红""弹筝乱落桃花瓣"，弹筝女子染红指甲的手指上下翻动，好似桃花花瓣撒落。钱钟书《围城》里的孙柔嘉很有绘画天分：

把红色铅捺出来，在吸墨水纸板的空白上，画一张红嘴，相去一寸许画十个尖而长的红点，五个一组，代表指甲，此外的面目身体全没有。她画完了，说："这就是汪太太的——的提纲。"

她用十点红指甲，一张红嘴唇，就画出汪太太的扼要，不用渲染其他，一个汪太太就活灵活现地浮现出来。

张爱玲《怨女》中的银娣："她斜瞪了他一眼，在水碗里浸了浸手，把两寸多长凤仙花染红的指甲向他一弹，溅他一脸水。"令人印象深刻。爱美之心人皆有之，江湖女儿也不例外，金庸《碧血剑》中的五毒教教主何铁手是："右手白腻如脂，五枚尖尖的指甲上还搭着粉红的凤仙花汁，一掌劈来，掌风中带着一阵浓香，但左手手掌却已割去，腕上装了一只铁钩。"真是形象鲜明，令人过目不忘。

金庸《天龙八部》中的阿紫毒如蛇蝎，却被聚贤庄少庄主游坦之深深迷恋，尤其是阿紫脚上的红指甲：

游坦之一见到她一双雪白晶莹的小脚，当真是如玉之润，如缎之柔……他目光始终没离开阿紫的脚，见她十个脚趾的趾甲都作淡红色，像十片小小的花瓣。

指甲如此香艳，可以和头发并肩当作爱情的信物，晁采《子夜歌》："明窗弄玉指，指甲如水晶。剪之特寄郎，聊当携手行。"《红楼梦》第二十一回凤姐冷笑道："这半个月难保干净，或者有相厚的丢下的东西：戒指、汗巾、香袋儿，再至于头发、指甲，都是东西。"一席话，说得贾琏脸都黄了。晴雯去世前赠送了她两根葱管一般的指甲给宝玉。

更有甚者，从染指甲的小事中体会出大境界，如国外的民谣《凤仙花》："凤仙花盛开的花瓣染着你的指尖，父母的教导印染你的心智。"

现代出现了化工产品蔻丹指甲油等，天然的凤仙花逐渐淡出了女孩子们的生活。张爱玲《沉香屑·第一炉香》中的梁太太："房里满是那类似杏仁露的强烈的蔻丹的气味，梁太太正搽完蔻丹，尖尖的翘着两只手，等它干。两只雪白的手，仿佛才上过抄子似的，夹破了指尖，血滴滴地。"风华正茂的明媚少女十指尖尖涂上红色指甲油是锦上添花，迟暮的花颜不在的女子倘若再做浓艳的打扮，那只能是做减法了，不但不增添美貌，还可能触目惊心。《半生缘》里还有一个脚上涂蔻丹的女子阿宝："内中有一个小大姐，却在那自来水龙头下洗脚。她金鸡独立地站着，提起一只脚来，哗啦哗啦放着水冲着。脚趾甲全是鲜红的，涂着蔻丹——就是这一点引人注目。"作为曼璐的女仆，阿宝自然也是爱打扮的，她的出场比较惊艳，接下来曼璐迟暮的形象就更令人印象深刻了。

涂蔻丹有一个麻烦就是要经常修补或洗掉重涂，手指甲是否斑驳可以检验女子是否勤快是否精致，"报纸上的手指甲，红蔻丹裂痕斑驳"，是张爱玲《年青的时候》里校长室里的女打字员沁西亚。"她脸上现出不确定的笑容，在门外立了一会，翘起两只手，显排她袖口的羊皮，指头上两只金戒指，指甲上斑驳的红蔻丹"，是张爱玲《中国的日夜》里的一个顾客。这个斑驳指甲的意象极好地描写了这些抛头露面为生计却过得无趣无聊无心修饰的都市女子形象。

使用化工味道的染甲洗甲用品，方便是方便了，却让女儿们离大自然越来越远，也少了采摘凤仙花亲自操作的乐趣了。

《红楼梦》里的晴雯姑娘虽为丫头，但是在宝玉的宠爱下也养尊处优，不做重活，可以养成两根长长的指甲，且用凤仙花染成鲜红色，第五十一回中晴雯生病，请大夫看："那大夫只见这只手上有两根指甲，足有三寸长，尚有金凤花染得通红的痕迹"。没有提其他女孩子们平时染不染甲，但是书中轻轻提到过一句："大家说着，往前迈步正走，忽见史湘云、平儿、香菱等在山石边掐凤仙花呢。"史湘云和香菱掐凤仙花还好理解，平素忙碌的成熟稳重的平儿竟然也有此等小女儿的闲情雅致，真是令人惊奇，是属于不写而写的情节，让人遐想。

还有一种植物也名指甲花，此指甲花不是凤仙花，是千屈菜科指甲花属多年生灌木，又名散沫花。亦舒在《印度墨》里介绍了印度出产的一种画文身的颜料，用指甲花制成，画到皮肤上可以经久不褪色，女主角印子喜欢用印度墨在身上画上魅惑藤蔓和钟情文字，印度墨是书中男女主角间情感纠纷的重要道具："但是他心底深处，必定忘不了有一年某一日，在一间书房里，他用指甲花制成的印度墨，在一个叫印子的女孩脚底画上图案。"印度墨又叫海娜文身膏，指甲花在印度、中东等地称为HENAA（海娜），花极香，叶可做染料，汁液可调制用来染指甲、头发和进行身体彩绘。

凤仙花有这么美丽的花朵，却还有个奇怪的名字：急性子。指的是果实，小小的状如宽纺锤形的蒴果，像个小桃子，成熟后轻轻一捏就主动裂开，种子迸裂而出，是一惹就毛的急脾气。貌美而火爆，是《红楼梦》里晴雯姑娘，她善染红指甲，因为火炭一般的急脾气得罪了很多人，最后被谗言害死。英文也因为这个果实的缘故，将凤仙花又名为Touch-me-not，而凤仙花属的植物名为Impatiens，和impatient（不耐烦）的意思相关。李时珍在《本草纲目》里说

凤仙花的种子

"凤仙子因性急速，故能透骨软坚"，所以可以软化鱼肉硬者，但是也能损伤牙齿，并附了一个拔牙的方子，看着令人惊恐而牙酸。《花镜》里说"庖人煮肉物，著二三粒即烂"。

在初秋的郊外，一蓬凤仙花大半人高，已经花开荼蘼。花将残未残，叶半枯黄，果实已经大半成熟，一年生的草本已经到了生命的暮年，然而风韵犹存。在温柔的秋阳下，饱满安详，用手轻轻捏一下，瞬间能感觉到手指间一震，果实果断炸开，喷出黑色的小黑种子。便觉有趣，一个个地捏，一路势如破竹，果实纷纷爆裂，种子四散，果然如此性急。

那香的是杜若

零肆

杜 若

贾政初见蘅芜苑，说：“此处这所房子，无味的很。”等他进去看到大玲珑山石，看到许多异草：“或有牵藤的，或有引蔓的，或垂山巅，或穿石隙，甚至垂檐绕柱，萦砌盘阶，或如翠带飘摇，或如金绳盘屈，或实若丹砂，或花如金桂，味芬气馥，非花香之可比。”不禁笑道："有趣！"这样的写法用的是未扬先抑之法，非常贴合蘅芜苑主人薛宝钗"任是无情也动人"的特征。

见到这些植物，贾政接着说："只是不大认识。"清客有的说："是薜荔藤萝。"贾政道："薜荔藤萝不得如此异香。"可见贾政是认识薜荔藤萝的，贾政对花草也略有所知。此时宝玉显示出他的博学多才了：

这些之中也有藤萝薜荔，那香的是杜若蘅芜，那一种大约是茞兰，这一种大约是清葛，那一种是金簦草，这一种是玉蕗藤，红的自然是紫芸，绿的定是青芷。想来《离骚》《文选》等书上所有的那些异草，也有叫作什么藿䗲姜荨的，也有叫什么纶组紫绛的，还有石帆、水松、扶留等样，又有叫作什么绿荑的，还有什么丹椒、蘼芜、风连。

谁要是再说宝玉不爱看书，我跟他急。这滔滔不绝的拗口稀见的植物名字，内容信息量很大，不是只泛泛读书的人能随口说出来的。这一段话充分证明宝玉是爱看书的。

这里有庚辰双行夹批：金簦草，见《字汇》。玉蕗，见《楚辞》"菎蕗杂于麋芜"。茝、葛、芸、芷，皆不必注，见者太多。此书中异物太多，有人生之未闻未见者，然实系所有之物，或名差理同者亦有之。

《字汇》是明梅膺祚所著工具书，将东汉许慎所著的《说文解字》做了重大改革，将原有的540个部首归类并为214部。查《字汇》中的簦字：有柄者。《说文解字》中的簦：笠盖也。笠，簦无柄也。《楚辞》是以屈原为代表的战国诗人所创作的一种文体，也是中国文学史上第一部浪漫主义诗歌总集，西汉刘向初辑，收屈原、宋玉及淮南小山、东方朔、王褒、刘向等所作，东汉王逸所作《楚辞章句》是现存《楚辞》最早的完整注本。主要作者为屈原，《离骚》最著名。

玉蕗见《楚辞》"菎蕗杂于麋芜"，这个楚辞不是屈原所作，而是来自《楚辞》收录的东方朔《七谏》之七《谬谏》："弃彭咸之娱乐兮，灭巧倕之绳墨。菎蕗杂于麋芜兮，机蓬矢以射革。"

屈原笔下开启了香草美人的写作传统，正如王逸在《离骚经序》中所说："离骚之文，依诗取兴，引类譬喻。故善鸟香草，以配忠贞；恶禽臭物，以比谗佞。"《离骚》里有诸多植物名，如："扈江离与辟芷兮，纫秋兰以为佩。""朝搴阰之木兰兮，夕揽洲之宿莽。""杂申椒与菌桂兮，岂惟纫夫蕙茝！""余既滋兰之九畹兮，又树蕙之百亩。畦留夷与揭车兮，杂杜衡与芳芷。""朝饮木兰之坠露兮，夕餐秋菊之落英。""擥木根以结茝兮，贯薜荔之落蕊。矫菌桂以纫蕙兮，索胡绳之纚纚。""既替余以蕙纕兮，又申之以揽茝。""步余马于兰皋兮，驰椒丘且焉止息。""制芰荷以为衣兮，集芙蓉以为裳。""兰芷变而不芳兮，荃蕙化而为茅。何昔日之芳草兮，今直为此萧艾也？""览椒兰其若兹兮，又况揭车与江蓠？"总结一下，《离骚》中出现的香草有：江蓠、芷、兰、木兰、莽、椒、菌、桂、蕙、茝（同芷）、留夷、揭车、杜衡、菊、薜荔、胡绳、芰、荷、芙蓉、艾。

《文选》又称《昭明文选》，是中国现存的最早一部诗文总集，南朝梁武帝的长子萧统组织文人共同编选，萧统死后谥"昭明"，因而名《昭明文选》，收录自周代至六朝梁以前七八百年间130多位作者的诗文700余篇。包括了《离骚》、左思《三都赋》。

在石帆、水松、扶留后有庚辰双行夹批：左太冲《吴都赋》。《文选》中收录了西晋左思《吴都赋》："草则藿蒳豆蔻，姜汇非一。江蓠之属，海苔之类。纶组紫绛，食葛香茅。石帆水松，东风扶留。"

在丹椒、蘼芜、风连后有庚辰双行夹批：以上《蜀都赋》。《文选》中收录了西晋左思《蜀都赋》："或丰绿荑，或蕃丹椒。蘼芜布濩于中阿，风连莚蔓于兰皋。"左思写的《三都赋》包括《魏都赋》《吴都赋》《蜀都赋》。

如此多的香草名随口即出，宝玉植物学和文学功底之深厚可见一斑，还是宝钗看得透看得明，旁观者清，知道宝玉每日家杂学旁收，是有学术根基的。只是科举考试不考这些内容，在贾政看来，不考的内容自然无用，不值得学。

杜若是个古老的植物名字，因为芳香独特而声名远播，从屈原时代就频频出现在诗文曲赋中。屈原《山鬼》："山中人兮芳杜若，饮石泉兮荫松柏。"一个超凡脱俗的山鬼形象跃然纸上。曹寅《梦春曲》："梦转微闻芳杜香，碧尽江南一江水。"杜就是杜若。

杜若用处很多，首先可以被人们用来作赠送的礼物，如屈原《湘君》："采芳洲兮杜若，将以遗兮下女；时不可兮再得，聊逍遥兮容与。"《湘夫人》："搴汀洲兮杜若，将以遗兮远者；时不可兮骤得，聊逍遥兮容与！"一唱一和，湘君和湘夫人中都以采杜若相赠来彼此呼应。屈原笔下杜若出场很多，是香草美人香草君子的代表性植物，所以后人以杜若篇，含杜若的诗句向屈原致敬，如明皇甫涍《紫薇花行》："未忘温室琼瑶树，虚拟湘源杜若篇。"明俞彦《醉花阴 其一》："痛饮读离骚，杜若江蓠，总是凄然况。"宋黄庭坚《次韵答宗汝为初夏见寄》："终不作湘累，憔悴吟杜若。"

杜若的其他用途很多，如《列子周穆王》："佩玉环杂芷若。"可以佩戴。如《神女赋》："沐兰泽含若芳。"可以制作香料。如《长门赋》："搏芳若以为枕兮"，可以当枕头。如《子虚赋》："其东则有蕙圃，衡兰芷若，穹䓖昌蒲，江蓠麋芜，诸柘猎且。"《景福殿赋》："芸若充庭"，陈子昂的《感遇（其二）》："兰若生春夏，芊蔚何青青。""若"即指杜若，可以栽培观赏。

杜若这个芳名，含蓄内敛，温柔秀美，读之也仿佛口舌生香，古时所谓蘅兰芷若，四大香草联名，是顶尖香草代表，高洁清雅，芳香馥郁，常比喻君子。金庸《倚天屠龙记》中有个周芷若，出场时：

> 那女孩约莫十岁左右，衣衫敝旧，赤着双足，虽是船家贫女，但容颜秀丽，十足是个绝色的美人胚子，坐着只是垂泪。张三丰见她楚楚可怜，问道："姑娘，你叫什么名字？"那女孩道："我姓周，我爹爹说我生在湖南芷江，给我取名周芷若。"

芷江边的杜若，名如其人，周芷若再出场时身穿葱绿衣衫在雪地里轻飘飘地走来，清丽秀雅，姿容甚美，平素喜着青衫，清丽绝俗。只是为情所困，行差踏错。作为峨眉派第四代掌门人，这个名字的确不同凡俗。清著名词人纳兰性德字容若，"若"也是指杜若。

然，杜若到底是什么植物？正如苏轼在《六月二十七日望湖楼醉书五绝 其四》中所说："无限芳洲生杜若，吴儿不识楚辞招。"如今年久日深，争论颇多，正如宝玉所说："如今年深岁改，人不能识，故皆像形夺名，渐渐的唤差了也是有的。"到底杜若是什么植物，目前有多种说法。

一、杜衡

一说杜若就是杜衡，这个很容易就被否决了，因为屈原《九歌·山鬼》："被石兰兮带杜衡，折芬馨兮遗所思。"《离骚》："杂杜衡与芳芷。"《九歌·湘夫人》："芷葺兮荷屋，缭之兮杜衡"，很明显杜衡是另一种植物。各种植物书都纷纷指出这一点。如宋苏颂《本草图经》说杜若："谨按此草，一名杜蘅。而中品自有杜蘅条。杜蘅，《尔雅》所谓土卤者也。杜若，《广雅》所谓楚衡者也。其类自别，然古人多相杂引用。《九歌》云：采芳洲兮杜若。又《离骚》云：杂杜蘅与芳芷。王逸辈皆不分别，但云香草也。古方或用，而今人罕使，故亦少有识之者。"唐苏敬等《新修本草》说杜若："《楚辞》云：山中人兮芳杜若。此者一名杜衡，今复别有杜衡，不相似。"清陈淏子《花镜》说杜若："今人以杜蘅乱之，非以蓝菊名之，更非。"

二、高良姜

《中国植物志》中的高良姜是多年生草本，叶片线形，总状花序顶生，唇瓣卵形白色而有红色条纹。高良姜花美且有香味。蒴果球形成熟时红色。花期4—9月。高良姜被认为是杜若是因为沈括的《梦溪笔谈》："杜若，即今之高良姜……后人又取高良姜中小者为杜若……又有用北地山姜为杜若者。杜若，古人以为香草，北地山姜，何尝有香？高良姜花成穗，芳华可爱，土人用盐梅汁腌以为葅，南人亦谓之山姜花，又曰豆蔻花。"沈括将高良姜和豆蔻混淆了。

诸多植物书都提到杜若类似于高良姜。《花镜》："杜若一名杜莲，一名山姜，生武陵川泽，今处处有之，叶似姜而有文理，根似高良姜而细，味极辛香，又似旋复花根者，真杜若也。花黄子赤，大如楝子，中似豆蔻。"《本草纲目》："杜若人无识者，今楚地山中时有之。山人亦呼为良姜，根似姜，味亦辛。……或以大者为高良姜，细者为杜若。"《本草图经》中的杜若："叶似

姜，花赤色，根似高良姜而小辛味。子如豆蔻。二月、八月采根，曝干用。"《本草图经》高良姜："出高良郡。春生，茎叶如姜苗而大，高一二尺许；花紫红色如山姜。"《新修本草》杜若："今处处有。叶似姜而有文理，根似高良姜而细，味辛香。又绝似旋复根，殆欲相乱，叶小异尔。"《新修本草》高良姜："生岭南者形大虚软，江左者细紧，味亦不甚辛，其实一也。今相与呼细者为杜若，大者为高良姜，此非也。"《蜀本草》《图经》说："苗似山姜，花黄赤，子赤色，大如棘子，中似豆蔻。"

三、红豆蔻

红豆蔻和高良姜同是姜科山姜属多年生草本，红豆蔻叶长圆形或披针形，圆锥花序密生多花，唇瓣倒卵状匙形，白色有红线条，花美且有香味。蒴果长圆形成熟时棕或枣红色。另有别名大高良姜。花期5—8月。

红豆蔻和高良姜长得很像，比高良姜高大，在古代本草文献中有的分开论述，有的红豆蔻又曾经被并入高良姜。《本草纲目》高良姜释名："蛮姜，子名红豆蔻。'时珍曰'陶隐居言此姜始出高良郡，故得此名。"认为高良姜就是红豆蔻。

分析一下，其实我们现在将古代文献中

所谓大者称为大高良姜或者红豆蔻,细者称为高良姜。也就是说古代的高良姜就是如今的大高良姜,也就是红豆蔻,而现在的高良姜就是古代的杜若。

四、姜花

姜科姜花属多年生草本,叶长圆状披针形或披针形,穗状花序顶生,花白色,颜值也好,形如蝴蝶,质地如丝绸,香味更佳,浓烈醇厚,芬芳异常,花期8—12月。姜花目前都是常见出售的香花,一支在瓶,满室飘香。是观赏和切花的好材料。所以说杜若是高良姜的花,往往就认为是姜花。而姜花之美之香,也喜生长水边泽旁,加深了是芳草植物杜若的印象。

五、杜若

中国植物志中现名杜若的是鸭跖草科杜若属多年生草本,又名竹叶莲。叶片长椭圆形,蝎尾状聚伞花序,常成数个疏离的轮,或不成轮,花瓣白色,倒卵状匙形,果实黑色。花期7—9月。此杜若的花色和古文中的杜若描写不太像,但是整株花开时节,杜若亭亭玉立,花小而色白,清雅怡人,但并不香。姑且作为古代杜若的疑似植物吧。

六、鸢尾

日本古时称紫色鸢尾为杜若。

杜若大名鼎鼎,难怪清客首先建议用对联:"麝兰芳霭斜阳院,杜若香飘明月洲。"最后用的宝玉对联:"吟成豆蔻才犹艳,睡足荼蘼梦亦香。"宝玉舍弃杜若采用了豆蔻,联想到豆蔻和杜若的渊源,也是有趣。

宝钗有一个
道三不着两的
小丫头文杏

零伍

银 杏

（芳官）右耳眼内只塞着米粒大小的一个小玉塞子，左耳上单带着一个白果大小的硬红镶金大坠子，越显的面如满月犹白，眼如秋水还清。

——《红楼梦》第六十三回

米粒和白果的大小差别很大，敢于剑走偏锋，以如此不对称不平衡的耳环形象示人，只能说耳环的主人美妙绝伦且有自信，因为怎么打扮都好看。

宝钗有个小丫头叫文杏，第二十九回里提到宝钗带了莺儿和她一起去清虚观，然后就是在第四十八回，宝钗提出带香菱去大观园，薛姨妈说："正是我忘了，原该叫他同你去才是。我前日还同你哥哥说，文杏又小，道三不着两，莺儿一个人不够伏侍的，还要买一个丫头来你使。"文杏没有什么戏份，给人印象也就是一个傻乎乎的小丫头。文杏这个名也就是银杏，银杏木材珍稀名贵，纹理紧密，可做家具，也可做栋梁，王维有一首著名的五言诗《文杏馆》："文杏裁为梁，香茅结为宇。不知栋里云，去作人间雨。"以文杏为梁，以香茅为宇，端的是与众不同的建筑材料。

白果是银杏树的果实，银杏名白果，是因种子形似小杏，熟时黄色或橙黄色，外被白粉如银色，其骨质中种皮也是色白如银，故有此名。又称公孙树，因树龄极长，可堪比轩辕黄帝了，轩辕黄帝姓公孙名轩辕，所以以公孙名之。另一种说法是公公种树，到孙子才能吃到成果，所以叫公孙树。英文名Ginkgo。银杏是世界上最古老的树种之一，是著名的活化石植物，具有许多原始性状，属于植物界的熊猫，植物分类将其单独列为一纲一目一科一属一种，银杏树寿命极长，我国现存有几千岁的古银杏树。千年的银杏，简直就是一部气象史，历劫参天地，载誉满古今。

银杏扇形叶奇特而古雅，形如鸭脚，文人笔下干脆就称为鸭脚，果实就又有名鸭脚子。北宋梅尧臣和欧阳修是好朋友，梅尧臣《永叔内翰遗李太博家新生》："鸭脚类绿李，其名因叶高。吾乡宣城郡，每以此为劳。"欧阳修《梅圣俞寄银杏》："鹅毛赠千里，所重以其人。鸭脚虽百个，待之诚可珍。"是因为他收到诗友梅尧臣寄来的百片银杏叶子了，梅尧臣收到欧阳修的赠诗，又答谢《依韵酬永叔示予银杏》："去年我何有，鸭脚赠远人。人将比鹅毛，贵多不贵珍。"

银杏是珍贵的用材和干果树种，也是优美的庭园观赏树。银杏树干挺拔伟岸，端庄雍容，扇形叶子春天发芽，夏日碧绿如打开折扇，风中徐摇，若是雌树挂果则果实累累，如宝似玉，秋天金黄，翩翩飘落，树周围地上宛如铺就金色地毯，非常之醒目壮观，冬季枝干沧桑大气，朝气蓬勃，可谓四季姿态分明有特色。银杏的叶子像扇子，边缘不是很整齐的，按照植物志的说法是："上缘有浅或深的波状缺刻，有时中部缺裂较深。"针对二裂银杏叶，歌德写了一首诗《银杏》："它可是一个有生的物体，在自身内分为两个？它可是两个合在一起，人们把它看成一个？"（冯至译）

郭沫若写过一篇散文《银杏》："你的株干是多么的端直，你的枝条是多么的蓬勃，你那折扇形的叶片是多么的青翠，多么的莹洁，多么的精巧呀！"最后的结尾是："银杏，我真希望呀，希望中国人单为能更多吃你的白果，总有能更加爱慕你的一天。"

熟透的种子有一股臭臭的味道，用水浸泡搓掉外皮，里面的核即是白果，晒干后核是白色，两头尖，扁而中圆。敲开薄薄的白色外壳即可得到可食用的白果肉。说起来容易做起来难，白果外种皮有臭味，汁液容易腐蚀皮肤，拾取或者清洗时候不注意手很容易过敏脱皮。梅尧臣写过"剥核手无肤"句。

银杏雌雄异株，因此树分雌雄，雄树不结果，雌树结果，花也分雌花雄花，轻易见不到。《本草纲目》："二月开花成簇，青白色，二更开花，随即卸落，人罕

银杏

见之""其花夜开，人不得见，盖阴毒之物，故又能杀虫消毒。"《花镜》："其花夜开即落，人罕见之。"雌花授粉后结果，初青后黄。

公公种树需要分辨雌雄，孙孙方能吃到白果，试想若全种了雄树，那就悲剧了。不过也没关系，银杏是种很神奇的树，自有解决之道，《花镜》是我喜爱的一本植物书，里面介绍了如何从银杏的核判断雌雄："雌者两棱，雄者三棱，须雌雄同种方肯结实，或将雌树临水种之，照影亦结。或将雌树凿一孔，以雄木填入，泥封之，亦结。"真是非常有趣的说法。广东南雄有几处古老的银杏林，曾经一连几个秋天都去赏秋日银杏黄叶，在古老的村子里，听当地人说如何让雌树挂更多的果，方法是收集了雄树的花序，在雌树下用烟将轻飘的花粉熏上半空。

白果性平，味甘略苦，有祛痰止咳、润肺定喘等功效，常食用白果可养生延年，但是白果有小毒，一次不可多吃也不可生吃。

《射雕英雄传》中张家口郭靖和黄蓉初见，黄蓉是小叫花子形象，这个衣衫褴褛、身材瘦削的少年跟店小二开口道："这种穷地方小酒店，好东西谅你也弄不出来，就这样吧，干果四样是荔枝、桂圆、蒸枣、银杏。鲜果你拣时新的。咸酸要砌香樱桃和姜丝梅儿，不知这儿买不买得到？蜜饯吗？就是玫瑰金橘、香药葡萄、糖霜桃条、梨肉好郎君。"看到此处，我跟店小二一样听得张大了口合不拢啦。

金庸笔下的宋朝江湖里银杏树常常见到，因为银杏宋初入贡，名由鸭脚改名银杏，广为栽培。明朝人饮茶喜欢在茶中掺入花片、果品、果仁、蜜饯等，银杏也是其一，明高濂《遵生八笺》："茶有真香，有佳味，有正色。烹点之际，不宜以珍果香草杂之。若欲用之，所宜核桃、榛子、瓜仁、杏仁、榄仁、栗子、鸡头、银杏之类，或可用也。"

张爱玲在《道路以目》中深情地写道："有一天晚上在落荒的马路上走，听见炒白果的歌，'香又香来糯又糯！'是个十几岁的孩子，唱来还有点生疏，未能朗朗上口。我忘不了那条黑沉沉的长街，那孩子守着锅，蹲踞在地上，满怀的火光。"

作为一个不讲究的吃货，也就在冬日的晚上，拿十几颗白果放入信封，丢入微波炉叮一分钟，只听得哗哗啪啪热闹的爆裂声，然后打开，一颗颗热腾腾的白果裂开口，里面是碧绿的果仁，真是又香又糯，绵软可口。

白果可以炒熟了吃，也可煲汤，煮粥，焖鸡焖鸭，吃过白果猪肚腐竹胡椒粒汤，味道鲜美。白果腐竹糖水，但都不可多放，几颗即可。还记得夏日的某一个炎热的中午，我和伙伴们在一棵古老高大的银杏树下昏昏欲睡，这棵银杏开枝散叶，枝繁叶茂，夏日骄阳下撒下一片绿荫，最令人惊异的是抬头望，叶间枝头果实累累，丰硕饱满，银杏树老当益壮，愈老愈能结实，让人油然产生敬佩膜拜之情。山边的主人家打算临时上山捉一只散养的肥美的小母鸡，烹制白果炖鸡给远方来的客人享用，没想到母鸡预见到磨刀霍霍的危机，一窝蜂避到山上丛林中，只留一只大雄公鸡虎视眈眈，主人上蹿下跳，气喘吁吁，脚力却赶不上母鸡们的矫健，竟然铩羽而归。

零陆

抠给贾环的
茉莉粉
也是好东西

紫茉莉

农历九月初二，这一天过得风生水起，这日是凤姐的生日，贾母带头集资给凤姐过个热闹的生日。这日也是海棠诗社的正日子，这日还是金钏的生日，当然一个死去丫头的生日在主人们的眼中是绝对忽略的，家人除外。然而宝玉记得，他一大早出城，茗烟带他误打误撞找到水仙庵，他在水井边焚香祭奠金钏。凤姐本来是要痛乐一日的，却不料喝多了酒回房间歇歇，发现贾琏和仆人鲍二媳妇在自己屋子里苟合，这一气一通闹，平儿无辜受夹板气，被凤姐打了几下，被贾琏踢，不敢还手，哭得要寻死。也就是平儿平时宽厚待人深得人心，尤氏等在贾母前帮她说话，李纨拉她到大观园去消气。宝玉主动邀请平儿到怡红院中来，并且提出来帮平儿理妆，然后是化妆品大展示，首先就是粉：

宝玉忙走至妆台前，将一个宣窑瓷盒揭开，里面盛着一排十根玉簪花棒，拈了一根递与平儿。又笑向他道："这不是铅粉，这是紫茉莉花种，研碎了兑上香料制的。"平儿倒在掌上看时，果见轻白红香，四样俱美，摊在面上也容易匀净，且能润泽肌肤，不似别的粉青重涩滞。

——《红楼梦》第四十四回

然后是胭脂，茉莉粉及胭脂的制作、使用及效果看的让人目不暇接，向往不已，最后一步是宝玉将盆内的一枝并蒂秋蕙用竹剪刀撷了下来，与平儿簪在鬓上。因为竹制的剪刀不伤秋蕙，可见宝玉心思细腻且精通园艺。就凭这心思这水平，若在当前社会，宝玉完全可以开个环保化妆品公司或者做个化妆设计师，当他寒夜吃酸齑、雪夜围破毡时，若能拓展思路，当能走另一条把握自己命运的道路。当然，只能设想，若如此，《红楼梦》就成为浅薄的励志书了。

紫茉莉，一年生草本，粗生粗长，庭院里、路边经常可见。紫茉莉花的生物钟很准时，夏秋季节傍晚开放，翌日午前凋萎，很多地方叫它夜饭花，因为是炊烟袅袅的晚饭时分开放，笔者的家乡叫它洗澡花，小孩子们在傍晚时分被母亲们按到澡盆里一个个洗白白，洗澡的时候就是紫茉莉肆意开放的时候。《植物名实图考》称为野茉莉："野茉莉，处处有之，极易繁衍。高二三尺，枝叶披纷，肥者可荫五六尺。花如茉莉而长大，其色多种易变。子如豆，深黑有细纹，中有瓤，白色，可作粉，故又名粉豆花。曝干作蔬，与马兰头相类。"《花镜》中称紫茉莉为状元红："本不甚高，但婆娑而蔓衍易生，叶似蔓菁，秋深开花，似茉莉而色红紫，清晨放花，午后即敛，其艳不久而香亦不及茉莉，故不为世重。"有比较就有伤害，紫茉莉永远活在茉莉的阴影下。

紫茉莉野生野长，并不挑三拣四，土地肥沃时，一棵能长到大半人高，枝

紫茉莉的花

枝叶长得没有章法，花色有紫红色、黄色、白色、粉色、不统一的混杂色等，还有一棵上有多色，比如有红有黄还有黄红相间的，比如黄色和紫色的随意搭配，在夜色初降下开得自在迷离。汪曾祺先生写过一篇散文《晚饭花》，里面描写了李小龙喜欢的王玉英家里的晚饭花：

晚饭花开得很旺盛，它们使劲地往外开，发疯一样，喊叫着，把自己开在傍晚的空气里。浓绿的，多得不得了的绿叶子；殷红的，胭脂一样的，多得不得了的红花；非常热闹，但又很凄清。没有一点声音，在浓绿浓绿的叶子和乱乱纷纷的红花之前，坐着一个王玉英。

写得真是传神。小时候的营生，小女孩子们结伴在院中嬉戏，掐一朵花儿，从掐断处连着苞片抽出花筒里面长长的花蕊，挂在耳朵上臭美，美其名曰戴耳环，花朵冰冰凉凉的吊在耳垂边，很有存在感。

紫茉莉也叫地雷花，是因为它的果实球形瘦果，黑色，有棱，一个个小小的黑色的像小地雷的种子端坐在苞片中，成熟后，轻轻一碰，很容易就掉下来了，小时候好似也尝过，味道如何也就忘记了。又叫胭脂花、粉豆花，是因为剥开黑色的种皮，里面就是白粉，细腻洁白，可用来化妆用，还可去粉刺，一颗种子也就普通珍珠那么大，只能提供非常少的粉，剥出一大包粉可真不容易，所以即使贾环知道芳官扔给他的是替了蔷薇硝的茉莉粉，还是说："这也是好的，硝粉一样，留着擦罢，自是比外头买的膏便好。"宝玉出品，必是佳品。

紫茉莉的种子

元春为何要删蓼汀花溆，
要从蓼花说起

红蓼

已而入一石港，港上一面匾灯，明现着"蓼汀花溆"四字。闲文少叙，且说贾妃看了四字，笑道："花溆二字便妥，何必蓼汀？"侍坐太监听了，忙下小舟登岸，飞传与贾政。贾政听了，即忙移换。

——《红楼梦》第十八回

蓼汀花溆是大观园著名景点之一，汀是水边平地、小洲，溆是水边，景点名中突出有蓼，可见此处水边种有大量的蓼花。元春看到的匾额内容是宝玉所题，这在第十七回有记录：

忽闻水声潺湲，泻出石洞，上则萝薜倒垂，下则落花浮荡。众人都道："好景，好景！"贾政道："诸公题以何名？"众人道："再不必拟了，恰恰乎是'武陵源'三个字。"贾政笑道："又落实了，而且陈旧。"众人笑道："不然就用'秦人旧舍'四字也罢了。"宝玉道："这越发过露了。'秦人旧舍'说避乱之意，如何使得？莫若'蓼汀花溆'四字。"宝玉所拟题名更贴合此处景点特色，抓住了关键的主体植物，以及植物所处的环境，当然比武陵源、秦人旧舍等用烂的典故生动多了。

然而元春为什么不喜欢"蓼汀"二字呢？

《清华的大师们》提到民国学者刘文典的观点："花溆反切为薛，蓼汀反切为林，可见当时元春已属意宝钗了。"且不说这个反切对不对，这个说法让人有浓浓的宫斗剧感觉，若真如此，觉得元春真是城府颇深，且表达含蓄婉转，理解这个深刻寓意还需要脑筋急转弯。

第四十回介绍了花溆的秋景："说着已到了花溆的萝港之下，觉得阴森透骨，两滩上衰草残菱，更助秋情。"唐罗邺《雁》："暮天新雁起汀洲，红蓼花开水国愁"，秋天萧瑟的风景总给人以不祥的悲剧感受，所以元春果断删掉"蓼汀"二字，剩下"花溆"显得温和繁盛。

"十分秋色无人管，半属芦花半蓼花。"蓼花是秋天引人注目的植物之一。蓼，蓼属中部分植物的泛称。多为一年生或多年生草本植物，大多生长在水边，花为穗状花序或头状花序，白色或浅红色。李时珍在《本草纲目》中说："古人种蓼为蔬，收子入药……后世饮食不用，人亦不复栽，惟造酒曲者用其汁耳。"有的蓼可以当蔬菜吃，或用来蒸鱼，有的蓼可以做酒曲，《遵生八笺》里提供了做酒曲的方法："用糯米不拘多少，以蓼捣汁，浸一宿，滤出，以面拌匀，少顷，筛出浮面，用厚纸袋盛之，挂通风处。夏月制之，两月后可用。以之造酒，极醇美可佳。"《花镜》："蓼，辛草也，有朱蓼青蓼紫蓼香蓼木蓼水蓼马蓼七种。"

《遵生八笺》："花开蓓累而细，长二寸，枝枝下垂，色粉红可观，惟水边更多，故俗名水红花也。"从颜值上和高度上看红蓼最具有观赏性。

红蓼乃一年生草本，能长到2米，上部多分枝，顶生或腋生的总状花序呈穗状，长3—7厘米，花紧密，细看小小米粒大的碎花非常精美。整株红蓼枝条高而柔，粉红色花穗高高低低点缀在枝头叶间，枝枝低垂，绿叶红花，随风轻摇，尤其临水照影，更显得温婉清新，婀娜多姿。又名茳草，水荭，游龙，《诗经·郑风·山有扶苏》云："山有乔松，隰有游龙。不见子充，乃见狡童。"其中游龙即红蓼。红蓼的干燥成熟果实还有个好听的名字：水红花子。

红蓼在文人的笔下多有表现，多和芦苇菊花残荷搭配，非常具有画面感，大多具有清冷和伤感意象，如宋刘克庄《蓼花》："分红间白汀洲晚，拜雨揖风江汉秋。看渠耐得清霜去，却恐芦花先白头。"是红蓼和芦苇搭配的景致。宋秦观《满庭芳》："红蓼花繁，黄芦叶乱，夜深玉露初零。"也是红蓼和芦苇搭配。

唐郑谷《蓼花》："蓛蓛复悠悠，年年拂漫流。差池伴黄菊，冷淡过清秋。"是红蓼和菊花搭配的景致。

宋晏几道《燕归梁》："莲叶雨，蓼花风。秋恨几枝红。"则是莲叶和红蓼搭配的景致，画面色彩浓烈。

也有的文人表示很喜欢红蓼，如宋陆游《蓼花》："十年诗酒客刀洲，每为名花秉烛游。老作渔翁犹喜事，数枝红蓼醉清秋。"白居易《东坡秋意》："秋池少游客，唯我与君俱。啼蛩隐红蓼，瘦马蹄青芜。"即使喜欢，也是有种强颜欢笑的心情在，总之或悲或喜，秋风秋雨中的红蓼花总是格外惹人秋思。

第四十回贾母带领刘姥姥离开潇湘馆，往紫菱洲蓼溆一带走，坐船到秋爽斋。再从秋爽斋到荇叶渚坐船到花溆，贾母因见岸上的清厦旷朗，知道是宝钗的蘅芜苑，便顺着云步石梯上去蘅芜苑了，可见蘅芜苑和花溆一起，而宝钗住在高处，花溆一带的蓼花当经常可见，所以她在《忆菊》中起首写道："怅望西风抱闷思，蓼红苇白断肠时。"

除花溆之外，大观园里还有多处有蓼花，如紫菱洲、蓼风轩等。

第七十九回迎春被邢夫人接出大观园后，宝玉天天到紫菱洲一带地方徘徊瞻顾，见其轩窗寂寞，屏帐翛然，再看那岸上的蓼花苇叶，池内的翠荇香菱，也都觉摇摇落落，似有追忆故人之态，迥非素常逞妍斗色之可比。既领略得如此寥落凄惨之景，是以情不自禁，乃信口吟成一歌曰：

池塘一夜秋风冷，吹散芰荷红玉影。蓼花菱叶不胜愁，重露繁霜压纤梗。

不闻永昼敲棋声，燕泥点点污棋枰。古人惜别怜朋友，况我今当手足情！

关于紫菱洲的景色描写只有此处。洲是水中的陆地，菱是菱角，此处得名可能是因为附近池水里盛产菱角。第三十七回，袭人打发老宋妈妈给湘云送礼物，其中有两个小掐丝盒子，其一里面装的是红菱和鸡头两样鲜果，说是今年这里园里新结的果子，极有可能就是紫菱洲附近出产。岸上种有蓼、芦苇，池内种有荇、菱、荷，是典型的野趣水景设计。第二十三回说贾迎春住了缀锦楼，第三十七回中宝钗道："他住的是紫菱洲，就叫他'菱洲'。"第八十回迎春归省，哭哭啼啼，王夫人问在哪里安歇，迎春道："乍乍的离了姊妹们，只是眠思梦想。二则还记挂着我的屋子，还得在园里旧房子里住得三五天，死也甘心了。不知下次还可能得住不得住了呢！"那么这个缀锦楼应在紫菱洲上。

第二十三回中说惜春住了蓼风轩，这个蓼风轩四周当也有蓼花，后文又说惜春住的是暖香坞，倘若她住进大观园后没有搬家，那么从宝钗在第三十七回中说的"四丫头在藕香榭，就叫他'藕榭'就完了"这句话来看，暖香坞、蓼风轩和藕香榭属于同一景区。

红蓼，美丽的却只是一年生的草本，随风飘摇，不耐寒冬。和紫菱洲主人迎春懦弱、随和的性格相对应，也和蓼风轩主人惜春清冷的独卧青灯古佛旁的生涯相呼应。

为什么林黛玉满意芙蓉花签

零捌

木芙蓉

《红楼梦》第六十三回,寿怡红群芳开夜宴,安排女儿们抽花签,香菱掷了个六点,该黛玉掣,此时作者写了句黛玉的心理活动,黛玉默默地想"不知还有什么好的被我掣着方好",显示出这个心比别人多一窍的姑娘心思玲珑,多虑多思,这个感性的女儿对自己的命运充满了狐疑和迷惘,她对这个花签有着格外的期盼和重视。

黛玉抽中的是芙蓉,花签上,画:一枝芙蓉,字:风露清愁,诗:莫怨东风当自嗟。注:自饮一杯,牡丹陪饮一杯。众人笑说:"这个好极。除了她,别人不配作芙蓉。"黛玉的表现呢?黛玉也自笑了。说明黛玉很认可这个芙蓉。

木芙蓉是我国传统名花,落叶灌木或小乔木,《花镜》评价其:"清姿雅质,独殿群芳,乃秋色之最佳者。"木芙蓉艳如荷花,叶似梧桐,大而有尖,晚秋开花,花有单瓣有复瓣,花或白或粉或红。

木芙蓉于霜降时节开花，傲气足以拒霜，古人对之有极高的评价，认为它潇洒无俗姿，不怨东风，有君子之风。如"短蓬轻楫自为家，羞上胭脂渚畔槎。莫讶风鬟吹不乱，芙蓉原是拒霜花"，据说是一渔女所作，以拒霜芙蓉自拟。

黛玉抽中的花笺诗出自宋欧阳修《明妃曲·再和王介甫》：

汉宫有佳人，天子初未识；一朝随汉使，远嫁单于国。绝色天下光，一失难再得。虽能杀画工，于事竟何益！耳目所及尚如此，万里安能制夷狄！汉计诚已拙，女色难自夸；明妃去时泪，洒向枝上花；狂风日暮起，飘泊落谁家？红颜胜人多薄命，莫怨东风当自嗟。

明妃王昭君的故事林黛玉很熟悉，她的五美吟里有《昭君》："绝艳惊人出汉宫，红颜薄命古今同。君王纵使轻颜色，予夺权何畀画工？"跟欧阳修的见解差不多。而此首诗中的"明妃去时泪，洒向枝上花"和黛玉用在《葬花辞》里"独倚花锄泪暗洒，洒上空枝见血痕"句有异曲同工之妙。

林黛玉诗号潇湘妃子，取娥皇女英洒泪竹上成斑的典故，潇湘地区人多爱芙蓉，芙蓉广植，有秋风万里芙蓉国之称。花签上的题字是"风露清愁"，而黛玉爱哭，临风洒泪之事常有，这个风露清愁也非常符合她。

《花镜》曰："昔蜀后主，城上尽种芙蓉，名曰锦城。"成都四十里尽种木芙蓉，开花时分高下相照，真不是一般的锦绣，这个后蜀孟昶作过一首《避暑摩诃池上作》诗："冰肌玉骨清无汗，水殿风来暗香暖。帘开明月独窥人，欹枕钗横云鬓乱。起来琼户寂无声，时见疏星渡河汉。屈指西风几时来，只恐流年暗中换。"这首诗是写给花蕊夫人的，也就是亡国后写过"十四万人齐解甲，更无一个是男儿"

的宫妃，多年后苏轼因为只记得这首诗中的两句，就作了一首《洞仙歌》："冰肌玉骨，自清凉无汗。水殿风来暗香满。绣帘开、一点明月窥人，人未寝，欹枕钗横鬓乱。起来携素手，庭户无声，时见疏星渡河汉。试问夜如何，夜已三更，金波淡、玉绳低转。但屈指、西风几时来，又不道流年、暗中偷换。"比原文更精妙。木芙蓉的皮可以沤麻作线，纺织成纱，可作衣，暑月衣之凉爽，且无汗气。花蕊夫人避暑所着极可能就是芙蓉衫，木芙蓉纱当然也可做芙蓉帐芙蓉被。

此外，木芙蓉花有朝开暮落的特点，早上初开白色，皎洁如月，中午粉红如美人初醉，傍晚深红艳若桃花，也称三醉芙蓉、酒醉芙蓉。早晨可见一枝上花色有白有红，中午则粉红深红，"昨日一花开，今日一花开。今日花正好，昨日花已老"，早上娇美的花朵，晚上就要萎谢，花在第二天谢后有的花瓣反转缩成一团悄然落地，有的会缩小成团，宛如未开放的花苞，只是难返枝头，是再也不会开放的了，一朵花的花期如此之短，只有一天灿烂，一瞬芳华，正如李嘉佑《秋朝木芙蓉》所说："平明露滴垂红脸，似有朝愁暮落悲。"花若有知，亦会悲伤到难以自持吧。明谢肇淛《五雜组》对孟昶的锦城有过分析："然木芙蓉极易长，离披散漫至不可耐，及其衰也，残花败叶委藉狼狈，萧索之状无与为比，此与朝菌、木槿何异？而乃夸以为丽，其败亡也不亦宜乎？"

三醉芙蓉尤其是白色逐渐转向粉色芙蓉的时刻，不由得令人想起黛玉题帕三绝的夜晚："林黛玉还要往下写时，觉得浑身火热，面上作烧，走至镜台揭起锦袱一照，只见腮上通红，自羡压倒桃花，却不知病由此萌。"白色芙蓉花在秋风中摇摇曳曳，一天之内转成粉色，再转成深红，然后在最美丽的芳年凋谢，回应那些在芳年夭折的美丽青春。

芙蓉花大色艳，复瓣品种花形与牡丹有相似之处，故也叫秋牡丹，跟春天开的牡丹相映照，所以花签上写牡丹陪饮一杯。白居易在《长恨歌》中，以芙蓉来比喻杨贵妃的美貌"芙蓉如面柳如眉"。花签中牡丹是宝钗，宝钗跟芙蓉的关系在于宝钗的冷香丸配方原料："春天开的白牡丹花蕊十二两，夏天开的白荷花蕊十二两，秋天的白芙蓉花蕊十二两，冬天的白梅花蕊十二两。"其中有白芙蓉花蕊。

总结一下，木芙蓉具有拒霜的品格，清高脱俗，和牡丹相比，雍容不及而清雅胜之，风露清愁，娇艳而脆弱，和黛玉的气质非常符合。因而黛玉对抽中芙蓉花没有意见。

《红楼梦》中还有一位姑娘，作者直接名之为芙蓉女儿——晴雯。

维太平不易之元，蓉桂竞芳之月，无可奈何之日，怡红院浊玉，谨以群花之蕊，冰鲛之縠，沁芳之泉，枫露之茗，四者虽微，聊以达诚申信，乃致祭于白帝宫中抚司秋艳芙蓉女儿之前曰……

——《芙蓉女儿诔》

第七十八回，宝玉文思泉涌，先是在贾政书房中以长篇歌行体滔滔不绝而就《姽婳词》，回到园子，猛然见池上芙蓉，想起小鬟说晴雯作了芙蓉之神，一心凄楚转为喜欢。他突发奇想，打算写份别开生面的诔文，需要洒泪泣血，一字一咽，一句一啼，宁使文不足悲有余，万不可尚文藻而反失悲戚。如此"方不负我二人之为人"，说到做到，通篇《芙蓉女儿诔》洋洋洒洒而就，言辞恳切，文采生动，堪称佳作，此长篇祭文可谓是宝玉最用心之作，这个可怜的娃，他是真的相信晴雯做了芙蓉花神。也许只能如此，方能忘却晴雯病榻上的狼狈，忽略晴雯临死前声声呼唤娘的悲音，缓解他内心的愧疚和不安，以及不敢触及的，对亲妈错综复杂的感情，会有一丝怨恨吗？

这篇文长，宝玉将之挂在芙蓉花枝上进行祭奠。起首即提及"蓉桂竞芳之月"，农历八月，木芙蓉和桂花竞相开放，一清丽一芬芳，算得八月花的典型代表。

木芙蓉花开的秋季与"风霜刀剑严相逼"的环境对应。朝开暮落短暂的花期用来暗示黛玉和晴雯的早夭也是适合的。

芙蓉性喜近水，《长物志》："宜植池岸，临水为佳，若他处植之，绝无丰致。"《雅称》："芙蓉襟闲，宜寒江，宜秋沼，宜微霖，宜芦花映白，宜枫叶摇丹。"芙蓉若植于池旁溪畔，花开时节，秋风凉爽，百花凋零，芙蓉花开秋水寒，秋水映照花色，波光花影，分外清丽。王安石："水边无数木芙蓉，露染胭脂色未浓。"若再加上芦叶红枫为点缀，则更是美不胜收，是诗人眼中绝美的秋季景观。《花镜》中解释了水边种芙蓉的一个原因是因为："俗传叶能烂獭毛，故池塘有芙蓉，则獭不敢来。"令人大跌眼镜。

《本草纲目》中写了一个附方："久咳羸弱，九尖拒霜叶为末，以鱼酢蘸食，屡效。"看了不禁拍案惋惜，这个方子非常适合黛玉使用啊。

生于水中的荷花又叫水芙蓉，也名芙蓉，经常和木芙蓉混淆。二者一水一陆，一草本一木本，差别很大，花期也不同，若相伴而种，水中荷花，水畔木芙蓉，交相辉映，极有情趣，如白居易所写："莫怕秋无伴醉物，水莲花尽木莲开。"大观园中的水边池畔多种有芙蓉，水中池中种有荷花，水陆两种芙蓉此开彼消，相映成趣，典型的如藕香榭景区"芙蓉影破归兰桨，菱藕香深写竹桥"，便是如此设置。

木芙蓉花

为什么宝钗
玫绿玉为绿蜡

零玖

芭　蕉

　　元春是个爱读书的奇女子，贤德妃加凤藻宫尚书的称号不是虚名，真是有德有才。她希望弟弟妹妹们读书上进，尤其对宝玉，未入学堂之先，三四岁时，已得贾妃手引口传，教授了几本书、数千字在腹内了，其名分虽系姊弟，其情状有如母子。"千万好生扶养，不严不能成器，过严恐生不虞，且致父母之忧。"这份清醒实属难得。她好容易回来省亲，还要借机会考考弟弟妹妹们，了解下宝玉的学识水平。

　　姊妹辈们一匾一诗，独宝玉要写四首五律。迎春探春用七绝，李纨宝钗用七律，黛玉选择和宝玉一样的五律。宝玉写怡红院时，宝钗看到"绿玉春犹卷"，建议宝玉将玉字改成蜡字。因为贾妃"因不喜'红香绿玉'四字，改了'怡红快绿'；你这会子偏用'绿玉'二字，岂不是有意和他争持了"？熙熙攘攘中，唯有宝钗理解了元春改红香绿玉的原因是因为不喜欢用玉字。宝钗心思缜密，留心揣摩，善于从别人角度思考问题，处理事情周全周到，可见一斑。

怡红院蕉棠两植，在宝玉看来，其意暗蓄红绿二字在内。若只说蕉，则棠无着落；若只说棠，蕉亦无着落。固有蕉无棠不可，有棠无蕉更不可。因而宝玉题了红香绿玉四字，元春改作怡红快绿，不能不说元春的改动比宝玉的高明，红香绿玉俗气了点，只突出了海棠有红有香和芭蕉有绿如玉的特点，况且玉字的确用得烂俗，正如凤姐听见小红原名红玉时候的表现，凤姐将眉一皱，把头一回，说道："讨人嫌的很！得了玉的益似的，你也玉，我也玉。"将名字中的字挂在匾额上的确也不太妥当，而怡红快绿则一派清爽富贵气象，且更加精准，还涵盖了怡红院其他植物如玫瑰、蔷薇、宝相、松树等。不过最终的匾额是怡红院，只怡了红，漏了绿。红尘万丈，红字更能体现温柔富贵乡的特点，绿只是陪衬。

芭蕉，常绿大型多年生草本，《埤雅》："蕉不落叶，一叶舒则一叶焦，故谓之蕉。俗谓干物为巴，巴亦蕉意也。"《花镜》："芭蕉一名芭苴，一名绿天。"芭蕉扶疏似树，叶翠广舒，种在庭院或天井，或斜傍一角山石，取其青翠雅致，或搭配其他花色的植物以相映成趣，如绿了芭蕉红了樱桃、如芭蕉叶大栀子肥等。

宝玉做成的"怡红快绿"将芭蕉和海棠形容为两位美少女。怡红院的芭蕉除了和海棠对植，还搭配石头，因而宝玉诗中有"倚石护青烟"，石头和芭蕉都是静止的，有画意。此外还安排了动物仙鹤和芭蕉配合，更加突出芭蕉的美，如三十六回宝钗独自行来，顺路进了怡红院，意欲寻宝玉谈讲以解午倦。不想一入院来，鸦雀无声，一并连两只仙鹤在芭蕉下都睡着了。仙鹤芭蕉的意境如同一幅缥缈出尘的画。

宝钗改绿蜡是有典故的，绿蜡出自唐代钱珝《未展芭蕉》："冷烛无烟绿蜡干，芳心犹卷怯春寒。一缄书札藏何事，会被东风暗拆看。"芭蕉的新叶初呈卷曲状，将展未展之际如书页被卷，别具情趣。此诗将初生芭蕉叶片卷曲状形容为书写了少女心曲情怀的书札，非常形象。李商隐也有"芭蕉不展丁香结，同向春风各自愁"句。

芭蕉叶子巨大，给人以强烈的视觉美感，蕉叶梧桐叶、贝叶棕、红叶都可以题字，芭蕉叶子那么大，当然更是纸张诗意的替代品，连古板正经的贾政也引用了一句："书成蕉叶文犹绿。"典故是唐朝怀素在芭蕉叶上练习草书，终成大家。其实芭蕉叶的表面有一层蜡质，并不吸水或吸墨，题诗芭蕉滑，从这点看绿蜡比绿玉更贴切。

芭蕉质则非木，并非木本，并无实心的树干，我们说的芭蕉树干也只是假茎，因此佛经以芭蕉的空心来比喻空，如《大智度论》："诸法如芭蕉，一切从心生；若知法无实，是心亦复空。"《维摩诘经》："是身如芭蕉，中无有坚。"《水沫所漂经》："想如夏野马，行如芭蕉树。"《杂阿含经》："色受想行识亦如聚沫、尘埃、芭蕉。""观色如聚沫，受如水上泡，想如春时焰，诸行如芭蕉，诸识法如幻。""譬如明目士夫，求坚固材，执持利斧，入于山林，见大芭蕉树，佣直长大，即伐其根，斩截其锋，叶叶次剥，都无坚实。谛观思维分别时，无所有、无牢、无实。"唐大颠禅师注心经："学道之人，如剥芭蕉，去一重又去一重，直到去尽，无下手处，反本得原，得五蕴空。"此外，芭蕉叶振摇的形态也被用来形容心中的忧虑烦恼。

《广东新语》记录了一种能织布的芭蕉,名蕉麻,以蕉身熟踏之,煮以纯灰水,漂瀹令乾,乃绩为布,名蕉布。屈大均有《蕉布行》:"芭蕉有丝犹可绩,绩成似葛分絺绤。女手纤纤良苦殊,余红更作龙须席。蛮方妇女多勤劬,手爪可怜天下无。花针白越细无比,终岁疋衣其夫。竹与芙蓉亦为布,蝉翼霏霏若烟雾。入筒一端重数铢,拔钗先买芭蕉树。花针挑出似游丝,八熟珍蚕织每迟。增城女葛人皆重,广利娘蕉独不知。"《花镜》也说:"其茎皮解散如丝,绩以为布,即今蕉葛。"可惜如今已经不见蕉布做的衣服,徒然令人向往。

《红楼梦》中除了怡红院,还有多处提到芭蕉。第一回甄士隐于炎夏永昼时书房闲坐,梦中见识到即将下凡的通灵宝玉,后来一声霹雳,有若山崩地陷。士隐大叫一声,醒来定睛一看,只见烈日炎炎,芭蕉冉冉。可见他的书房窗前种了芭蕉。这个冉冉真是用得好,在书房窗前种植芭蕉,绿影婆娑,映照窗纱,炎夏中令人生清凉之感,也有屏障作用,非常符合古代文人的审美情趣。芭蕉分绿上窗纱,虚窗蕉影玲珑。李清照:"窗前谁种芭蕉树,阴满中庭。阴满中庭,叶叶心心,舒卷有舍情。"

大观园里怡红院、潇湘馆、秋爽斋都种有芭蕉,还有专门的区域种植芭蕉,名为芭蕉坞。

"金紫万千谁治国,裙钗一二可齐家。"堪称女儿中豪杰的三姑娘探春别号蕉下客,是因为她住的秋爽斋院子里种有芭蕉梧桐,而探春最喜芭蕉。也是暗用了怀素用芭蕉叶练习书法的典故,因为探春喜书法,也长于书法,后来大家纷纷称她为蕉丫头。这个蕉下客也有另一个典故,黛玉解释得很清楚:"古人曾云'蕉叶覆鹿'。他自称'蕉下客',可不是一只鹿了?快做了鹿脯来。"当然是黛玉的曲解,黛玉将探春戏谑成一只鹿,黛玉真是风趣且伶牙俐齿,知识丰富也善于活学活用。

潇湘馆后院也种有芭蕉,有大株梨花兼着芭蕉。《幽梦影》:"蕉与竹令人韵。"《闲情偶寄》:"蕉能韵人而免于俗,与竹同功。"潇湘馆只种竹子未免单调,加上芭蕉和梨花则丰富多了。

芭蕉叶大宽阔,雨声滴落上面声音也特别响亮。广东有丝竹乐《雨打芭蕉》,曲意即是表现雨中芭蕉之美。而当秋雨打上芭蕉叶的时候,常常令人与孤独忧愁特别是离情别绪相联系,在声声滴雨的凄怆中,愈发缠绵悱恻,吴文英《唐多令》:"何处合成愁?离人心上秋。纵芭蕉,不雨也飕飕。"葛胜冲《点绛唇》:"闲愁几许,梦逐芭蕉雨。"红楼梦中也化用了这个意境。第四十五回黛玉自在枕上感念宝钗,一时又羡他有母兄;一面又想宝玉虽素习和睦,终有嫌疑。又听见窗外竹梢蕉叶之上,雨声渐沥,清寒透幕,不觉又滴下泪来。终究是客居,潇湘馆中除了雨打芭蕉,还加上雨滴竹梢,那凄清的场景真不是一般人所能承受。

芭蕉是古典园林中不可或缺的重要植物,然芭蕉在江南一带很少结实,"秾华易迁,繁蕉不实。""含萼不结核,敷花何由实。"南方的芭蕉举目可见,花亦美,宋杨万里写诗赞曰:"骨相玲珑透八窗,花头倒挂紫荷香。"

芭蕉在南方开花结实,果实累累,毫不含糊,在张爱玲的笔下是另一番情形,"满山的棕榈、芭蕉,都被毒日头烘焙得干黄松鬈,像雪茄烟丝。"已经全然没有了文学作品中的优雅和雍容,长在野外,新叶旧叶纠结在一起,杂乱混杂,和其他植物竞争生长，面临的是烈日下生存的压力。

关于芭蕉，张爱玲在《倾城之恋》中另有一段精彩的描写："杯里的残茶向一边倾过来，绿色的茶叶黏在玻璃上，横斜有致，迎着光，看上去像一棵翠生生的芭蕉。底下堆积着的茶叶，蟠结错杂，就像没膝的蔓草和蓬蒿。"张爱玲敏锐的观察力体现在精巧的细节描写中，以小见大，茶杯里的芭蕉、蔓草和蓬蒿扩大即是柳原和流苏所处的具有浓郁南方特色的绿色世界。

到了张爱玲笔下，芭蕉呈现出一番迥异古典意象的情调。或许，如今我们面对芭蕉等这些古典意象，既能够体味古诗词里的情味，也能摆脱出来，感受到另一种清新呢？

芭蕉

探春为何
舍梧桐择芭蕉

拾

梧桐

《园冶》推崇"半窗碧隐蕉桐",我国古典园林中,芭蕉和梧桐是非常好的搭配,二者叶片都宽大,具有豪爽大气的气场,种在一起是绿上加绿,尤其适合夏日养眼。大观园里也有这样应用的,典型地点就是探春住的秋爽斋院落,此处芭蕉梧桐尽有。

第三十七回宝玉、宝钗、黛玉、迎春、惜春、李纨被探春以花笺招到秋爽斋,成立诗社,各人起诗号。

探春笑道:"我就是'秋爽居士'罢。"宝玉道:"居士、主人到底不恰,且又瘰赘。这里梧桐芭蕉尽有,或指梧桐芭蕉起个倒好。"探春笑道:"有了,我最喜芭蕉,就称'蕉下客'罢。"

潇湘妃子、蘅芜君、怡红公子、稻香老农、藕榭、菱洲等名都嵌了点主人所在院落名,湘云的枕霞旧友也是跟史家的枕霞阁有关,而蕉下客别致有趣,有名士风范，不落俗套，比秋爽居士好多了。探春在芭蕉梧桐中选择了芭蕉，也许是因为这里的梧桐长得不是很好，还没有成气候，因为第四十回贾母隔着纱窗往后院内看了一回，说道："后廊檐下的梧桐也好了，就只细些。"相比较，芭蕉更得三姑娘的欢心。

梧桐在中国文学中是很有灵性的树，传说梧桐能引来凤凰，凤凰择木而栖，非梧桐不落。《诗经》："凤凰鸣矣，于彼高冈。梧桐生矣，于彼朝阳。奉奉萋萋，雍雍喈喈。"凤凰和鸣在梧桐上，非常唯美的景象。

虞世南写了首《蝉》："垂绥饮清露，流响出疏桐。居高声自远，非是藉秋风。"蝉在梧桐上鸣叫，也多了份高洁。第三十回中赤日当空，树荫合地，满耳蝉声，静无人语。是大观园里夏日午后时光，蝉声不断，梧桐的汁液对于蝉而言，并没有特别之处，树树可栖，枝枝可鸣。

宝玉的秋夜即诗有"井飘桐露湿栖鸦"，井边桐叶上的露水，打湿了栖息在树上的乌鸦，是夜深冷清的景色。梧桐倒是无所谓，具有包容心态，也允许乌鸦的栖息。梧桐种植在井边，古典作品中常有这样的意象，如唐鱼玄机："井边桐叶鸣秋雨，窗下银灯暗晓风。"唐张籍："梧桐叶下黄金井，横架辘轳牵素绠。"同样是在秋夜，晴雯病榻上直着脖子叫了一夜的娘，早起就闭了眼，住了口，世事不知，也出不得一声儿，只有倒气的分儿了。宝玉在《芙蓉女儿诔》里写道："桐阶月暗，芳魂与倩影同销。"是多么可怖可悲的秋月夜。

梧叶忽惊秋落，梧桐是树干挺拔的落叶乔木，叶子大，落下来的阵势也大，梧桐一落叶，天下尽知秋，"桐剪秋风"为秋天大观园风景点之一。

秋天的梧桐也是和离愁别恨常常关联，若加上秋雨那更是凄清，"梧桐树，三更雨，不道离情正苦。一叶叶，一声声，空阶滴到明。""梧桐更兼细雨，到黄昏，点点滴滴。这次第，怎一个愁字了得。""春风桃李花开夜，秋雨梧桐叶落时。"

不知道当寂寞梧桐深院锁清秋的时分，好强的积极向上的三姑娘有没有路漫漫其修远兮，吾将上下而求索的孤独之感？只是我们知道，她在梧桐树下徘徊良久的身影毕竟也是寂寞孤独的，第三十六回她在给宝玉的花笺中开头就是："前夕新霁，月色如洗，因惜清景难逢，讵忍就卧，时漏已三转，犹徘徊于桐槛之下，未防风露所欺，致获采薪之患。"一不小心，探春在月下桐槛旁受凉感冒啦。

还有一位姑娘在梧桐下徘徊过。第一次诗社活动在秋爽斋进行，题目是"咏白海棠限门盆魂痕昏"，宝钗黛玉宝玉探春四人参加，探春的大丫鬟侍书一样预备下四份纸笔，四人便都悄然各自思索起来。独黛玉或抚梧桐，或看秋色，或又和丫鬟们嘲笑。

秋爽斋的梧桐见证了探春和黛玉两位聪颖女孩的细腻心思。

《天龙八部》里，段誉也在梧桐树下徘徊过，为了单恋他心爱的王语嫣。第四十五回的回目是枯井底，污泥处，段誉"眼见月光从窗格中洒将进来，一片清光，铺在地下。他难以入睡，悄悄起身，走到庭院之中，只见墙角边两株疏桐，月亮将圆未圆，渐渐升到梧桐顶上。这时盛暑初过，但甘凉一带，夜半已颇有寒意，段誉在桐树下绕了几匝……"这个具有宝玉风范的男主角是个多情种子，重情的人劳心劳力，生怕情多累美人，往往却容易为情所苦为情所伤。只是段誉和宝玉性格不同，因而心态结局不同，也是作者不忍心让结局白茫茫一片的缘故吧。

有一个著名的桐叶封弟的故事，周成王还是少年的时期，周公辅政，成王和幼弟叔虞玩耍，削桐叶成圭形，拿着说封他，周公认为天子无戏言，成王就将唐地封给叔虞，后称唐叔虞。为此，唐柳宗元写了一篇议论文《桐叶封弟辨》，认为不当。

梧桐还象征着坚贞的爱情，因为是心形的叶片，《孔雀东南飞》的结尾："东西植松柏，左右种梧桐。枝枝相覆盖，叶叶相交通。"梧桐木材还宜制乐器，中国古代有四大名琴之说，其中蔡邕的焦尾琴就是从火中抢救吴人烧火的梧桐木制成。蜀中才女薛涛八岁能诗，其父以咏梧桐为题，吟了两句诗："庭除一古桐，耸干入云中。"薛涛应声即对："枝迎南北鸟，叶送往来风。"真是不明觉厉，她的对句竟然预示了她后来作为赋诗娱客的诗伎命运。

实际上当站在梧桐树前，特别是开的细琐的小花前，实在是难以想象这是文学作品里那么诗情画意的植物。秋天梧桐的果实倒是可以一观，种子能吃，炒熟了可食或榨油。

"一声梧叶一声秋，一点芭蕉一点愁"，秋爽斋梧桐和芭蕉的阔叶，不但承载了夜雨的滴落、秋风的吹拂，更承载了探春未来数不尽的离情愁绪。

梧桐

孤标傲世偕谁隐？

拾壹

菊 花

菊在中国有非常悠久的栽培历史，也是世界菊花的起源中心，早在《礼记》中就有"季秋之月，菊有黄花"的记载。最初不是叫菊，而是鞠，因为菊花的头状花序包含许多舌状花与管状花，舌状花常称之为花瓣，管状花俗称为花心，整体类似于作为体育用品拿来踢的蹴鞠。李时珍在《本草纲目》里有另一番解释："菊本作蘜，从鞠，鞠，穷也。《月令》：九月，菊有黄花。华事至此而穷尽，故谓之蘜。"和唐元稹《菊花》诗中"不是花中偏爱菊，此花开尽更无花"同一个意思。菊花以黄色居多，《花镜》里说："以黄为贵。"所以也常称为黄花，明谢肇淛《五雜组》："黄者，天地之正色也。凡香皆不以色名，而独菊以黄花名，亦以其当摇落之候而独得造化之正也。然世人好奇，每以绯者、墨者、白者、紫者为贵，至于黄则寻常视之矣。"菊花经过演变，已经是品种繁多、花朵色彩多样了，自然各有所爱。

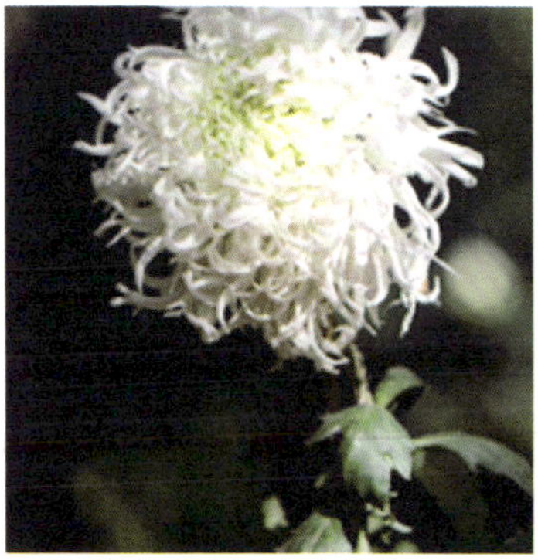
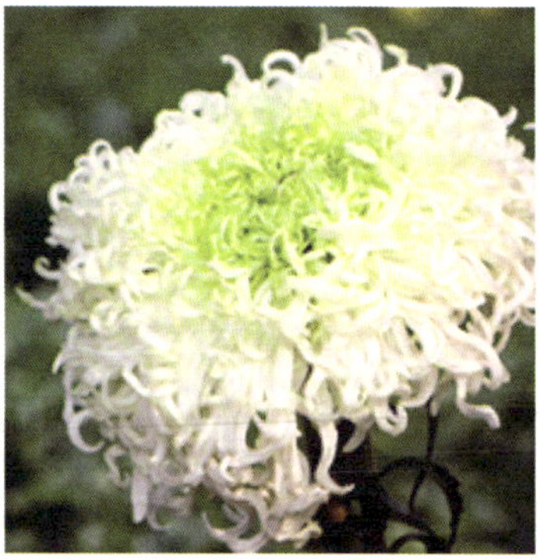
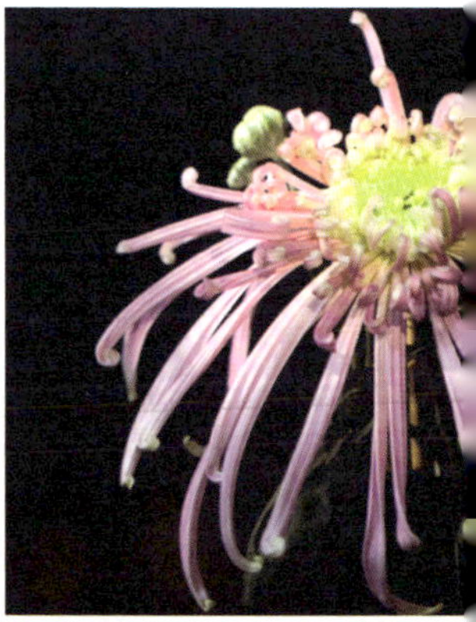
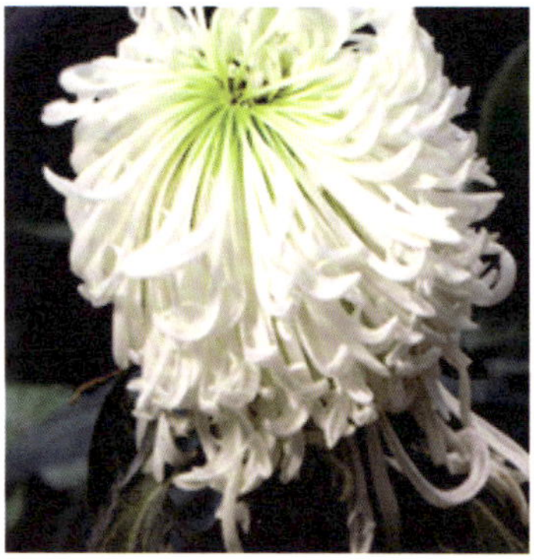
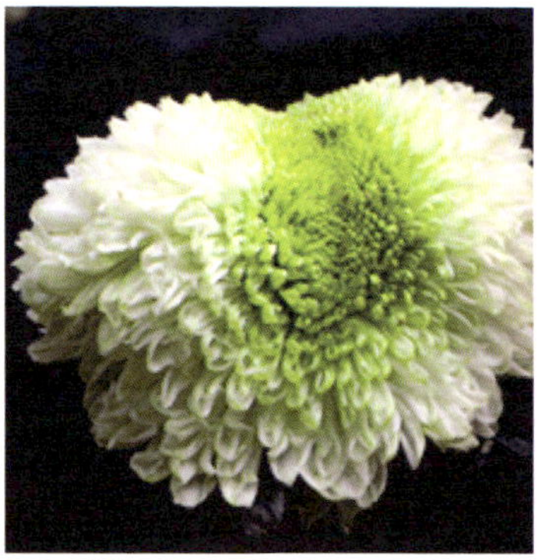
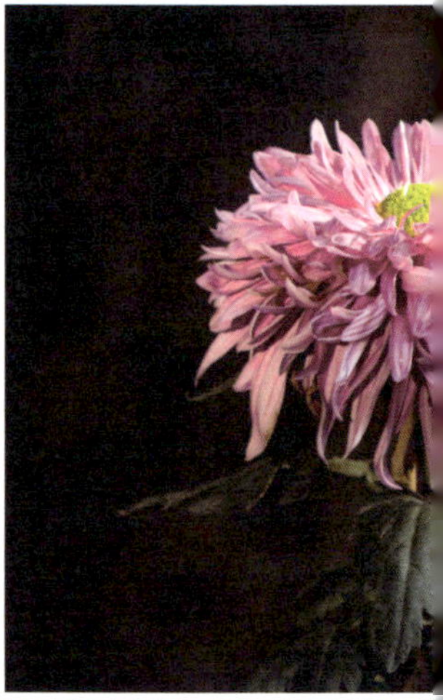
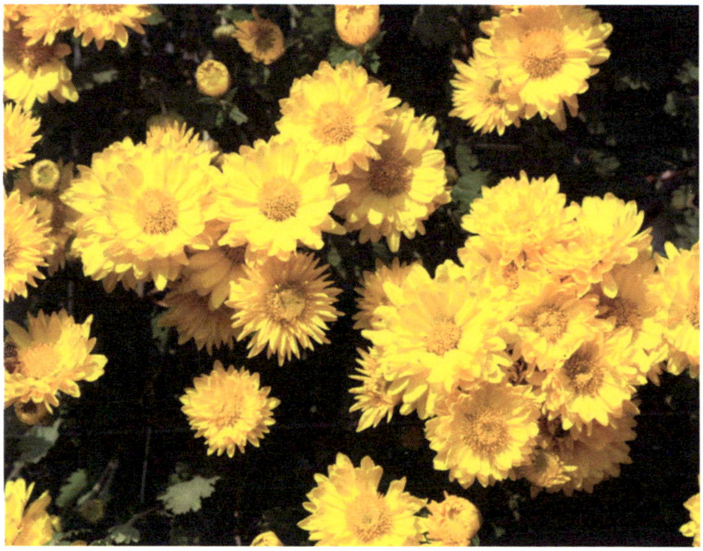
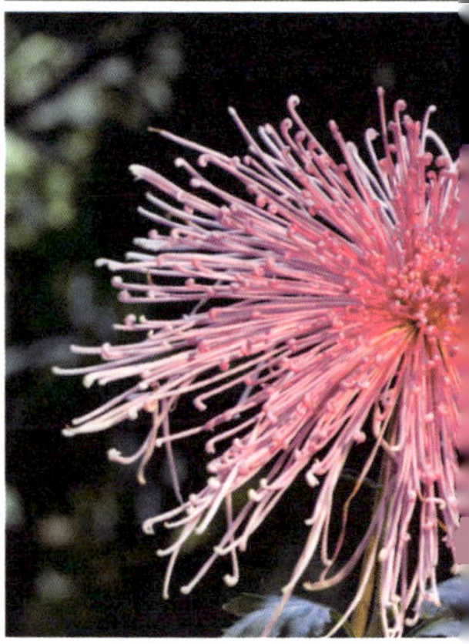

菊花

菊盛开在秋天，被赋予傲霜斗寒、独立寒秋的品格，和梅、兰、竹共列为四君子。屈原以"春兰兮秋菊，长无绝兮终古"表明了洁身自好、不同流合污的人生态度。更著名的爱菊之典范是"采菊东篱下，悠然见南山"的陶渊明。李清照以"莫道不销魂，帘卷西风，人比黄花瘦"句盖过了先生赵明诚的才华。李时珍在《本草纲目》中盛赞菊花："其苗可蔬，叶可啜，花可饵，根实可药，囊之可枕，酿之可饮，自本至末，罔不有功。宜乎前贤比之君子，神农列之上品，隐士采入酒斝，骚人餐其落英。"在金庸小说《连城诀》里，丁典和凌霜华的凄美爱情故事，便是因菊花而起。在菊花会中，两人因对菊花的妙赏而相识相爱。凌霜华这个名字，也暗示着人物有着菊花般的精神。菊花被用来塑造人物形象，非常成功。

菊花在《红楼梦》中有浓墨重彩的展示。

一、赏菊

贾府诸人也有着赏菊的爱好。第十回贾敬的寿辰，贾珍尤氏想请贾母赏菊花，说起天气正凉爽，满园的菊花又盛开，请老祖宗过来散散心，看着众儿孙热闹热闹。那满园的菊花是什么景色呢？通过王熙凤的眼睛看到："黄花满地，白柳横坡。"这个时候还没有大观园，这个园子是宁国府的花园，会芳园。

二、簪菊

三十九回贾母带刘姥姥逛大观园，是八月份。一大早，李纨带领小厮丫头婆子去大观园搬游玩用的工具。贾母来的时候，

李纨忙迎上去，笑道："老太太高兴，倒进来了。我只当还没梳头呢，才

撷了菊花要送去。"一面说，一面碧月早捧过一个大荷叶式的翡翠盘子来，里面盛着各色的折枝菊花。贾母便拣了一朵大红的簪于鬓上。因回头看见了刘姥姥，忙笑道："过来带花儿。"一语未完，凤姐便拉过刘姥姥，笑道："让我打扮你。"说着，将一盘子花横三竖四的插了一头。

可见撷花送与贾母妆饰也是李纨的日常工作之一。

菊花能久开不败，慢慢枯萎于枝头而不是一瓣瓣落下，所以有"宁可枝头抱香死，何曾吹落北风中"的赞美，也因而发间簪菊比较可靠，花在发上不易变形，能保持新鲜久一点，贾母鬓发如银，配上大红的菊花，红白搭配，非常妥当庄重而且醒目。

探春做了首诗《簪菊》，后半段是："短鬓冷沾三径露，葛巾香染九秋霜。高情不入时人眼，拍手凭他笑路旁。"写得实在是精彩，准确把握了菊花冷香的特点，短鬓和葛巾均是男儿装扮，全诗有潇洒不羁的男子气概，博得宝钗大力赞赏："你的'短鬓冷沾''葛巾香染'，也就把簪菊形容的一个缝儿也没了。"簪菊花，是重阳的风俗。而红楼把簪菊写入普通日常的生活里，使得红楼里的日常生活细节异常的诗化和精致，富有美感。

三、插瓶

贾府自然还把菊花作为日常插花装饰。如探春、宝钗屋里就有新鲜菊花插瓶。探春作的诗《簪菊》有"瓶供篱栽日日忙"，真的是表达了对菊花的特别喜爱。湘云《供菊》："弹琴酌酒喜堪俦，几案婷婷点缀幽。隔座香分三径露，抛书人对一枝秋。"也是描写鉴赏瓶中菊花。探春的房间里摆着斗大的一个汝窑花囊，插着满满的一囊水晶球儿的白菊。宝钗的房间是雪洞一般,一色玩器全无,案上只有一个土定瓶中供着数枝菊花。同样的是菊花,因为瓶的选择和花品种选择的不同,探春的布置就是贵气大气,而宝钗的就是简朴素净。透过对插瓶菊花的选择,写出人物不同的个性。

四、饮食

菊花可以食用、茶用、药用。屈原有:"朝饮木兰之坠露兮,夕餐秋菊之落英。"宝钗螃蟹诗中有:"酒未涤腥还用菊,性防积冷定须姜。"为了解除螃蟹的腥气,要喝菊花酒,为了预防食用螃蟹后胃寒腹痛,一定要多吃生姜。菊花酒古称长寿酒,菊春生夏茂,秋季开花,菊花得秋风萧瑟肃杀之气,饱受霜露,叶枯不落,花萎不零。菊花酒味清凉甜美,有养肝明目驱除风热等功效。《遵生八笺》里有一款简单实用的菊花酒制作法:"十月採甘菊花,去蒂,只取花二斤,择净入醅内搅匀,次早榨,则味香清冽。"贾府有用花浸酒的习俗,说不定就是在杂学旁收的宝玉指导下进行的。

五、咏菊

探春她们开诗社之后,湘云紧接着开了第二社,就以菊花为题。一边持螯赏桂,大摆筵席,一边写诗。热闹与清雅并行,又是一幅新奇的画面。

菊花这一社题目和作者的对应关系为:

《忆菊》—宝钗;《访菊》—宝玉;《种菊》—宝玉;《对菊》—湘云;《供菊》—湘云;《咏菊》—黛玉;《画菊》—宝钗;《问菊》—黛玉;《簪菊》—探春;《菊影》—湘云;《菊梦》—黛玉;《残菊》—探春。

黛玉三首、湘云三首、宝钗两首、探春两首、宝玉两首。黛玉和湘云二人和宝钗宝玉探春三人平分秋色。

结果由李纨评出："今日公评：《咏菊》第一，《问菊》第二，《菊梦》第三，题目新，诗也新，立意更新，恼不得要推潇湘妃子为魁了；然后《簪菊》《对菊》《供菊》《画菊》《忆菊》次之。"见黛玉夺冠，宝玉非常称心。

自古菊的疏狂淡泊、孤标傲世、顽强清高常与屈原、陶渊明等士大夫关联，而这些红楼女子，却也忆菊、簪菊、画菊、问菊，寄托各自内心不同的情思。

宝钗在忆菊的苦思中一反淑女的雍容娴雅、稳重矜持，显得伤感多愁、情意绵绵，爱情理想是那么的不可遇不可求，只有画饼充饥，自我安慰。

黛玉只有在菊梦中才能摆脱现实世界的心理重压、身世之自怜悲叹，也只有在菊梦中暂时回归心灵的故乡，孤标傲世偕谁隐，一样花开为底迟？在与菊花的对话吟咏中逐渐坚定了愿与菊同洁同傲同气的决心。

探春精明豁达，我行我素，无视世情的敌视，追求的是与众不同的一派名士风度，无力挽回时光的怅惘中渴求的是一份对未来的信心。

湘云与菊欢欣相伴相亲，未知的朦胧的希冀如月光下的菊影一样模糊、梦幻、似真似假。

唯一的男子宝玉则如同勤劳的花匠，不遗余力为他钟爱的花朵们劳心劳力。

在曹雪芹笔下，菊花绽放出更丰富的内涵，与这些人物的精神世界相互映照，相得益彰。可谓菊花如人，人如菊花。

根并荷花一茎香

拾贰

菱

袭人听说，便端过两个小掐丝盒子来。先揭开一个，里面装的是红菱和鸡头两样鲜果；又那一个，是一碟子桂花糖蒸新栗粉糕。又说道："这都是今年咱们这园里新结的果子，宝二爷送来与姑娘尝尝。再前日姑娘说这玛瑙碟子好，姑娘就留下顽罢……"

——《红楼梦》第三十七回

一、菱花镜里形容瘦

在大观园起诗社的同时，袭人给史湘云送去了红菱和鸡头，这是大观园里出产的。大观园中有沁芳溪一脉水系，水面有宽有窄，水流有急有缓，多处可以种菱，如紫菱洲第七十九回在宝玉眼中是："再看那岸上的蓼花苇叶，池内的翠荇香菱，也都觉摇摇落落，似有追忆故人之态，迥非素常逞妍斗色之可比。"他写下"蓼花菱叶不胜愁，重露繁霜压纤梗"，此处水面当是出产红菱的产地之一。

此外第四十回提到花溆的萝港之下："两滩上衰草残菱，更助秋情。"第十八回黛玉《杏帘在望》有："菱荇鹅儿水，桑榆燕子梁。"第三十八回藕香榭的对联是："芙蓉影破归兰桨，菱藕香深写竹桥。"都提到菱，可见花溆、稻香村、藕香榭附近也出产菱角。

菱，一年生草木水生植物，又名水栗、水菱、风菱、乌菱、芰、角菱、菱芰、芰实等。菱生长在河沼池塘里，圆形叶片浮于水面，茎为紫红色，嫩茎可食用，开水焯过，加蒜蓉、麻油、盐、醋凉拌，是夏日开胃小菜。

菱在夏日开黄色或白色小花，个很小，往往被忽视。果实菱角则垂生于密叶下，必须全株拿起来倒翻才容易看到，菱角如不及时采摘则从茎上脱落沉于水底，来年发芽。菱角有硬壳，菱角无角的、一角到四角的都有，外壳有青色、红色和紫色等。

嫩菱角皮软肉脆甜，老菱角皮硬角锐。果肉雪白，煮熟后食用粉甜，味道类似于栗子，亦可熬粥煮汤，第十九回中宝玉说的故事中腊八粥里就有菱角。菱角焖鸡焖鸭也是美味，老菱角富含淀粉，可加工成菱粉，红楼梦中有一道叫菱粉糕的点心。

多食菱角可补五脏，令人不饥而减肥。在周朝祭祀典礼上就已经有菱角这个食品。

鲁迅《＜朝花夕拾＞小引》：

我有一时,曾经屡次忆起儿时在故乡所吃的蔬果：菱角、罗汉豆、茭白、香瓜。凡这些，都是极其鲜美可口的；都曾是使我思乡的蛊惑。后来，我在久别之后尝到了,也不过如此;惟独在记忆上,还有旧来的意味存留。

胡兰成回忆小时候曾经用双线穿起菱角或栗子做扯铃玩。在张爱玲的时代,"水红菱一枚铜钱二十枚"。

菱叶浮于水面,形成莲座状的菱盘,形状酷似古代的铜镜,因而古时镜子常称为菱花镜。第二十八回宝玉唱一曲,内有:"照不见菱花镜里形容瘦。"

第五十七回紫鹃服侍宝玉病好,打算回潇湘馆,打叠铺盖妆奁之类时,宝玉笑道:"我看见你文具里头有三两面镜子,你把那面小菱花的给我留下罢。我搁在枕头旁边,睡着好照,明儿出门带着也轻巧。"紫鹃听说,只得与他留下。紫鹃的小菱花镜子被宝玉看中,只好留给宝玉,一个大男孩,竟然喜欢女孩子的小镜子,搁在枕头边睡的时候可以照照,出门也带着,想想真是如女孩儿一样的精致。

二、不听菱歌听佛经

第二十二回惜春出的谜语为佛前海灯,谜面有句:"前身色相总无成,不听菱歌听佛经。"

菱角密生于水面,采菱人常用一只小小的一人坐的小船去采,几千年来采菱人划着小船,在水塘里漫溯、采集菱角的身影入画入诗,宋柳永《望海潮》:"羌管弄晴,菱歌泛夜,嬉嬉钓叟莲娃。"唐刘禹锡:"荡舟游女满中央,采菱不顾马上郎。"《采菱歌》《采菱曲》为乐府清商曲名,其曲流行,填词人众多。如南北朝江淹:"参差万叶下,泛漾百流前。"南北朝费昶:"妾家五湖口,采菱五湖侧。"

菱歌声在历史的时空中此起彼伏,"家家麦饭美,处处菱歌长"。有一首民歌《采红菱》描写了两个有情人采红菱的场面：

我们俩划着船儿，采红菱呀采红菱，得呀得妹有心，得呀得郎有情，就好象两角菱，从来不分离呀，我俩心相印……

伴随甜蜜的歌声，是爱情的甜蜜，辛苦的劳动也有了乐趣。失恋的采菱女没有爱人的陪伴，看到满池的菱藕，想到爱情短暂，更加失意，《采菱女怨》："采菱女儿新样妆，瓜皮船小水中央。郎心只如菱刺短，妾情还比藕丝长。"

金庸在《天龙八部》里写了阿碧的出场颇具有采菱词意：

只听得欸乃声响，湖面绿波上飘来一叶小舟，一个绿衫少女手执双桨，缓缓划水而来，口中唱着小曲，听那曲子是："菡萏香连十里陂，小姑贪戏采莲迟。晚来弄水船头湿，笑脱红裙裹鸭儿。"歌声娇柔无邪，欢悦动心。这边水面上全是菱叶和红菱，清波之中，绿菱绿叶，鲜艳非凡，阿碧顺手采摘红菱，分给众人……

惜春是个聪明的、敏感的、却有着百折不回孤僻性格的年轻姑娘，她摈弃象征爱情的菱歌，选择了以佛经为伴，这个选择不是因为生活的大变故而产生突然的顿悟如柳湘莲和甄士隐，而是一个长期的选择过程。

小小年纪的她过早地失去了对生活、对未来、对爱情所有的期望，用自己的心冷、口冷，心狠决然地斩断了与家族与世俗生活的一切联系，孤介杜绝宁国府，管它好坏善恶，管它亲情爱情，统统拒之门外，宁愿以最枯寂的槁木死灰的生活作为人生标准和目标。

即使如此，她出家为尼的生活也不安稳，最后公府千金至缁衣乞食，宁不悲夫！她是一朵因为领悟了自己终将凋落的结果，索性选择不要美丽、不再开放的小花骨朵儿啊。

三、菱花空对雪澌澌

还有一个姑娘香菱，原名甄英莲，一朵美丽的莲花，幼时被拐，十二三岁辗转他乡被卖，薛蟠和冯渊为之争抢，冯渊被打死，英莲被薛蟠抢走，也因而有了宝钗为她新取的名字香菱，也因而进入贾府，嫁给薛蟠，也因薛蟠被柳湘莲暴打出门躲羞，有了机会入住大观园，才有了慕雅女雅集吟诗的精彩一幕。

这个可怜温顺的姑娘在苦难的生涯中选择了逆来顺受和遗忘，对故乡对父母的思念被深深地压抑着，她只敢在诗歌中向命运发问"缘何不使永团圆"？然而，香菱却被改名为秋菱。杜甫《与任城许主簿游南池》："菱熟经时雨，蒲荒八月天。"秋天的菱角已经到了生命的末路，更哪堪雪压寒塘。

菱角

拾叁

听宝姐姐讲
六祖慧能的故事

菩提树

  菩提树，落叶或半落叶大乔木。菩提是梵文Bodhi的音译，意为觉悟、智慧，菩提树的拉丁学名为 *Ficus religiosa* Linn，意为神圣宗教。菩提树的原名毕钵罗树，佛教始祖释迦牟尼出家修佛，经过7年冥思苦想，最终在一株毕钵罗树下大彻大悟，创立了佛教。因此，毕钵罗树改为菩提树，佛祖释迦牟尼一生的几个关键时刻都与植物相关，他降生于一株无忧花树下，成佛于一株菩提树下，敷吉祥草而坐，涅槃于两株娑罗双树下。惜春的判词中有："西方宝树唤婆娑，上结着长生果。"这种叫婆娑的树就是娑罗双树。

  从此菩提树在佛教中被视为神圣之树，承载了悠久神圣的寄托，广植于佛教寺院之中，尤其在印度、斯里兰卡、缅甸各地的丛林寺庙中，普遍栽植菩提树，印度则定之为国树。菩提树高大俊美，祥和端庄，禅意融融，尤其是春末发新叶，满树新绿，姿态从容，巍峨圣树之气质别具一格，卓然不群。

菩提叶片卵圆形，也似心形，先端锐尖并长长伸出尾尖，非常美观，被称作"滴水叶尖"。

菩提叶以水浸渍月余后剔除叶肉，菩提叶的网状脉络清晰透明如轻纱，名曰"菩提纱"，晒干后薄如蝉翼，可做成书签，也可画上佛系作品作为吉祥物和精美工艺品。

菩提树结果为隐花果，扁球形，佛珠大小，表面散生紫色斑点，果成熟后紫黑色。其实是软的，并不能串成佛珠。称为菩提子的是其他多种植物的坚硬果实或种子。

菩提树在广州不是稀罕物，寺庙里常见，校园里也种了好多，长势良好，菩提树本来就是热带植物，适合南方水土，然，有一棵菩提树却是长在北京。老友在尼泊尔旅游，醉心于佛祖在菩提树下顿悟的事迹，掐了一小段菩提枝条，两头用泥封了，放在盥洗袋里，竟然就带回来了，请了一位园艺高手，将这段枝条嫁接到枣树上，竟然就活了。这已经是八年前的事情了。北京的天气哪里能够让菩提树生长？老友以顽强的意志和信念实践着自己的虔诚，天冷，用炭火保温，冰天雪地则搬回房间。阴晴风雨莫不在意，平素常常对着菩提倾诉，外出常开车带着花盆共享阳光。常绿的菩提冬天落尽叶子，春天发新叶，竟然缓慢而顽强地长大了。也许这是北京唯一的一棵菩提树吧？因为传奇，它的叶子据说治好了一位医生的失眠症，当然可能是心理作用。

太虚幻境中，警幻仙姑的众姐妹中有一位名度恨菩提。

菩提树也成为觉悟的代名词，禅宗五祖选拔继承人，令徒弟诸僧各出一偈，上座神秀作偈："身是菩提树，心如明镜台，时时勤拂拭，莫使有尘埃。"便是取意于此，而另一徒弟惠能则作："菩提本非树，明镜亦非台，本来无一物，何处惹尘埃？"更胜一筹，因而五祖便将衣钵传他，为禅宗六祖。慧能是广东新兴人，于湖北黄梅东禅寺拜五祖弘忍为师，破柴踏碓，充做厨房的伙夫。根据《六祖大师法宝坛经》记载，"祖以杖击碓三下而去。惠能即会祖意，三鼓入室。"此段令人想起《西游记》中猴王的师傅菩提祖师用戒尺将悟空头上打了三下，倒背着手，走入里面，将中门关了，别人都不懂，而聪明的猴子理解了师傅是让他三更时分从后门进去传道授业。

关于慧能的故事很多，比如在法性寺（今光孝寺）观光法会，时有风吹幡动。一僧曰风动，一僧曰幡动，议论不已。惠能进曰："不是风动，不是幡动，仁者心动。"一众骇然，慧能因而于菩提树下，开东山法门。

慧能在韶关南华寺悉心传道多年，后在新兴国恩寺圆寂。肇庆市有一个梅庵，是惠能住过并手植了梅花的地方，梅花早已经不在，但是却有两棵千年的菩提树郁郁葱葱、枝繁叶茂。

"菩提本非树"的偈子广为传播，《红楼梦》第二十二回"听曲文宝玉悟禅机，制灯谜贾政悲谶语"中宝钗就给宝玉介绍过这个故事。为什么是宝钗而不是黛玉？

诗人顾城关于宝钗有精彩的分析：

宝钗的空和宝玉有所不同，就是她空而无我；她知道生活毫无意义，所以不会执留，为失败而伤心；她又知道这就是全部的意义，做一点女红，或安慰母亲。她知道空无，却不会像宝玉一样移情于空无，因为她生性平和，空到了无情可移。

来则应之，去则不留。宝钗比宝玉早悟，悟得更彻底。因此由她来给宝玉讲述慧能的故事最合适不过。其实黛玉说的"无立足境，是方干净"亦是同样的领悟。庚辰双行夹批曰："总写宝卿博学宏览，胜诸才人；颦儿却聪慧灵智，非学力所致——皆绝世绝伦之人也。宝玉宁不愧杀！"这两位聪明过人的女子对于世事人间早有一番看法。黛玉今世还泪而来，心有牵挂，心有挂碍，泪未尽而情不了。宝钗才是白茫茫一片真干净的人。二人岂止是小才微善，其行止见识，皆出于世人之上。因而当黛玉笑道："连我们两个所知所能的，你还不知不能呢，还去参禅呢。"宝玉自己想了一想："原来他们比我的知觉在先，尚未解悟，我如今何必自寻苦恼。"宝钗黛玉二人联手，暂时将宝玉从参禅的岔路口拉回。其实在场的还有湘云，三人拍手笑道："这样钝愚，还参禅呢。"其中包括了湘云，这个小妹妹虽然不如宝钗黛玉的通透，没有提出建设性的意见，也是参与了对宝玉的教育。

金庸在《天龙八部》中写了个暗语："天龙寺外，菩提树下，化子邋遢，观音长发！"大理国原太子段延庆在人生最没落的时刻，似一个人不像人、鬼不像鬼的臭叫化在天龙寺外菩提树下身处生死边缘，挣扎迷乱，在求生不能、求死不得之际，月亮升到中天，他忽然看见一个白衣女子从迷雾中冉冉走近，白衣女子以神仙似的体态，着冰绡般的白衣降临到段延庆身边，并委身与之。让段延庆认为一定是观世音菩萨的化身来点化他。段延庆信念一坚，只觉眼前一片光明。次日清晨，他跪在菩提树下深深叩谢观音菩萨的恩德，折下两根菩提树枝以作拐杖，挟在胁下，飘然而去。因此孽缘因而有了段誉，多年后暴露这个秘密，化解了大理国的灾难。菩提树和观音大士的传说，让这一情节格外令人震撼。

菩提本非树，明镜亦非台，本来无一物，何处惹尘埃？当宝玉悬崖撒手之际，是否想起三位姊妹曾经对他的苦口婆心？

林老爷家的香芋，
编要煮香芋吃

拾肆

芋 头

李纨命人将那蒸的大芋头盛了一盘，又将朱橘、黄橙、橄榄等物盛了两盘，命人带与袭人去。

——《红楼梦》第五十回

芋头在中国栽培历史悠久，又称为芋奶、芋艿等，还有一个有趣的别名为蹲鸱，鸱是一种鸟，我就将此鸟想象成芋头一般的模样，《汉书》有"岷山之沃野下有蹲鸱"，《史记》有"岷山之下，野有蹲鸱，至死不饥，注云芋也。盖芋魁之状若鸱之蹲坐故也"，因为芋的块茎个头外表跟此鸟类似而得名。《颜氏家训》中讲了一个相关的读书不求甚解的故事："江南有一权贵，读误本《蜀都赋》注，解蹲鸱，芋也，乃为羊字；人馈羊肉，答书云：'损惠蹲鸱。'举朝惊骇，不解事义，久后寻迹，方知如此。"此权贵读书不可谓不用心，他用心记了这个典故并活学活用，可惜读错了书，鸱为鸟，羊为四蹄哺乳动物，八竿子打不着的比喻也不想想是否合理。当然从这个故事也可知道读书选择版本的重要，尤其是不能买盗版书。《本草纲目》说："芋犹吁也。大叶实根，骇吁人也。吁音芋，疑怪貌。"芋头的大叶子特立独行，让人看到眼前一惊，所以就有了这个名字，哈哈，读来非常幽默。

芋头含有大量的淀粉、矿物质及维生素，高纤维低脂肪，营养丰富，既是蔬菜，又是粮食，可熟食或制粉。

芋头烹调时一定要烹熟，否则其中的黏液会刺激咽喉，所以《红楼梦》第五十回特地提李纨送袭人的芋头是蒸的大芋头。芋头气味辛、平、滑，有小毒，芋头个头有大有小，小的芋艿几两一个，大的魁芋四五斤一个，李纨送袭人的是大芋头，应当是大个的魁芋。芋头煮熟蒸熟可直接吃，既美味又饱肚，好吃的芋头尤其是大芋头口感非常细软、松酥香糯。宋时有民歌："深夜一炉火，浑家团栾坐。煨得芋头熟，天子不如我。"清郑板桥也有佳句："闭门品芋挑灯，灯尽芋香天晓。"熟芋头热腾腾点上糖，或者撒点细盐更是提味，《西游记》第八十二回里有一款"烂煨芋头糖拌着"，这可是陷空山无底洞的金鼻白毛老鼠精招待唐僧的佳肴之一。《红楼梦》第五十回大家在芦雪庵争联即景诗，热闹的联句中黛玉有句"煮芋成新赏"，煮熟的芋头如玉似脂，比之为白雪，是形容雪的创新比喻。联想到第十九回宝玉讲了个小老鼠偷香芋的故事，最后结题到"盐课林老爷的小姐才是真正的香玉呢"，是打趣黛玉，玉和芋谐音，为了这段文本中是用"玉"字还是用"芋"字，曾经争论不休，宝玉临时凑趣了香芋和香玉的故事，黛玉联句用了芋，也许是想起了那个美好的午睡时光，未来这个场面也会作为宝玉心目中的典故而回味无穷吧。小儿女卿卿我我的场景纯洁而美好。

芋头的吃法可以有原生态的粗犷，当然也可以有精雕细琢的做法，芋头焖肉、芋头扣肉是常见做法，张爱玲在《同学少年都不贱》中也特意提到一道上海菜："她记得非常清楚，那天在恩娟家里吃晚饭，上海娘姨做的有一碗本地菜芋艿肉片，她别处没见过。"跟有钱有势的同学相处，处处对照，敏感的小女生心理上有点酸溜溜的感觉。《半生缘》中借叔惠之口描述了小个子的芋艿："蛤蜊也是元宝，芋艿也是元宝，饺子蛋饺都是元宝，连青果同茶叶蛋都算是元宝——我说我们中国人真是财迷心窍，眼睛里看出来，什么东西都像元宝。"很有趣，国人讨彩头的做法连芋艿都不能幸免，芋艿容易切割，做成元宝状很容易。

芋的叶柄和花梗也可做菜，有一次我和朋友们去贵州的千户苗寨旅游，寨中房屋依山而建，层层叠叠，沿着曲折小路信步而走，走累了，路边小店歇脚，中午时分店主邀请游客们同桌而吃，其中有一味芋梗焖鸭，味美无比，令人一直回味。

《本草纲目》："芋不开花，时或七八月间有开者，抽茎生花黄色，旁有一长萼护之，如半边莲花之状也。"芋很少开花，对水土要求苛刻。开花时佛焰苞达20厘米，下部绿色筒状，长约4厘米，上部披针形，内卷黄色；肉穗花序下部为雌花，上部为雄花。

一碟油盐炒枸杞芽儿
为什么要花
五百钱

枸 杞

连前儿三姑娘和宝姑娘偶然商议了要吃个油盐炒枸杞芽儿来,现打发个姐儿拿着五百钱来给我。

——《红楼梦》第六十一回

柳嫂子是大观园内厨房管事,为女儿柳五儿能入怡红院工作煞费苦心,笼络芳官,别的不说,单看她为了讨好芳官而做出的一顿精细菜肴便可看出:"里面是一碗虾丸鸡皮汤,又是一碗酒酿清蒸鸭子,一碟腌的胭脂鹅脯,还有一碟四个奶油松瓤卷酥,并一大碗热腾腾碧荧荧蒸的绿畦香稻粳米饭。"不说别的,单看这个绿畦香稻粳米饭和第七十一回尤氏在贾母处吃的下人们的白粳米饭相比便令人感慨万千。这个套餐有荤有素有蒸有酿,有点心有汤有饭,有咸有甜,有红有白有绿,色香俱全,味道更是令人向往,多少次饿着肚子看到这回,那口水真是哗哗的。

从他人口中可以知道不单是对芳官，柳嫂子对怡红院里的大丫头们都是奉承有加，"晴雯姐姐要吃芦蒿，你怎么忙的还问肉炒鸡炒？小燕说：'荤的因不好才另叫你炒个面筋的，少搁油才好。'你忙的倒说自己发昏，赶着洗手炒了，狗颠儿似的亲捧了去。"她的厨艺可不是一般的好，探春和宝钗曾经花五百钱炒了个油盐炒枸杞芽儿，她为宝玉做的"晚饭的素菜要一样凉凉的酸酸的东西，只别搁上香油弄腻了"让我左猜右想到底是凉拌黄瓜，还是醋熘土豆丝，还是凉皮？宝玉的生日宴会上她预备了丰盛的酒席，夜宴上准备了四十碟果子。

可见柳嫂子是真才实学，厨艺上的造诣不容怀疑。不知道那道著名的茄鲞是不是出自她的手艺？

世事难料，顾此失彼，柳嫂子因不愿意为司棋做一碗鸡蛋羹，得罪了司棋、莲花儿，又因一门心思讨好芳官引发小蝉等人的不满，引发的后果是她意料不到的严重。

她的女儿柳五儿，生得人物与平、袭、紫、鸳皆类，因她排行第五，便叫她五儿。脂批云："五月之柳，春色可知。"

虽然是厨役之女，但是在母亲的百般疼爱和保护下，五儿生活得还算平静安逸，身体不好也不用工作，聪明伶俐的女孩子，有志向，眼界高，想去怡红院工作，至少将来可以自行择偶，为此托付于芳官，想赠送茯苓霜给芳官，"趁黄昏人稀之时，自己花遮柳隐的来找芳官。且喜无人盘问。一径到了怡红院门前，不好进去，只在一蓬玫瑰花前站立，远远的望着。"原来贾府是如此的等级森严，繁花着锦四季如画的大观园她是没资格观赏的，甚至没资格进入大观园，白天也只能遥遥地张望大观园，"这后边一带，也没什么意思，不过见些大石头大树和房子后墙，正经好景致也没看见。"她在返回途中在蓼溆一带被林之孝家的碰到，不善言辞的她辞钝色虚，让林之孝家的心下起了疑。可巧小蝉、莲花儿并几个媳妇子走来，见了这事，纷纷添油加醋，着力描摹。

有说道："林奶奶倒要审审他。这两日他往这里头跑的不象，鬼鬼唧唧的，不知干些什么事。"小蝉又道："正是。昨儿玉钏姐姐说，太太耳房里的柜子开了，少了好些零碎东西。琏二奶奶打发平姑娘和玉钏姐姐要些玫瑰露，谁知也少了一罐子。若不是寻露，还不知道呢。"莲花儿笑道："这话我没听见，今儿我倒看见一个露瓶子。"

这个场景真是令人惊惧，当面毫不客气地口水纷飞。欲加之罪何患无辞，众口铄金，更何况厨房里果然查出有玫瑰露，这段情节设计真是步步惊心。如此五儿被当作嫌疑犯关了一夜，心内又气又委屈，竟无处可诉；且本来怯弱有病，这一夜思茶无茶，思水无水，思睡无衾枕，呜呜咽咽直哭了一夜。经过这样的惊扰，她病情转重，兼名声扫地，估计还有个钱槐百般刁难，一个美丽的娇弱的生命早早夭折。她和芳官曾经说过："趁如今挑上来了，一则给我妈争口气，也不枉养我一场；二则添了月钱，家里又从容些；三则我的心开一开，只怕这病就好了。——便是请大夫吃药，也省了家里的钱。""给我妈争口气，也不枉养我一场"，这句话看着着实令人心酸，如此替母亲分忧，体贴母亲，俨然又是一个懂事的宝钗，难怪柳嫂子为了她辛苦钻营，再累也不怕。然而对于底层下人而言，资源有限，上升通道太窄，改变命运太难，江湖险恶，处处风波处处陷阱，再加上柳五儿处事稚嫩、脸皮薄，抗挫折能力差，奈何命如纸薄，只令人长叹一声。

倘若柳嫂子知道有这样的后果，会不会打消痴心妄念，安心让五儿在厨房帮忙，传承她油盐炒枸杞芽儿的秘诀？倘若五儿知道通往怡红院的道路是如此的荆棘密布，会不会就这样安心学做一个厨娘，假以时日，能出手不凡，一碟美味的油盐炒枸杞芽儿就能让人甘心出五百钱？这个世上，元春的显赫是成功人生，谁又能否认大长今的术业有专攻不是成功人生呢。

枸杞，落叶小灌木，又名狗奶子、狗牙根、狗牙子、牛右力、红珠仔刺等，枝条细长柔弱，枝条上有刺，春夏开花，小花浅紫色，浆果卵形或椭球形，深红色或橘红色。

枸杞还有一个名为奢弥草，《千手千眼观世音菩萨广大圆满无碍大悲心陀罗尼经》卷一为奢奢弥，有文："若患赤眼者及眼中有胬肉及有翳者，取奢奢弥叶，捣滤取汁，咒三七遍，浸青钱一宿更咒七遍，着眼中即差。"真是神奇的方法，枸杞叶竟然有如此功效，也不知是否灵验。市场见到的是晒干的皱巴巴的枸杞子，性平味甘，补肾益精，养肝明目，常常煲汤或者和菊花一起泡茶喝。来广州后才知道枸杞叶也是一味常见蔬菜。一年四季均有，连枝扎成长长一把，买回家可以滚汤，枸杞鸡蛋汤或者枸杞猪肝汤。我所在的学校教工食堂里有一款枸杞叶猪杂汤，配上白米饭和酸萝卜，有一段时间我几乎每次去食堂必吃。客家菜有一道三及第汤，用猪肝、瘦肉、猪肚、枸杞叶配上咸菜等辅料做成，味道鲜美，加上一碗腌面，搭配合理，既饱肚子也营养。若加上别的猪杂，视配料多寡，称为四及第、五及第、六及第，虽名称不羁，然一目了然。油盐炒枸杞芽儿是

最简单的做法了，但是炒得好，能让宝钗探春甘心出五百钱，说明不是我等普通厨娘出品，每每炒出一碟略带苦味的油盐枸杞芽儿，我总是鼓励大家多吃，《红楼梦》里值五百钱呢。

大观园自从设立了小厨房，根据柳嫂子的叙述："连姑娘带姐儿们四五十人，一日也只管要两只鸡，两只鸭子，十来斤肉，一吊钱的菜蔬。"每日上头拨款预算也不多，柳嫂子腾挪施展也不容易，众口难调，一吊钱的菜蔬估计也就是常见蔬菜，做点大众口味，小姐丫头们若要吃点新鲜的新奇的，享受点个性化菜肴，不容易啊。探春宝钗不出钱想吃油盐炒枸杞芽，柳嫂子当然不会有怨言，因探春宝钗当权，况且探春宝钗还不愿意占便宜，自费，做好表率，五百钱是佳蕙等小丫头一个月的工资，不可谓不高价，也可见枸杞芽难得，柳嫂子除了感恩戴德没别的话说。怡红院诸鬟的需求也会极力满足，因有所求，心甘情愿。而迎春处的丫鬟既无权又无利可图，柳嫂子自然不肯倒贴自掏腰包，不做赔本事，不吃眼前亏。只是千算万算，没算到环环相扣，大观园里网状的人事关系错综复杂，小丫头也能惹起大风波，到底还是赔了夫人又折兵。

食色，性也，又有曰治大国若烹小鲜，玫瑰露事件中，五儿受到冤枉，柳嫂子受到牵连，差点被撵出厨房，失去工作。成也萧何败也萧何，柳嫂子长于厨艺，以厨艺立足，却也受制于厨艺。曹公笔下无闲笔，即使一汤一饭，亦体现着人情练达，世事洞明。

拾陆

巧姐的吉祥物

佛 手

左边紫檀架上放着一个大观窑的大盘，盘内盛着数十个娇黄玲珑大佛手。

——《红楼梦》第四十回

刘姥姥二进荣国府，贾母带着她逛园子，于是我们读者也跟着刘姥姥纸上逛，从刘姥姥的眼中扫描了黛玉、探春、宝钗的闺房和宝玉的房间，刘姥姥和贾母闲聊中显示了对各人房间中肯的评价。黛玉窗下案上设着笔砚，书架上垒着满满的书，刘姥姥道："这必定是那位哥儿的书房了。""这哪象个小姐的绣房，竟比那上等的书房还好。"对比后文她对宝玉房间的点评："这是那个小姐的绣房，这样精致？我就象到了天宫里的一样。"黛玉的房间似书房，宝玉的房间似绣房，这样的反串真是有趣，令人忍俊不禁。宝钗的房间是雪洞一般，一色玩器全无，案上只有一个土定瓶中供着数枝菊花，并两部书，茶奁茶杯，床上只吊着青纱帐幔，衾褥也十分朴素。贾母感慨，年轻的姑娘们，房里这样素净，也忌讳。宝钗的房间算是山中高士的风格。

探春卧室则浓墨重彩，另一番气象万千：

探春素喜阔朗，这三间屋子并不曾隔断。当地放着一张花梨大理石大案，案上磊着各种名人法帖，并数十方宝砚，各色笔筒，笔海内插的笔如树林一般。那一边设着斗大的一个汝窑花囊，插着满满的一囊水晶球儿的白菊。西墙上当中挂着一大幅米襄阳《烟雨图》，左右挂着一副对联，乃是颜鲁公墨迹，其词云：烟霞闲骨格，泉石野生涯。案上设着大鼎。左边紫檀架上放着一个大观窑的大盘，盘内盛着数十个娇黄玲珑大佛手。右边洋漆架上悬着一个白玉比目磬，旁边挂着小锤。东边便设着卧榻，拔步床上悬着葱绿双绣花卉草虫的纱帐。

从这番细致的描写可以看出探春的房间既不是书房也不是绣房，倒像是书法家的书画室。白菊和佛手一花一果，都是秋天的当季植物，满满的一囊水晶球儿的白菊和数十个娇黄玲珑大佛手想起来都明媚清朗，和探春的性格非常般配。尤其是十几个娇黄玲珑的大佛手闲闲的放在名贵大观窑的大盘里不可不谓大手笔，即使是现在，一只外形品质良好的佛手价值也不便宜，过年时候广州花市上一个枝上的佛手是五十元到一百元不等，视佛手品相而定。

刘姥姥家的板儿要佛手吃，探春拣了一个与他说："顽罢，吃不得的。"板儿的戏份不多，两次到贾府，被刘姥姥当众打骂多次，但真不是打酱油的。此刻板儿在贾母跟前混了几日，终于略熟悉了点，便露出男孩儿好动的天性来。探春亲自拣一个，并不因为板儿调皮而讨厌他，这个细节显示出探春的可亲可爱。而且一直也没要回来，送给板儿了。后来在缀锦阁吃饭的时候，抱着一个大柚子玩的巧姐见板儿抱着一个佛手，便也要佛手。丫鬟哄他取去，大姐儿等不得，便哭了。众人忙把柚子予了板儿，将板儿的佛手哄过来予他才罢。那板儿因玩了半日佛手，此刻又两手抓着些果子吃，又忽见这柚子又香又圆，更觉好玩，且当球踢着玩去，也就不要佛手了。此处有两条庚辰双行夹批："小儿常情遂成千里伏线。柚子即今香团之属也，应与缘通。佛手者，正指迷津者也。以小儿之戏暗透前回通部脉络，隐隐约约，毫无一丝漏泄，岂独为刘姥姥之俚言博笑而有此一大回文字哉？"若知道巧姐未来是嫁给了板儿，此处的描写便真是伏线千里，巧妙无比，字字珠玑，无一闲笔。吴伟业《子夜歌》："佛手慈悲树，相牵话生死。"佛者慈悲为怀，佛手同时有"迷津指渡"之意，简单的孩童交换玩具情节描写却是草蛇灰线，潜伏了一场未来的姻缘。将来的公侯千金贾巧姐将沦落到烟柳花巷，好似身陷迷津，正是得了刘姥姥的大义帮助才得以脱身，最终于荒野乡村过普通农妇的生活，人的命运可真是难以捉摸，大起大落，身不由己。这个佛手是板儿给巧姐的吉祥物。

佛手是形色香俱美的佳果，又名九爪木、五指橘、佛手柑。色泽金黄，香气浓郁，形状奇特，如佛陀手指，或蜷在一起，或舒展张开，千姿百态，佛手的名也由此而来，而且与"福寿"谐音，非常之吉祥。

探春是个资深的生活艺术家，懂得享受也很会享受，拿佛手做摆设，既美又香，观赏性好，寓意喜庆，重要的是可以给屋子进行香熏渲染，佛手挥发的精油，有抗焦

虑、抗抑郁等作用，可以减压，平息紧张情绪。众女儿中，只有探春是实实在在地为家族前途担忧，为家中的混乱秩序痛心疾首，经常想着如何为家长解忧，如何开源节流，如何振兴家业。因此常常忧心忡忡，加上疾恶如仇，精神压力很大，佛手的香味非常合适她。

贾府中还有一个工艺品佛手，蜡油冻的佛手，用黄色蜜蜡质地半透明的冻石雕刻成的佛手，做摆设的。第七十二回贾琏跟鸳鸯要，说是有账无物，结果是放在凤姐处，但没有记账。这蜡油冻佛手，是外路和尚孝敬贾母的。金玉珠宝，雕成其他吉祥物像，未必能入老太太法眼，也不一定合和尚身份，这个蜡油冻佛手，材质和形象，贵重又不显得豪奢，寓意吉祥又不谄媚，恰恰好，所以老太太喜欢。

佛手其实可以吃的，当然需要腌渍入味，直接吃不得。何济公的一种润喉小蜜饯，就是用佛手做的。

还有一种佛手瓜，和佛手却不是一个科，是葫芦科多年生藤本植物。果实梨形，有明显的多条纵沟。果肉紧紧包围着扁平的种子。用肉片炒了吃，清甜爽脆，别有一番风味。作为吃货，一不小心就扯到吃上了。打住。

明月梅花漫疑猜，
知是红梅与黄梅？

拾柒

蜡 梅

> 黛玉因说道："这是你家的大总管赖大婶子送薛二姑娘的，两盆腊梅、两盆水仙。他送了我一盆水仙，他送了蕉丫头一盆腊梅。我原不要的，又恐辜负了他的心。你若要，我转送你如何？"

——《红楼梦》第五十二回

水仙和蜡梅都是冬天的当令花，岁末清供常用的花卉。在《闲情偶寄》中李渔感慨道："予有四命，各司一时：春以水仙兰花为命，夏以莲为命，秋以秋海棠为命，冬以蜡梅为命。"

蜡梅，又称腊梅、黄梅、干枝梅、冬梅等，是我国特产的传统名贵观赏花木，蜡梅本非梅类，连同科植物都不是，梅花是蔷薇科李属，蜡梅是蜡梅科蜡梅属，都不属于远房亲戚。只因腊梅与梅花期相同，花形似梅，香味近似，一般在腊月开放，故有腊梅名。之所以叫作蜡梅，是因为花色如蜜蜡，金黄耀眼，表面有一层蜡质。

蜡梅既美也香，先花后叶，花开之时枝干枯瘦，偶见枯叶相连，姿态自然洒脱，花香馥郁清冷，彻骨怡神，一枝可香一室，可种于室外，可做造型盆景，也可选枝插瓶。入冬初放，冬尽结实，花期伴着整个冬天，花开之日多伴随瑞雪，真正的凌寒傲雪，是冬季观花的良好树种，是冬天萧瑟里的一抹亮色。

张爱玲在《多少恨》中写蜡梅："镜子前面倒有个月白冰纹瓶里插着一大枝腊梅，早已成为枯枝了，老还放在那里，大约是取它一点姿势，映在镜子里，如同从一个月洞门里横生出来。"画面感超强的写法。蜡梅花期长，花朵持久，普通的一面大圆镜子，因为一大枝的蜡梅，圆镜子就宛如一个月洞门，蜡梅也宛如门里横生出来的，一面镜子营造了一个美丽的画境。张爱玲笔下以小见大，细节精美，此段描写富有想象力，审美趣味高雅，令人想起"疏影横斜水清浅，暗香浮动月黄昏"的意境。

宋黄庭坚《从张仲谋乞腊梅》："闻君寺后野梅发，香蜜染成宫样黄。不拟折来遮老眼，欲知春色到池塘。"也是精准描写了蜡梅的特点。

到了当代诗人余光中笔下，其《乡愁四韵》："给我一朵腊梅香啊腊梅香／母亲一样的腊梅香／母亲的芬芳／是乡土的芬芳／给我一朵腊梅香啊腊梅香。"腊梅成了浓浓乡愁的象征，更接了地气。

古诗中梅花和蜡梅都经常统称为梅，难以区分，因此我怀疑著名的"折梅逢驿使，寄与陇头人。江南无所有，聊赠一枝春"这诗指的是蜡梅，而非梅花。梅花花瓣轻柔易落，哪里能寄呢？倒是蜡梅说不定寄到还能活色生香。

传说南朝宋武帝有位女儿寿阳公主，正月初七卧于含章殿的檐下，当时正逢梅花盛开，风过处，有几瓣梅花恰巧掉在她的额头。拂之不去，留下斑斑花痕，寿阳公主越发娇柔妩媚，宫女们忍不住用黄色染料点在额头模仿此妆，也就是梅花妆。这也是"黄花闺女"一词的由来呢。我怀疑这个梅花是蜡梅花而非梅花，因为蜡梅才是金黄色的，蜡梅花虽然可在枝上久不凋零，若有风有外力，也是会飘落的。

比如李商隐《蝶》有"寿阳公主嫁时妆，八字宫眉捧额黄"，说明梅花妆大概也是黄色的。警幻仙子"珠翠之辉辉兮，满额鹅黄"，鹅黄是嫩黄，如幼鹅之绒毛，也是同样的妆容。

薛宝琴一到贾府，以丰富的旅行家经历和出类拔萃的绝色容貌在一众美女中脱颖而出，深得老太太宠爱，逼着王夫人认了干女儿，跟贾母共睡一床，参与除夕祭宗祠大事，一时风头无两。她得到的赠品也是高档，比如贾母送的金翠辉煌一领斗篷——凫靥裘，亮瞎了多少人的眼睛。

大总管赖大家的送给她两盆蜡梅、两盆水仙。宝琴姑娘并没有恃宠而骄，好东西要共享，她转赠送了黛玉一盆水仙，送了探春一盆蜡梅。书中只描述了水仙的风姿，让宝玉惊叹比他的好，没有写这盆蜡梅的形态，因为黛玉处没有，估计也不差。

此处梅花蜡梅，一详一简，这也是因为作者繁简得当的处理，因为对于梅花，作者浓墨重彩，反复渲染，从栊翠庵的白雪红梅，到宝玉乞红梅，到美女耸肩瓶里的梅枝，到众人的红梅花咏叹，到宝琴梅枝立雪，已经浓烈无比呼之欲出了，所以蜡梅嘛，就一笔带过了。

宝琴的红梅花诗句"疏是枝条艳是花，春妆儿女竞奢华"，与众不同，独独写出红梅花的热闹繁华和贵气。宝琴生于皇商之家，跟随父亲走南闯北，见多识广，她的经历丰富让人大开眼界，她的才思敏捷让姐妹们欣赏。她如同一缕春风给大观园带来清新。

她来京都，是要发嫁当年父亲给她定的都中梅翰林之子，然而后文一直没提，她也滞留贾府。次年暮春时节，她在《西江月》中写出"三春事业付东风，明月梅花一梦"，发出一缕哀音，已经不复爽朗明媚。她未来的夫君是梅翰林的儿子，而她在《梅花观怀古》中咏出"不在梅边在柳边"的句子，等待这个娇俏美少女的是怎样的未来？我们不得而知。

明月梅花一梦又如何，青春岁月中有红梅和黄梅的灼灼花光、悠悠花香相伴，有志趣相投的闺蜜相伴，是多么有趣啊！大观园里的这段岁月就是那么美好而丰富。

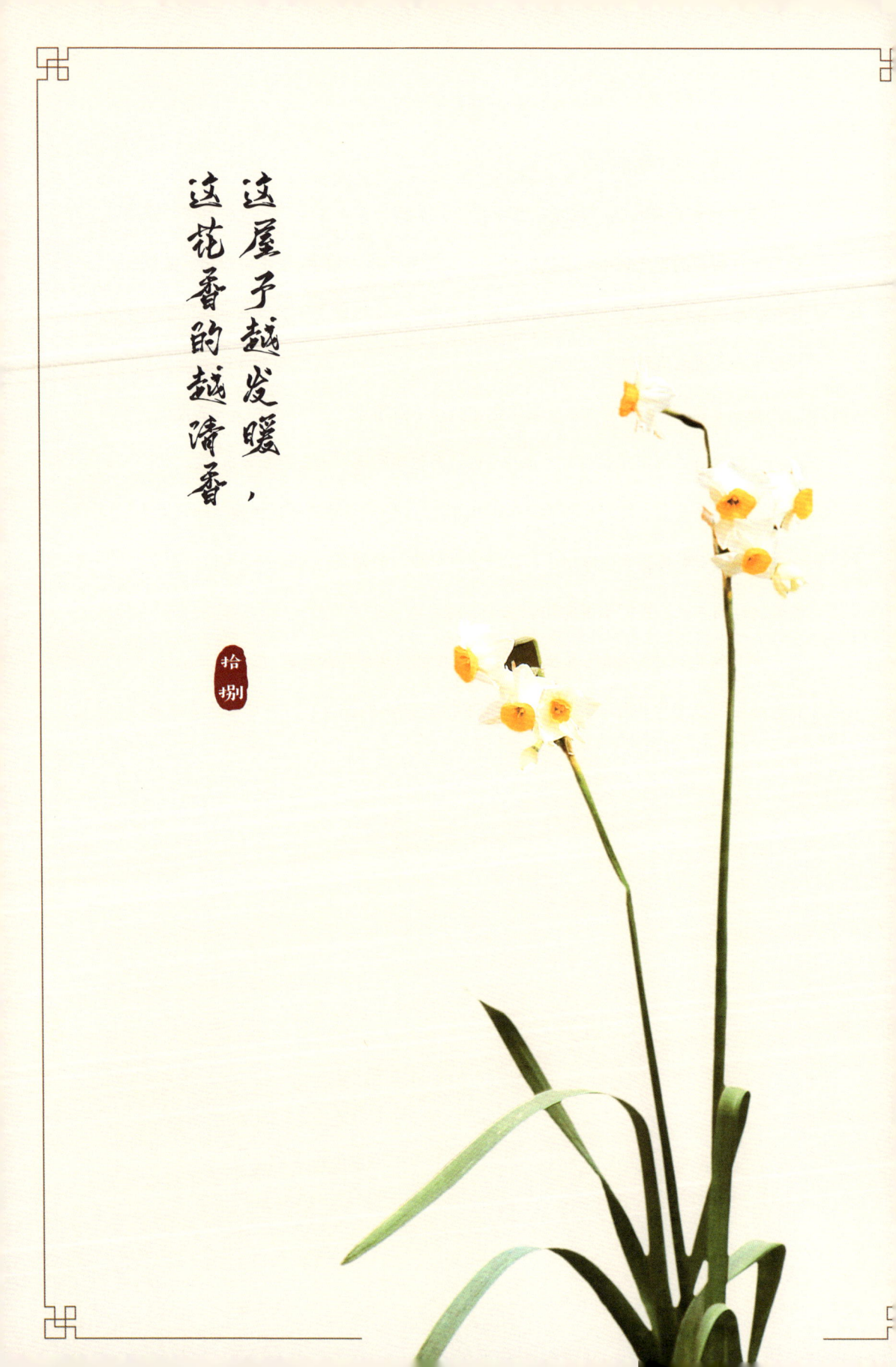

这屋子越发暖,
这花香的越清香

拾捌

水 仙

因见暖阁之中有一玉石条盆,里面攒三聚五栽着一盆单瓣水仙,点着宣石,便极口赞:"好花!这屋子越发暖,这花香的越清香。昨日未见。"黛玉因说道:"这是你家的大总管赖大婶子送薛二姑娘的,两盆腊梅、两盆水仙。他送了我一盆水仙,他送了蕉丫头一盆腊梅。我原不要的,又恐辜负了他的心。你若要,我转送你如何?"宝玉道:"我屋里却有两盆,只是不及这个。琴妹妹送你的,如何又转送人,这个断使不得。"黛玉道:"我一日药吊子不离火,我竟是药培着呢,那里还搁的住花香来熏?越发弱了。况且这屋子里一股药香,反把这花香搅坏了。不如你抬了去,这花也清净了,没杂味来搅他。"

——《红楼梦》第五十二回

水仙,有凌波仙子、玉玲珑、金盏银台、金盏玉台、姚女花、女史花、天葱、雅蒜、酒杯水仙等多种别名,根叶似蒜头,所以有"水仙不开花——装蒜"

的歇后语。

中国水仙主要有单瓣型和复瓣型两种品系。单瓣型水仙多为水养，叶片青翠，叶姿秀美，若再配上漂亮的小石头，一个精致的容器，显得亭亭玉立，冰清玉洁，单瓣型水仙花中心有一金黄色环状副冠，浅杯状，故有金盏银台之称，亦名酒杯水仙。

整朵花黄白相间，金黄色是祥瑞之色，白色又是纯白，清秀典雅，花香浓郁，仙子风范，有种特别的吉祥感，小小银台托金盏，脉脉清风送暗香，非常切合国人的欣赏心理。

水仙是古时文人岁末清供的重要花卉。水仙无惧刀刻，清水一盏，可以用水温控制花期，一般一个月左右即可开花。

黛玉的水仙是养在玉石条盆里，点着宣石，宣石是安徽宣城宁国的优质石材，质地坚硬，色白如玉为主并间以杂色，宜做似雪山的假山及盆景配石，《园冶》云："惟斯石应旧，愈旧愈白，俨如雪山也。"水仙玉石条盆点着宣石，为水仙增色不少，也可以说，水仙无石配则大为逊色。

《浮生六记》云："种水仙无灵璧石，余尝以炭之有石意者代之。"在张爱玲的笔下，配水仙的石头更有一种比喻的妙处，张爱玲的《金锁记》被傅雷赞为"文坛最美的收获之一"，《怨女》是改写《金锁记》的小说，两位女主角一生痴念的两位男主角都是典型的花花公子纨绔子弟，不学无术，无才补天，却有一副好皮囊，张爱玲对他们眼睛的描写非常之奇特精准。

《金锁记》："两只手指缓缓抚摸着鼻梁，露出一双水汪汪的眼睛来。那眼珠却是水仙花缸底的黑石子，上面汪着水，下面冷冷的没有表情。看不出他在想什么。"《怨女》："他不作声，伸手把水仙花梗子上的红纸圈移上移下，眼睛像水仙花盆里的圆石头，紫黑的，有螺旋形的花纹，浸在水里，上面有点浮光。"

用水仙花盆里的石头来比喻浮光掠影的眼神，非常有神，描摹出美少年聪明狡黠却玩世不恭的不羁神态，对于情感荒漠中的女生有难以抗拒的魅惑力。

希腊神话传说，美少年那喀索斯（Narcissus）容貌俊美非凡，为天下第一美男子。见过他的少女，无不深深地爱上他。然而他性格高傲，对于倾心于他的少女不屑一顾，冷面冷心，伤透了无数少女的心。

一天，那喀索斯到野外狩猎，在清平如镜的湖面看见一张完美的面孔，不禁惊为天人，他竟然深深地爱上了自己的倒影。他日夜守护在湖边，不寝不食，不眠不休最后死在湖边，化为一株漂亮的水仙，自恋到了极点啊。因此水仙的英文名为 Narcissus，极度自恋、自我陶醉型的症状也就称为那喀索斯症 Narcissism。

无独有偶，将水仙花和美男子相联系，《神雕侠侣》里也有一段：

公孙绿萼微微一笑："那你还是变一朵水仙花儿罢，又美又香，人人见了都爱。"杨过笑道："要说变花，也只有你这等人才方配。若是我啊，不是变作喇叭花，便是牛屎菊。"绿萼笑道："倘若阎罗王要你变一朵情花，你变不变？"

之所以公孙绿萼起先想让杨过变成水仙花，是因为她所居住的绝情谷中有一片水塘，深不逾尺，种满了水仙。穿过竹林，突然一阵清香涌至，眼前无边无际的全是水仙花。这段描写有英国诗人华兹华斯笔下的风韵：

我孤独地漫游，像一朵云，在山丘和谷地上飘荡，忽然间我看见一群金色的水仙花迎春开放，在树荫下，在湖水边，迎着微风起舞翩翩连绵不绝，如繁星灿烂，在银河里闪闪发光，它们沿着湖湾的边缘延伸成无穷无尽的一行，我一眼看见了一万朵，在欢舞之中起伏颠簸。

美到极点的描写。这份体会是多么美好，每当读到此处，眼前花色烂漫，花香宜人，我的那份向往啊可谓滔滔不绝。

国产传说水仙花是尧帝女儿娥皇、女英的化身。姐妹二人同嫁给舜。舜南巡驾崩，娥皇女英双双殉情于湘江，魂魄化为水仙。北宋诗人黄庭坚偏爱水仙，笔下水仙花摇曳多姿，如"借水开花自一奇，水沉为骨玉为肌""仙风道骨今谁有，淡扫蛾眉簪一枝"等。

原来黄庭坚在荆州时候，见邻女幽娴姝美却嫁与一庸俗贫民，黄庭坚有感而发，以水仙喻之。数年后邻女生二子，犹有余韵，然憔悴困顿，贫困交加，被其夫卖掉。眼见得一个下层美女被生活折磨成黄脸婆的黯淡悲剧人生，如此看："淤泥解作白莲藕，粪壤能开黄玉花。可惜国香天不管，随缘流落小民家。"也就明白了他的那份可惜之叹。后高荷写《国香》记此事，中有"彩毫曾咏水仙花，可惜国香天不管""憔悴犹疑洛浦妃，风流固可章台柳"，将水仙和洛神联系起来。

我最喜欢黄庭坚的一首水仙花是《王充道送水仙花五十枝欣然会心为之作咏》："凌波仙子生尘袜，水上轻盈步微月。是谁招此断肠魂，种作寒花寄愁绝。含香体素欲倾城，山矾是弟梅是兄。坐对真成被花恼，出门一笑大江横。"

因此水仙被称为凌波仙子，此诗也是将洛神和水仙花联系起来了。

《红楼梦》中有一处供养洛神的水仙庵，水仙庵里面供的不是娥皇女英，是凌波微步、罗袜生尘的水中仙子——洛神。洛神是曹植笔下《洛神赋》的虚拟女主角，宝玉对这种盲目崇拜捕风捉影的做法很是不屑：

我素日因恨俗人不知原故，混供神混盖庙，这都是当日有钱的老公们和那些有钱的愚妇们听见有个神，就盖起庙来供着，也不知那神是何人，因听些野史小说，便信真了。比如这水仙庵里面因供的是洛神，故名水仙庵，殊不知古来并没有个洛神，那原是曹子建的谎话，谁知这起愚人就塑了像供着。

洛水女神，本跟水仙花无关，因黄庭坚和高荷的诗，也就有了一定的联系。

第五十二回中忙忙碌碌的宝玉本来是打算到惜春房中去看画的，路上遇到宝琴的丫头小螺，得知宝钗姊妹都在林妹妹处，马上转变路线，直奔潇湘馆。

宝钗、宝琴、邢岫烟、林黛玉四人围坐在熏笼上叙家常，紫鹃坐在暖阁里临窗作针黹，加上暖阁当中这一盆应景的水仙，这个场面可堪入画，真是宝玉所说的一幅"冬闺集艳图"了。

黛玉的水仙是贾府大总管赖大家的送给薛宝琴的，一共送了两盆上好的水仙，两盆上好的蜡梅。宝琴很会做人的，转赠了一盆水仙给黛玉，一盆蜡梅给探春，没说过其他客人收到赖大家的盆花做礼物，连黛玉都没有。宝玉有两盆水仙，品质却不如这盆，可见贾母对宝琴的超级宠爱已经产生了深远的影响，赖大家的能安稳坐到管家婆的地位与长了一双精明的富贵眼很有关系。

黛玉、宝钗、宝琴、邢岫烟都是贾府的外客，此时四个女孩儿亲亲热热地围坐一起聊天，说古今。没有一丝的违和感，黛玉的亲和力可见一斑。

宝钗和黛玉经历了金兰契互剖金兰语，放下成见成了好姐妹；黛玉将宝琴当作亲妹妹般，宝琴年轻心热，见黛玉是个出类拔萃的，更是与黛玉亲近异常，有花也想到和黛玉分享；邢岫烟虽然家道贫寒，钗荆裙布，然温厚可疼，端雅稳重，如闲云野鹤一般，也是和黛玉相知的。如第五十七回宝钗因来瞧黛玉，恰值岫烟也来瞧黛玉，二人在半路相遇。可见二人常常见面，她也不会因为没有得到谁送的水仙蜡梅而心生不满，也不会因生活困难而自卑退缩，浓淡由他冰雪中。

后来说得热闹，又请来湘云和香菱，一同评鉴外国美人的五言律。这一次冬日里小小的集会虽然比不上寿怡红群芳开夜宴的华彩，比不上红梅白雪的热闹，却温柔、温馨、温暖。少女们的友谊美好而纯真，少女们的话题雅致而有趣，伴随的有这潇湘馆里水仙花的清香。

春妆儿女竞奢华

拾玖

梅 花

槑，两个呆字，是古字梅花的意思，读音也同"梅"，虽然目前网络上是呆上加呆、形神俱呆的意思，古字却表达的是梅花在枝头的模样。起初梅的英文名为 Plum，同李的英文名一样，如《金瓶梅》的英文翻译就为 *The Plum in the Golden Vase*。幸亏经过中国学者努力，有了 Mei 这个英文专有名，终于可以将梅和李的英文名分开。

梅花和牡丹曾经作为中国国花待选，可见梅花在国人心中之地位。梅占百花魁，春到须先发，梅花通常在冬末春初开放。中国文化中将梅花与兰、竹、菊一起列为四君子，与松、竹一起称为岁寒三友，是国人非常喜欢的花。

关于梅的典故非常丰富，历代咏梅花的诗词曲赋可谓车载斗量。《红楼梦》也不例外，出场率很高，梅入酒令、入诗歌、入联句、入花签，如警幻仙姑的赋中有"其素若何？春梅绽雪"；李纨大观园题咏有"红衲湘裙舞落梅"；贾宝玉冬夜即事有"梅魂竹梦已三更";第三十七回咏白海棠,黛玉有"借得梅花一缕魂";第四十回金鸳鸯三宣牙牌令,贾母"六桥梅花香彻骨",薛姨妈"梅花朵朵风前舞""十月梅花岭上香";第四十八回香菱第二首咏月诗中有"淡淡梅花香欲染";第五十回芦雪庵争联即景诗,宝玉有"何处梅花笛",林黛玉有"沁梅香可嚼";第六十二回憨湘云醉眠芍药裀,在半梦半醒之间说酒令有"直饮到梅梢月上"。

第五十回芦雪庵联句以后,众人意犹未尽,用"红梅花"三个字作韵,作七律,邢岫烟作"红"字,李纹作"梅"字,薛宝琴作"花"字。宝玉作"访妙玉乞红梅",不限韵。四首红梅花七律,以精雕细刻的词句,优美的意象,丰富的典故,赞美了红梅花不畏惧霜雪、凌寒怒放、超凡脱俗的特点,同样也刻画了四位作者如何面对人生风刀霜剑的态度:

邢岫烟表现的是从容淡定,落落大方,不以物喜,不以己悲,浓淡由他冰雪中;李纹是稳重自爱,洁身自好,轻佻的蜜蜂蝴蝶是不配她的高洁的;宝琴则是乐观雄阔。结果宝琴夺冠。而宝玉诗中浓浓充斥的却是出尘离世的佛家氛围。

梅花落尽结梅子,也有无数的佳话,如青梅煮酒、青梅竹马、望梅止渴。梅子熟时正当梅雨季节,梅子黄时雨,梅雨季节这个词也关联着梅子。李纹写咏红梅花诗中有"酸心无恨亦成灰",梅花孕育的是酸酸的梅子。酸到什么地步呢?杨万里《闲居初夏午睡起》:"梅子流酸溅齿牙,芭蕉分绿上窗纱。"梅子很酸,直接入口牙齿都会酸倒,酸到想起来都会分泌口水。梅子入口爽脆,对于这一点,杨万里也深有感受,他在《辛丑正月二十五日游蒲涧晚归》中写道:"生酒清无色,青梅脆有仁。"

青梅

梅子多用来泡酒、做蜜饯,将梅树上未熟的青梅经烟火熏制而成乌梅,乌梅加冰糖及水煮即可为酸梅汤,可以生津止渴,是夏日消暑佳品。三十四回袭人道:"(宝玉)只嚷干渴,要吃酸梅汤。我想着酸梅是个收敛的东西,才刚挨了打,又不许叫喊,自然急的那热毒热血未免不存在心里,倘或吃下这个去激在心里,再弄出大病来,可怎么样呢。"可见袭人对于饮食的知识是很专业,宝玉由袭人打点饮食起居可谓衣来伸手饭来张口,诸事妥当。有黛玉做灵魂伴侣,有袭人做日常服务,这样的搭配是宝玉大浪淘沙后的终极理想生活。

除此之外,《红楼梦》中尚有诸多有关梅花的浓墨重彩的桥段,多个途径展现了梅的美、梅的神、梅的韵,也展示了红楼女儿的千姿百态各具风采,而其中李纨、宝琴、妙玉尤为突出,都有些梅花的侧面之美,分别被曹公赋予了梅花的不同风骨。

一、李纨:不受尘埃半点侵

李纨的花名签内容是,画:一枝老梅,字:霜晓寒姿,诗:竹篱茅舍自甘心,注:自饮一杯,下家掷骰。

花笺诗出自宋王琪《梅》:

不受尘埃半点侵,竹篱茅舍自甘心。只因误识林和靖,惹得诗人说到今。

因为自甘心，所以自饮一杯，这个花签做得很贴切。李纨，字宫裁。金陵名宦之女，父亲李守中曾为国子监祭酒，国子监相当于全国唯一的大学，祭酒类似于大学校长。他的教育理念是信奉"女子无才便有德"，纨是一种白色绢料，从名字中也可看出家庭对她的期望，只以纺绩井臼为要。李纨接受了严格的封建礼教规范教育。虽然读书识字，却知识面狭窄，只看《女四书》《列女传》《贤媛集》等三四种书，榜样偶像也只得前朝这几个贤女罢了。嫁到贾府后不久，即青春丧偶，从此"居家处膏粱锦绣之中，竟如槁木死灰一般。"唯一的亮点生活就是积极参与大姑子小姑子们吟诗作画的活动。

"纨"和"完"字同音，桃李春风结子完，属于她的青春已经完结。李纨也不过才三十几岁，就已经被称为老梅，实在是让人感慨光阴无情，青春短暂，美人迟暮。

林和靖是宋代诗人林逋，隐居杭州西湖之孤山，终身不婚，以种梅养鹤自娱，爱到以梅为妻以鹤为子的地步，"疏影横斜水清浅，暗香浮动月黄昏"是他描写梅花的名句。李纨如梅般不受尘埃侵蚀，端庄高洁，却没有林和靖一样品格的人来欣赏，做她知音。

二、薛宝琴：前身定是瑶台种

薛宝琴姑娘一出场就以风华绝代的美艳气质成为大观园中心人物，她天下十停走了有五六停的旅行家风采是大观园女儿们可望而不可即的。宝琴联诗，制怀古诗谜，讲真真国女儿诗、观礼祭宗祠、放大红蝙蝠的风筝等，情节丰富多彩。其中梅花诗和雪中访梅情节尤其展现了宝琴秀外慧中、艳压群芳的势头。宝琴咏

红梅花写得富贵雍容、梦幻炫目,众人一致认为最好:

> 疏是枝条艳是花,春妆儿女竞奢华。
>
> 闲庭曲槛无余雪,流水空山有落霞。
>
> 幽梦冷随红袖笛,游仙香泛绛河槎。
>
> 前身定是瑶台种,无复相疑色相差。

宝琴雪中访梅是可以和黛玉葬花、宝钗扑蝶、湘云醉眠相媲美的经典情节,如画如诗。琉璃世界白雪红梅,宝琴如那雪中色如胭脂的红梅,是最浓墨重彩的一抹亮色,宝琴站在山坡上遥遥等待,等待宝玉跟上来,她的背景是一瓶红梅,她的凫靥裘斗篷是金翠辉煌的,宝玉的是大红猩猩毡,一红一绿,怡红快绿。

宝琴的未婚夫是梅翰林之子,梅姓公子。第五十一回薛宝琴在《梅花观怀古》中写道:"不在梅边在柳边,个中谁拾画婵娟。团圆莫忆春香到,一别西风又一年。"第一句就引用了杜丽娘的诗句。《牡丹亭》中的杜丽娘就是给自己画了幅写真,并题了绝句一首:"近睹分明似俨然,远观自在若飞仙。他年得傍蟾宫客,不在梅边在柳边。"成就了一段生生死死的爱恋。

要知道宝琴也是画上的人啊,她雪中访梅的情影被贾母要求惜春照模照样,一笔别错,快快添上,她的青春容颜定格在大观园的写生画上呢。第七十回宝琴吟出"三春事业付东风,明月梅花一梦"。似乎婚姻不顺利,还有很多曲折的故事。

三、妙玉:为乞嫦娥槛外梅

除了冬天,其他季节此处是绿意盎然的,所以起名叫栊翠庵。有的版本叫拢翠庵,似乎更加贴切,拢为动词,有梳拢、集合的意思。拢翠和怡红恰好可以成对，两个词对仗工整，红翠分明，含义深刻。第四十一回，至院中见花木繁盛，贾母笑道："到底是他们修行的人，没事常常修理，比别处越发好看。"宝玉写"槎枒谁惜诗肩瘦，衣上犹沾佛院苔。"这里佛院深深，苔痕浓淡，有人迹罕到的寂静。联系到大观园大门口的曲径通幽处，很容易就想到这里的禅房花木深。

而在冬季，此处却有大观园最集中的红梅花盛开：

宝玉于是走至山坡之下，顺着山脚刚转过去，已闻得一股寒香拂鼻。回头一看，恰是妙玉门前拢翠庵中有十数株红梅如胭脂一般映着雪色，分外显得精神，好不有趣！

拢翠庵的红梅花冬日里色如胭脂，寒香拂鼻，引发了公子小姐们的诗情，装点了苍白的白雪琉璃世界。

宋卢梅坡两首梅花诗很脍炙人口："有梅无雪不精神，有雪无梅俗了人。日暮诗成天又雪，与梅并作十分香。""梅雪争春未肯降，骚人搁笔费评章。梅须逊雪三分白，雪却输梅一段香。"梅花和雪花是绝配，梅花映雪曼妙多姿，雪花沁梅寒香怡然，第四十一回妙玉给宝钗、黛玉等喝体己茶用的水即是梅花上收的雪，轻浮无比。

妙玉送给宝玉的那支红梅是那么的虬结苍劲，曲折多姿，"这枝梅花只有二尺来高，旁有一横枝纵横而出，约有五六尺长，其间小枝分歧，或如蟠螭，或如僵蚓，或孤削如笔，或密聚如林，花吐胭脂，香欺兰蕙。"深得梅以曲为美的真髓。红色的梅花映衬着一个青春少女热切尘世的心，这里也有宝玉热爱的红色啊。宝玉乞红梅诗中有"寻春问腊到蓬莱""为乞嫦娥槛外梅"，将乞红梅视为寻找春天，将妙玉视为嫦娥。

蟠香寺拢翠庵，一蟠香一翠色，云空未必空，却都是困守住妙玉的樊笼，所有欢乐的盛会上都没有她的身影，她的青春却正如庵中围墙挡不住的胭脂红梅一样，在最寒冷的季节绽放，吐露芬芳，在古朴遒劲的枝头度过了自己最美好的华年，寂寞、孤单、冷清。

红楼女儿，各有特色，宝琴得梅之艳，李纹得梅之孤，妙玉得梅之傲，梅花三弄，情韵悠长。

梅花

芦蒿炒面筋和
炖鸡蛋的
两蚊俱佳

贰拾

芦 蒿

莲花听了,便红了脸,喊道:"谁天天要你什么来?你说上这两车子话!叫你来,不是为便宜却为什么。前儿小燕来,说晴雯姐姐要吃芦蒿,你怎么忙的还问肉炒鸡炒?小燕说:'荤的因不好才另叫你炒个面筋的,少搁油才好。'你忙的倒说自己发昏,赶着洗手炒了,狗颠儿似的亲捧了去。今儿反倒拿我作筏子,说我给众人听。"

——《红楼梦》第六十一回

"竹外桃花三两枝,春江水暖鸭先知。蒌蒿满地芦芽短,正是河豚欲上时。"小学课本上的苏东坡的这首诗歌广为流传,其中蒌蒿就是芦蒿,又名水蒿、荑蒿等。多年生草本,有地下茎,植株具清香气味,春天茎秆鲜嫩爽脆,包括地下茎都可以食用,是江南一带春天的美食。2018 年的秋季,笔者去婺源的石城赏秋枫,在山里的一家农家饭店点了芦蒿炒腊肉,和同桌谈得热火朝天,厨师忍不住过来聊天,说起芦蒿乃是:"鄱阳湖中草,南昌城中宝。"真是有趣,芦蒿常用吃法是嫩茎掐段、大火小炒，配料用香干或臭干、肉丝或腊肉片，或者如晴雯爱吃的，用面筋。

大观园里起初没有单独的厨房，搬进大观园第一年的某一个冬夜子时时分，晴雯'跑解马'似的打扮得伶伶俐俐的出去吓唬麝月，热身子被冷风吹了一下，病了，经过胡庸医王太医的一番诊疗，怡红院用上了煎药的银吊子，宝玉还夸药气比一切的花香果子香都雅。然后作者就切换到大观园内厨房的建立过程。

是凤姐提议的："天又短又冷，不如以后大嫂子带着姑娘们在园子里吃饭一样。等天长暖和了，再来回的跑也不妨。"王夫人附议并提出解决方案："不如后园门里头的五间大房子，横竖有女人们上夜的，挑两个厨子女人在那里，单给他姊妹们弄饭。新鲜菜蔬是有分例的，在总管房里支去，或要钱，或要东西；那些野鸡、獐、狍各样野味，分些给他们就是了。"贾母赞同，这事就定了。也是，若园中人每顿饭都要跑出园外吃，每天很多时间就忙着吃饭了，或在吃饭的路上，或在吃过饭的路上，刮风下雨的为一口饭奔波想起来都替黛玉宝玉宝钗麻烦。幸而有了内厨房。原本是权宜之计，然而实际上第二年春暖花开后，内厨房继续运转，内厨房的撤销计划并没有人提。

司内厨房的管事是柳家媳妇，芳官称为柳嫂子，应该是随夫姓，柳家的原是梨香院的差役，她最小意殷勤，服侍得芳官一干人比别的干娘还好。芳官等亦待他们极好。柳嫂子和夏婆子何婆子之类干娘相比，真是天差地别，也可以看出柳家的心眼好，并不歧视小戏子们，做事勤快也实在。柳家的被选为厨房管事，厨艺不用说，管理能力也不差，第六十一回有个细节，吃饭时间快到了，按着房头分派菜馔的事情大家都不敢自专，单等她来调停分派，可见柳家在厨房里的威信以及管事能力。

大观园内厨房的服务对象是住在园中的主子和服侍主子的丫头婆子们，有四五十人，真是不少人呢，内厨房到底是不是肥缺？柳嫂子不认为是，她说过这一天的预算连本项两顿饭还撑持不住，一日的预算是两只鸡，两只鸭子，十来斤肉，一吊钱的菜蔬。很明显预算并不丰富，菜品也不丰富，且单调。这就面临一个问题，倘若吃腻了份饭想吃点小灶怎么办？理想状态如柳嫂子所言："一立厨房以来，凡各房里偶然间不论姑娘姐儿们要添一样半样，谁不是先拿了钱来，另买另添。"解决方案是花额外的钱即可。

大观园里常住的主子也就李纨宝玉黛玉宝钗探春迎春惜春七个，外加妙玉算是栊翠庵的户主，吃素，估计不用内厨房做菜，有时岫烟湘云等来，主子们非常自觉，有啥吃啥，宝玉生病了被禁食，清淡菜都不给，只给吃稀饭咸菜多日，也没有破例去换，探春和宝钗偶然商议了要吃个油盐炒枸杞芽儿来，现打发个姐儿拿着五百钱来给内厨房。宝玉过生日白天，探春做主用额外的公款准备了两桌酒席，晚上，袭人等大小八个丫头凑了三两二钱银子，交给柳嫂子预备四十碟果子。

然而并不是谁都遵守这个规则，比如司棋和晴雯。

第六十一回，小丫头莲花儿奉司棋的命令来厨房要碗炖的嫩嫩的鸡蛋，并没有额外给钱。通过柳嫂子和莲花儿的对掐抢白我们知道，司棋不是第一次要额外食物了，曾经要过豆腐，然而柳嫂子给了馊的。这次要炖鸡蛋，柳嫂子就不乐意了，理由之一是鸡蛋贵，她贴补不起。

晴雯却是柳嫂子主动补贴的。岂止晴雯，怡红院的大小丫头尤其是芳官是柳嫂子重点补贴对象，因为柳嫂子和小丫头们关系好，也因为柳嫂子有求于她们。

她希望她排行第五的女儿五儿，能进入怡红院工作。她给芳官做的套餐色香味俱全，芳官去厨房传宝玉"晚饭的素菜要一样凉凉的酸酸的东西，只别搁上香油弄腻了"，她马上拿出一碟热糕并现通开火顿茶，小燕传一句晴雯吃芦蒿，她忙问是肉炒鸡炒，压根没想到还要钱。

司棋有样学样，莲花儿眼中司棋就应该和晴雯一视同仁，她理直气壮将司棋和晴雯对比来驳斥柳家的，晴雯的一碟面筋炒芦蒿被重点提出来作为证据，晴雯就不觉被扯进斗争漩涡。柳家的因这一碗鸡蛋羹大大得罪了司棋、莲花儿等人，引发的后果是柳嫂子万万没有想到的。

厨房的工作非常困身，从柳嫂子去看望哥哥嫂子一家不久就被三次两趟叫人传回厨房可以看出。厨房也不是肥缺，从秦显家的在厨房内半天乱着接收家伙米粮煤炭等物，又查出许多亏空来可以看出。然而司棋的婶娘秦显家的却虎视眈眈想取而代之。秦显家的工作是大观园南角子上夜的工作，上夜就是值夜班。相比较而言，上个正常班自然更好，何况，在厨房工作，想吃啥还不容易？顺带关照亲戚朋友们，若是秦显家的掌管内厨房，司棋想吃一碗炖鸡蛋算什么？所以这次事件，司棋等人找到机会，马上开始钻营，成效显著，疏通了内管家林之孝家的，林之孝家的貌似处处请示，却私心明显。

秦显家的接收内厨房半日，她在厨房的举动更是触目惊心，还没交接好，就开始打点礼品：

一面又打点送林之孝家的礼，悄悄的备了一篓炭，五百斤木柴，一担粳米，在外边就遣了子侄送入林家去了；又打点送账房的礼；又预备几样菜蔬请几位同事的人。

若不是平儿介入，内厨房由秦显家的接管，那又不知是怎样的局面？结果是平儿恢复柳家的职位，秦显家的只兴头了半日，便轰去魂魄，垂头丧气，登时偃旗息鼓，卷包而出。司棋呢？气了个倒仰。而晴雯在这个事件中却一概不知，憎然不觉，此时还过着优哉游哉的副小姐生活。殊不知，那满天空的霁月彩云已经开始消散，乌云浊雾逐渐弥漫，危机已经逼近。

从这个事件可以看出贾府下人们的关系错综复杂，司棋的父母是贾赦那边的，司棋的叔叔婶婶是贾政这边的，司棋的外婆是王善保家的，王善保家的是邢夫人的陪房，是邢夫人的耳目，明面上提到这王善保家的正因素日进园去那些丫鬟们不大趋奉他，他心里大不自在，要寻他们的故事又寻不着，恰好生出绣春囊这事来，以为得了把柄。不大趋奉他的是丫鬟们，并不是晴雯一人，而她偏偏一番谗言下到盛怒的王夫人处，只提了晴雯一人，为什么单单提出晴雯来，联系到内厨房事件，真是令人悚然而惊。

司棋、晴雯，两个大丫头，正如王夫人所说，跟姑娘的丫头原比别的娇贵些。在她们娇贵的副小姐生涯中，因一碟面筋炒芦蒿、一碗炖鸡蛋有了交集，二人双双在抄检大观中被赶出大观园。晴雯四五日水米不沾牙，恹恹弱息，被两个女人架出园外，司棋被周瑞家的嘲讽着带领几个媳妇拉出园外。二人殊途同归，离开大观园，奔向死亡的深渊。

密集型的贾府小社会中，个人的一举一动皆有目共睹，何为因？何为果？枝枝蔓蔓牵一发而动全身，一碟面筋炒芦蒿也不能幸免，这是晴雯在病榻上反思不到的。若知道江湖险恶如斯，晴雯这一碟面筋炒芦蒿，能安心吃下去吗？

贾雨村辜负了
甄士隐的芹意

贰拾壹

芹 菜

> 故特具小酌，邀兄到敝斋一饮，不知可纳芹意否？
>
> ——《红楼梦》第一回

《红楼梦》开篇讲了甄士隐和贾雨村的故事，乡宦甄士隐由富贵的顶点一步步走向败落荒凉，最后出家。穷儒贾雨村由穷困的底点一步步走向富贵权势，进入大染缸。二人上升下降的路线不同，而他们擦肩而过的交汇点就在第一回，红尘中一二等富贵风流之地的姑苏城仁清巷中葫芦庙及隔壁的甄家。

困顿葫芦庙中的贾雨村只因甄家丫鬟娇杏偶然回头两看，以为此女为巨眼英雄，风尘中之知己，狂喜不尽，中秋佳节以诗抒怀，甄士隐走来听见，以为此儒抱负不浅，同时盛邀同饮同赏月："今夜中秋，俗谓'团圆之节'，想尊兄旅寄僧房，不无寂寥之感，故特具小酌，邀兄到敝斋一饮，不知可纳芹意否？"赏月过程中，二人话说投机，甄士隐慷慨赠送五十两白银并两套冬衣，解决了贾雨村的燃眉之急，贾雨村连夜出发，踏上寻求功名之路。

"不知可纳芹意否"是一句谦辞，显示出甄士隐的儒雅，芹意用来谦称自己微薄而心诚的奉献和情意，还可以说是芹献、献芹、芹敬、野人献芹，典故是《列子·杨朱》里的一个故事："昔人有美戎菽，甘枲茎、芹萍子者，对乡豪称之。乡豪取而尝之，蜇于口，惨于腹。众哂而怨之，其人大惭。"有人认为芹菜这一类的东西很好吃，是人间美味，对乡里的豪绅称赞，豪绅吃了却很不舒服。众人都笑话埋怨此人，让他羞愧无比。

此处的芹是水芹菜，生于江湖陂泽之涯，在我国种植历史悠久。它有着细小的翠叶，柔弱的茎，飘飘摇摇生长在池畔水边。明代陈继儒赞水芹道："春水渐宽，青青者芹。君且留此，弹余素琴。"

水芹菜有独特的清香，脆嫩的口感。《吕氏春秋·本味》："菜之美者有云梦之芹。"水芹菜是冬春之际的美物之一。嫩茎切成段，油盐炒、腊肉丝炒、香干切丝炒，皆美味无比。《遵生八笺》里："春月採取，滚水焯过，姜醋麻油拌食，香甚。或汤内加盐焯过，晒干，或就入茶供亦妙。"近来为了延长水芹的茎，有一种新的培植方法，用松土掩盖至植株顶部，待茎干长高，再以松土培之，如此等待茎一尺多长，起出土外，依旧青白细长。如此美物，乡豪不会品鉴，只能感慨一句：各人口味有别，有时候我之美味，别人之毒药啊。

"新涨绿添浣葛处，好云香护采芹人"是贾宝玉为稻香村所撰的对联。采芹人是指读书人。《诗经》"思乐泮水，薄采其芹""觱沸槛泉，言采其芹"，过去的书生在学堂祭拜时，要到旁边的泮池采一枝芹菜插在帽上。想起那一束束的水芹挂在帽子上的模样是多么的滑稽。无独有偶，古希腊人也曾经用芹菜做成花冠，献给各类竞技的冠军。曾经的时尚对今人来说，多么的匪夷所思。如今水芹再不会和读书人有什么瓜葛，也再不会有人拿水芹当作花一般的礼遇。岁月流转，水芹的风采依然，风味依旧，而无数的读书人已经雨打风吹去。

因此，在中国文学作品中，芹菜超越了食物的特性，成为表达礼节和情意的重要物件。"献芹"一词有着深刻的含义，李白有"徒有献芹心，终流泣玉啼"，高适有"尚有献芹心，无因见明主"，杜甫有"献芹则小小，荐藻明区区"，辛弃疾献宋孝宗《美芹十论》，陈述抗金救国的大计。这些人的胸中块垒，心中抱负，都和那个献芹人一般不被理解。

被贬黄州的苏轼，一日出行，在茫茫雪野中见一棵小小泥芹，便期待着春天的芹芽烩春鸠："泥芹有宿根，一寸嗟独在。雪芽何时动，春鸠行可脍。"

而我们伟大的《红楼梦》作者曹沾，以芹圃、雪芹、芹溪为号，小小泥芹在雪底萌发，虽然弱小，但春来将成长为芹圃，蜿蜒成芹溪，是充满希望的诗化的意境。

回头说红楼，那甄士隐的五十两银和两套冬衣并非菲薄的赠礼。刘姥姥口算过，贾府一顿螃蟹宴大约有二十多两银子，够庄家人过一年了，甄士隐一出手就是五十两，两倍于刘姥姥家五口人一年的费用，不可不谓豪爽！贾雨村不告而别，甄士隐也不以为意。只是倘若他知道贾雨村发迹之后，对自己宝贝女儿英莲的命运如此漠视，会不会仰天长叹并深深后悔？

贾雨村第一次做官，他联系上了甄家，得知英莲丢失，对甄士隐的岳丈封肃信誓旦旦："不妨，我自使番役，务必探访回来。"也不惺惺作态，直接要了甄家丫鬟娇杏作二房。

贾雨村第二次做官，第一个案子就找到英莲了。他对甄家的承诺历历在目，他的娇杏夫人已经为他生子。他明明知道甄家的落脚之处，他也清清楚楚英莲的去处。他是唯一清楚明白双方的人，他双手拿着断线的两头，一头是英莲，另一头是甄氏夫人，连接这根线对他而言是举手之劳，然而他从未发声，懒于稍有动作。他的眼界宽阔着呢，从未将此事放置心上。

而他恩人甄士隐的唯一女儿，由英莲为香菱，再为秋菱，平生遭际实堪伤，她哪里能忘记自己幼年被拐卖的经历？哪里能忘记亲生父母的疼爱？和父母团圆是她深藏心底的梦。

每次读到香菱呕心沥血的诗句"博得嫦娥应借问，缘何不使永团圆"，我便捶胸顿足，恨不得从书中揪出贾雨村来问个明白。真是字字血泪。作为读者，我们知道，她的团圆梦只需贾雨村的一句话便可实现。

甄士隐丰厚的芹意，为什么换来贾雨村如此忘恩负义的回报？无他，因为在一个富贵心两只体面眼的贾雨村眼中，甄家已无可利用价值。

卖到茶叶铺药铺去，
也值几个钱

贰拾贰

金 银 藤

探春又笑道:"可惜,蘅芜苑和怡红院这两处大地方竟没有出利息之物。"李纨忙笑道:"蘅芜苑更利害。如今香料铺并大市大庙卖的各处香料香草儿,都不是这些东西?算起来比别的利息更大。怡红院别说别的,单只说春夏天一季玫瑰花,共下多少花?还有一带篱笆上蔷薇、月季、宝相、金银藤,单这没要紧的草花干了,卖到茶叶铺药铺去,也值几个钱。"

——《红楼梦》第五十六回

第五十五回中,刚将年事忙过,凤姐儿便"小月"了,按照传统风俗,需要在家坐一个月的月子,不能理事。凤姐的倒下顿时让王夫人如失了膀臂。王夫人忙不过来,先是将家中琐碎之事,一应都暂令李纨协理,而李纨是个尚德不尚才的,厚道多恩无罚,未免逞纵了下人,大家不怕她,工作上自然能搪塞就搪塞。王夫人便命探春合同李纨裁处,原打算一月后,凤姐将息好了,仍交与她。然一个月过去，凤姐并没有好起来。于是王夫人又特请了宝钗来："老婆子们不中用，得空儿吃酒斗牌，白日里睡觉，夜里斗牌，我都知道的。凤丫头在外头，他们还有个惧怕，如今他们又该取便了。好孩子，你还是个妥当人，你兄弟妹妹们又小，我又没工夫，你替我辛苦两天，照看照看。凡有想不到的事，你来告诉我，别等老太太问出来，我没话回。那些人不好了，你只管说。他们不听，你来回我。别弄出大事来才好。"宝钗听说只得答应了。王夫人根本没有考虑比探春更大些的迎春，一来迎春是大房贾赦的，二来迎春懦弱的性格的确管不了事。

于是李纨探春宝钗管理团队三驾马车启动，不能不说这三人的选择比较合理，王夫人还是有些用人的眼光，也是有想法的。李纨是贾政家正宗大奶奶，虽然守寡守节，退出权力中心，但名分还在，是家中重要一员，出面理家顺理成章；探春是庶出的女儿，一向对王夫人忠心，行事大方得体，值得托付；宝钗那是不用说了，自家亲姊妹的女儿，稳重妥当，有经验有能力，帮薛家打理家务，是薛姨妈的左膀右臂。

三人合作以来，李纨探春二人便一日皆在厅上起坐，宝钗便一日在上房监察，至王夫人回方散。每于夜间针线暇时，临寝之先，坐了小轿带领园中上夜人等各处巡察一次。他三人如此一理，更觉比凤姐儿当差时倒更谨慎了些。因而里外下人都暗中抱怨说："刚刚的倒了一个'巡海夜叉'，又添了三个'镇山太岁'，越性连夜里偷着吃酒顽的工夫都没了。"从下人们对这个领导团队的评价也看出，随着贾府日薄西山，主人和仆人之间的关系很是险恶，潜在的对抗和不安定因素开始显露，表面的和谐也难以维系了。

从某种意义上说，李纨探春宝钗三人世界观人生观价值观是类似的，思想容易统一，李纨青年丧偶，居家处膏粱锦绣之中，主动过起槁木死灰的日子，严格按照封建规范要求自己，一概无见无闻，唯知侍亲养子，外则陪侍小姑等针黹诵读而已，对于暂时交付与她的理家重担她是没有激情的，也不会花费太多精力。

宝钗天性热毒，以冷香丸压制，以"罕言寡语，人谓藏愚，安分随时，自云守拙"自励，从严格要求自己这方面来看，宝钗和李纨都是善于压抑真性情，让自己的行为和思想符合当时社会的主流道德规范，都是尚德的矜持的，是真正看重自己名声的人。而命运是如此吊诡，李纨和宝钗未来的命运何其相似，李纨守寡，宝钗也是守寡，不同的是，李纨是死了丈夫，宝钗是被宝玉遗弃，二者都是因为有着强大的道德自律和坚强的内心，因而能承受接受这个现实。

宝钗的蘅芜苑清凉瓦舍，有插天的玲珑山石和品种繁多的香草，李纨的稻香村有着喷火蒸霞一般几百株杏花，谁能欣赏理解二者或无味或槁木死灰外观下丰盛的内心世界？

二者的精神世界旗鼓相当，但在宝钗眼中，李纨已经是过去时，所以在理家时候她和探春侃侃而谈，从学问上给承包改革找依据，从理论上给承包改革以指导，当李纨是旁听。当李纨笑道："叫了人家来，不说正事，且你们对讲学问。"宝钗道："学问中便是正事。此刻于小事上用学问一提，那小事越发作高一层了。不拿学问提着，便都流入市俗去了。"

而在李纨眼中，宝钗是她一类的人，所以她看重宝钗，对她另眼相看，对宝钗的重视更甚于黛玉，在第一次有点评的海棠诗社活动中，她看到宝钗的海棠诗，就打算推宝钗这诗有身份，虽然也欣赏黛玉的风流别致，到底还是偏重宝钗的含蓄浑厚。

探春是赵姨娘所生，才自精明志自高，庶出的身份和亲母赵姨娘的频频挑衅对抗是她的切身之痛，她自尊自强，严肃端庄，做好自己，穷则独善其身，达则兼济天下，没有管事的时候，管好自己和周边人，过好自己高雅潇洒的生活。她的房间并不曾隔断，因为她素喜阔朗。

她的房间布置一派大气大家风范，品味不凡，也唯有她能写下洋洋洒洒的花笺，召集姐姐妹妹哥哥们成立诗社，将大观园学术活动推向高峰。在她理家的时候，有了平台有了资源有了权力，却又是另一番风采，她大刀阔斧进行改革，逐渐显示出她的将才。正如凤姐对她的评价："他虽是姑娘家，心里却事事明白，不过是言语谨慎；他又比我知书识字，更厉害一层了。"脂砚斋叹道："使此人不远去，将来事败，诸子孙不致流散也，悲哉伤哉！"

众婆子去后，探春问宝钗如何。宝钗笑答道："幸于始者怠于终，缮其辞者嗜其利。"探春听了点头称赞，宝钗和探春是有可对等谈话的理论知识，可谓惺惺相惜。

当管理层思想统一，意见统一，精诚团结，改革的进行就顺利多了。果然，她们非常顺畅地进行了花草承包。

金银藤，半常绿缠绕藤本，是良好的垂直绿化植物，可作花架、花廊、篱垣攀缘植物材料。春夏开花，花成对腋生，初开时花蕊花瓣为白色，后渐变为黄色，新开旧开同时存在，花开不绝，因而金色银色相映成趣，所以叫金银花。金银藤因为凌冬不凋，所以又称为忍冬，由于花冠与瓣裂基本同长，花柱、雄蕊伸出花冠之外，长若垂须，黄白相间，如鸟飞翔，又称为鹭鸶藤及鸳鸯藤，有诗云："有藤名鹭鸶，天生非人育。金花间银蕊，翠蔓自成族。"金银花色香具备，香气宜人，"无惭高士韵，赖有暗香闻。"花可入药可泡茶，具有清热解毒、消炎退肿功效。采摘做药用以花蕾为佳，因花蕾形状若金钗，又名金钗股，《中国植物志》介绍了采摘方法：

5、6月间采收，择晴天早晨露水刚干时摘取花蕾，置于芦席、石棚或场上摊开晾晒或通风阴干，以1—2天内晒干为好。晒花时切勿翻动，否则花色变黑而降低质量，至九成干，拣去枝叶杂质即可。忌在烈日下曝晒。阴天可微火烘干，但花色较暗，不如晒干或阴干为佳。

有诗云："金银赚尽世人忙，花发金银满架香。蜂蝶纷纷成队过，始知世态也炎凉。"李纨毕竟年长，虽然深闺生活，对市场对日常生活还是有了解的，她提出怡红院和蘅芜苑是药草的两大出产处。她不缺少理财意识和理财手段，难怪她的判册上画着一

金银藤

盆茂兰，旁有一位凤冠霞帔的美人。她是凤冠霞帔的美人，不会走向一贫如洗的境地。她的判曲是：

[晚韶华]镜里恩情，更那堪梦里功名！那美韶华去之何迅！再休提绣帐鸳衾。只这带珠冠，披凤袄，也抵不了无常性命。虽说是，人生莫受老来贫，也须要阴骘积儿孙。气昂昂头戴簪缨；光灿灿腰悬金印；威赫赫爵禄高登，昏惨惨黄泉路近。问古来将相可还存？也只是虚名儿与后人钦敬。

人生莫受老来贫，李纨超前的危机感和敛财能力让她避免了老来贫穷，贾府盛时她的收入是很好的，她公开宣称"不问你们的废与兴"。也许她在大厦倾倒之际，有办法自保并平安自足，但是对于家族，是没有心思帮扶一把的了。

怡红院的这一片藤在创收之列，可见数量不少。在有心人眼中，一个破荷叶，一根枯草根子，都是值钱的。天下没有不可用的东西，既可用，便值钱。在饭来张口衣来伸手的纨绔子弟眼中，花是花，草是草，钱是钱。

桃红又见一年春

贰拾叁

桃 花

第六十三回,花袭人的花签是:

画:一枝桃花,字:武陵别景,诗:桃红又是一年春。注:杏花陪一盏,坐中同庚者陪一盏,同辰者陪一盏,同姓者陪一盏。

桃树种植历史悠久,在我国南北皆有种植,为我国最常见的早春重要经济树种之一,也是传统的园林观花花木。桃花在春天里灿烂,其树态优美,枝干扶疏,花色艳丽,早春村庄边、古道边、园林中,一树粉色红色桃花总让人觉得亲切觉得心安,是极具亲和力的植物。

第二十八回宝玉薛蟠蒋玉菡云儿等在冯紫

桃子

英家聚会，云儿的酒令中有"桃之夭夭"，此句来自《诗经·桃夭》，是一首三章的贺新婚歌，以桃花起："桃之夭夭，灼灼其华。之子于归，宜其室家。"春天里明艳鲜活的桃花盛开了，明媚鲜艳的女儿出嫁了，人面桃花相映红，喜气洋洋，祝福华年美好的姑娘，祝福和顺美满的家庭。

我国文学中，桃花和青春和爱情和现实安稳联系紧密。宝玉面如桃瓣；警幻仙姑靥笑春桃兮；凤姐俏丽若三春之桃；尤三姐自刎"揉碎桃花红满地"。广州春节期间人们喜欢在家中摆上一盆红桃花，取其白话"宏图"的好意头。桃花之色就是情色，桃花运就是异性缘，桃花运可是未婚男女们向往的呢。不过桃花运太多了芳草处处情思缕缕，就是桃花劫了。

大观园中种植了很多桃树，除普通单瓣桃花以外，怡红院外围还种了复瓣的碧桃。搬入大观园的第一年春天，宝玉和黛玉于三月中浣，在沁芳闸桥边桃花底下一块石上共读《会真记》，此时姹紫嫣红春色无边，即使桃花落红成阵也不过成就了二人同葬落花之心心相印，可谓良辰美景赏心乐事。桃花树下故事多，第五十七回宝玉受紫鹃冷落，在沁芳亭后头桃花树下石上手托着腮颊出神，再被紫鹃一激，发了呆病。

桃花花瓣细弱，在盛开的时候就开始飘落，特别是风起时候，非常容易吹落如同花雨，落于水中则漂浮于水面，随波荡漾，触目惊心，这种特性使得桃花在漫长的文学演化中也逐渐衍变，最有代表性的作品是杜甫的两首诗：

手种桃李非无主，野老墙低还是家。恰似春风相欺得，夜来吹折数枝花。

肠断春江欲尽头，杖藜徐步立芳洲。颠狂柳絮随风舞，轻薄桃花逐水流。

在他的诗中，桃花或是蒙受欺凌的薄命女子，或为随波逐流的轻浮佳人。花红易衰似郎意，水红无限似侬愁。而桃花在文学里也就代表了爱情、青春的喜和悲的两个方面了，具有了极端的双重性，桃花之衰败可以表达爱情之失意、人生之悲苦、少女的容颜和青春之刹那芳华。《红楼梦》中也将桃花的此种意向反复渲染，第二十七回林黛玉在共读西厢的花冢处吟诵《葬花吟》，以桃花自喻，缠绵悱恻，痛惜似水流年，如花美眷。第七十回中林黛玉又咏一首古风《桃花行》，人花共悲，更加哀音满纸，让宝玉读了落泪，全篇用了多个桃字，反复加以吟咏。

袭人所得花签诗句来自宋谢枋得《庆全庵桃花》："寻得桃源好避秦，桃红又见一年春。花飞莫遣随流水，怕有渔郎来问津。"陶渊明《桃花源记》里，那"忽逢桃花林，夹岸数百步，中无杂树，芳草鲜美，落英缤纷"的美妙旅程让无数人梦牵魂绕，心向往之。世外桃源是很多人的终极梦想，然而"春来偏是桃花水，不辨仙源何处寻"，无处寻觅的桃花源之梦如同黛玉笔下天尽头何处有香丘之梦，令人怅惘。在此处，武陵别景，桃红又是一年春用桃花的两度芳菲暗示了在贾府败落后，袭人琵琶别抱，二度春风的命运归宿。

袭人姓花，花是泛称，具体是什么花有很多可能，第三回中介绍过她名字的来历，宝玉因知他本姓花，又曾见旧人诗句上有"花气袭人"之句，遂回明贾母，更名袭人。第二十三回中宝玉也曾经亲口给父亲解释过："因素日读诗，曾记古人有一句诗云：'花气袭人知昼暖'。因这个丫头姓花，便随口起了这个名字。""花气袭人知昼暖"源自陆游七律《村居书喜》：

红桥梅市晓山横，白塔樊江春水生。花气袭人知骤暖，鹊声穿树喜新晴。

坊场酒贱贫犹醉，原野泥深老亦耕。最喜先期官赋足，经年无吏叩柴荆。

原句"知骤暖"是闻到花香而知春已暖。换作"知昼暖"，是因为夜色中花气清凉，才认识到白昼之温暖。一字之改，含意也变了，很容易就能联想到袭人和宝玉曾经偷试以及情切切良宵花解语的情景。但此诗中看不出花气袭人的是什么花。

袭人的判词是"空云似桂如兰"，为什么说袭人是空云似桂如兰呢？

但看袭人这个名字非常独特刁钻，似桂如兰却是从花袭人三字而来。

似桂：唐卢照邻《长安古意》里有："寂寂寥寥扬子居，年年岁岁一床书。独有南山桂花发，飞来飞去袭人裾。"第二十八回中，袭人的真命天子蒋玉菡拿起一朵木樨来，念道："花气袭人知昼暖。"惹得薛蟠大惊小怪一番，木樨就是桂花，有非常浓烈的香气。

如兰，屈原《九歌·少司命》："秋兰兮麋芜，罗生兮堂下。绿叶兮素华，芳菲菲兮袭予。"花朵花香袭人是桂花兰花，似桂如兰，却是空云，只是因为此姑娘有些痴处："伏侍贾母时，心中眼中只有一个贾母，如今服侍宝玉，心中眼中又只有一个宝玉。"不难想象，倘若描写她和蒋玉菡的婚后生活，也会是：心中眼中又只有一个蒋玉菡。对于蒋玉菡来说，能得此佳人，当数有福气。所以说"堪叹优伶有福，谁知公子无缘"。

袭人原名珍珠，幼时艰辛苦状，当日家中困窘到没饭吃，还值几两银子的袭人更被父母卖到贾府，起初是贾母之婢女，贾母因溺爱宝玉，生恐宝玉之婢无竭力尽忠之人，素喜袭人心地纯良，克尽职任，遂与了宝玉。虽然在第七十八回贾母和王夫人评论说"袭人本来从小儿不言不语，我只说他是没嘴的葫芦"，能将宝贝孙子交付给袭人打理，说明贾母极为看重袭人的能力和品行。

王夫人更不用说，宝玉挨打后袭人一番进言，让王夫人滚下泪来掏心掏肺，引为知己，即刻称为同盟，并将宝玉交付她："你如今既说了这样的话，我就把他交给你了，好歹留心，保全了他，就是保全了我。我自然不辜负你。"王夫人对贾母说起袭人的评价是："袭人模样虽比晴雯略次一等，然放在房里，也算得一二等的了。况且行事大方，心地老实，这几年来，从未逢迎着宝玉淘气。凡宝玉十分胡闹的事，他只有死劝的。"满心眼里的赞赏和肯定。

宝玉眼中的袭人柔媚娇俏，初试云雨后，自此宝玉视袭人更比别个不同，袭人待宝玉更为尽心，为宝玉打点出井井有条的生活，存在感超强。

袭人与时俱进，适应性强，靠自身的能力和素质，从尘埃里开出花，成为怡红院第一大丫鬟，成为宝玉的解语花，成为宝玉内定的准姨娘，和黛玉成为贾宝玉心目中理想的红玫瑰和白玫瑰。张爱玲在《红玫瑰和白玫瑰》中一针见血地指出："也许每一个男子全都有过这样的两个女人，至少两个。娶了红玫瑰，久而久之，红的变了墙上的一抹蚊子血，白的还是'床前明月光'；娶了白玫瑰，白的便是衣服上的一粒饭粘子，红的却是心口上的一颗朱砂痣。"黛玉是宝玉的灵魂伴侣，精神层面的知己知音，袭人是宝玉的现世安稳岁月静好，若能保存周全，也就是宝玉满意的一生了。在宝玉频频遭受挫折后，他终于明白，珍珠一般的女孩子们并不都会围绕他欢乐悲伤，女孩子们的眼泪并不都为他而流，他的理想一缩再缩，第七十八回中，他见园中变故频繁，不由哀叹，纵生烦恼，也无济于事。不如还是找黛玉去相伴一日，回来还是和袭人厮混，只这两三个人，只怕还是同死同归的。他的感情已经逐渐聚焦到黛玉和袭人了。

然而，命运还是夺走了仙界跟他有木石前缘的林黛玉，也未能留下现世安稳的袭人，纵有开到荼蘼的麝月相伴，宝玉终究意难平，终究只能逃离，逃大造，出尘网。

桂花和兰花的花朵不鲜艳（当然是指国产的兰花，国外的洋兰诸如蝴蝶兰、卡特兰之类可是花大色艳，但是不香），但是都是以香闻名，花香扑鼻，花气袭人，和袭人的名字很吻合。袭人温柔和顺，却敢于和宝玉偷试云雨，她无微不至地为宝玉操心，掌控他的一举一动。他们朝夕相处，同起同息，她的温柔也曾经让宝玉沉醉痴迷，他们之间也曾温情缱绻，只是她的爱太有世俗和功利性质，宝玉对着她诉说对黛玉的深情，她吓得魄销魂散，"如此看来，将来难免不才之事，令人可惊可畏。"她真切地替宝玉打算替宝玉着想，宝玉的前程上有她的终身指望终身依靠，然而她又不彻底，不敢将全部的身家性命托付于宝玉，生活的经历告诉她，需要随遇而安，随机应变："有什么没意思，难道作了强盗贼，我也跟着罢？"

她并不能理解宝玉，况且有黛玉的刻骨铭心，她如何能完全走进宝玉的心？况且命运吊诡，在她和蒋玉菡一起之前，他们之间已经变相互换了汗巾子，在酒席上，蒋玉菡喃喃咏过她的名字。很多时候总结一下人生，会发现有很多巧合，无法解释，只好用一个字"缘"来概括。张爱玲说："普通人的一生，再好些也是桃花扇，撞破了头，血溅到扇子上，就这上面略加点染成为一枝桃花。"

普通人的一生也就这样罢了，也许嫁给蒋玉菡，做一心一意的夫妻，虽意难平，终究是个差强人意的归属。

在这个宴会上，灼灼的桃花花签指引，香菱、晴雯、宝钗三人和袭人属于同庚，黛玉和袭人属于同辰，芳官和袭人属于同姓，探春是杏花，探春、香菱、晴雯、宝钗、黛玉、芳官，众多女儿同陪桃花一杯，是为众多年轻美好的韶华饮杯。

桃花

衡茅阶通蓬荜门

貳拾肆

薜荔

蘅芜苑，苑，古时指帝王之花园，以此命名堪配宝钗之雍容富贵。蘅芜苑外面看是清淡无味，走进去却是暗香涌动，院中一株花木也无，配置的是各种香草：或有牵藤的，或有引蔓的，或垂山巅，或穿石隙，甚至垂檐绕柱，萦砌盘阶，或如翠带飘摇，或如金绳盘屈，或实若丹砂，或花如金桂，味芬气馥，非花香之可比。根据宝玉观察断定，这些之中有藤萝薜荔、杜若蘅芜、茝兰、清葛、金簦草、玉蕗藤、紫芸、青芷、藿蒳姜荨、纶组紫绛、石帆、水松、扶留、绿荑、丹椒、蘼芜、风连等。乃是集世人罕见的香草之大成处。

如此色彩斑驳、暗香浮动的神仙庭院，连贾政都叹道："此轩中煮茶操琴，亦不必再焚香矣。"宝钗姐姐走简约路线，将屋子打扮得跟雪洞一般。在大片白墙的背景下，只有一床、一案、一瓶、一菊，屋外的芳草蓊蔚洇润越发显示出屋内的简单朴素。香草香草，有馥郁的沁人心脾的芳香，香草常比做美人。蘅芜院的奇草仙藤堪配宝钗的不假修饰、天生丽质的非凡美丽和通晓古今的绝代才华，雪洞一般的居所则反映了她冷静自律的心态，象征宝钗像山中高士那样简洁励志。富贵逼人的皇商之家中，却产生了这样一位品貌端庄高洁如仙子般的女儿，确实令人击节惊叹。

香草美人的寓意还有怀才不遇空余芳华之意。无才补天的遗恨不独有那块石头，宝钗亦是。蘅芜苑里那些牵藤的、引蔓的香草，垂山巅，穿石隙，垂檐绕柱，萦砌盘阶，共同的特点是必须依附它物而生长，即使宝钗有雄心大志，但是在封建的社会中，女子是没有条件独立的，她必须如同这些藤本的香草，仔细选择要依赖的对象，攀附他们而实现自己的凌云壮志，鸳鸯初集水，薜荔欲依松，薜荔类的藤蔓香草要攀附选择乔木才能生存，三从四德时代女子同样一定要依靠男子才能生存啊。

蘅芜苑中有薜荔，薜荔是蘅芜苑比较突出的植物，宝玉写的《蘅芷清芬》提道："蘅芜满净苑，萝薜助芬芳。"其中的薜即是薜荔。薜荔，又称木莲，常绿攀缘或匍匐灌木，叶片四季深翠，薜荔以不定根紧密攀缘在墙石缝、假山、屋顶、绿篱上，荒郊野外常见，园林中常设在庭园中作为幽暗步行小路的出入口，曲径通幽的起始点，起到美化作用，引人入胜。湘云写白海棠："蘅芷阶通萝薜门，也宜墙角也宜盆。"其中薜指的也是薜荔。湘云崇拜宝钗，因此主动要求和宝钗一起住在蘅芜苑，她对蘅芜苑的攀缘植物、香草植物印象深刻，所以将笔下的白海棠也安排进蘅芷萝薜的环境中去。湘云所写的萝薜门就是用萝类植物和薜荔造型或攀附形成的门形装饰。此外大观园的花溆附近也有薜荔，《红楼梦》第十七回：

"忽闻水声潺湲，泻出石洞，上则萝薜倒垂，下则落花浮荡。"

薜荔是古老的植物，在中国古典文学作品中常常出现，尤其在屈原的笔下多次提到，如《九歌·湘夫人》："罔薜荔兮为帷。"把薜荔编成帷帐；《九歌·山鬼》："若有人兮山之阿，被薜荔兮带女萝。"薜荔是山鬼的装饰，也是山鬼的衣裳。薜萝也指隐士的衣服，如曹寅《读施愚山侍读稿》："岁月穷经史，衣冠梦薜萝。"薜萝就是隐士的服装，"幽人披薜荔，怨妾采藦芜。"薜荔、薜荔衣也为隐士的服装，如孟郊《送豆卢策归别墅》："身披薜荔衣，山陟莓苔梯。"白居易《重题》："谩献长杨赋，虚抛薜荔衣。"此外，梵语 Preta 的译音也为薜荔，或译为"薜荔多"，意思为饿鬼。

宝玉在《芙蓉女儿诔》有"雨荔秋垣，隔院希闻怨笛"，其中的雨荔是指雨中的薜荔，不是荔枝的荔。化用的是柳宗元的诗句："惊风乱飐芙蓉水，密雨斜侵薜荔墙。"薜荔叶子茂盛密集，若有人打理，不至于过度拥挤，用在园林中锦上添花，夏日可遮蔽烈日，情趣幽生，如窗户凉生薜荔风、缘窗薜荔生，也如宝玉所说"萝薜助芬芳"。倘若无人修理，任其蔓延，则薜荔茂密覆盖在古老墙壁上老屋上老树上，是那么的紧密，风雨过处，密密的叶子安稳如和墙融为一体，不会随风而动，因而也得名"风不动"。薜荔墙深邃幽暗，有些令人望而生畏，若雨天阴沉，则更增加了一些颓废恐怖的意境，古诗中常以疯长的薜荔形象衬托无人之荒凉，如墙高牵薜荔、空龛掩薜荔等。曹寅对薜荔情有独钟，字号荔轩，他的《楝亭集》中多次提到薜荔，如《凉夜不寐口占》："风檐荔叶与蕉叶，时下空堂曳履行。"他早年自编诗集为《荔轩草》。

抄检大观园第二日，宝钗为避嫌找个理由搬出了大观园，此后大观园逐渐衰败，根据脂批，没有林黛玉的潇湘馆是落叶萧萧，寒烟漠漠。可以想象未来没有薛宝钗的蘅芜苑当是香草衰败，薜荔成荫。

晴雯姑娘惨死后，宝玉在《芙蓉女儿诔》诔文中描绘了一连串富有死亡气息的场面：连天衰草，岂独蒹葭；匝地悲声，无非蟋蟀。露苔晚砌，穿帘不度寒砧；雨荔秋垣，隔院希闻怨笛。衰草蒹葭苔藓薜荔，蟋蟀怨笛，再加上后文的西风古寺，淹滞青燐；落日荒丘，零星白骨。楸榆飒飒，蓬艾萧萧。隔雾圹以啼猿，绕烟塍而泣鬼。这凄清荒凉的画面和晴雯生前所处的富贵繁华的怡红院形成鲜明对比，晴雯生前娇俏机灵，能言善辩，在怡红院中要强活泼爱热闹，死后却如此可怜冷寂，令人扼腕。她和宝玉交换了旧红绫袄，指望着："我将来在棺材内独自躺着，也就象还在怡红院的一样了。"谁知她一死便被王夫人指为女儿痨断不可留快速焚化了，这卑微的愿望也遗恨至灰飞烟灭，如此反差巨大，直让宝玉也只有在《芙蓉女儿诔》中长歌当哭："及闻槥棺被燹，惭违共穴之盟；石椁成灾，愧迨同灰之诮。雨打薜荔，魂飞魄散，多情公子空牵念。"

薜荔可不管人间的废与兴，从屈原时代一路走来，并没有被改名湮灭，被宝玉认出，也被人们记得，一般人说起薜荔也就津津乐道它的食用价值。薜荔的果实类似无花果，花极小，隐于花托内，果实形如馒头，成熟前也是绿色，挂在绿叶间不容易发现。果实又称鬼馒头、木馒头、凉粉果，可以制作凉粉食用。将富含胶质的果实捣碎放入纱布袋，在冷开水中浸泡揉搓，揉出的胶汁液不需添加任何物质，就会自行凝结，凉粉晶莹别透，口感细嫩。

李下嫌疑
谁能幸免？

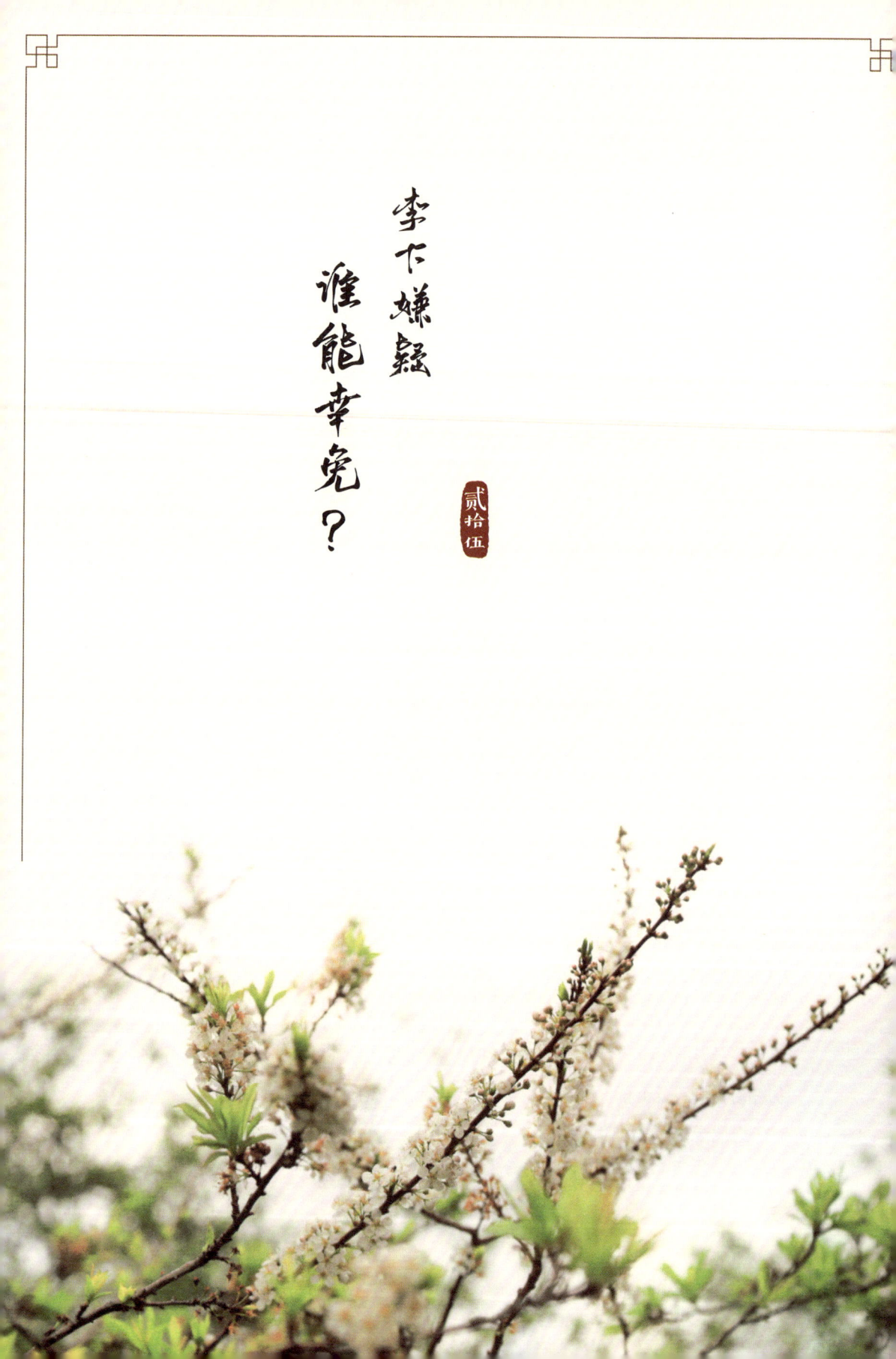

贰拾伍

李 花

发了昏的，今年不比往年，把这些东西都分给了众奶奶了。一个个的不象抓破了脸的，人打树底下一过，两眼就象那鹫鸡似的，还动他的果子！昨儿我从李子树下一走，偏有一个蜜蜂儿往脸上一过，我一招手儿，偏你那好舅母就看见了。他离的远看不真，只当我摘李子呢，就厉声浪嗓喊起来，说又是还没供佛呢，又是老太太、太太不在家还没进鲜呢，等进了上头，嫂子们都有分的，倒象谁害了馋痨等李子出汗呢。叫我也没好话说，抢白了他一顿。可是你舅母姨娘两三个亲戚都管着，怎不和他们要的，倒和我来要。这可是"仓老鼠和老鸹去借粮——守着的没有，飞着的有"。

——《红楼梦》第六十一回

将柳嫂子跟小厮滔滔不绝的一番对话，和春燕的话对照着看，互为补充，已经勾勒出大观园植物承包制推行后的成效和后果了。

凤姐病了，王夫人委托李纨探春宝钗三人协理家务事，三人有商有量配合默契，而探春尤其操心，除了节流省钱，还希望开源，见赖大家的花园里搞承包，一个破荷叶，一根枯草根子，都是值钱的，便在大观园里推行改革措施，将园中花草承包给老婆子们，潇湘馆的竹子，怡红院的玫瑰、蔷薇、宝相、月季、金银花，稻香村的菜蔬稻稗，蘅芜苑的香草等，都有了承包责任人，加上有宝钗筹划完善，貌似完美的一套方案就执行了。

花草都承包给老婆子了，有了创收，老婆子们当然要看紧自留地，不乐意别人动自己承包的一草一木，平时主子们不会自己去摘花，因而也没什么，而丫头们就不同了，没有了可以采花的自由。

怡红院小丫头春燕的姑妈承包了柳叶渚上的花草包括柳树，莺儿巧手，采了嫩柳条编花篮，再采花放上。春燕看到，哇啦哇啦说了一大堆：

这一带地上的东西都是我姑娘管着，一得了这地方，比得了永远基业还利害，每日早起晚睡，自己辛苦了还不算，每日逼着我们来照看，生恐有人糟踏，又怕误了我的差使。如今进来了，老姑嫂两个照看得谨谨慎慎，一根草也不许人动。你还掐这些花儿，又折他的嫩树，他们即刻就来，仔细他们抱怨。

从春燕的话里还可以看出，承包者们干活的积极性大为提高，但是也造成了人际关系紧张。面对春燕的告诫，莺儿并不以为意："别人乱折乱掐使不得，独我使得。自从分了地基之后，每日里各房皆有分例，吃的不用算，单管花草顽意儿。谁管什么，每日谁就把各房里姑娘丫头戴的，必要各色送些折枝的去，还有插瓶的。惟有我们说了：'一概不用送，等要什么再和你们要。'究竟没有要过一次。我今便掐些,他们也不好意思说的。"宝钗不爱花儿朵儿,因而没有和其他主子一样每天要婆子的份例,也留下可以发挥的余地,莺儿额外摘点花儿,也就理直气壮,宝钗是在管理规则之外的,有特权。婆子不好找莺儿的茬,只好指桑骂槐,骂春燕出气,大大闹了一场风波。

无独有偶,看角门的小厮多花了点力气找柳家的,也是想得点实惠,希望柳嫂子偷些杏子给他,这个要求引发了柳嫂子的一肚子牢骚,从她的话里知道小厮的舅母姨娘也加入了承包了大观园植物管理创收的队伍,李子树归他们管,她们非常负责任,看得紧紧的,生怕李子被偷摘影响收成。看守之严密,防范之严密,已经达到了捕风捉影的地步。

"昨儿我从李子树下一走,偏有一个蜜蜂儿往脸上一过,我一招手儿,偏你那好舅母就看见了。"杏花比李花花期略早,杏子和李子成熟期差不多。此时大观园里杏子李子估计都差不多或成熟了。小厮想要的是杏子,柳嫂子偏说到李子,非常有意思,因为有个瓜田李下的典故,出自《君子行》:"瓜田不纳履,李下不整冠。"经过瓜田,不要弯身提鞋,免得被怀疑在摘瓜。走过李树下面,不要举手来整理帽子,免得被怀疑在摘李子。比喻在容易引起嫌疑的地方,或者容易让人误会,而又有理难辩的场合里,正人君子要主动避嫌,远离一些有争议的人和事。红楼梦中将杏子化成李子,化用了这个意思。

人性之复杂不是能提前想到和有效预防的,承包引发的后果是大家始料不及的，意向中的本分老成能知园圃的老婆子们一旦有了创收，在利益的驱动下，承包者和未承包者之间的不信任加剧，互相提防，人际关系高度紧张。新规则下的生活充分暴露出人性的自私和贪婪，人际关系也有了微妙的变化。

《红楼梦》第五回的判词上关于李纨的内容是：

画着一盆茂兰，旁有一位凤冠霞帔的美人。也有判云：

桃李春风结子完，

到头谁似一盆兰。

如冰水好空相妒，

枉与他人作笑谈。

桃李春风结子完，暗含了李纨的名字。

李是落叶乔木，早春开花，白色五瓣花成簇开放，花细而繁，重重叠叠累在枝头，整枝像是白色长蜡烛，"君知此处花何似，白花倒烛天夜明。"盛花时节花繁似雪，"夜疑关山月，晓似沙场雪。"李花花形与桃花相似，桃红李白经常连用，也有如桃李不言下自成蹊，桃李遍天下等俗语。白色李花花色淡雅，干净朴素。花速衰易落，果实李子未成熟时酸涩无比，成熟之后酸甜各半，这个特性也常有诗人吟咏，如白居易："不食枯桑葚，不衔苦李花。"朱淑真："满园花发白于梅，又与红桃并候开。可口直须成实后，莫将苦种路旁栽。"

《红楼梦》中李纨所在的李姓家族是个中规中矩，严守封建礼教的家庭。司马光有《李花》诗："嘉李繁相倚，园林淡泊春。齐纨剪衣薄，吴纻下机新。色与晴光乱，香和露气匀。望中皆玉树，环堵不为贫。"纨是细绢、细的丝织品，李纨出身国子监祭酒家庭，父亲以纨字命名，期望她以家庭女红为重，做一个符合封建规范的淑女，纹、绮、加上纨，这一代的女儿都是起名绞丝旁的字，而且都和织物有关，反映了这个家族对女孩子们的期望就是以纺绩井臼为要，固守封建规范。隋杭静："河南杨柳树，江北李花营。杨柳飞绵何处去？李花结果自然成。"讽刺杨柳的华而不实，赞美李花的低调生活。李纨、李纹、李绮在大观园住了一段时间，两位女儿还参加了诗社活动，后来主动搬了出去。显示出洁身自好，不惹是生非的良好家教。三位女子有德也有才，倒是非常的宜室宜家，娶她们回家都是好福气。

家族对李纨的教育很成功，李纨丧夫，作为贾珠的未亡人，为了避免嫌疑，避免口舌，时时注意自己的形象，自我约束，独善其身。她严格要求自己，清净守节，不管事不惹事，居家处膏粱锦绣之中，竟如槁木死灰一般，第七回周瑞家的送宫花，穿夹道从李纨后窗下过，隔着玻璃窗户，见李纨在炕上歪着睡觉。宫花自然李纨是没份的，李纨自觉将生活过得没有一点隐私，贞静自守，一概无见无闻，唯知侍亲养子，外则陪侍小姑等针黹诵读而已。以避免寡妇门前是非多的麻烦。第三十九回她见到平儿，感慨万千，自叙："想当初你珠大爷在日，何曾也没两个人。你们看我还是那容不下人的？天天只见他两个不自在。所以你珠大爷一没了，趁年轻我都打发了。若有一个守得住，我倒有个膀臂。"她遣散贾珠的侍妾，她约束自己的丫鬟过冷清的生活，探春理家期间，她厚道多恩无罚，基本不做主，按例而行，从不多事逞才，在下人眼中是大菩萨，善德人。

李纨下定决心，不管其他人的废与兴，将能抓的钱财紧紧守住，教育好贾兰，避免瓜田李下的嫌疑以求自保。如家族兴旺无风波就这样过一辈子也是一种生存策略。然而，身在复杂的大家庭，人言可畏，大观园中没有竹篱茅舍自甘心的世外桃源，终究她是无法避免嫌疑的，抄检大观园她的稻香村也不能幸免，同在抄检之列，贾兰新进来的奶妈子被王夫人认为"是十分的妖乔"而撵出园。

瓜田李下，人人自危，大厦将倾，自杀自灭。如此怎能避免那食尽鸟投林，落了片白茫茫大地真干净的结局？

宝钗的冷香丸
埋在梨花树底下

贰拾陆

梨 花

宝玉饮了门杯,便拈起一片梨来,说道:"雨打梨花深闭门。"完了令。

——《红楼梦》第二十八回

宝玉、薛蟠、冯紫英、蒋玉菡、云儿等人聚会,宝玉出了新鲜刁钻酒令:"如今要说悲、愁、喜、乐四字,却要说出女儿来,还要注明这四字原故。说完了,饮门杯。酒面要唱一个新鲜时样曲子;酒底要席上生风一样东西,或古诗、旧对、《四书》、《五经》、成语。"席上生风是要酒席上有的物品,宝玉拈起一片梨,说明酒桌上有梨。当时时令是农历四月二十六,不是普通梨成熟上市的季节,不知道是哪个早熟品种的梨,或者是地窖保存的?

雨打梨花深闭门,诗句源自宋李重元《忆王孙》:"萋萋芳草忆王孙,柳外楼高空断魂,杜宇声声不忍闻。欲黄昏,雨打梨花深闭门。"宋无名氏《鹧鸪天》也有此句:"枝上流莺和泪闻。新啼痕间旧啼痕。一春鱼鸟无消息,千里关山劳梦魂。无一语，对芳尊。安排肠断到黄昏。甫能炙得灯儿了，雨打梨花深闭门。"此外宋无名氏有残句："风袅篆烟不卷帘，雨打梨花深闭门。恓惶两泪流，界破残妆面。"明唐寅《一剪梅》："雨打梨花深闭门。孤负（一作忘了）青春，虚负（一作误了）青春。赏心乐事共谁论。花下销魂，月下销魂。"均表达春愁闺怨，黄昏时分庭院空寂，重门深掩，雨打梨花，更加衬托出女子的孤独寂寞。

梨，落叶乔木或灌木，李渔认为："雪为天上之雪，梨花乃人间之雪；雪之所少者香，而梨花兼擅其美。"梨花之洁白纯净独树一帜，在中国古代诗词中，经常将雪花和梨花相比喻，茫茫如雪的梨花，茫茫如花的飞雪，是彻骨的冷，透彻的白。宝玉在冬夜即事中吟道"梨花满地不闻莺"，是将满地的雪花比喻成满地的梨花。第三十七回黛玉在海棠诗中吟道："偷来梨蕊三分白，借得梅花一缕魂。"夸白海棠具有梨花的白和梅花的风韵。

梨花之白除了雪堪比拟，还有月光，月光下的梨花堪与月光争皎洁。如晏殊《寓意》有："梨花院落溶溶月，柳絮池塘淡淡风。"汪曾祺《葡萄月令》："都说梨花像雪，其实苹果花才像雪。雪是厚重的，不是透明的。梨花像什么呢？——梨花的瓣子是月亮做的。"《红楼梦》第十一回有个蒙侧批语："揣摩的极平常言语来写无涯之幻景幻情，反作了悟之意，且又转至别处，真是月下梨花，几不能辨。"

梨花也常被比喻冰清玉洁的少女，元好问《梨花》："梨花如静女，寂寞出春暮。"金庸《倚天屠龙记》开篇即是："春游浩荡，是年年寒食，梨花时节。白锦无纹香烂漫，玉树琼苞堆雪。静夜沉沉，浮光霭霭，冷浸溶溶月。人间天上,烂银霞照通彻。浑似姑射真人,天姿灵秀,意气殊高洁。万蕊参差谁信道,不与群芳同列。浩气清英,仙才卓荦,下土难分别。瑶台归去,洞天方看清绝。"此词《无俗念》,丘处机所作,咏的是梨花,也是美女,金庸借此咏古墓派传人小龙女。

梨花飘零常常隐喻美人迟暮、青春不再之悲。如刘方平《春怨》:"纱窗日落渐黄昏,金屋无人见泪痕。寂寞空庭春欲晚,梨花满地不开门。"白居易《江岸梨》:"最似孀闺少年妇,白妆素袖白纱裙。"干脆将梨花比喻成孀居少妇。

《红楼梦》大观园里种有梨花,集中种植地有梨香院。元春省亲,亲自题了十数个四字的匾额,诸如"梨花春雨""桐剪秋风""荻芦夜雪"等名,梨花春雨,应是梨香院的匾额。除了梨香院密植着梨树,黛玉的潇湘馆后院也种了梨树。

薛姨妈带着薛蟠薛宝钗住到荣国府,起初被安排住在梨香院。

原来这梨香院即当日荣公暮年养静之所,小小巧巧,约有十余间房屋,前厅后舍俱全。另有一门通街,薛蟠家人就走此门出入。西南有一角门,通一夹道,出夹道便是王夫人正房的东边了。每日或饭后,或晚间,薛姨妈便过来,或与贾母闲谈,或与王夫人相叙。宝钗日与黛玉迎春姊妹等一处,或看书下棋,或作针黹,倒也十分乐业。

梨香院位置在贾府的东北角,位置非常的讨巧,和王夫人的正房相隔不远,又有街门另开,任意可以出入,可以放意畅怀。梨香院的位置很奇怪,是贾府旧有院落,但是也并入了大观园,黛玉从花冢回潇湘馆就经过梨香院。

宝钗一家住在这里,原本是打算暂时居住,不过一直到第八十回,也没有离开贾家。第十八回提到，元春省亲前薛姨妈一家搬出梨香院，另迁于东北上一所幽静房舍居住，只是换了一个院落住，并没有搬离贾家。

为了筹备元春省亲事宜，贾蔷从姑苏采买了十二个女孩子，聘了教习购置行头等，梨香院被腾挪出来，另行修理了，就令教习在此教演女戏。唐玄宗李隆基精通音律，喜爱歌舞，常在一处广植梨树的果园里进行表演活动。后世称戏剧界为梨园界或梨园行，演员则为梨园弟子，小戏子们怎么能不住在梨香院呢？梨香院谐音离乡怨，美丽的名字下面承载着的是小戏子们离乡别井的哀愁和痛苦。

梨香院里故事多多，甲戌本第八回的回目标题有"薛宝钗小恙梨香院"，我们得知宝钗有热毒，治疗的冷香丸就埋在院中某棵梨树的根下，甲戌有一句侧批："梨香"二字有着落，并未白白虚设。宝玉在这里和宝钗互相观摩代表金玉良缘的宝玉金锁，亲密场面令黛玉半含酸；宝玉在这里痛饮了几杯热酒；第三十六回回目标题有"识分定情悟梨香院"，在这个院落里，因为龄官的痴情，让宝玉领悟了爱情和博爱的不同，结束了在宝钗姐姐和黛玉妹妹之间的情感摇摆；黛玉在这个梨香院外的墙角上，欣赏《西厢记》的曲子，情思萦逗，缠绵固结，受到了爱情的启蒙；尤二姐自杀后在梨香院停放，贾琏在这里伴宿七日夜。

梨花落，结梨子，果实梨子清甜多汁，润肺清热。第八十回有王道士胡诌妒妇方："用极好的秋梨一个，二钱冰糖，一钱陈皮，水三碗，梨熟为度，每日清早吃这么一个梨，吃来吃去就好了。"效果嘛，正如王一贴说的："一剂不效吃十剂，今日不效明日再吃，今年不效吃到明年。横竖这三味药都是润肺开胃不伤人的，甜丝丝的，又止咳嗽，又好吃。吃过一百岁，人横竖是要死的，死了还妒什么！那时就见效了。"看到这里，真真佩服王一贴道士的狡黠，读者往往和宝玉茗烟一起莞尔，作者之冷笑话实在是高明。

分梨和分离谐音，不吉利，所以传统的夫妇往往不敢分而食之，因为担心分离。宝钗的璎珞正面上刻的却是：不离不弃，芳龄永继。

梨

得此签者必得贵婿

贰拾柒

杏 花

第六十三回探春的花签是：

画：一枝杏花，字：瑶池仙品，诗：日边红杏倚云栽。注：得此签者，必得贵婿，大家恭贺一杯，共同饮一杯。

杏，落叶乔木，我国主要栽培果树品种之一。

《西游记》里有一座山岭名叫荆棘岭，岭上荆棘密布，难以行走，其中有一株大桧树，一株老柏，一株老松，一株老竹，一株丹枫，一株老杏，二株蜡梅，二株丹桂，年久日深，成了精。岁月漫漫，穷极无聊，抓来唐僧吟诗作对，其中杏仙非要嫁给唐僧，唐僧自然是抵死不从，熙熙攘攘一夜，被唐僧三个徒弟找到，这些古树都挂在猪八戒钉耙乱筑下了，可怜多年修行毁于一旦。杏树以女身出现，吟的诗为："上盖留名汉武王，周时孔子立坛场。董仙爱我成林积，孙楚曾怜寒食香。雨润红姿娇且嫩，烟蒸翠色显还藏。自知过熟微酸意，落处年年伴麦场。"

前四句都是有关杏树的典故，汉武帝求仙访道，有人进献一枚山杏，后名为"武帝杏"；因为孔子讲学的地方种了很多杏树，杏坛就成为教育界的代称；三国时董奉为人治病，不取钱物，只要求病愈者栽种杏树，年久月深，杏林蔚为大观，杏林成为人们对医家的称颂之词；晋朝孙楚在寒食这一天用杏饼祭祀介子推。电视剧插曲《何必西天万里遥》改歌词为："桃李芳菲梨花笑，怎比我枝头春意闹。芍药婀娜李花俏，怎比我雨润红姿娇。"通俗易懂，枝头春意闹是咏杏花的名句，源自北宋宋祁《木兰花》："东城渐觉风光好，縠皱波纹迎客棹。绿杨烟外晓寒轻，红杏枝头春意闹。浮生长恨欢娱少，肯爱千金轻一笑。为君持酒劝斜阳，且向花间留晚照。"宋祁因此一句名扬词坛，被称作红杏尚书，闹字尤其传神，王国维在《人间词话》中说："着一'闹'字而境界全出。"

江南二月杏花天，江南杏花开于春二月，杏花是江南二月的花神。"春日游，杏花吹满头，陌上谁家年少，足风流。妾拟将身嫁与，一生休。纵被无情弃，不能羞。"二月的杏花让年轻少女春心萌动。顾景星《曹子清馈药（己未）》："半红半白杏花色，乍暖乍寒三月天。"三月是北京的杏花季。古典诗词中咏杏花的名句很多，如："杏花疏影里，吹笛到天明。""白马秋风塞上，杏花春雨江南。""小楼一夜听春雨，深巷明朝卖杏花。"叶绍翁："春色满园关不住，一枝红杏出墙来。"可惜后来这个春意融融的出墙红杏变了含义，指代出轨女子了。

大观园中的稻香村景区种了有几百株杏花，如喷火蒸霞一般，繁花似锦，春深似海，真不是一般的壮观。"忽见路旁有一石碣，亦为留题之备。"此处有批语："真妙真新。""更恰当。若有悬额之处，或再用镜面石，岂复成文哉？

忽想到'石碣'二字,又托出许多郊野气色来,一肚皮千邱万壑,只在这石碣上。"也就是说,此处不是常规的悬匾,而是用石碣代替,构思之脱俗设计之巧妙让众人赞赏:"更妙,更妙!此处若悬匾待题,则田舍家风一洗尽矣。立此一碣,又觉生色许多,非范石湖田家之咏不足以尽其妙。"批语更是爱屋及乌,将清客也夸了一夸:"赞得是,这个蔑翁有些意思。""客不可不养。"有清客建议杏花村,是因为杜牧的《清明》:"清明时节雨纷纷,路上行人欲断魂,借问酒家何处有,牧童遥指杏花村。"简直是家喻户晓。然而用杏花村做匾额名不是很适合,当成村名倒是恰当,所以贾政否了:"'杏花村'固佳,只是犯了正名,村名直待请名方可。"在众人思考不得法的过程中,宝玉等不及了,主动建议用"杏帘在望",他提出的诗句"红杏梢头挂酒旗"出自明唐寅《杏林春燕》:"红杏梢头挂酒旗,绿杨枝上转黄鹂。鸟声花影留人住,不赏东风也是痴。"用杏帘再望作为匾额名实在是又含蓄又诗意盎然,所以众人都道:"好个'在望'!又暗合'杏花村'意。"然而宝玉可没有给他们面子,宝玉竟然冷笑道:"村名若用'杏花'二字,则俗陋不堪了。又有古人诗云:'柴门临水稻花香。'何不就用'稻香村'的妙?"众人听了,亦发哄声拍手道:"妙!"贾政哪里看得了宝玉如此张扬而忘情,一声断喝,骂了宝玉一通,没有保留"稻香村"这个名字,因为贾政此行是为了拟定匾额和对联,村名是要等元春来拟定的。元春省亲时候看到的就是匾额和对联,没有稻香村的痕迹,她将此处命名为"浣葛山庄",是因为宝玉拟的对联实在是好:"新涨绿添浣葛处,好云香护采芹人。"然后由于黛玉代笔的五言律诗写得太精彩,元春将此处又改为"稻香村",看到此,不禁拍案称好,宝黛二人心心相印,心有灵犀，殊途同归，审美观绝对一致。冥冥中如有神助，最终还是用了稻香村作为村名。

所以此处匾额为"杏帘在望"，对联为"新涨绿添浣葛处，好云香护采芹人"，景区名为"稻香村"。

杏花落后结果，果实为杏，圆形或长圆形，成熟的杏子可以直接吃，未成熟的青杏则苦涩无比，不堪入口，萧红写过一首小诗："去年的五月，正是我在北平吃青杏的时节，今年的五月，我生活的痛苦，真是有如青杏般的滋味！"青杏之滋味，来自生活的感悟。第六十一回柳家的回到大观园的角门，守门的这小厮且不开门，且拉着笑说："好婶子，你这一进去，好歹偷些杏子出来赏我吃。"笔者曾经在暑假期间途经新疆克孜勒苏柯尔克孜自治州奥依塔克冰川，看到沿途的红色土山，饱含泥浆的雪山融水汇集成奥依塔克河在红山脚下奔腾着，山下有一座宁静的小山村，绿意盎然，杨树笔直站成一排排，路边有杏园，几株杏结了累累的杏子，红红黄黄，美艳不可方物，停车询问，主人热情开了园门，树上新摘的杏子果肉橙黄色，真是新鲜清甜无比，从此改观了我对杏子的偏见。

杏子还可以制作成杏脯。

果核表面平滑，果仁为杏仁，杏仁是著名的干果，巧克力里常见。有的品种甜，有的苦。甜的可做杏仁茶，《红楼梦》

杏子

中也有。

杏子由青而红、由红而黄，杏子色极富魅力。第二十一回中，宝玉脸不洗头不梳地一大早跑去找林黛玉和史湘云，见那林黛玉严严密密裹着一幅杏子红绫被，安稳合目而睡。那史湘云却一把青丝拖于枕畔，被只齐胸，一弯雪白的膀子撂于被外，又带着两个金镯子。这里庚辰本有双行夹批："写黛玉之睡态，俨然就是娇弱女子，可怜。湘云之态，则俨然是个娇态女儿，可爱。"想象黛玉裹在杏子红绫被中的柔弱娇慵睡态，真是可爱，柔弱美人的标准睡姿。薛宝钗是脸若银盆，眼如水杏，是曼妙的大眼睛。

大观园除了稻香村一带的杏林外，其他地方也种有杏树，第十七回提到在花溆附近，池边两行垂柳，杂着桃杏，遮天蔽日，真无一些尘土。第五十八回宝玉从沁芳桥一带堤上走来。只见柳垂金线，桃吐丹霞，山石之后，一株大杏树，花已全落，叶稠阴翠，上面已结了豆子大小的许多小杏。宝玉因想道：

"能病了几天，竟把杏花辜负了！不觉倒'绿叶成荫子满枝'了！"由杏子又想起邢岫烟已择了夫婿，不过两年，她便也要"绿叶成荫子满枝"了。再过几日，这杏树子落枝空，再几年，岫烟未免乌发如银，红颜似槁了，因此不免伤心，只管对杏流泪叹息。正悲叹时，忽有一个雀儿飞来，落于枝上乱啼。宝玉又发了呆性，心下想道："这雀儿必定是杏花正开时他曾来过，今见无花空有子叶，故也乱啼。这声韵必是啼哭之声，可恨公冶长不在眼前，不能问他。但不知明年再发时，这个雀儿可还记得飞到这里来与杏花一会了？"

"绿叶成荫子满枝"出自唐杜牧《叹花》诗："自恨寻芳到已迟，往年曾见未开时。如今风摆花狼藉，绿叶成荫子满枝。"另一个版本是"自是寻春去较迟，不须惆怅怨芳时。狂风落尽深红色，绿叶成阴子满枝。"杜牧早年游湖州，见一个小女孩，长得十分可爱，约定十年后来娶。十四年后，杜牧任湖州刺史，寻找到她，她却已嫁人生子。惆怅之余，作此诗，名为叹花，实为叹青春的女儿芳华易逝，"绿叶成荫子满枝"的"子"既是果实也是子女。即使闲云野鹤般的岫烟也最终如平凡女子们一样嫁人生子，红颜弹指老，无论是植物，还是人，都逃不过时间的手。

花褪残红青杏小，简直就是美人迟暮的写真呢。在这个春意盎然的季节里，年轻的宝玉却有着苍凉的心境，直如鲁迅所说："悲凉之雾，遍被华林，呼吸领会之，唯宝玉而已。"这个敏感多情的少年从杏树上体会到青春短暂，红颜易老，岁月难敌的痛苦和无奈。

曾经因为金榜题名的时间正是杏花怒放的时节，高中者在曲江杏园集会宴饮，因而杏花在诗歌中和功名息息相关，富贵气足，如"及第新春选胜游，杏园初宴曲江头。""女郎折得殷勤看，道是春风及第花。"《红楼梦》中寿怡红群芳开夜宴，探春抽花签为一枝杏花，诗为：日边红杏倚云栽。

花笺诗来自唐高蟾《下第台上永嵩高侍郎》：

天上碧桃和露种，日边红杏倚云栽。芙蓉生在秋江上，不向东风怨未开。

天、日是皇帝的象征，天上碧桃、日边红杏应是皇帝身边的女子。天上碧桃和露种，皇帝的恩典如同雨露，日边红杏倚云栽，富贵如云逼人来。日边红杏是富贵无比的象征。惜春的判词里"说什么，天上夭桃盛，云中杏蕊多"也化用了这个意思。在第四十回湘云说过同样的酒令,鸳鸯道:"中间还得'幺四'来。"湘云道:"日边红杏倚云栽。"

瑶池仙品,天上碧桃,日边红杏,都表明了探春将来身份的尊贵。

此诗中红杏和芙蓉对比,如火如荼的杏花和独立在秋江上的芙蓉形成强烈的反差,和下文中黛玉和探春的小小冲突相映成趣,李纨笑道:"人家不得贵婿反挨打,我也不忍的。"

杏花

洒上空枝见血痕

贰拾捌

杜 鹃 花

某年春天的两个周末，笔者爬了两座野山，因为这两座山顶上有野生杜鹃花盛开。攀行在依稀可见的崎岖野路上，气喘如牛，汗如雨下，一手拿登山杖支撑着，一手抱藤抓石，滑脚的小石子纷纷坠落，好容易爬上山顶，眼前浓雾弥漫，耳边猎猎山风，一抹抹红色杜鹃花怒放，在灰白色的怪石悬崖迷雾中，这红色让人心生感动，顿时觉得所有的辛劳都值得了。

野生杜鹃跟庭院人工种植的锦绣杜鹃具有迥然不同的风姿，它们在贫瘠的土地上艰难扎根艰难生长，枝条枯瘦，却在春末的时候，绽放出最艳丽的红花，漫山遍野，动人心魄，满满的花朵簇簇拥挤在一起，满枝满丫繁花灼然如火，不愧映山红的称号，面对此景，杨万里有诗："何须名苑看春风，一路山花不负侬。日日锦江呈锦样，清溪倒照映山红。"康有为："日踏披云台上路，满山开遍杜鹃红。"

杜鹃花也早早走入庭院，在我国栽培历史悠久，到唐代以为珍品，被称为花中西施。白居易："闲折二枝持在手,细看不似人间有。花中此物是西施,芙蓉芍药皆嫫母。"为了拍杜鹃的马屁,白居易先生不惜狂踩芙蓉芍药。

花有杜鹃花,鸟有杜鹃鸟,花与鸟的名字相同,有关同一个传说。相传蜀地君主杜宇号望帝,禅位退隐,国亡身死,魂化为鸟,名为杜鹃。望帝春心托杜鹃,暮春时节,杜鹃鸟悲鸣声声,一直啼叫得嘴边淌出血来,落在山野,化成一朵朵杜鹃花。其实杜鹃鸟就是布谷鸟,杜鹃鸟口腔上皮和舌部均为红色,让人误以为是啼血所致。杜鹃花有五个花瓣,其中有一朵花瓣上有点点的斑痕宛如泪痕血痕洒落。

杜鹃花杜鹃鸟是诗人笔下常见的意象,如:"蜀国曾闻子规鸟,宣城还见杜鹃花。""杜鹃花与鸟,怨艳两何赊。疑是口中血,滴成枝上花。""月树啼方急,山房客未眠。还将口中血,滴向野花鲜。"杜鹃花与杜鹃鸟都具有浓重的悲情色彩。

林黛玉在《桃花行》中长叹"一声杜宇春归尽,寂寞帘栊空月痕",杜鹃声声中,是春归花落,是情思萦逗,缠绵固结。她在《葬花吟》中吟出"独倚花锄偷洒泪,洒上空枝见血痕。杜鹃无语正黄昏,荷锄归去掩重门",是化用了杜鹃啼血的典故。林黛玉今生是为了还债而来,这个泪做的女儿哭了无数次,"想眼中能有多少泪珠儿,怎经得秋流到冬尽,春流到夏"!最终泪尽。而她最让人感动的哭是独自葬花的一幕。满天落花中,纤弱柔美之女孩子泪眼哭花的形象感动了无数人,少女寄人篱下的痛苦,不能主宰命运的哀伤,对理想爱情自由的向往,岁月无情的流逝,对命运和爱情的惶恐和惊惧……无数读者细品《葬花吟》之下也是泪洒衣襟。

这种悲伤无可排遣，因为人的最终宿命无法摆脱，正如宝玉所想的："试想林黛玉的花颜月貌，将来亦到无可寻觅之时，宁不心碎肠断！既黛玉终归无可寻觅之时，推之于他人，如宝钗、香菱、袭人等，亦可到无可寻觅之时矣。宝钗等终归无可寻觅之时，则自己又安在哉？且自身尚不知何在何往，则斯处、斯园、斯花、斯柳，又不知当属谁姓矣！因此一而二，二而三，反复推求了去，真不知此时此际欲为何等蠢物，杳无所知，逃大造，出尘网，使可解释这段悲伤。"人间的一切美好都不长久，你我的恩爱，美人的容颜，英雄的功名，敌不过向死而生，敌不过岁月的流逝，敌不过奇妙莫测旦夕祸福的人生，一切终将逝去，一切终将成为镜中花，水中月，一切只能成为记忆，感时花溅泪，不是花在哭，是感慨的人在哭，在多愁善感的人眼中看来，花上的露珠也是泪珠啊。

"侬今葬花人笑痴，他年葬侬知是谁？""一朝春尽红颜老，花落人亡两不知。"人焉花焉，已不可分。"昨宵庭外悲歌发，知是花魂与鸟魂？花魂鸟魂总难留，鸟自无言花自羞。"花焉鸟焉，已不可分。

贾宝玉给他的丫鬟珍珠改名为袭人，跟花有关，林黛玉给她的丫鬟鹦哥改名紫鹃，跟鸟有关，这两个人的行动和爱好情趣真是统一。鹦哥是鹦鹉，林黛玉有一只会吟诗会使唤人的鹦哥，她常常调逗鹦哥做戏，又将素日所喜的诗词也教与他念。丫鬟也名鹦哥，不好区分，所以改名。杜鹃鸟的另一个别名就是子鹃，子和紫谐音，紫鹃这个名字加强了黛玉还泪之说的悲情意蕴。

袭人由宝玉的贴身大丫头成为宝玉的解语花，紫鹃由黛玉的贴身大丫头成为黛玉的好闺蜜，都大大超越了主仆关系。袭人服侍贾母时，心中眼中只有一个贾母，如今服侍宝玉，心中眼中又只有一个宝玉，而紫鹃的痴心忠心更无须作者提醒，眼中心中只有一个黛玉啊。

紫鹃的形容面貌和黛玉一样，没有细说，只是在第五十三回宝玉去看黛玉时候，看到紫鹃在回廊上手里做针黹，穿着弹墨绫薄棉袄，外面只穿着青缎夹背心，也只是一般丫鬟的工作服。紫鹃的身世根据紫鹃自己说起，"你知道，我并不是林家的人，我也和袭人鸳鸯是一伙的""我是合家在这里。"书中没有提到紫鹃请假回过家，也没有提到她有什么亲兄弟亲姐妹需要她拉扯，跟她有纠葛的。她仿佛是将潇湘馆当作唯一的家，不是和雪雁一起做针线，就是独自做针线。某一个冬日，宝玉往潇湘馆来，宝钗姊妹、邢岫烟也在那里，四人围坐在熏笼上叙家常，紫鹃倒坐在暖阁里，临窗作针黹，这个冬闺集艳图场面非常唯美温馨。这个文静的女孩儿温暖而贴心，黛玉和紫鹃管理下的潇湘馆井井有条，安宁而自在，本分而低调。

黛玉在梨香院，她怕黛玉冷，使了雪雁送来手炉。宝玉和黛玉玩笑，要紫鹃先倒茶给他，黛玉要她先舀水，紫鹃认为要先招待客人，就先去倒茶，并不助长自己姑娘的娇气。宝玉砸玉，和黛玉闹别扭，紫鹃和袭人一起劝解，各自为对方着想，息事宁人，并不偏袒自己的姑娘。林黛玉将吃的香薷饮解暑汤吐了出来，紫鹃忙上来用手帕子接住，登时一口一口地把一块手帕吐湿。紫鹃旁观者清，时常开解黛玉。挂心黛玉的身体，精心侍候黛玉的汤药。

她成为潇湘馆的主心骨，雪雁遇到赵姨娘借衣，都往紫鹃身上推脱。她欣赏关心宽容自己的姑娘，对于黛玉葬花、读书、写诗、教香菱学诗，她统统视作当然，并不大惊小怪，姑娘做的事情，她都默默支持，姑娘的心意，她也默默领会。

第五十七回慧紫鹃情辞试忙玉，紫鹃实在不忍心她钟爱珍惜的姑娘为情所困，为爱神伤，自作主张去试宝玉的真心。果真试出宝玉惊天动地的真情实感，宝玉病愈后，和宝玉一番谈心，听到宝玉亲口的誓言，紫鹃听了，心下暗暗筹划。多么令人感动的情意。

紫鹃和黛玉联床夜谈，二人超越主仆之分，完全是以好姐妹的关系谈心。

紫鹃笑道："倒不是白嚼蛆，我倒是一片真心为姑娘。替你愁了这几年了，无父母无兄弟，谁是知疼着热的人？趁早儿老太太还明白硬朗的时节，作定了大事要紧。俗语说'老健春寒秋后热'，倘或老太太一时有个好歹，那时虽也完事，只怕耽误了时光，还不得趁心如意呢。公子王孙虽多，那一个不是三房五妾，今儿朝东，明儿朝西？要一个天仙来，也不过三夜五夕，也丢在脖子后头了，甚至于为妾为丫头反目成仇的。若娘家有人有势的还好些，若是姑娘这样的人，有老太太一日还好一日，若没了老太太，也只是凭人去欺负了。所以说，拿主意要紧。姑娘是个明白人，岂不闻俗语说：'万两黄金容易得，知心一个也难求'。"

当局者迷，旁观者清，紫鹃冷眼旁观，宝玉堪为黛玉良配，而二玉的未来，老太太的支持是异常关键的。机会来了，薛姨妈说出"不如竟把你林妹妹定与他，岂不四角俱全"的话来，紫鹃忙也跑来笑道："姨太太既有这主意，为什么不和太太说去？"一个赤胆忠心的女孩子形象跃然纸上，让人唏嘘。

林黛玉短暂的一生里有两位知己，贾宝玉和紫鹃。紫鹃是宝黛爱情的见证人保护人推动人。这个身份卑微的丫头，不卑不亢，和黛玉情同姐妹，不是手足胜似手足，关心爱护黛玉，为黛玉而忧心忡忡，积极筹划，以一己之微薄的力量，试图为她的好姐妹谋一份光明的未来。黛玉为心中那唯一的爱，独倚花锄偷洒泪，洒上空枝见血痕，紫鹃为了黛玉这个知己、好姐妹，亦是呕心沥血，堪比杜鹃。

定风波 杜鹃

薄雾浓云乱碧山，暮春将尽访仙颜。满岭杜鹃红万朵，如火，瘦枝枯石抗风寒。

杜宇血飞斑点点，谁掩，泪然无语寸心丹。花路苦酸常梦碎，无悔，大观园里美丫鬟。

错教人留恨
碧桃花

贰拾玖

碧桃

> 忽又见前面又露出一所院落来,贾政笑道:"到此可要进去歇息歇息了。"说着,一径引人绕着碧桃花,穿过一层竹篱花障编就的月洞门,俄见粉墙环护,绿柳周垂。
>
> ——《红楼梦》第十七回

在此处庚辰本有双行夹批:"怡红院如此写来,用无意之笔,却是极精细文字。"贾政们第一次到怡红院,是从怡红院的后门进去的,未入怡红院,先绕着碧桃花。

碧桃是桃的变种,是观赏桃花类的极品,又名千叶桃花,"银杏百年树,碧桃千朵花。"花瓣多复瓣,花色丰富,有白色粉红色大红色,还有白红双色的,花大色艳,非常具有观赏性,园林中常种植。宋王十朋尤其钟爱白色碧桃花,《书院杂咏 千叶白桃》:"岂有夭桃艳,淡然群卉中。全身是清白,那肯媚春风。"

《千叶白桃》:"洗尽天天色,泠然众卉中。却将千叶雪,全胜几枝红。"

碧桃和红杏同种,开花时候花繁色美,营造一种春深似海的意境,诗文中常见,如"碧桃红杏,迟日媚笼光影""南郭烟光异世间,碧桃红杏水潺潺""争似著行垂上苑,碧桃红杏对摇摇"。

探春抽的花签上有诗句"日边红杏倚云栽",花笺诗来自唐高蟾《下第台上永嵩高侍郎》:

天上碧桃和露种,日边红杏倚云栽。芙蓉生在秋江上,不向东风怨未开。

红杏是瑶台仙品,碧桃也丝毫不差,也是天上来的品种。传说西王母的天庭里种有碧桃,此仙桃三千年结一次果,就是著名的蟠桃了,孙悟空偷吃过,东方朔想偷未偷成,《博物志》卷八载:"王母索七桃,大如弹丸,以五枚与帝母食二枚。帝食桃辄以核著膝前,母曰:'取此核将何为?'帝曰:'此桃甘美,欲种之。'母笑曰:'此桃三千年一生实。'唯帝与母对坐,其从者皆不得进,时东方朔窃从殿南厢朱鸟牖中窥母,母顾之,谓帝曰:'此窥牖小儿尝三来,盗吾此桃。'帝乃大怪之。由此世人谓方朔神仙也。"汉武帝是个植物痴迷者,又想引种荔枝,又想引种天上的碧桃,跟王母一起吃桃,还不忘留下桃核。刘晨、阮肇共入天台山与仙女结识,也是有仙桃的身影,此后古诗文中的碧桃多特指传说中西王母给汉武帝吃的仙桃,或者是仙界的鲜果,自然是仙姿不凡。如"汉武碧桃争比得,枉令方朔号偷儿""他日隐居无访处,碧桃花发水纵横"。

所以进入怡红院的后门,首先绕过碧桃花,暗示了怡红院的重要地位,怡红院的繁华富贵气象宛如仙境在人间的投影。

第六十三回芳官在宝玉的寿宴上细细唱了一支《赏花时》：

翠凤毛翎扎帚叉，闲踏天门扫落花。您看那风起玉尘沙。猛可的那一层云下，抵多少门外即天涯。您再休要剑斩黄龙一线儿差，再休向东老贫穷卖酒家。您与俺眼向云霞。洞宾呵，您得了人可便早些儿回话；若迟呵，错教人留恨碧桃花。

这支曲子是汤显祖临川四梦之一《邯郸记》中的一段曲词。《邯郸记》写吕洞宾欲度卢生来蓬莱山门作扫花使者的故事。此曲是何仙姑所唱，仙界新修一座蓬莱山门，门外蟠桃一株，三百年开花，风大，吹的落花塞碍天门，起初吕洞宾度了何仙姑来扫花，后来何仙姑入了仙班，不好再扫花了，于是请求吕洞宾再去度一个人来接班。卢生在梦中经历几番浮沉荣辱，起起落落，直至享尽荣华富贵，仍然不肯撒手，最后从梦中醒来，黄粱米饭尚未煮熟。方知是黄粱一梦，这才幡然省悟，抛却红尘，随吕洞宾而去。

在神仙世界里，也不全是风花雪月，自在悠闲，和人间一样，也需要劳作呢，翠凤毛翎扎帚叉，凤凰尾翎做的扫帚。您看那风起玉尘沙，扫的是天庭落花，风刮起来宛如玉的碎尘。何仙姑扫的是碧桃花的落花，如此多的花瓣落下，在诗人眼中是美景，在扫地的人眼中可是可恶之物，扫了又落，不胜其扫。

第三十六回中探春给宝玉送了一副花笺，建议成立诗社，其中有句：

若蒙棹雪而来，娣则扫花以待。

一派名士风采，疏朗潇洒，扫花只是客气的话，三姑娘自然不会亲自动手扫花，她的丫头蝉姐儿便是当役的，扫大园子就是她的职责。

杜甫《客至》有："花径不曾缘客扫，蓬门今始为君开。"花径不扫，蓬门常闭，可以想见平日的疏懒以及门庭的冷落。长满花草的庭院小路，还没有因为迎客打扫过，今天因来客而扫，可见二人之间关系的亲密。平时紧闭的蓬门，今天为客而开，表明对客人的竭诚欢迎和高兴之情。宝玉有一个小厮名扫花也叫扫红。

真正不以扫花活动为苦的可是黛玉和宝玉，第二十三回林黛玉肩上担着花锄，锄上挂着花囊，手内拿着花帚。脂批云：一幅采芝图，非葬花图也。扫花是为了葬花，两情相悦，志同道合，充满了诗情画意的温馨氛围。怡红院里碧桃花，花落的时候，有那么多的使唤小丫头，宝玉是不会亲自扫此落花的。

芳官最终因为水月庵的智通与地藏庵的圆心两个尼姑所谓"苦海回头，出家修修来世"等冠冕堂皇的理由，被骗走做了尼姑，表面上仿佛是被超度了，实际上是被当作使唤的奴隶，扫寺院的落花是日常工作。美优伶斩情归水月，等待这些不谙世事的小姑娘们的，将是怎样艰难的境况啊。在寂寞枯寂的寺庙，这些娇憨活泼的生命也终将褪去青春的华彩，蒙尘而灰暗。

碧桃花

叁拾 任是无情也动人

牡 丹

第六十三回，宝钗的花签是：

画：一支牡丹。字：艳冠群芳。诗：任是无情也动人。注：在席共贺一杯，此为群芳之冠，随意命人，不拘诗词雅谑，道一则以侑酒。

宝钗是第一个抽到花签的。

牡丹，木本花卉，牡丹在百花中居特殊地位，称为花王，一提起牡丹，自有一股帝王之气势傲视群卉。牡丹气质天生雍容华贵，"国色朝酣酒，天香夜染色"而造就了成语"国色天香"，和梅花一起是我国国花的两大候选花卉。牡丹丰腴娇艳，富贵不可抵挡，不免也有俗媚俗艳的一面，非常符合宝钗珍珠如土金如铁的皇商家庭背景。

牡丹和四大美人之一的贵妃杨玉环很有联系，开元中，唐明皇和杨贵妃在沉香亭前赏牡丹，大诗人李白进《清平调》三篇，名花倾国两相欢，将牡丹和杨贵妃相比拟，花影人面难分辨，风流蕴藉，春意无限。第七十七回宝玉对袭人感叹的话中就提道："小题目比，就有杨太真沉香亭之木芍药，端正楼之相思树，王昭君冢上之草，岂不也有灵验。"杨太真沉香亭之木芍药，说的就是这个典故。作者是将宝钗比作杨贵妃的。宝钗长得鲜艳妩媚，生得肌骨莹润，是个珠圆玉润富态雍容的胖美人。此外宝钗肌肤洁白，脸若银盆，眼如水杏，脸如银盆之白嫩，眼如水杏之灵动。国人有句老话"一白遮百丑"，女儿是水做的骨肉，而她的薛姓谐音"雪"，是以水的固态形式出现，她又是肌肤胜雪，兴儿介绍她时说"竟是雪堆出来的"，他夸张地说自己不敢出气，是生怕这气暖了，吹化了姓薛的。《长恨歌》中形容杨贵妃也有"雪肤花貌参差是"的句子。

既胖又白又入美人之列的当然是实力超群的美人，因为胖给人以不够轻盈的感觉，白看上去更胖，唯有骨骼蕴秀雍容而不臃肿而且具有出众的美貌方能艳冠群芳。如此惊人的先天素质，当然用不着名贵的化妆品，用不着烦琐的珠宝，因为这些花儿粉儿的堆砌对她而言是属于画蛇添足，因嫌脂粉污颜色。宝钗对自己内在和外在的美都充满了矜持和自信，所以尽管她家常穿着上一色半新不旧，看去不觉奢华，其实低调奢华，气度从容，敢于说"淡极始知花更艳"。

宝钗长得胖，不爱运动，偶尔扑回蝴蝶就累得香汗淋漓娇喘吁吁。第三十回因为是夏天怕热，懒得出去听戏，宝玉没话找话对宝钗说："怪不得他们拿姐姐比杨妃，原来也体丰怯热。"结果惹得宝钗勃然大怒，当面这样说一个姑娘胖，那简直跟取笑一样。况且杨贵妃在正统思想里是属于红颜祸水一类，这当然是一向注意闺誉的宝钗所不能容忍的。所以一般不发脾气的她冷笑着回敬他说："我倒像杨妃，只是没有一个好哥哥好兄弟可以作得杨国忠的！"让一向认为宝姐姐是谦和温柔的宝玉大跌眼镜。虽然她不愿意别人说她胖，但以杨贵妃之丰美喻之，的确是比较恰当，可圈可点，倘若她进入皇宫，凭她的见识和处世社交能力说不定也能当上皇妃呢。

美女分为胖瘦二型，胖型美女以杨贵妃为典型，瘦型美女以汉成帝的皇后赵飞燕为典型，环肥燕瘦，各自代表了不同类型的美女典范，《红楼梦》中的胖型美女代表是宝钗，瘦型美女代表是林黛玉，可谓平分秋色。第二十七回回目是"滴翠亭杨妃戏彩蝶，埋香冢飞燕泣残红"，明确地把宝钗比作杨玉环，黛玉比作赵飞燕。很有意思的是，诗人们常常将丰满的杨贵妃和身材苗条轻盈的赵飞燕互相比较。如李白的清平调三首之二有句："借问汉宫谁得似？可怜飞燕倚新妆。"《红楼梦》书中有一人可卿，如她的乳名兼美一样，其鲜艳妩媚，有似乎宝钗，风流袅娜，则又如黛玉，将两者的美和谐地融合，她可是仙界人物。只是到了今天，已经是瘦型美人的天下了，娇弱轻盈苗条的青春骨感美女人气要旺很多，所以爱美女孩子们动不动就说要减肥。

张爱玲在《论写作》中提到戏词："五更三点望晓星，文武百官上朝廷。东华龙门文官走，西华龙门武将行。文官执笔安天下，武将上马定乾坤……"张爱玲引用后说："他们具有同一种的宇宙观——多么天真纯洁的，光整的社会秩序：'文官执笔安天下，武将上马定乾坤！'思之令人泪落。"光明有秩序的社会，也是宝钗所肯定的、所维护的，宝钗严格遵守封建规范，对自己要求严格，成为标准规范下的封建淑女，她也希望男子也一样努力，恪守本分。第四十二回宝钗和黛玉促膝谈心:"所以咱们女孩儿家不认得字的倒好。男人们读书不明理,尚且不如不读书的好,何况你我。就连作诗写字等事,原不是你我分内之事,究竟也不是男人分内之事。男人们读书明理,辅国治民,这便好了。只是如今并不听见有这样的人,读了书倒更坏了。这是书误了他,可惜他也把书遭塌了,所以竟不如耕种买卖,倒没有什么大害处。你我只该做些针黹纺织的事才是,偏又认得了字,既认得了字,不过拣那正经的看也罢了,最怕见了些杂书,移了性情,就不可救了。""男人们读书明理,辅国治民,这便好了。"这是对读书男人们的秩序,她理想中的读书男子是读书明理,辅国治民。"只是如今并不听见有这样的人,读了书倒更坏了。这是书误了他,可惜他也把书遭塌了,所以竟不如耕种买卖,倒没有什么大害处。"这是对不读书男人们的秩序,安心做好耕种买卖。"就连作诗写字等事,原不是你我分内之事""你我只该做些针黹纺织的事才是"这是对女子的秩序,宝钗心中有一套体系。她见袭人说出:"姊妹们和气,也有个分寸礼节,也没个黑家白日闹的!凭人怎么劝,都是耳旁风。"便对袭人另眼相看,觉得袭人有些见识,因为袭人在这方面和她的想法是一致的。宝玉和黛玉之间亲厚吵闹的感情纠纷在她眼中是不合时宜的,她提醒黛玉看杂书不要移了性情也是发自内心的。

然而,世情复杂,纵然她将人情练达做到最好,做到极致,也让自己远离是非的漩涡。她依旧只是个深闺弱女,无法撼动社会分毫,她清醒地认识到"只是如今并不听见有这样的人,读了书倒更坏了。""眼前道路无经纬,皮里春秋空黑黄。"宝玉只说这个宝姐姐"只好点这些戏"。却不知宝钗比他先领悟了,顾城说："宝钗应物不藏，对她都是跟自己关系不大，她只是做得合适罢了。一个无所求的人，你是不能以世俗经验推想她为什么，要什么的，她的行为中没有目的，就像月映万川，没有目的，只是现象罢了。"她早就体会到"没缘法转眼分离乍。赤条条来去无牵挂"的人生悲凉，她也是曲高和寡，无人知己。她能在娱乐贾母的同时能自得其乐地赏曲中深意，这样的境界谁能达到？

宝玉的行为是不入她的法眼的，他是无意于功名利禄的富贵闲人，他以为他天生就能享受而不用付出，"总别听那些俗语，想那俗事，只管安富尊荣才是。""我能够和姊妹们过一日是一日，死了就完了。什么后事不后事。""凭他怎么后手不接，也短不了咱们两个人的。"宝钗知道，宝玉这样的人是难以在世间立足的，她和湘云的看法一致，宝玉该常常的会会这些为官做宰的人们，谈谈讲讲些仕途经济的学问，也好将来应酬事务，日后也有个朋友。她时刻不忘讽喻他，想拉他到正途，她甚至以香菱学诗的刻苦来激励他，后文还有薛宝钗借语讽谏的故事，她站得高望得远，高瞻远瞩，她说的道理即使在现代社会，也是主流思想，她对宝玉的劝说是大部分的女子对夫君的期望。

宝钗的花笺诗来自唐罗隐《牡丹花》：

似共东风别有因，绛罗高卷不胜春。若教解语应倾国，任是无情也动人。

芍药与君为近侍，芙蓉何处避芳尘？可怜韩令功成后，辜负秾华过此身！

这首诗中有一句："芍药与君为近侍,芙蓉何处避芳尘？"芍药和牡丹的花形、叶片非常相似，牡丹是木本，芍药是草本，牡丹又称木芍药，芍药也叫草牡丹。**古人评花：牡丹第一，芍药第二，谓牡丹为花王，芍药为花相。**牡丹与芍药间种，能明显促进牡丹生长。花期是牡丹在前，芍药在后，"牡丹落后正凄凉，红药开时醉一场"，芍药又称为殿春。

联系到黛玉抽的是芙蓉，而芍药处处和湘云有关，白天里湘云喝多了酒，以芍药当枕，以芍药当褥，俨然是一幅芍药春睡图。芍药与君为近侍，在黛玉的眼中，宝钗、湘云和宝玉很亲近，已经达到近侍的程度，让黛玉长叹这个宝哥哥是见了姐姐忘了妹妹，宝玉和宝钗、湘云都有姻缘的可能和暗示，一个是金玉姻缘，一个是因麒麟白首双星，因为和宝钗的比较，让黛玉的爱情饱受折磨，因为湘云的介入，也让黛玉每每担忧悲愤，而黛玉的签为芙蓉，简直暗暗称奇这种安排的巧合，真真是"芙蓉何处避芳尘"？

然而，花签表面上是祥瑞之语，实际上却不尽然。看这首诗的最后一句："可怜韩令功成后，辜负秾华过此身。"韩令指韩弘，曾为中书令，适逢京城中权贵百姓均崇尚牡丹，车马若狂全城赏牡丹，韩令却砍了家中的牡丹："吾岂效儿女子邪？"牡丹即使国色富贵，终究还不是人人为之狂热，人人热爱，终究还是有人要辜负她的秾华。正如宝钗的命运，即使人人称颂，处处动人，然而不幸遇到了宝玉。宝钗的雪白一段酥臂在红麝串的衬托下细白娇嫩，连美人堆里长大阅美多矣的宝玉都看呆了，心旌摇曳。然而，仅此而已，他尊重敬重她，却不爱她。纵一度得到宝玉的人，却得不到宝玉的心，纵然是举案齐眉，到底意难平。宝玉"空对着，山中高士晶莹雪；终不忘，世外仙姝寂寞林。"宝玉终究辜负了倾国牡丹，最有情的成了最无情的。

牡丹花

龄官为什么
在蔷薇架下画了
几千个"蔷"字?

叁拾壹

蔷 薇

一面想，一面又恨认不得这个是谁。再留神细看，只见这女孩子眉蹙春山，眼颦秋水，面薄腰纤，袅袅婷婷，大有林黛玉之态。宝玉早又不忍弃他而去，只管痴看。只见他虽然用金簪划地，并不是掘土埋花，竟是向土上画字。宝玉用眼随着簪子的起落，一直一画一点一勾的看了去，数一数，十八笔。自己又在手心里用指头按着他方才下笔的规矩写了，猜是个什么字。写成一想，原来就是个蔷薇花的"蔷"字。宝玉想道："必定是他也要作诗填词。这会子见了这花，因有所感，或者偶成了两句，一时兴至恐忘，在地下画着推敲，也未可知。且看他底下再写什么。"一面想，一面又看，只见那女孩子还在那里画呢，画来画去，还是个"蔷"字。再看，还是个"蔷"字。里面的原是早已痴了，画完一个又画一个，已经画了有几千个"蔷"。

——《红楼梦》第三十三回

在这个五月之际，黄天暑热的天气中，青春期的宝玉精力旺盛，春心萌发，蠢蠢欲动，惹了很多事情。清虚观打醮，张道士提起给宝玉说亲，宝玉心中不自在，回来和黛玉闹口角，又摔了一次玉；后来宝玉主动和黛玉和解，跟宝钗搭讪，言语不当又得罪了宝钗；跑去王夫人处，和金钏调笑，王夫人醒来后痛骂金钏，此时宝玉一溜烟跑回大观园了，不知也不管后果。

在这个午睡时刻，在蔷薇架下，无意中看到龄官不寻常的举动，此时宝玉还不知道这个女孩儿的名字。

在花下哽咽流泪的是小戏子龄官。五月之际，蔷薇架上蔷薇正是花叶茂盛之际，宝玉看到这个眉蹙春山，眼颦秋水，面薄腰纤，袅袅婷婷，大有林黛玉之态的女孩儿蹲在花下，手里拿着根绾头的簪子在地下抠土，一面悄悄地流泪。

这个举动让蔷薇架外的宝玉好奇，他马上想起黛玉葬花了，黛玉葬花的举动他是无比激赏的，黛玉关于葬花的理论和方法也是宝玉心领神会的，"撂在水里不好。你看这里的水干净，只一流出去，有人家的地方脏的臭的混倒，仍旧把花遭塌了。那畸角上我有一个花冢，如今把他扫了，装在这绢袋里，拿土埋上，日久不过随土化了，岂不干净。"花朵随土而化作春泥比随水逐流更有意思。原来以为葬花是二人之间的小秘密，是黛玉独创的引领时尚的行为，如果这个女孩儿也如此葬花，那么是多么煞风景的事。因为黛玉是如此与众不同，所以宝玉给黛玉起名颦颦，黛玉病如西子胜三分，谁跟她学葬花，都是东施效颦。所以宝玉第一念头是想告诉这个女孩，不要跟林姑娘学了。话到口边又收回去，因为这几天祸从口出的事情就已经有两回了，造成颦儿也生气，宝玉也多心，这个时期感情满溢的宝玉是不知道自己真实意愿的,他下意识中将宝姐姐称为宝儿,他是希望自己在宝钗黛玉中间左右逢源,人见人爱,花见花开。所有美好的女孩子都爱他宠他,围绕他,为他笑为他哭。

宝玉再留神细看,发现她是用金簪划地,两个眼睛珠儿只管随着簪子动。这一段非常美丽,画面感超强,多么唯美的镜头。《红楼梦》时代,女孩子没有多少机会看书识字的,何况奉行女子无才便是德,富贵娇养如王熙凤都不认识多少字,何况这些小戏子们,每天跟着师傅言传口教学身段唱腔,没有正经识字提笔写字的机会,而这个十八笔的蔷字龄官一笔笔地工工整整的画着,画了几千个。作者不用写字的写,而用画画的画字,是龄官有心,以画字的方式写字。

十八笔的蔷字是这样的字形:

蔷

伏中阴晴不定,片云可以致雨,忽一阵凉风过了,唰唰的落下一阵雨来。宝玉看着那女子头上滴下水来,纱衣裳登时湿了。宝玉出声这才打破了局面。

龄官画的是蔷,是和蔷薇架上满架盛放的蔷薇花一样的蔷字,实际上却是龄官心上人贾蔷。这个像蔷薇一样既俊俏聪明又粗生粗长的男子,精明能干,人情练达,阿谀奉承、溜须拍马、敢作敢为,他和贾珍贾蓉这对父子关系肮脏,在学堂上他用计策让众学童打得不亦乐乎,自己却脱身事外,干脆利落。他和凤姐、贾蓉联手整治贾瑞,手段老成狠辣。这两件事情也显示出他有超强的办事和管理能力。他很受贾赦、贾珍的器重,下姑苏聘请教习、采买女孩子、置办乐器行头等事,处理的头头是道。他主管训练出来的戏班阵容齐全,水平一流,多次有出彩的表演机会。

哪个少男不钟情,哪个少女不怀春?这样一个男子竟然也陷入了一场轰轰烈烈的爱情,竟然是和他亲自买来的青春无敌美少女龄官,戏班的台柱子。从后文他尽显体贴温柔,痴情赔不是小心翼翼哄龄官的程度让宝玉都难以望其项背的表现来看,两人是两厢情愿,情投意合,并没有倚强凌弱。两人之间是有超越了身份地位的真爱。

而此时,龄官的压力更大,如同宝玉想的:"外面既是这个形景,心里不知怎么熬煎。看他的模样儿这般单薄,心里那里还搁的住熬煎。"宝玉恨不得挺身而出,英雄救美,可惜他也明白:"可恨我不能替你分些过来。"轰轰烈烈的爱情并不都是风花雪月的浪漫和美好,伴随爱情的副作用,是煎熬和孤独。爱有多深,副作用就多大。正午时分,龄官不去午睡,独自来到这一架蔷薇花下,也许心中烦闷,如同宝玉所想,一定有什么话说不出来的大心事,无心睡眠。而蔷薇架下见到蔷薇花开得那么好,她的心上人名字中就有这个蔷薇的蔷啊,她触景生情,情不自禁,难以自拔,心事重重无法出口,念着心上人的名字,画着心上人的名字,千遍也不厌。

后文龄官下落不明,至少没有留在贾府,反而躲过了做女尼的劫难,然而在那个当小戏子是小玩意儿的时代,她是毫无人身自由的。光有爱情,他们能走到一起吗?

若为自由故,两者皆可抛?

真心希望有情人终成眷属。非常希望因为爱情的力量,让这个蔷薇男子改头换面,用自己的聪明才智和能力给龄官撑起一个自由翱翔的空间,一个自由的舞台,想唱就唱,不想唱就不唱。

蔷薇

楼子上起楼子的
石榴花
是什么样？

叁拾贰

石 榴

翠缕道:"他们那边有棵石榴,接连四五枝,真是楼子上起楼子,这也难为他长。"史湘云道:"花草也是同人一样,气脉充足,长的就好。"翠缕把脸一扭,说道:"我不信这话。若说同人一样,我怎么不见头上又长出一个头来的人?"

——《红楼梦》第三十一回

石榴为落叶灌木或小乔木,在热带则变为常绿树,汉朝张骞从西域传进中国,又名安石榴。外来的石榴来到中国,以其丰富的表现力毫无嫌隙地融入中华文化中。

"五月榴花照眼明",石榴是五月当令的花卉,作为观赏花木,花色有红有白有杂色,其中那种如火如荼的红艳色彩最为人们所激赏,名为石榴红,火般明亮,血般纯正,花朵花瓣和萼片都是深红色,花瓣微皱,有丝绸般的光泽和质感。"飞将宝鼎千重焰,炼就丹砂万点红",石榴花朵朵耀眼红艳,有吉祥富贵之气质。苏轼称"石榴有正色",元格说"庭中忽见安石榴,叹息花中有真色",正色真色是非常高的评价，这种高贵的正宗的红色已经上升为石榴花的内在品质了。

在第五回的簿册上，对于贾元春有这样的暗示：

判册画：一张弓，弓上挂着香橼。

判词：二十年来辨是非，榴花开处照宫闱。三春争及初春景，虎兕相逢大梦归。

石榴花是元春的代表花。

石榴花有单瓣的也有重瓣的，翠缕说的楼子上起楼子的石榴花，是什么样？我一直以为指的是重瓣的石榴花，直到有一次站在一株开花的石榴树前，看到朵朵石榴花瓣重重叠叠，仔细看之，中间竟然多了一层萼片，两层萼片之间是密密的花瓣，萼片之上也是密密的花瓣，看上去就是一朵花上又是一朵花，震惊之余不由感动万分，对曹公敬佩不已，对植物有这番细致精细的观察和描述，这就是楼子上起楼子的石榴花啊。后来在《遵生八笺》中也读道："中心花瓣如起楼台，谓之重台石榴花，头颇大，而色更深红。"是我寡闻矣。

楼子花现象叫重台或者台阁现象，指的是一朵花的中心或者雌蕊变异成花梗或者花瓣，相当于花上再开花，相当于翠缕说的，头上又长出一个头。这是植物开花的一种畸形现象，属于基金突变，不常见，非常稀有。重楼现象在莲花和牡丹芍药中常见，重楼石榴是非常珍稀的。

楼子上起楼子的石榴花出现在大观园，一方面正如湘云所说，大观园气脉充足，花草长得格外繁盛，可以出现罕见的台阁石榴；

另一方面显示此时的贾府因为元春的封妃，

可谓富贵至极，连花木都是异样繁盛，

可谓烈火烹油，鲜花着锦。

第二十七回探春特意叫了宝玉到石榴树下谈话，也许谈话的这棵石榴树就是翠缕说的长势喜人的开楼子花的那棵，这两位得贵婿的贾家女儿如同五月热情的石榴花光彩绚烂富贵吉祥。

石榴果因被誉为子孙繁盛的象征而被推崇。石榴浆果球形，多室如蜂巢，饱满的种子聚集在同一个厚厚外壳果皮内，千房同膜，千子如一，"无边生意包涵厚，满腹珠玑取次陈""酡颜剩照双眸醉，珠蝮还成百子奇"，在古代石榴是多子多孙、宜家宜室的象征，中外均是，古希腊神话中掌管婚姻和生育的女神赫拉，左手拿的就是一只饱满的石榴。第五回警幻仙姑出场时有形容句："唇绽樱颗兮，榴齿含香。"榴齿，形容牙齿如石榴籽。石榴果的每个室内晶润如玛瑙宝石的种子排列整齐，饱满晶莹，悦目喜庆，用来形容牙齿，可以想见那牙齿是多么的干净洁白。

张爱玲在《小团圆》里描述石榴籽："她是第一次看见石榴，里面一颗颗红水晶骰子，吃完了用核做兵摆阵。水果篮子盖下扣着的一张桃红招牌纸，她放在床下，是红泥混沌的秦淮河，要打过河去。"用水晶骰子来形容晶莹剔透的石榴种子，非常形象。她在《公寓生活记趣》也有一段妙文："屋顶花园里常常有孩子们溜冰，兴致高的时候，从早到晚在我们头上咕滋咕滋挫过来又挫过去，像瓷器的摩擦，又像睡熟的人在那里磨牙，听得我们一粒粒牙齿在牙龈里发酸如同青石榴的子，剔一剔便会掉下来。"一粒粒牙齿在牙龈里发酸如同青石榴的子，剔一剔便会掉下来。这个意象真是令人拍案叫绝。

只是这个好看的石榴籽却是吃不饱，又吃不好，每颗石榴籽只有一点点甜甜的汁水可食，并且石榴籽连着的膜皮非常之苦，不小心吃到真是苦不堪言。吃石榴像吃瓜子，急躁不得。不小心汁水滴到衣服上，可要赶紧去洗，不然会在衣服上留下淡淡的印记。然汁水可以酿酒，古诗中常见石榴酒，如"樽中石榴酒，机上葡萄纹""玉案西王桃，蠡杯石榴酒""石榴酒，葡萄浆，兰桂芳，茱萸香。愿君驻金鞍，暂此共年芳"。

"垂杨影里残红。甚匆匆。只有榴花、全不怨东风。暮雨急。晓鸦湿。绿玲珑。比似茜裙初染、一般同""眉黛夺将萱草色，红裙妒杀石榴花"，红艳的女裙被称为石榴裙，相传杨贵妃爱石榴花，爱吃石榴，爱穿石榴裙，大臣们对这个贵妃很不礼貌，拒不行礼，唐明皇知道后大怒，下令文武百官，见了贵妃统统跪拜，众大臣无奈，远远见到石榴裙，就知道是贵妃驾到，赶紧行礼，于是纷纷"拜倒在石榴裙下"。

武则天，这位中国历史上唯一的女皇帝，坚强冷静，也爱穿石榴裙，曾经写过一首浪漫感性的《如意娘曲》："看朱成碧思纷纷，憔悴支离为忆君。不信比来长下泪，开箱验取石榴裙。"她看朱成碧她憔悴支离，如果不信，不妨开箱检验，请看我石榴裙上的斑斑泪痕。简直就是一个柔肠百转的普通女子，不知道是怎样的心理历程，怎样的生活体验将她打造成有钢铁意志的统领整个庞大帝国的领袖？

香菱有一条石榴裙，《红楼梦》第六十二回是"憨湘云醉眠芍药 呆香菱情解石榴裙"，香菱穿的是就是石榴红绫裙，是宝琴带来的，宝钗有，袭人也有。

暮春时节，阳光暖暖的，花开草长，大观园里的女儿们着盛装，寻找着奇花异草，斗出芬芳花草名，飘逸着火红石榴裙点缀在灿烂春色里，这是何等悠闲美好的一幅图画。

石榴花

端午节
辟邪打怪的草

叁拾叁

艾 草

这日正是端阳佳节,蒲艾簪门,虎符系臂。午间,王夫人治了酒席,请薛家母女等赏午。

——《红楼梦》第三十一回

蒲艾指菖蒲和艾草,端午节期间风俗,家门上要悬挂菖蒲或艾草,《红楼梦》中的贾府也不例外。

艾,又名艾蒿、苦艾、香艾等,多年生草本,《芙蓉女儿诔》中有"蓬艾萧萧",古诗文中常常将蓬艾相连,粗生粗长的蓬草和艾草是田野里常见的野草,蓬草没有什么实用价值,而艾草可能是我国民间最名震遐迩最受人喜欢和最实用的植物之一了,医食多功能,甚至被赋予了辟邪的含义。

初春时分艾草鲜嫩,菜场常见扎成一把一把的卖,路边也有临时摊贩装了一箩筐新鲜掐好的艾叶,当然也有的连根一起,走过往往忍不住就买上一小把。

鸡蛋炒艾叶是最常见的做法，简单快速，选择嫩艾叶，灼水捞起剁碎，拌入鸡蛋液中，加盐搅拌均匀，用油煎熟即可，金黄蛋饼中发出点点绿艾叶的清香。

做糖水也是好东西，鲜艾叶灼水捞起，鸡蛋煮熟剥去蛋壳，加入桂园红枣生姜红糖水一起煮，饮水吃鸡蛋，补血温腹，最宜女子。

食在广州，岂可少了煲汤，陈年老艾（艾根或艾梗比艾叶更佳）煲鸡，汤味鲜美，滋补暖胃。

而做艾糍更是清明期间的重头戏，将嫩艾叶烫熟，切碎，或者搅拌机打成汁，加入合适比例的粘米粉糯米粉中揉匀，用炒熟的花生碎和白糖拌匀做陷。包成饼状，垫上苹婆叶或者芭蕉叶（当然很多其他大叶子也能用），上锅大火蒸透蒸熟，那股子青绿清香，真是好看又好味，类似做法的应节美味也有地方名为艾粑或青团。

清明插柳端午插艾，传统文化中五月是"毒月"，五月初五端午节这一天

艾糍　　　　　　　　　艾叶

是"毒日"，五毒并出，此时艾草已经长大长老，不能吃了，但此时艾草的茎秆和叶子都是最充盈的时分，药效最好，味道浓烈，能攻百毒，需要在早上采艾草，砍了扎成一束挂于门上窗上辟邪防病，若用艾蒿扎草人悬门上则称为艾人，还有一种艾虎，《遵生八笺》里介绍了："以艾为小虎，或剪彩为小虎，贴以艾叶，内人争相戴之。"艾草晒干的叶子可以点燃熏蚊驱虫，干枝叶可以烧汤洗浴，干叶子还可以制成艾绒，供针灸用。"七年之病，求三年之艾"，艾越老越陈越有药用价值，所以艾叶又被称为医草、冰台、灸草等，晋代葛洪的妻子鲍姑发明了用艾灸治病，选用的是广州越秀山脚下的红脚艾。

《红楼梦》中有一个小戏子名艾官，以艾为艺名。

为了元春省亲，贾府劳民伤财，建造了大观园，准备了盛大的仪式，其中重要一项是建立了一个私家戏班，由贾蔷负责，去林黛玉的家乡姑苏聘请教习，置办乐器行头，买了十二个小戏子，十二个女戏子都以官起名，除了宝官、玉官、文官、龄官，其余人名字都从植物：藕官、芳官、豆官、葯官、蕊官、葵官、茄官、艾官。其实龄官也算是从植物，她另有一名椿龄，第三十四回的回目作"椿龄画蔷痴及局外"，椿也是植物。

从第十七回到第五十八回，她们生活在梨香院。

在省亲典礼上，十二个女戏子装扮起来，一个个歌欺裂石之音，舞有天魔之态。虽是妆演的形容，却作尽悲欢情状。这是她们第一次正式出场，无端让人想起宝玉在第五回的太虚幻境之梦，其中也有十二个舞女，轻敲檀板，款按银筝，演唱了《红楼梦》十二支，这些个小戏子俨然是太虚幻境的这十二个魔舞歌姬的人间镜像。

第五十八回因宫中一位老太妃薨，凡诰命等皆入朝随班按爵守制。凡有爵之家，一年内不得筵宴音乐，庶民皆三月不得婚嫁。各官宦家，凡养优伶男女者，一概蠲免遣发。贾府的戏班被解散，小戏子们的生活轨迹改变了，宝官、玉官离开，龄官去向不明，菂官早夭，文官归贾母，芳官归宝玉，蕊官归宝钗，藕官归黛玉，葵官归湘云，豆官归宝琴，艾官归探春，茄官归尤氏。

这十二个女孩子是大观园里最绚烂的风景。然而在众婆子的眼中，她们一干人或心性高傲，或倚势凌下，或拣衣挑食，或口角锋芒，大概不安分守理者多。也许从小就生活在戏剧的氛围和环境中，只受师傅学艺上教导，不曾落入世俗的驱使呼喝，因此她们的天性得以保存，天真烂漫不拘小节，也不懂人情世故。戏剧的世界理想、浪漫、远离尘世，"顷刻间千秋事业，方丈地万里江山""看我非我，我看我，我也非我；装谁像谁，谁装谁，谁就像谁"，人生如戏，戏如人生，她们表现出异常的美丽、异常的天真，异样的率真，上演了至真至情的精彩华章。

其中最惊世骇俗的是戏子们和赵姨娘打的一架，因用茉莉粉替了蔷薇硝，赵姨娘打上怡红院找芳官算账，芳官是主角，蕊官、藕官、葵官、荳官参与，四官手撕头撞，把个赵姨娘裹住，芳官直挺挺躺在地下，哭得死过去。堂堂诗礼之家，大观园又是何等严肃清幽之地，如此这般打得天翻地覆，落花流水，真可以说得上是滑天下之大稽。

住在大观园里的有芳官、蕊官、藕官、葵官、豆官、艾官，注意到艾官没有参与斗殴，因为她是属于三姑娘探春的，哪里能出马和探春的亲妈打架？另外也说明了三姑娘管束得好，毕竟她现在是当家人呢，手下的丫头们估计也都随着她忙碌，没空玩的。但是她并没有置身事外，小姐妹情深，岂能坐视不救？探春生气要查是谁撺掇赵姨娘惹事，艾官便悄悄地回探春说："都是夏妈和我们素日不对，每每的造言生事。前儿赖藕官烧纸，幸亏是宝玉叫他烧的，宝玉自己应了，他才没话说。今儿我与姑娘送手帕去，看见他和姨奶奶在一处说了半天，喊喊喳喳的，见了我才走开了。"探春听了，虽知情弊，亦料定他们皆是一党，本皆淘气异常，便只答应，也不肯据此为实。探春世事洞明，并没有乱了阵脚，然而这番话毕竟被夏婆知道，老婆子们和小戏子们的矛盾加深。

第六十二回，宝玉等人生日，大观园乐翻了天，书中提到袭人、香菱、待书、素云、晴雯、麝月、芳官、蕊官、藕官等十来个人都在那里看鱼作耍，小螺和香菱、芳官、蕊官、藕官、荳官等四五个人，都满园中玩了一回，大家采了些花草来兜着，坐在花草堆中斗草。都没有艾官的身影。解散戏班的时候，书中指出：当下各得其所，就如倦鸟出笼，每日园中游戏。众人皆知他们不能针黹，不惯使用，皆不大责备。其中或有一二个知事的，愁将来无应时之技，亦将本技丢开，便学起针黹纺绩女工诸务。其中一二个知事的也许就包括居安思危的艾官。抄检大观园后，王夫人做主将小戏子们放出去，也许艾官离开贾府后能过上个安稳的平常女子的日子？而芳官藕官蕊官逃离了干娘们的虎口，却又落入了智通、圆心两个拐子之狼窝。芳官如果再被欺负，谁能施与援手？谁能仗义相助？

以植物给她们起名字，正是"哀众芳之芜秽""惟草木之零落兮"。

和艾草
并肩战斗在端午节

叁拾肆

菖 蒲

这日正是端阳佳节,蒲艾簪门,虎符系臂。午间,王夫人治了酒席,请薛家母女等赏午。

——《红楼梦》第三十一回

蒲艾指菖蒲和艾草,端午节期间,很多地方风俗,吃粽子赛龙舟,门上悬挂菖蒲和艾草,菖蒲和艾草同样重要,甚至菖蒲更胜一筹,以至于将端午节所在的五月又叫蒲月(同问,为什么不叫艾月呢?)

刚刚过去的端午节,我早上出门晚了,市场的菖蒲已经卖光了,在摊主的巧舌如簧下,只好买了一束香茅,代替菖蒲,和艾草一起挂上门旁。摊主具有非常灵光的市场意识,在她的摊位上,除了香茅艾草,还有薄荷、柚子叶、桃枝等,在她的文化体系中都具有辟邪防病之功能,在端午节这天可以互相替代。

在没有抗生素的时代,人们的健康依赖于传统中医,其中中草药是重要的医用材料，某些芳香浓烈可以药用的并且具有一定象形的植物被赋予了辟邪防疫挡灾的功能，菖蒲是其中的佼佼者。菖蒲，多年生湿生草本植物，生于水边石旁，端庄典雅，具有如剑的碧绿长叶片，叶片有半米多高，叶片两面具有明显的中脉，看上去像是剑脊，摸起来更像剑了，加上叶片光滑挺直，香气浓郁，清气弥漫，以其正气凛然的剑形和令人愉悦的香味在众多植物中脱颖而出，在端午节和艾草并肩守护在门上。门悬蒲剑斩千邪。《遵生八笺》里介绍了端午节用的蒲人："以菖蒲根刻作小人或葫芦形，佩以辟邪。"

菖蒲传说如仙草，尤其是一寸九节的菖蒲，传说久食之即可成仙，如北魏郦道元《水经注·伊水》记载："石上菖蒲，一寸九节，为药最妙，服久化僊。"所以一寸九节的菖蒲在我国具有神奇的意象，很多诗人都蠢蠢欲动开启采菖蒲的活动，如唐王昌龄《就道士问周易参同契》："仙人骑白鹿，发短耳何长。时余采菖蒲，忽见嵩之阳。"李白《嵩山采菖蒲者》："嵩岳逢汉武，疑是九疑仙。我来采菖蒲，服食可延年。言终忽不见，灭影入云烟。"全诗扑朔迷离，似梦如幻。唐沈麟《送道士曾昭莹》："丹霄人有约，去采石菖蒲。"唐张籍《寄菖蒲》："石上生菖蒲，一寸十二节。仙人劝我食，令我头青面如雪。"这个更厉害，一寸有十二节。

菖蒲还可制作菖蒲酒，《遵生八笺》提供了两款菖蒲酒做法，一款最简单："端午日，以菖蒲生涧中一寸九节者，或屑或切以浸酒。"另一款复杂："取九节菖蒲生捣绞汁五斗，糯米五斗，炊饭，细曲五斤，相拌令匀，入磁罈密盖二十一日即开。"并大力推荐菖蒲酒功能卓越。《后汉书》："孟陀，字伯良，以菖蒲酒一斛遗张让，即拜凉州刺史。"可谓"美酒菖蒲香两汉，一斛价抵五品官"。

菖蒲圆柱形的肉穗花序色彩淡黄色，从叶片的中段长出，藏于叶丛中，并不显眼。古诗有云："菖蒲花可贵，只为人难见。""十访九不见，甚于菖蒲花。"

菖蒲与兰花、水仙、菊花并称为"花草四雅"："花有四雅，兰花淡雅，菊花高雅，水仙素雅，菖蒲清雅。"这里的菖蒲一般指的是金钱蒲石菖蒲等体格比较细小的菖蒲种类。叶片细长，全株芬芳，适合案头把玩，甚至有"无菖蒲，不文人"的说法。

晴雯是买来的丫头，十岁的时候被贾府管家赖大家的买到，也许年纪小，也许没有被拐子打骂，转手快，童年的遭遇似乎没有给晴雯留下多大的创伤和阴影，她的聪明活泼，她的天生丽质让她在丫头中脱颖而出，被贾母欣赏，并安排给她的宝贝孙子宝玉，和宝玉度过了五年八个月的岁月，她一生中最美好最顺利的日子是和可爱的小主子一起度过，主子的骄纵和宽容让她有了一种错觉，时光就会一直这样，现世安稳，岁月平静，大家横竖是在一处的。

在贾府的管理制度中，作为女奴的丫头如果没有因错被撵如茜雪，当她们年纪大了，无非三种出路：一是配小厮，如彩云等；二是主子开恩，由父母自行择配，如周瑞家的女儿等；三是做主子的姨娘，如赵姨娘等。晴雯不愁将来，也是隐约知道贾母已经有了这样的想法，她是要给宝玉做姨娘的，所以她从来没有要离开的念头。

端午节果然是个毒日，外邪肆虐，内魔也盛，宝玉在端午节当天闷闷不乐，晴雯上来换衣服，不防又把扇子失了手跌在地下，将股子跌折。宝玉因叹道："蠢才，蠢才！将来怎么样？明日你自己当家立事，难道也是这么顾前不顾后的？"一向温文尔雅姐姐喊不停的宝玉竟然说出这样生分的话来，还称她蠢材，岂不让晴雯堵得慌？她一通发作，连好离好散的话都随便拿出来噎人，一番闹腾，最终宝玉还是原谅了她，她也原谅了宝玉，端午节的晚上在撕扇子作千金一笑的万种风情中度过了。

她恃宠而骄，袭人不在的时候，她以袭人为榜样，操心着怡红院，对待偷镯子的坠儿，那份狠和快真是令人侧目。

晴雯便冷不防欠身一把将他的手抓住，向枕边取了一丈青，向他手上乱戳，口内骂道："要这爪子作什么？拈不得针，拿不动线，只会偷嘴吃。眼皮子又浅，爪子又轻，打嘴现世的，不如戳烂了！"坠儿疼的乱哭乱喊。

打过了不算，她自作主张要撵走坠儿，并雷霆万钧马上实施：

晴雯便命人叫宋嬷嬷进来，说道："宝二爷才告诉了我，叫我告诉你们，坠儿很懒，宝二爷当面使他，他拨嘴儿不动，连袭人使他，他背后骂他。今儿务必打发他出去，明儿宝二爷亲自回太太就是了。"宋嬷嬷听了，心下便知镯子事发，因笑道："虽如此说，也等花姑娘回来知道了，再打发他。"晴雯道："宝二爷今儿千叮咛万嘱咐的，什么'花姑娘''草姑娘'，我们自然有道理。你只依我的话，快叫他家的人来领他出去。"借口是宝玉的吩咐，并没有考虑袭人的感受。

而当坠儿母亲过来请求给留个脸儿时候，晴雯道："你这话只等宝玉来问他，与我们无干。"这样无视宝玉，拿宝玉当进攻的利器，将宝玉推到前线，推到风口浪尖上，是因为她自认为宝玉不会有异议，宝玉不会责备她的，宝玉会支持她的，宝玉是她坚实的后盾。后文并不见她跟宝玉汇报。

而前文有一段，红玉被凤姐要去，袭人便回说："二奶奶打发人叫了红玉去了。他原要等你来的，我想什么要紧，我就作了主，打发他去了。"宝玉道："很是。我已知道了，不必等我罢了。"对比之下，晴雯的情商和袭人不在同一个档次啊。

当她自己被更加雷霆万钧地撵出大观园时候是怎样的情形？

晴雯四五日水米不曾沾牙，恹恹弱息，如今现从炕上拉了下来，蓬头垢面，两个女人才架起来去了。王夫人吩咐，只许把他贴身衣服撂出去，余者好衣服留下给好丫头们穿。

对比她撵走坠儿的决绝，真是令人触目惊心，如同坠儿，同样她的回旋道路被一概断绝，没有谁为她说话，为她周旋。

我们体谅晴雯所有性格上的缺陷和不足，是因为强加给这个姑娘的罪名实在是太冤屈，而她的结局实在是太惨烈。病床上的她终于领悟了自己付于东流的痴心傻意，却并不知道为什么会得到这样的对待。

宝玉只有在《芙蓉女儿诔》中罗列了一个没有中伤没有嫉恨的仙界，作为晴雯未来的居处："寒烟萝而为步幛，列枪蒲而森行伍。警柳眼之贪眠，释莲心之味苦。素女约于桂岩，宓妃迎于兰渚……"菖蒲整整齐齐排列如一支队列，保卫她。

紫微舍人韓公之若
宝铉是

紫薇

《红楼梦》第四回,金陵应天府门子神秘兮兮地给贾雨村看了张手抄的护官符,上面皆是本地大族名宦之家的谚俗口碑。其口碑排写得明白,下面所注的皆是自始祖官爵并房次。

贾不假,白玉为堂金作马。【宁国、荣国二公之后,共二十房分,除宁、荣亲派八房在都外,现原籍住者十二房。】

阿房宫,三百里,住不下金陵一个史。【保龄侯尚书令史公之后,房分共十八。都中现住者十房,原籍现居八房。】

东海缺少白玉床,龙王来请金陵王。【都太尉统制县伯王公之后,共十二房。都中二房,馀皆在籍。】

丰年好大雪,珍珠如土金如铁。【紫微舍人薛公之后,现领内府帑银行商,共八房分。】

贾家宁国、荣国二公，公爵，史家侯爵，王家伯爵，薛家并没有爵位，是四大家族中唯一没有封爵的，当然也就不能世袭。薛家能够跻身四大家族并能与贾史王三家并肩，很大一部分原因是薛家的先祖薛公是紫微舍人。有些版本有作紫薇舍人，紫薇为紫微之异写。

紫微舍人是中书舍人，中书舍人是中书省下的官职名，中书省是官署名，曹丕始设，是掌管机要发布政令的机构，隋唐时为全国政务中枢，紫薇花在唐代被认为是珍贵的花木，多植于王公贵族庭院，中书省的庭院里也种了紫薇花，唐开元元年，改中书省曰紫微省，取天文紫微垣为义，"微"也作"薇"，一省之首官原中书令为紫微令，下设的中书侍郎为紫微侍郎，中书舍人为紫微舍人，时间不长紫微省又改回中书省原名，以后的朝代也没有再称为紫微省，但后来人们喜欢称中书舍人为紫微舍人或紫薇舍人。

中书舍人职务属于文职，也是要职，唐时品阶为正五品上，是中书省的重要骨干官员，能担当中书舍人职务的官员须有深厚的文字功底，唐代的中书舍人可是文人们向往的职务，所谓"文人之极任，朝廷之盛选"。明洪武十三年，废中书省，清时已经没有中书省这个机构，有中书舍人官名，属内阁成员。

张九龄做过中书舍人。王维做过中书舍人。白居易做过中书舍人。韩愈做过中书舍人。杜牧做过中书舍人。范成大做过中书舍人……

白居易从黄芦苦竹的江边小城被召回长安，委以中书舍人职位，其职责为撰拟诏令，参与机密。面对中书省官衙院内盛开的紫薇花，诗兴顿发，挥笔成章："丝纶阁下文书静，钟鼓楼中刻漏长。独坐黄昏谁是伴？紫薇花对紫微郎。""紫薇花对紫微翁，名目虽同貌不同。独占芳菲当夏景，不将颜色托春风。""禁中无宿客，谁伴紫微郎。"他踌躇满志，自称为紫微郎，虽然坐在丝纶阁下，加班草拟着官样文章，但是仕途得意，前途无限，面对盛开的紫气满满的紫薇花，当然心花怒放，陶醉自得。宋洪咨夔《六月十六日宣锁》："禁门深钥寂无哗，浓墨淋漓两相麻。唱彻五更天未晓，一池月浸紫薇花。"若是要发布重要诏书，为了保密起见，拟诏人员当夜是不能外出，需要夜里值班的。

紫薇，落叶灌木或小乔木。人们常说"人要脸树要皮"，然而也有例外，紫薇就有一种很奇特的特点，年年生薄薄的表皮，年年剥落，薄皮脱落后树干没有皮了，显得干净光洁，树干愈老愈光滑，当人们用手轻轻抚摸裸露的树干时，没有皮的保护，紫薇仿佛分外敏感，树的顶端枝梢会微微颤动，好像发痒难忍似的，所以又称它为痒痒树。李渔在《闲情偶寄》中分析道："人谓树之怕痒者，只有紫薇一种，余则不然。予曰：草木同性，但观此树怕痒，即知无草无木不知痛痒，但紫薇能动，他树不能动耳。"他经过分析，认为草木都是有知的，只是紫薇能动，其他树动不了。

宋董嗣杲："枝干无皮痒有身，朱房翠户演精神。"紫薇花色艳丽，开花时正当夏季少花时节，显得特立独行，宋岳珂赞道："凡卉同资造化工，紫微元不待东风。"紫薇花期极长，有百日红之称，"最怜耐久堪承露，谁道花无百日红。"宋杨万里也有诗："谁道花无红百日，紫薇长放半年花。"花美且花期长，很是珍贵难得。紫薇花除了紫色，还有白色、粉色、红色、蓝色等。

白居易看到紫薇花是一番欣然，而宋王十朋看到园中紫薇花却感慨道："盛夏绿遮眼,兹花红满堂。自惭终日对,岂是紫微郎。"面对富贵的在夏日怒放的紫薇花,看花人是喜是愧,跟自身的境遇太有相关了,冷暖自知。

第四十二回宝钗对黛玉说:"你当我是谁,我也是个淘气的。从小七八岁上也够个人缠的。我们家也算是个读书人家,祖父手里也爱藏书。"这话不虚,薛家没有军功,但祖辈因诗书文采而官至紫微舍人,这个家族是有深厚文化底蕴的,虽然后来转型成为皇商,财大气粗,珍珠如土金如铁,但是经商之余,一脉书香还存,紫薇舍人之后至宝钗祖父,一直以来未忘书香传家。

给这个极为富贵的皇商之家安排了一个极有书香气质的紫微舍人源头,是为了衬托宝钗的背景和身世,宝钗之父对宝钗的教育很重视,当日有他父亲在日,酷爱此女,令其读书识字,较之乃兄竟高过十倍。宝钗博学广闻,知识渊博,见识不俗,有了一个极好的合理的逻辑。

宝琴和薛蝌的优秀也就有了着落。

同时也和一母同胞的哥哥薛蟠作了一个鲜明的对比,并不是具有良好的家庭背景,孩子就一定成才,薛蟠幼年丧父,寡母又怜他是个独根孤种,未免溺爱纵容,并不读书,岂止不会诗词歌赋,连常见字都认不全,比如唐寅认作庚黄,学渣一个,并没有一份传承家族书香的责任感和清醒。

薛家本书香继世之家,不是纯粹的商人之家,这个也和同为皇商家庭出身的夏金桂有了一个对应,夏金桂也是幼年丧父,又无同胞弟兄,寡母独守此女,娇养溺爱,不啻珍宝,未免娇养太过,竟酿成个盗跖的性气。虽然夏金桂颇识得几个字,却无教养。这点倒是跟薛蟠非常类似的。

和哥哥的对比，和同为单亲皇商家庭夏金桂家的对比，更加衬托出宝钗的难得，紫微舍人之后，好一个山中高士晶莹雪。

紫薇花

和君子竹是绝配

叁拾陆

美人蕉

外面小螺和香菱、芳官、蕊官、藕官、荳官等四五个人，都满园中顽了一回，大家采了些花草来兜着，坐在花草堆中斗草。这一个说："我有观音柳。"那一个说："我有罗汉松。"那一个又说："我有君子竹。"这一个又说："我有美人蕉。"

——《红楼梦》第六十二回

美人蕉，多年生宿根草本花卉，在我国有很广泛的栽培，适合丛植群植。

在众多植物中，以美人名之的花寥寥无几，也就虞美人、美人蕉、美人梅、美人树等少数几个，美人蕉能占上美人之名，可见此花之令人惊艳处，的确不同凡响。美人蕉叶片酷似小型芭蕉叶，株型高大，《花镜》说美人蕉："叶瘦似芦箬，花若兰状，而色正红如榴。日折一两叶，其端有一点鲜绿可爱，夏开至秋尽犹芳。"美人蕉的红色和石榴花一样是非常纯正的大红色，传说是佛祖脚趾流出的血,所以红得与众不同,也有传说是虞姬自刎后化成美人蕉(当然虞美人也是),难以考证,所以有一首歌曲《美人蕉》:"西风一叹烟花一笑不胜轻柔的美人蕉,不问英雄何曾走来爱恨又知多少""孤灯一盏落花一散千转百回的美人蕉,泪已阑干罗纱轻挽独酌伊人消。"

美人蕉花不只有大红色,还有黄色、粉色、黄红相间的、花瓣上有斑点的等,花大色艳、色彩丰富,鲜艳夺目。其实彩色的并不是花瓣,而是退化的雄蕊们,真正的花瓣类似于萼片的狭长状,绿色,并不起眼。有一种双色鸳鸯美人蕉,在同一枝花茎上开出大红与艳黄两种颜色的花瓣,红黄各半,同朵异色,星星黄花瓣装点着鲜红光斑,美不胜收。

古诗词中常常称为红蕉,唐徐凝:"红蕉曾到岭南看,较小芭蕉已一般,差是斜刀剪红绢,卷来开去叶中安。"非常形象地描摹了美人蕉叶子和花朵的形态,唐李绅:"红蕉花样炎方识,瘴水溪边色最深。叶满丛深殷如火,不惟烧眼更烧心。"在炎热的夏季,花少的时分,美人蕉怒放,开得洋溢热情,如火如荼,不畏骄阳炎热,且花期长,一直开到秋季,确实是养眼佳花。宋朱熹《红蕉》:"弱植不自持,芳根为谁好?虽非九秋干,丹心中自保。"赞颂美人蕉一片丹心。明黄甫方:"芭蕉叶叶扬瑶空,月萼高攀映日红;一似美人春睡起,绛唇翠袖舞东风。"从此落实了美人蕉之名。

美人蕉花艳丽却无香,但花底有汁,可以吃的,甘甜可口,小时候常干的营生,是偷偷掰下一朵娇嫩的美人蕉花,吸掉那一滴宝贵的花蜜,如品甘露。

美人如玉剑如虹,花以美人之姿,叶如宝剑之态,夏日欣赏骄阳下一片盛开的大方美观的美人蕉，似乎毫不畏惧酷暑灼热，让人顿生凉意。美人蕉可不仅仅是美艳动人，它易种易长，适应性强，对二氧化硫、二氧化碳等气体的吸收能力强，抗性较好，叶片反应敏感，易受害，也易重生，通过观察其叶片可以监视空气中的有害气体，是非常好的绿化植物。

美人和君子是绝配，例如金岳霖先生赠送梁思成林徽因的一副绝妙对联："梁上君子，林下美人。"君子竹和美人蕉，以美人对君子，以蕉对竹，真是妥帖得不得了。香菱、小螺和香菱、芳官、蕊官、藕官、荳官们的文学修养真不是一般的好，虽然大部分不识字，但是遥想闺中女儿们典雅的游戏，蕴含如此丰富的文化细节，真是令人感慨。斗草时分是春末夏初，正是美人蕉盛开的季节，观音柳、罗汉松、月月红、星星翠、枇杷果、牡丹花、蕙兰、菱花一同出现在斗草现场，可见大观园花木繁盛，品种丰富。此时经过探春改革，花草已经被老婆子们承包打理，如春燕所说她的姑妈："一得了这地方，比得了永远基业还利害，每日早起晚睡，自己辛苦了还不算，每日逼着我们来照看，生恐有人糟踏，又怕误了我的差使。如今进来了，老姑嫂两个照看得谨谨慎慎，一根草也不许人动。你还掐这些花儿，又折他的嫩树，他们即刻就来，仔细他们抱怨。"第五十九回柳叶渚边嗔莺咤燕，因为莺儿藕官等摘花折柳，春燕的妈和姑妈已经闹过一场，而此刻女孩子们如此尽兴乱摘花草，不见老婆子们啰唣，是因为宝玉生日，探春做主放任一回？可以想见背后一帮承包的敢怒不敢言的鱼眼珠们又不知如何的心痛和不甘心了。

和缠丝白玛瑙碟子
最搭配的水果

叁拾柒

荔枝

又到吃荔枝的季节，不觉食指大动，还记得多年前初到广州，只觉新鲜荔枝惊为天人，大暑天跑去从化荔枝果园吃树上的荔枝，荔枝树上累累红荔垂在枝头，每棵树上尝一颗，然后选择最好吃的一棵树，就地摘了荔枝浓荫下剥了壳吃，小朋友们索性猴在树干上，尽情选择，吃一颗丢一颗皮，这个场景，让人不由得说起《红楼梦》中贾母出的一个谜语："猴子身轻站树梢，打一果名。"谜底就是荔枝，是谐音"立枝"。在此处有一个脂批：所谓"树倒猢狲散"是也，谜语却是预示贾府呼啦啦似大厦倾结局的谶语。

贾母是个活泼开朗的老人家，有着这个年纪这个地位少有的爱玩爱吃爱游戏爱热闹的浓厚兴趣，她的大孙女儿元春是个重亲情的女子，作为长姐，喜欢和弟弟妹妹们有个互动，虽然已经过了元宵节，还是惦记着弟弟妹妹们，她差太监送出一个灯谜让大家猜，每人写出答案封起来，每人再作一物谜恭楷写了，挂在灯上，太监一并带回去让元春猜。贾母见元春有兴，便也兴致起来，大设春灯雅谜活动，命速作一架小巧精致围屏灯，设于当屋，命众人将各自的谜语作了，写出来粘于屏上，然后预备下香茶细果以及各色玩物，为猜着之贺。

晚上贾政兴致勃勃也参加，过程和细节非常细致也非常有意思，尤其非常细微地表现了大家庭祖孙三代之间的相处模式。贾政在场，宝玉不敢放肆，唯有唯唯而已，湘云也自缄口禁言，黛玉宝钗等也是不肯多语，整个席面拘束不乐，酒过三巡，贾母便要撵走贾政，贾政忙赔笑道："今日原听见老太太这里大设春灯雅谜，故也备了彩礼酒席，特来入会。何疼孙子孙女之心，便不略赐以儿子半点？"虽然赔笑，那份隐隐的委屈和伤感也是遮不住的，中年男子竟然放下平素的端正严肃之态，口出撒娇之语，要和儿女辈分的人争宠，可见贾政不经意间流露出对母亲的依恋之情，此刻他极想放下家长的刻板面孔和身段，和谐地融进这个集体，为了家庭的这份天伦之乐，死赖着不走。贾母笑道："你在这里，他们都不敢说笑，没的倒叫我闷。你要猜谜时，我便说一个你猜，猜不着是要罚的。"贾政忙笑道："自然要罚。若猜着了，也是要领赏的。"贾母道："这个自然。"贾母体谅儿子的一番心意，于是出了这个荔枝的谜语让贾政猜。

贾政知道谜底是荔枝，故意乱猜别的，罚了很多东西后方才猜着，得了母亲的赏赐，然后贾政也出了一个谜语给贾母猜，一说完就偷偷告诉宝玉谜底，宝玉意会再悄悄告诉贾母，然后贾母说出，贾政送上一堆喝彩，其乐融融，大家心照不宣同玩一场猜谜游戏，猜谜不是目的，一切都是要贾母高兴，大家庭里人际交往沟通的微妙可见一斑。

然而尽管贾政努力，贾母配合，最终这个聚会也没有尽欢，孩子们出的爆竹、算盘、风筝、海灯等物品都让贾政解析为不祥之物，谜底不好，谜面更不吉利，原本承欢取乐而来，坚持不想走的贾政从中敏锐地嗅出了缕缕不祥的气息。他高昂的精神顿时委顿，贾母又乘机提出让他休息，他便待不下去，出去了。回至房中只是思索，翻来覆去竟难成寐，不由伤悲感慨，从这点来看，贾政并不是一个迟钝的人，他的敏感悲情其实不亚于宝玉，华林之悲雾呼吸而领会者也有贾政啊。

贾政一走，早见宝玉跑至围屏灯前，指手画脚，满口批评，这个这一句不好，那一个破的不恰当，如同开了锁的猴子一般。跟凤姐更是毫无嫌隙，扯着凤姐儿，扭股儿糖似的只是厮缠。活脱脱就是一个深度怕爹的娃，父亲在场，被压抑的够呛。

荔枝树是常绿乔木，果实荔枝是南方著名的水果，在交通不发达的时代，荔枝可是个罕物，荔枝表面上粗放粗糙，却是异常骄傲的水果，荔枝采下后极易变质，不耐存储，所谓"若离本枝，一日而色变，二日而香变，三日而味变，四日五日色香味尽去矣"，古名离枝，意为离枝即食。剥开粗鳞状红色果皮，里面的果肉晶莹剔透，风味绝佳，深受人们喜爱，被称为"南方绛雪"。明谢肇淛《五雜组》："上苑之苹婆，西凉之蒲萄，吴下之杨梅，美矣。然较之闽中荔枝，犹隔数尘在也。苹婆如佳妇，葡萄如美女，杨梅如名妓，荔枝则广寒仙子，冰肌玉骨，可爱而不可狎也。"比喻可真是奇特。

著名植物爱好者汉武帝在他的植物园上林苑特地建了扶荔宫，每年都从南方移植荔枝树，却一直种植不成功，为了这个荔枝的培植，狂杀园丁。杜牧在《过华清宫绝句》写道："长安回望绣成堆，山顶千门次第开。一骑红尘妃子笑，无人知是荔枝来。"荔枝产地距长安千里之遥，从史料记载可以看出，古代北方达官贵人吃到的都是鲜果，即使专门开辟了从南到北专运荔枝的荔枝道，再快的马也不可能一日抵达，马停荔枝不停的方式运输数量有限，可能性之一是采取将带果大树整体搬迁的办法送到长安的。"以连根之荔，栽于器中，有楚南至楚北襄阳丹河，运至商州、秦岭不通舟楫之处，而果正熟，乃摘取过岭，飞骑至华清宫，则一日可达也。"劳民伤财程度令人咋舌，君主的奢华可见一斑，荔枝的魅力也可见。因为杨贵妃和荔枝的这段故事，荔枝专有一品种妃子笑，张潮在《幽梦影》中总结道："天下有一人知己，可以不恨。不独人也，物亦有之。如菊以渊明为知己，梅以和靖为知己，竹以子猷为知己，桃以避秦人为知己，杏以董奉为知己……荔枝以太真为知己，茶以陆羽知己，香草以灵均为知己……"荔枝和杨贵妃算是知己了。苏东坡"日啖荔枝三百颗，不辞长作岭南人"，也算荔枝之知己。

不用舟车劳顿到岭南，贾府也能见到鲜荔枝的身影。探春受凉感冒，宝玉送去很别致的慰问品——新鲜荔枝和颜真卿真迹，让爱好书法的探春很感动，所以在花笺上写道："昨蒙亲劳抚嘱，复又数遣侍儿问切，兼以鲜荔并真卿墨迹见赐，何痌瘝惠爱之深哉！"后来大家参观探春的房间，里面挂的一副对联，乃是颜鲁公墨迹，其词云："烟霞闲骨格，泉石野生涯。"颜鲁公就是颜真卿，这副对联也就是宝玉送的那幅真迹，千里伏线，作者的构思真是严密。

海棠诗社第一次聚会时，湘云不在，袭人准备了红菱和鸡头两样鲜果及一碟子桂花糖蒸新栗粉糕，让宋妈妈送给湘云，准备用一个缠丝白玛瑙碟子装。大家回忆起来这个碟子是给三姑娘送荔枝去的,还没送回来。晴雯道:"他说这个碟子配上鲜荔枝才好看。我送去,三姑娘见了也说好看,叫连碟子放着,就没带来。"按照规矩,晴雯不应该直呼宝玉为他,不过大家都不在意。宝玉和探春的审美观点很是一致,鲜荔枝龟裂片状的粗糙的红色果皮配上缠丝白玛瑙碟子,白的细腻,红的粗糙,色彩上是一流的醒目和谐,清雅清爽,绝佳的一幅静物图。引发了探春蓬勃之诗情,兴起结社之雅兴。

袭人嘱咐宋妈妈道:"这都是今年咱们这里园里新结的果子,宝二爷送来与姑娘尝尝。再前日姑娘说这玛瑙碟子好,姑娘就留下顽罢。"原来这个碟子是准备送给湘云的,见的多了,在袭人姑娘眼中这个碟子也不过是个普通玩意,不用请示不用登记,可以做主送人的。

刚出场的二姑娘迎春是白嫩的健康的温柔的微胖的,在黛玉眼中是"肌肤微丰,合中身材,腮凝新荔,鼻腻鹅脂,温柔沉默,观之可亲"。腮凝新荔,脸腮宛如刚剥壳的新鲜的荔枝肉,是形容肌肤白嫩且有光泽,水润半透明,吹弹得破,迎春也是白皙一美女啊。张爱玲在《小团圆》里形容九莉:"九莉戴着淡黄边眼镜,鲜荔枝一样半透明的清水脸,只搽着桃红唇膏,半卷的头发蛛丝一样细而不黑,无力的堆在肩上。"荔枝美女的描写让人印象深刻。她在《茉莉香片》中更是生花妙笔:"传庆想着,在他的血管中,或许会流着这个人的血。呵,如果……如果该是什么样的果子呢?该是淡青色的晶莹多汁的果子,像荔枝而没有核,甜里面带着点辛酸。"神来之笔,荔枝核有大有小,大核的荔枝细细品之,会感觉紧贴荔枝核的荔枝肉有略微的涩,常常想,若是荔枝无核,一口咬下,该是多么多么的心满意足。

温馨提示,荔枝好吃,然而吃荔枝容易上火,广府白话有一句俗语:"一啖荔枝三把火。"多食轻则口舌生疮,重则有低血糖之忧(荔枝有降血糖的作用)。久居广州,入乡随俗,也服了水土,一吃荔枝就上火了。偏方之一是吃清蒸的咸鱼,偏方之二是喝荔枝核和皮煮的水,偏方之三是将荔枝用盐水泡过。至于荔枝点酱油的吃法,我没试过哈。

荔枝的花

史湘云家的荷花
是楼子花

荷 花

> 翠缕道："这荷花怎么还不开？"史湘云道："时候没到。"翠缕道："这也和咱们家池子里的一样，也是楼子花？"湘云道："他们这个还不如咱们的。"
>
> ——《红楼梦》第三十一回

先看看护官符：

贾不假，白玉为堂金作马。

阿房宫，三百里，住不下金陵一个史。

东海缺少白玉床，龙王来请金陵王。

丰年好大雪，珍珠如土金如铁。

四大家族除了贾府是绝对的主场外，其他三大家族在书中忽隐忽现，一般人觉得贾府最高大上，鹤立鸡群，引领风骚，其实四大家族都是赫赫扬扬，富贵程度难分上下。宝钗执意搬出大观园时对王夫人说："姨娘深知我家的，难道我们当日也是这样冷落不成。"她见到邢岫烟裙上的碧玉佩，说道："将来你这一到了我们家，这些没有用的东西，只怕还有一箱子。"宝钗家曾经历过的大富大贵并不亚于贾府。

凤姐和贾琏为钱生隙，凤姐忍不住还是打压攀比："把我王家的地缝子扫一扫，就够你们过一辈子呢。说出来的话也不怕臊！现有对证：把太太和我的嫁妆细看看，比一比你们的，那一样是配不上你们的。"因对王家家底的自信而口出鄙夷龃龉之语，对贾琏毫不客气，如此生分，二人感情之分崩离析已经不远了，从中也可看出王家的钱势。

对于史家气象，可以从园林角度窥出一二。第三十八回，贾母来到藕香榭，想起娘家有一个类似的亭子枕霞阁，"我先小时，家里也有这么一个亭子，叫做什么'枕霞阁'。我那时也只像他们这么大年纪，同姊妹们天天顽去。那日谁知我失了脚掉下去，几乎没淹死，好容易救了上来，到底被那木钉把头碰破了……"枕霞之名如此浪漫，让人想入非非，老祖宗落水差点淹死，说明史家园子里有一定规模的水系。

因为老祖宗的故事太吸引人，所以湘云要起诗号时，大家都觉得"枕霞旧友"合适，宝钗笑道："方才老太太说，你们家也有这个水亭叫'枕霞阁'，难道不是你的。如今虽没了，你到底是旧主人。"霞是日出或日落时云层呈现的光彩，而湘云名中有云，很是妥帖的一个诗号。

从湘云和翠缕的对话中看出，史家园里不仅有水，水生植物也是茂盛，翠缕这样的小丫头耳濡目染，对植物名称和种类有一定的认识，史家荷花品种更是胜过大观园里的荷花。

荷，多年生挺水植物，根茎种植在淤泥中，而荷叶和花都挺出水面。也名莲花，就是果实连着花一起出的意思。荷叶又圆又大，而荷梗细长，有不堪重荷之感觉，所以叶叫荷叶，花叫荷花。《花镜》里说："荷花，总名芙蕖，一名水芝。其蕊曰菡萏，结实曰莲房，子曰莲子，叶曰蕸，其根曰藕。应月而生，遇闰则十三节，每节间一叶一花，花开至午后敛。有花即有实，花谢则房见，房成则实见。莲子曰菂，菂中名薏。"叹为观止，没有哪种植物像荷一样各个部位都有特别精心的名字，而且都别致优雅，清新脱俗。

"有色有香兼有实，百花都不似莲花"，"览百卉之英茂，无斯花之独灵"，荷花出淤泥而不染，妙香遥远，是君子之花也是佛界名花，崇高圣洁，在佛教里有崇高的地位，是佛门圣花之一，人间莲花不足一尺，而天界莲花大如车轮，有百千叶片，放射出万道霞光，令人忘忧祥静。唐韩愈写过一首《古意》："太华峰头玉井莲，开花十丈藕如船。冷比雪霜甘比蜜，一片入口沉疴瘳。我欲求之不惮远，青壁无路难夤缘。安得长梯上摘实，下种七泽根株连。"写出了非常奇特的想象中的荷花。佛国称为莲界，寺院称为莲境，佛龛为莲龛，做法事的灯为莲灯，佛座为莲座和莲台，宝钗非常欣赏的《寄生草》中有"谢慈悲剃度在莲台下"，《芙蓉女儿诔》中有"槃莲焰以烛兰膏耶"，莲焰指燃灯的灯盘形状如莲花，著名神话人物哪吒是在莲花中重生的。《红楼梦》中小戏子们春节期间唱莲花落，之所以叫莲花落，是因演唱时一般是两人一组，一唱一帮，各手执一常青树枝，上缀许多扎成莲花状的红纸花，枝丫间用线串钱，用于摇动出响声作打节拍用。

荷无一处无用，花儿可赏可泡茶可入馔可入药，宝钗的冷香丸配方原料就有夏天开的白荷花花蕊。大观园水中多处有荷花，包括迎春住的紫菱洲景区，第七十九回迎春出嫁后，宝玉到紫菱洲一带地方徘徊瞻顾，情不自禁，乃信口吟成一歌，中有："池塘一夜秋风冷，吹散芰荷红玉影。"不幸成谶语。

荷叶清香，也可入药，常用来包裹食物来蒸煮，如糯米鸡非用荷叶包裹才好吃，取的就是荷叶的一点清香，荷叶还可以直接放到羹汤里，比如《红楼梦》中宝玉挨打后心心念念的莲叶羹。荷叶立于碧水之中，或立或倚，高低错落，风韵别致。生于春波，复归于秋水，终身与水为伴，春则满眼绿意，夏则缕缕清香，秋则以残荷之躯奉献一幅静谧的秋光之景，纵使秋雨淅沥，犹能如李商隐所咏"留得枯荷听雨声"，予苦闷者以慰藉，予独处者以心静。

诗句出自《宿骆氏亭寄怀崔雍衮》："竹坞无尘水槛清，相思迢递隔重城。秋阴不散霜飞晚，留得枯荷听雨声。"诗人雨夜难眠，独听枯荷雨声，永夜不寐，相思寄怀。《红楼梦》将"枯"改为"残"，"留得残荷听雨声"这一句诗也深深打动了林黛玉伤感的心。同样是面对着破残的荷叶，精明的三姑娘探春可不仅仅只是当作一抹秋景，她认识到荷可是经济植物，意味着财富和收入。第五十五回她理家时候，说道："从那日我才知道，一个破荷叶，一根枯草根子，都是值钱的。"于是大刀阔斧地进行植物承包制改革。

《红楼梦》中有一种荷叶造型的灯，非常有趣，第五十三回描写道："每一席前竖一柄漆干倒垂荷叶，叶上有烛信插着彩烛。这荷叶乃是錾珐琅的，活信可以扭转，如今皆将荷叶扭转向外，将灯影逼住全向外照，看戏分外真切。"这个荷叶灯简直就是现在的聚光灯啊，精致豪华，聚焦烛光，舞台效果可不是一般的好。

莲蓬可赏，其中莲子虽苦，如《芙蓉女儿诔》所曰"释莲心之味苦"，然除去莲子芯就不苦了，为上乘补品，香糯滋补。莲子可以存活上千年，有千年历史的莲子，繁殖出来的荷花依然生机盎然。

肥大多节的根状茎称为藕，藕有节，藕内有多数纵行通气孔道，折断后有丝相连。藕断丝连形容当断未断的情感纠纷。藕也是食用佳品，凉血行淤，生吃、熟吃皆可，藕生食微甜而爽脆，第二十六回薛蟠骗出宝玉来，请宝玉吃了"这么粗这么长粉脆的鲜藕"。熟食粉甜，江南一带还常做一种小吃绿豆填藕，将绿豆浸泡后填入藕孔中，加冰糖和水煮熟，口味绵软甜腻。绿豆还可以换成糯米、红豆等。还可做藕粉，《红楼梦》中有一道藕粉桂糖糕。藕香榭取名为藕香，其实指的荷香，称荷花为藕花是常见的，如李清照《一剪梅》有："红藕香残玉簟秋。"红藕指的是红荷花，《如梦令》有："兴尽晚回舟，误入藕花深处。"朱淑真《清平乐》有："携手藕花湖上路，一霎黄梅细雨。"藕花是荷花。

荷花中的楼子花学名叫重台莲，花中的小花是由心皮瓣化而成，是花中的台阁现象。荷花只有少数花有台阁现象，经过十余代的繁衍可形成花大瓣多、

并蒂莲　　　　　　　　　　　　　　　　并蒂莲

台阁现象稳定明显的新品种。从湘云和翠缕的对话中可以看出，史家的花园池子中荷花可是瓣多蕊奇的重台莲呢。

并蒂莲是荷花的另一种特色现象，香菱花签是

画：一根并蒂花，字：联春绕瑞，诗：连理枝头花正开，注：共贺擎者三杯，大家陪饮一杯。

并蒂花一般泛指一茎上并排开着两朵花，并不局限于某一种花。在天愿作比翼鸟，在地愿为连理枝。乔木有连理，鲜花有并蒂，并蒂花开，常常比喻夫妻恩爱，被人们视为祥瑞。朱顶红有别名并蒂花，但很多人坚持认为香菱这个并蒂花是莲花，因为并蒂莲花最常见，"地生连理木，水出并头莲""并蒂花开连理树，新酤酒进合欢杯"，而香菱又原名英莲。并蒂莲不能遗传，荷花开并蒂花是属于

小概率的偶然事件。

关于菱角花、荷花、荷叶等植物的清香，香菱的感悟非常精辟："不独菱角花，就连荷叶莲蓬，都是有一股清香的。但他那原不是花香可比，若静日静夜或清早半夜细领略了去，那一股香比是花儿都好闻呢。就连菱角、鸡头、苇叶、芦根得了风露，那一股清香，就令人心神爽快的。"读之令人心旷神怡。香菱的原名是英莲，林妹妹曾经酸酸地说过："我没这么大福禁受，比不得宝姑娘，什么金什么玉的，我们不过是草木之人！"香菱也算是草木之人吧，即使平生遭际实堪伤，命运多舛，由一朵惹人爱怜的莲花成为不起眼的菱花，而依旧是清香的，在她的判词中写道："根并荷花一茎香"，同样的水生植物，柔弱却摇曳多姿，这个姑娘并没有被苦难的生活磨灭了与生俱来的那一份灵性，磨难掩不了的对生活对红尘的爱，对自然植物的敏感。

与荷花相关的人名有柳湘莲、蒋玉菡，还有两个小戏子一叫菂官一叫藕官，小丫头莲花儿。

莲步，旧时称美人纤足行步为莲步。匪夷所思，曾经的中国女子竟然是以将脚磨折成小脚为美的，而且是越小巧越好，为这种时尚所付出的骨折惨痛是现代女子所难以想象的。女子们千辛万苦裹出的小脚就叫金莲，《红楼梦》中的女孩子们到底是天足还是小脚，让很多人琢磨，可以肯定的是尤二姐尤三姐姐妹俩是小脚，第六十五回中形容尤三姐就是："底下绿裤红鞋，一对金莲或翘或并，没半刻斯文。"尤二姐进贾府时，就细细的被相看了，包括揭起裙子来看脚。另外一个隐约出现的镜头是第五十四回中，小丫头想直接倒老婆子的热水，老婆子抱怨说水"是老太太泡茶的，劝你走了舀去罢，那里就走大了脚"，小丫头是小脚。晴雯也是缠足的，因为宝玉在芙蓉女儿诔中说："捉迷屏后，莲瓣无声。"莲瓣是小脚。第六十九回写晴雯"只穿葱绿院绸小袄，红小衣红睡鞋，披着头发"，缠足的人睡觉是要穿上睡鞋的，因为光着脚的小脚是不堪入目的。警幻仙姑出场时有"莲步乍移兮，待止而欲行"，难道神仙姐姐也是缠足的？

警幻仙姑出场时"荷衣欲动兮，听环佩之铿锵"，荷衣，用荷叶荷花制成的衣服，当然是神仙能做到，明高明《琵琶记·杏园春宴》"荷衣新染御香归，引领群仙下翠微"，这里荷衣是指旧时中进士后所穿的袍。所以荷衣指高人、隐士、神仙似的人物所着之服，屈子有："制芰荷以为衣兮，集芙蓉以为裳。""荷衣兮蕙带，儵而来兮忽而逝。"警幻仙姑的众姐妹皆是荷袂蹁跹，羽衣飘舞，荷袂自然就是荷衣的衣袂了。唐李馀《临邛怨》："藕花衫子柳花裙，多著沈香慢火熏。"这个是绣了荷花的衣。清代《物理小识》说："荷叶染布为褐色，布作清香。"可利用荷叶来染布。

很喜欢一句对联："因荷而得藕，有杏不须梅"，谐音"因何而得偶，有幸不需媒"，是非常巧妙的一句对联，藕和偶谐音，非常有趣，香菱判册画是：一株桂花，下面有一池沼，其中水涸泥干，莲枯藕败。莲枯藕败，莲是她本身，藕是她的婚姻，生不逢时，遇又非偶，都是失败的，令人痛惜。此外娇杏谐音侥幸，也是非常具有对比的人生。

惜春诗号"藕榭"，想起谐音"偶谢"，惜春出家为尼，一辈子形单影只，没有佳偶，令人痛心。

怡紅院特產之一

叁拾玖

玫 瑰

> 怡红院别说别的，单只说春夏天一季玫瑰花，共下多少花？
>
> ——《红楼梦》第五十六回

赖大府邸是个很奇怪的存在，一方面赖大总管和妻子赖大家的都在荣府当差，赖二在宁府当差，母亲赖嬷嬷是荣府退休老员工，都是贾府的奴仆；另一方面赖家又独立成府，并且有自己的花园："那花园虽不及大观园，却也十分齐整宽阔，泉石林木，楼阁亭轩，也有好几处惊人骇目的。"赖嬷嬷的孙子赖尚荣脱离奴籍，还捐了一个州县官做了官。为庆祝，贾府众人到赖大家去吃酒，期间发生了一些故事，比如柳湘莲和薛蟠打了一架，而三姑娘探春却敏锐地发现了赖家的先进管理经验，"谁知那么个园子，除他们带的花、吃的笋菜鱼虾之外，一年还有人包了去，年终足有二百两银子剩。从那日我才知道，一个破荷叶，一根枯草根子，都是值钱的。"于是理家时开始轰轰烈烈进行类似的承包制改革，从大观园的花花草草入手,预计一年收益四百银子。

潇湘馆的竹子给了老祝妈,稻香村的菜蔬稻稗给了老田妈,探春又笑道:"可惜,蘅芜苑和怡红院这两处大地方竟没有出利息之物。"李纨忙笑道:"蘅芜苑更利害。如今香料铺并大市大庙卖的各处香料香草儿,都不是这些东西?算起来比别的利息更大。怡红院别说别的,单只说春夏天一季玫瑰花,共下多少花?还有一带篱笆上蔷薇、月季、宝相、金银藤,单这没要紧的草花干了,卖到茶叶铺药铺去,也值几个钱。"探春毕竟是个大门不出二门不迈的女儿家,去赖家这样的出门机会并不多,和赖大家的女儿处只了解到少量植物的有用信息,并没有举一反三推而广之。还是李纨有更丰富的生活经验和见识,指出怡红院和蘅芜苑的花草经济价值。从斟酌承包者的对话中我们知道莺儿的妈是个弄香草的专家,茗烟的妈老叶妈和莺儿的妈关系极好,老叶妈还是莺儿的干娘。宝钗为了避嫌,建议老叶妈承包这两处的花草。

怡红院景区种了大量的玫瑰花,玫瑰,直立灌木,《说文》中有:"玫,石之美者,瑰,珠圆好者。"玫是玉石中最美的,瑰是珠宝中最美的。以玫瑰名之,可见玫瑰花之美好。玫瑰花受到很多人狂热的喜爱,"心有猛虎,细嗅玫瑰。"玫瑰的美,让猛虎都能屏息。法国雨果有:"我平生最大的心愿,就是在玫瑰花盛开的季节死去。"法国拉马丁更是感人肺腑:"生同春光,死如玫瑰。"《小王子》中的小王子爱上一朵玫瑰花。玫瑰被当成爱情之花由来已久,玫瑰的歌咏一直与情诗难分难舍,诗人里尔克写过:"我看见你,玫瑰,微微开启的书。含有如此多的书页,写有清晰的幸福,无人能以解读,魔法之书。"情人节在玫瑰簇拥下长驱直入中国，有愈演愈炽之态，玫瑰已经超越植物学的领域，成为一个内涵丰富的爱情文化符号，其实花店里号称玫瑰的严格来说都是现代月季，并不同于植物学上的玫瑰。

玫瑰、蔷薇和月季，都是蔷薇属植物，在英语中它们均称为rose，三者被称为蔷薇三姐妹。玫瑰、蔷薇、月季三种花可以互相杂交，可谓你中有我，我中有你，难以区别，杂交综合了古老月季连续开花的特性、玫瑰的浓郁香气、蔷薇的多花和攀缘性的基因优点，品种多得不可胜数，有木本也有藤本，非专家无法分清是什么品系，三姐妹就常常被混为一谈了。大观园里既种有玫瑰，也种有月季、蔷薇，芳官们斗草时候拿出了月月红，就是月季，主要特点是能连续开花，花开四季，又名长春花。专门辟有蔷薇院种植蔷薇，怡红院中三种花都有。李纨精准地说出了玫瑰的花期在夏季，可见也是能区分蔷薇月季和玫瑰的植物达人。

蔷薇枝条呈蔓性，春季开花，花小而密，常常用高架引之成蔷薇架，"水晶帘动微风起，满架蔷薇一院香"，怡红院景区就是将蔷薇设置成一座蔷薇架，对付杏花藓的蔷薇硝是蔷薇中提取的。

《花镜》："玫瑰一名徘徊花，处处有之，惟江南独盛。其木多刺，花类蔷薇而色紫，香腻馥郁，愈干愈烈。每抽新条，则老本易枯，须速将旁根嫩条移植别所，则老本仍茂，故俗呼为离娘草。"玫瑰并不是常年开花，花期在暮春初夏，有深红浅红有白色，"无力春烟里，多愁暮雨中。不知何事意，深浅两般红。"玫瑰的叶片亚光多皱纹路深刻，刺多且锐，从茎秆深处长出来，因枝秆多刺，又称刺玫花，白居易有诗："蔷苢泥连萼，玫瑰刺绕枝。"玫瑰花香气浓郁，清

玫瑰的刺

玫瑰的果实

而不浊,和而不猛,令人神爽,可赏可用可食,泡茶、做玫瑰饼、玫瑰酱皆可,宝玉吃过玫瑰卤子和玫瑰清露。《花镜》:"因其香美,或作扇坠香囊;或以糖霜同乌梅捣烂,名为玫瑰酱,收于磁瓶内曝过,经年色香不变,任用可也。"玫瑰卤子类似于这个做法,宝玉挨打后,王夫人和袭人了解情况,谈及饮食,袭人详细汇报了宝玉想吃酸梅汤,她因酸梅是个收敛的东西,挨打过的宝玉不宜饮用,就制止了,只拿那糖腌的玫瑰卤子和了吃,吃了半碗,又嫌吃絮了,不香甜。可见袭人懂得药理,懂得食疗。

玫瑰清露是从玫瑰花中提炼出的玫瑰精油,供食用及化妆品用,价格不菲,《本草纲目拾遗》认为玫瑰露能和血平肝,养胃宽胸散郁,适合挨打后的宝玉食用。王夫人让彩云拿了两个玻璃小瓶,"有三寸大小,上面螺丝银盖,鹅黄笺上写着'木樨清露',那一个写着'玫瑰清露'。"是进上的贡品,玫瑰清露是胭脂一般的汁子，非常珍贵，芳官要了点送给柳五儿，宝玉没吃完，剩下了小半瓶，芳官要，就连瓶子一起送给了柳嫂子，柳嫂子送了半盏玫瑰露给生热病的侄子，效果呢？"现从井上取了凉水，和吃了一碗，心中一畅，头目清凉。"果然是夏日消暑佳品。

各色玫瑰花瓣混合芍药花瓣装了一个玉色夹纱新枕，在宝玉的生日晚宴上被宝玉依靠。怡红院的玫瑰花还曾经遮挡过美丽的女孩子柳五儿。柳五儿，柳嫂子的女儿，生的人物与平、袭、紫、鸳皆类，因他排行第五，便叫他是五儿。秀外慧中聪明伶俐的女孩子，有志向，眼界高，想去怡红院工作，至少将来可以自行择偶，为此托付于芳官，百般巴结芳官，想赠送茯苓霜给芳官，"趁黄昏人稀之时，自己花遮柳隐的来找芳官。且喜无人盘问。一径到了怡红院门前，不好进去，只在一蓬玫瑰花前站立，远远的望着。"一个娇弱的女孩子形象跃然纸上，然而也让看的人心中一惊，原来贾府是如此的等级森严，阶层之间壁垒分明，难以逾越，柳五儿是没资格逍遥游园的。她在返回的蓼溆一带被林之孝家的碰到，当作嫌疑犯被关了一夜，经过这样的惊扰，病情转重，名声扫地，估计还有个钱槐百般纠缠和刁难，一个美丽的娇弱的生命早早夭折，命运两不济，令人伤感。

《红楼梦》里有两个被明确形容成玫瑰花的姑娘，都是排行第三：贾家三姑娘探春和尤家三姑娘尤三姐。兴儿在尤二姐面前滔滔不绝："玫瑰花又红又香，无人不爱的，只是刺戳手。也是一位神道，可惜不是太太养的，'老鸹窝里出凤凰'。"庶出的身份是探春心中的一根刺，不管是谁，一提到这个事实，她就来气，她在生活细节上表现自己的珍贵和华贵，贵气十足，强调自己是主子的身份，她关注家族的命运，揣摩当权长辈的心情，强调自己做事管理的能力和智慧，自卑里是超出一般的自尊自爱泼辣好强。查抄大观园的时候，她命众丫鬟秉烛开门而待，当王善保家的做出僭越尊卑之举时，痛快地给王善保家的一记耳光，那份气魄和气势连凤姐都胆寒敬佩，将她比喻成带刺的玫瑰花真是当之无愧。

尤三姐是贾琏和尤二姐谈心的时候比喻的，贾琏道："前日我曾回过大哥的，他只是舍不得。我说'是块肥羊肉，只是烫的慌；玫瑰花儿可爱，刺大扎手。咱们未必降的住，正经拣个人嫁了罢。'他只意意思思，就丢开手了。你叫我有何法。"可惜这朵美丽的玫瑰花不幸夭折，一缕芳魂，断送在柳湘莲的鸳鸯剑下。

文学作品中以玫瑰来形容女孩的写法很常见，亦舒小说《玫瑰的故事》中，名为玫瑰的女子颠倒众生。张爱玲在《红玫瑰与白玫瑰》中将女子分为红玫瑰和白玫瑰两种类型，代表性格迥异的两类女子，红玫瑰们有激情有活力，热烈多彩，象征一种热情澎湃的生活，需要用很多的情感和精力去交流应对。白玫瑰们恬淡苍白，象征一种稳妥安静的生活，没有多少情感的消耗，无须过多交流。这个比喻广为流传，将男子顾此失彼，鱼和熊掌不可兼得的心理刻画得生动无比，直探人心。若按照这个标准，黛玉属于红玫瑰，宝钗属于白玫瑰。

贾母的拐棍
是沉香拐

肆拾

沉 香

少时，太监跪启："赐物俱齐，请验等例。"乃呈上略节。贾妃从头看了，俱甚妥协，即命照此遵行。太监听了，下来一一发放。原来贾母的是金、玉如意各一柄，沉香拐拄一根，伽楠念珠一串，富贵长春宫缎四匹，福寿绵长宫绸四匹，紫金笔锭如意锞十锭，吉庆有鱼银锞十锭。邢夫人、王夫人二分，只减了如意、拐、珠四样。

——《红楼梦》第十八回

礼部奉旨：钦赐金玉如意一柄，彩缎四端，金玉环四个，帑银五百两。元春又命太监送出金寿星一尊，沉香拐一只，伽南珠一串，福寿香一盒，金锭一对，银锭四对，彩缎十二匹，玉杯四只。

——《红楼梦》第七十一回

一般人想象贾府家既然是皇亲国戚，除了俸禄、田庄收入，来自皇宫里的赏赐也断不会少，算是很大一笔收入，如同乌进孝所说："那府里如今虽添了事，有去有来，娘娘和万岁爷岂不赏的！"其实不然，贾珍说出了真相："娘娘难道把皇上的库给了我们不成！他心里纵有这心，他也不能作主。岂有不赏之理，按时到节不过是些彩缎古董顽意儿。纵赏银子，不过一百两金子，才值了一千两银子，够一年的什么？这二年那一年不多赔出几千银子来！头一年省亲连盖花园子，你算算那一注共花了多少，就知道了。再两年再一回省亲，只怕就精穷了。"从而我们得知，没有官方财政拨款，盖大观园的费用是贾家自家出的，为此大动积蓄，伤了元气。元春也不可能超越规矩，给娘家财务以额外的支持，元春宫中的费用说不定还需要娘家的补贴。

书中详细列出了来自皇家以及元春的赏赐物品，有省亲时候的现场赏赐，贾母八旬大寿的赏赐，端午节期间的礼物，元宵节期间猜灯谜的礼物等。其他来自皇家的赏赐更多的是一份尊贵和荣耀，没有多少实惠，如同贾珍关于春祭恩赏的体会："咱们家虽不等这几两银子使，多少是皇上天恩。早关了来，给那边老太太见过，置了祖宗的供，上领皇上的恩，下则是托祖宗的福。咱们那怕用一万银子供祖宗，到底不如这个又体面，又是沾恩锡福的。除咱们这样一二家之外，那些世袭穷官儿家，若不仗着这银子，拿什么上供过年？真正皇恩浩大，想的周到。"对比来自宫中夏太监周太监们的频繁勒索，动不动就一千两二百两的，的确是收支不能平衡。

贾母年高望重，赠与贾母的礼物既体面且上档次，元春省亲恩赐和贾母八旬大寿礼物类似，其中都有沉香拐杖一根，伽楠念珠一串，第七十一回写作伽南珠，其实是一样的。

沉香，有一些乔木可以结香，作为香料的沉香是特指这些树干老茎受伤后所积得的树脂，沉香香料黑色芳香，脂膏凝结，有些入水能沉，故称沉香。其中瑞香科的常绿乔木白木香是最主要的沉香来源，又名土沉香或白木香、女儿香、牙香树、莞香，生长在温暖多湿的热带亚热带地区，白木香开琐碎的黄绿色的小花，不显眼。花期过后，很快一个个绿色的蒴果就挂在树上，玲珑精致，蔚为大观。而果实成熟后果皮绽开，褐色种子如丝线悬挂的模样非常有趣。

土沉香曾经在我国东莞地区普遍种植，所以被称为莞香，莞香的采割处理由女孩子们负责，女儿香由此得名。香港原属东莞管辖，也曾大量种植土沉香，制成香块，通过港口转运至各地。因运香、贩香而闻名的这个港口便被称为香港，后来香港更成了整个海岛的名称，沉香也就是香港地名的由来，广府白话还有一句俗语："上好沉香当烂柴——唔识宝。"

广州市郊有一处岛古名沉香浦，有一典故，晋吴隐之为官清廉，卸任广州刺史途经此处，风雨大作，检查行李，夫人收了一块沉香木（另一说是沉香扇坠），吴隐之命将沉香木（或扇坠）扔入水中，风雨乃停，后此处江心出一沙洲，即名沉香浦。也有一说原本有浦，后人名其地曰沉香浦，筑亭其上，曰沉香亭。关于沉香浦后人多有吟咏，如屈大均《广州竹技词》其六有："归舟莫过沉香浦，风雨难留一片黄。"明张诩《沉香浦》："何物沉香微，一一令捐舍。惟馀沉香浦，清风千古射。"宋洪适《番禺调笑 其九沉香浦》："薏苡何从起谤言，沉香不惜投深浦。"

神话故事《宝莲灯》讲沉香斧劈华山救母，沉香之名由来是因为三圣母的爱人刘彦昌有一块祖传沉香，日后生子便以沉香为名。《大唐三藏取经诗话》里有一个沉香国："师行前迈，忽见一处，有牌额云：'沉香国'。只见沉香树木，列占万里，大小数围，老株高侵云汉。'想我唐土，必无此林。'乃留诗曰：国号沉香不养人，高低竿翠列千寻。前行又到波罗国，专往西天取佛经。"如此高大茂密的沉香树林，令人神往。

根据结香环境不同有土沉水沉蚁沉等，沉香形成通常需数十年的时间，树脂含量高者更需要数百年的时间。沉香燃烧后香味浓郁，香品高雅，被列为众香之魁首，备受推崇，有着极其重要的地位，同时还是比黄金珠宝还贵重的名贵药材。古时沉香资源一直掌握在贵族手中，属于上层社会使用之物，是一种贵族用品，非常人可用，是高贵而优雅的身份象征，也是财富的象征。沉香难得，野生自然的沉香尤其难得，历年的供不应求让沉香资源逐渐枯竭。

张爱玲出身于即将没落的贵族世家，从小耳濡目染，品味不凡，在她中学时代的一篇作品《霸王别姬》中就出现了沉香："当她结束了她这为了他而活着的生命的时候，他们会送给她一个'端淑贵妃'或'贤穆贵妃'的谥号，一只锦绣装裹的沉香木棺椁，和三四个殉葬的奴隶。这就是她的生命的冠冕。"她初入乱世中的上海文坛，在沉香屑点燃的古老氤氲的袅袅香气氛围中，娓娓讲述了两个以香港为背景的现代人的传奇：《沉香屑第一炉香》和《沉香屑第二炉香》，一鸣惊人，第一篇开头为："请您寻出家传的霉绿斑斓的铜香炉，点上一炉沉香屑，听我说一支战前香港的故事，您这一炉沉香屑点完了，我的故事也该完了。"

第二篇开首不久:"但是无论如何,请你点上你的香,少少的撮上一点沉香屑;因为克荔门婷的故事是比较短的。"结尾:"沉香屑烧完了,火熄了,灰冷了。"一波三折,首尾呼应。沉香屑就是沉香木的木屑,可做香料。

伽南香又名奇南香、琪南、奇楠、伽南沉,取料为白木香近根部的含树脂量较多的部分,也就是上乘极品沉香,最为难得,香气细腻清透,有理气清心醒神安神之功能。

《红楼梦》中宝玉和茗烟在凤姐生日当日一早跑出城外祭奠金钏,宝玉要香,宝玉想道:"别的香不好,须得檀、芸、降三样。"茗烟笑道:"这三样可难得。"宝玉为难。茗烟见他为难,因问道:"要香作什么使?我见二爷时常小荷包有散香,何不找一找。"一句提醒了宝玉,便回手向衣襟上拉出一个荷包来,摸了一摸,竟有两星沉速,心内欢喜:"只是不恭些。"再想自己亲身带的,倒比买的又好些。二人来到水仙庵,宝玉和老姑子借了香炉,放到井台上,焚上沉速香,默默祭奠那个因了他几句轻薄之话而被王夫人逐出,遂而投了井的青春美少女白金钏。焚香就需要香炉,沉水香和博山炉是绝配,博山炉是汉晋时期最具代表性的焚香器具,炉体象征传说中的海上仙山之一博山,沉香焚起,博山炉镂空部分中冒出缕缕轻烟,恍如仙境。古典文学中常以沉水香和博山炉表达热烈的男女之情,南朝乐府诗有句:"欢作沉水香,侬作博山炉。"李白也写过:"博山炉中沉香火,双烟一气凌紫霞。"即使水仙庵中的香炉是一只精致的博山炉,诗情画意,炉香袅袅中,也挽回不了宝玉无心之过造成的灾难后果,也弥补不了宝玉那颗受到创伤的心,未来,更是千疮百孔。

罗汉松的果实
很像罗汉

肆拾壹

罗汉松

外面小螺和香菱、芳官、蕊官、藕官、荳官等四五个人,都满园中顽了一回,大家采了些花草来兜着,坐在花草堆中斗草。这一个说:"我有观音柳。"那一个说:"我有罗汉松。"

——《红楼梦》第六十二回

罗汉是佛教体系架构中对于修行者修到的境界也就是果位的一种称呼,又叫阿罗汉,是声闻乘中的最高果位名,已经证得果位的修行者,超越轮回、解脱生死。为什么罗汉松以罗汉为名呢?

罗汉松,常绿乔木,又名罗汉杉,徐珂《清稗类钞》:"罗汉松为常绿乔木,山地自生,高数丈,叶狭长互生,花单性。实大如豌豆,熟则色红,下部膨大,如罗汉之服架裟,故名。"罗汉松条状披针形的叶子呈螺旋状排列,非常稠密,雌雄异株或偶有同株,雄花穗状,雌花非常奇特,在生长的过程中种子和种托上

下两部分，分别变色，种子卵圆形，先端圆，未熟时绿色熟时紫黑色，有白粉，着生于肥厚的肉质种托上，种托由绿色变为成熟时候的红色或紫红色。整体像一个披着袈裟双手合十的憨态可掬的罗汉形象，这也是所以称为罗汉松的原因。

罗汉松树形古雅，或对植，中庭孤植，或与假山、湖石相配都非常端庄典雅，寺庙、宅院多有种植，种子和种托在不同的阶段呈现不同的颜色，非常形象有趣，细观密布在浓密绿叶中的罗汉状果实，如一位位低眉认真合十念经的罗汉，有一种别具一格的浓浓禅意。大观园中有栊翠庵、玉皇庙达摩庵等多处寺庙道观，种有罗汉松是在情理之中，从斗草对句上看，以罗汉松对观音柳真是好对。

黛玉和宝玉在宝钗来到贾府之前，是青梅竹马两小无猜，好得蜜里调油，如书中所写："日则同行同坐，夜则同息同止，真是言和意顺，略无参商。"如宝玉所说："当初姑娘来了，那不是我陪着顽笑？凭我心爱的，姑娘要，就拿去；我爱吃的，听见姑娘也爱吃，连忙干干净净收着等姑娘吃。一桌子吃饭，一床上睡觉。丫头们想不到的，我怕姑娘生气，我替丫头们想到了……"然而品格端方、容貌丰美、行为豁达、随分从时的小姐姐宝钗空降贾府，打破了二者的平衡，一个金玉良缘铁板钉钉的传言让宝玉黛玉二人明里暗里不知斗气了多少次。为了安慰修补黛玉那颗敏感破碎的心,也为了不得罪不疏远宝钗,宝玉真真操碎了心,且看一段他如何劝慰黛玉:"如今谁承望姑娘人大心大,不把我放在眼睛里,倒把外四路的什么宝姐姐凤姐姐的放在心坎儿上,倒把我三日不理四日不见的。我又没个亲兄弟亲姊妹。——虽然有两个,你难道不知道是和我隔母的?我也和你似的独出,只怕同我的心一样。谁知我是白操了这个心,弄的有冤无处诉!"令人瞠目结舌,宝玉已经话不择言,将自己身世贬低,贬到泥土里,贬到苦不堪言,我又没个亲兄弟亲姊妹?为了和独生子女黛玉同类,无视元春和探春,恨不得自己也是独苗,孤苦伶仃,形单影只。

除了宝钗的金锁,还有宝钗的冷香丸也让黛玉耿耿于怀,宝钗的冷香丸配方由宝钗跟周瑞家的亲口介绍,秘方不是由医生开出,而由秃头和尚提供,已经有神秘之感,而那个琐碎过程如此之难,让周瑞家的直呼阿弥陀佛。这么奇特的方子和药丸的做法在贾府不胫而走,成为宝钗之传奇光环之一,试问谁家愿意并能够苦心费心花费一两年时间,收集了十二两春天开的白牡丹花蕊,十二两夏天开的白荷花蕊,十二两秋天的白芙蓉蕊,十二两冬天的白梅花蕊,于次年春分这日晒干,和在药末子一处,一齐研好。又要十二钱雨水这日的雨水,十二钱白露这日的露水,十二钱霜降这日的霜,十二钱小雪这日的雪,把这四样水调匀来和药?这是多么不容易啊,药方古怪,还须天时地利人和配合,这份郑重和尊贵不是一般人家的姑娘能享用得起,宝钗在家中身份地位之矜贵可见一斑。

这个故事落在黛玉心中,便是另一份滋味了,有比较就有伤心,见宝玉好奇闻她袖中的幽香,不禁发作:"难道我也有什么'罗汉''真人'给我些香不成？便是得了奇香，也没有亲哥哥亲兄弟弄了花儿、朵儿、霜儿、雪儿替我炮制。我有的是那些俗香罢了！"不仅如此，还反问："我有奇香，你有'暖香'没有？"见宝玉不解，黛玉点头叹笑道："蠢才，蠢才！你有玉，人家就有金来配你；人家有'冷香'，你就没有'暖香'去配？"少女的敏感不是空穴来风，黛玉敏锐地抓住重点。虽然宝玉黛玉二者感情深厚，后来并未深入探讨这个问题，但是宝玉其实是有心人，黛玉的心思他已经明了，他暗地里早就谋划过，要向薛蟠学习，为心爱的林妹妹长长脸，为心爱的林妹妹治好顽疾，做一个合格的好哥哥，他已经拜托宝钗的哥哥薛蟠，为黛玉配药！

第二十八回中，宝玉先竭力将自己摆到跟黛玉同样的境地，打动了黛玉的心，跟黛玉重归于好，然后一起去吃饭，跟王夫人等人谈起林黛玉吃药问题，此段煞是精彩。

王夫人道："前儿大夫说了个丸药的名字，我也忘了。"宝玉道："我知道那些丸药，不过叫他吃什么人参养荣丸。"王夫人道："不是。"宝玉又道："八珍益母丸？左归？右归？再不，就是麦味地黄丸。"王夫人道："都不是。我只记得有个'金刚'两个字的。"宝玉扎手笑道："从来没听见有个什么'金刚丸'。若有了'金刚丸'，自然有'菩萨散'了！"说的满屋里人都笑了。宝钗抿嘴笑道："想是天王补心丹。"王夫人笑道："是这个名儿。如今我也糊涂了。"宝玉道："太太倒不糊涂，都是叫'金刚''菩萨'支使糊涂了。"

宝玉虽然杂学旁收，然而毕竟不如宝钗博学和聪慧，从王夫人的金刚两个字推测到是天王补心丹，这里虽然没有罗汉真人，但是有金刚菩萨天王，和给冷香丸药方的和尚形成对照。

王夫人又道:"既有这个名儿,明儿就叫人买些来吃。"宝玉笑道:"这些都不中用的。太太给我三百六十两银子,我替妹妹配一料丸药,包管一料不完就好了。"王夫人道:"放屁!什么药就这么贵?"宝玉笑道:"当真的呢,我这个方子比别的不同。那个药名儿也古怪,一时也说不清。只讲那头胎紫河车,人形带叶参,三百六十两不足。龟大何首乌,千年松根茯苓胆,诸如此类的药都不算为奇,只在群药里算。那为君的药,说起来唬人一跳。前儿薛大哥哥求了我一二年,我才给了他这方子。他拿了方子去又寻了二三年,花了有上千的银子,才配成了。太太不信,只问宝姐姐。"

此事是真是假?宝钗说不知道,黛玉在宝钗身后抿着嘴笑,用手指头在脸上画着羞他,表示不信,而凤姐走来为宝玉证明薛蟠果然跟她要过头上带过的珍珠去配药,宝玉更进一步,宝玉又道:"太太想,这不过是将就呢。正经按那方子,这珍珠宝石定要在古坟里的,有那古时富贵人家装裹的头面,拿了来才好。如今那里为这个去刨坟掘墓,所以只是活人带过的,也可以使得。"虽然令人不寒而栗,但是也让人觉得此丸药之古怪堪比冷香丸。为什么配药?为谁配药?在哪里寻来的药方?在笑谈中真真假假扑朔迷离。颦儿应该放心,宝玉为了心爱林妹妹的病,虽然找不到罗汉真人和尚给个折磨人的偏方,却已经着手自力更生,自学成才,挖掘古方奇方并勇于实践,爱心可鉴,勇气可嘉。

长大了送给别人家

肆拾贰

茉 莉 花

探春和李纨惜春立在垂柳阴中看鸥鹭。迎春又独在花阴下拿着花针穿茉莉花。

——《红楼梦》第三十八回

茉莉花,直立或攀缘灌木。茉莉花花形清雅又小巧精致,虽无艳态惊群,但芳香甜郁,馨香怡人,"花开满园,香也香不过它""一卉能熏一室香""素馨茉莉,向炎天、别有一般标致""冰盆荔子堪尝,胆瓶茉莉尤香",《本草纲目》说它是人间第一香。

茉莉花常被用来做成花球、花环,别在鬓上、衣襟上,清香洁白,消暑静心,是天然的香氛。茉莉花宜室宜家,雅俗共赏,不管是对待富贵女子还是贫家女子,都——照顾到,《红楼梦》中的迎春在树荫下独自穿茉莉花的情影惹无数人怜惜,而茅草屋里贫家女几朵茉莉别于发间也会蓬荜生辉,刘祖满《茉莉》:"暗麝侵阶倩晚风,夜簪云鬟雪为丛。芳心羞向边魂逐,笑杀明妃出汉宫。""花梳茉莉妆",

暗麝也是茉莉的别名，源自苏轼贬谪在海南儋州的时候，见黎女竞簪茉莉，有诗："暗麝著人簪茉莉，红潮登颊醉槟榔。"以茉莉花穿成花串称作花梳作为发饰，或者在鬓角簪茉莉花，都是又香又美："谁家浴罢临妆女，爱把闲花插满头。""香从清梦回时觉，花向美人头上开。""银床梦醒香何处，只在钗横髻发边。"

茉莉花小巧玲珑，要穿在一起才能成一花环或者花球，穿茉莉花自然就是女儿们闺中的好消遣了。红楼梦中没有提大观园女儿们是否簪茉莉花，只是在秋高气爽、天朗气清的日子里，在大家构思菊花诗的间隙里，闲闲地提了一句："迎春又独在花阴下拿着花针穿茉莉花。"

江苏民歌《茉莉花》传唱甚广：

好一朵美丽的茉莉花，好一朵美丽的茉莉花，芬芳美丽满枝丫，又香又白人人夸。让我来把你摘下，送给别人家，茉莉花呀茉莉花。

女儿长大就要出嫁，这是女儿的宿命，也是女儿的一道坎，人生的分水岭。传统的观念里，女儿出嫁了就是婆家人，和娘家人就是亲戚了，女儿出嫁后的命运机遇如何真是难以预计，充满不确定的变数。闽南人用油麻菜籽来比喻女子的命运，她们像油麻菜籽一样随风飘散，落到哪里长到哪里。即便是江南一带将女儿比喻成人见人爱的芬芳美丽的茉莉花，也是委婉地表达，女儿长大了要送给别人家，如同一棵身不由已被移植的植物，能否适应新的土壤，能否得到关爱，能否顺利成长，落到别人家，别人家是爱花还是摧花就是另一番境遇了。

纵观传统社会传统理念下形形色色的女儿们，她们落在形形色色的家庭，在娘家度过或富贵或贫穷或安逸或辛劳的短暂女儿时期，然后就面临长久的婚姻和另一个家庭，婆家的生活和在娘家生活截然不同。这种命运的转折是突然的，这种成长和适应也是突发的，没有缓冲，没有预演，"三日入厨下，洗手作羹汤。"从父亲母亲膝下的娇娇女即刻转变为公婆眼前的孝顺媳妇、丈夫的贤内助，没有人体谅和容忍她们的恐惧和不安，没有人关心女儿们经过怎样的心路历程和外在历练，由出嫁进入婚姻，面对新环境，蜕变成怎样的人。都认为她们瞬间适应新生活是天经地义、水到渠成的事情。

《红楼梦》中却有一个小小少年贾宝玉，他敏感而清醒地关注到女儿们因出嫁而发生的脱胎换骨的变化，不知道怎样的因由和经验，他总结出非常特别的结论："女孩儿未出嫁，是颗无价之宝珠；出了嫁，不知怎么就变出许多的不好的毛病来，虽是颗珠子，却没有光彩宝色，是颗死珠了；再老了，更变的不是珠子，竟是鱼眼睛了。分明一个人，怎么变出三样来？"因此，他最不能接受女儿们要出嫁的现实，他恐惧女儿们的出嫁，贪恋着和女儿们的厮混时光，恨不能女儿们不要长大不要出嫁，永久地处在女儿时期，但是他哪里能挡得住女儿们的成长？岂能扭转她们长大了就要出嫁的现实？他只能在迎春的紫菱洲一带徘徊，哀叹"从今后这世上又少了五个清洁人了"，他只能在香菱对夏金桂的期盼中，提醒她："虽如此说，但只我听这话不知怎么倒替你耽心虑后呢。"他只能在西城门外天齐庙中跟王一贴道士讨教疗妒汤，他只能为惨死的尤二姐掬一把泪。

《红楼梦》中展示了各式各样的婚姻状态，不可否认，在这个世情社会中，是否有强大的娘家势力或财富，对她们的婚姻质量有着很大的影响，比如她们的娘家，若能在她们出嫁时陪上丰富的嫁妆，会让她们在夫家有底气，不至于太受委屈。强悍泼辣如凤姐，跟贾琏斗嘴时候不甘示弱，证据也是："现有对证：把太太和我的嫁妆细看看，比一比你们的，那一样是配不上你们的。"若没有娘家的丰厚嫁妆做支撑，王熙凤也不会如此理直气壮肆无忌惮。邢夫人虽然出身普通，作为长女，却把持携带家中家私嫁给贾赦，为的是一己之私，以这份嫁妆及以后不择手段的敛财作为安身立命的根本，并不能安顿照顾好家中两个妹妹以及一个弟弟，其中一个妹妹还待字闺中成为大龄剩女，靠邢夫人维持简单生活。

迎春虽然生长在侯门贵族之家，却亲爹不疼后娘不爱，出嫁后第一次回门就对王夫人哭诉："又说老爷曾收着他五千银子，不该使了他的。如今他来要了两三次不得，他便指着我的脸说道：'你别和我充夫人娘子，你老子使了我五千银子，把你准折买给我的。好不好，打一顿撵在下房里睡去。当日有你爷爷在时，希图上我们的富贵，赶着相与的。论理我和你父亲是一辈，如今强压我的头，卖了一辈。又不该作了这门亲，倒没的叫人看着赶势利似的。'"若亲爹贾赦能为爱女考虑，择婿慎重，或者在她出嫁时赔上丰盛妆奁，也不至于在势利的孙绍祖为了五千银子对她磨牙时无话可对，被羞辱得好像是折价还债一般。

当然，嫁妆丰盛与否只是婚姻好坏其中一个因素而已，而且也有很多例外。相对比，邢岫烟作为邢夫人的穷亲戚，冬日里连一件暖和点的棉衣都没有，却被薛姨妈看中，嫁给了薛蝌，情投意合。而在同样的薛家，携可观金的银的嫁过来的夏金桂却蛮横无比盛气凌人，搅家精一个。人生如此吊诡，没有金科玉律可循。很多时候，也只能以王夫人的话解释："这也是你的命。"

迎春信命的，她有自知之明，相比众多出色的姐妹们，她诗才不出众，口齿不伶俐，外貌不出彩，她并没有难受，没有嫉妒，从不争强好胜，而是随遇而安，顺其自然，人不犯我我不犯人，人若犯我我亦不犯人，得之，我幸，不得，我命，猜错了谜语没有元妃的赏赐，酒令押错了韵被指出她都无所谓，吃喝玩乐的场合不喊她也不吵，她的坦然在别人眼中就是懦弱，小厮兴儿眼中的她是大家普遍的看法："二姑娘的浑名是'二木头'，戳一针也不知嗳哟一声。"纷纷扰扰中，她选择了逆来顺受、不作为的处事方法，度过了平淡的女儿岁月，也算安稳顺利。因为是在娘家，有强势的妹妹为她出头，有祖母和婶婶的庇护。

迎春懦弱却不糊涂，她将世事看得通透，她出的谜语是算盘："天运人功理不穷，有功无运也难逢。因何镇日纷纷乱，只为阴阳数不同。"她在丫头婆子们为她的攒珠累丝金凤争吵时选择不作为，且心无旁骛看得下讲因果报应的《太上感应篇》，她洁身自好与世无争，虎狼屯于阶陛尚谈因果，旁观别人的因果报应。只是没有想到，有朝一日，自己也沦落到怨天尤人的境地。没有那么单纯的因果，她的因不是她能控制的，她的因很大一部分在于她的父亲贾赦，王夫人解劝她的时候说过："想当日你叔叔也曾劝过大老爷，不叫作这门亲的。大老爷执意不听，一心情愿，到底作不好了。我的儿，这也是你的命。"关于她的婚事，书中亦有说明："贾母心中却不十分称意，想来拦阻亦恐不听，儿女之事自有天意前因，况且他是亲父主张，何必出头多事，为此只说'知道了'三字，余不多及。贾政又深恶孙家，虽是世交，当年不过是彼祖希慕荣宁之势，有不能了结之事才拜在门下的，并非诗礼名族之裔，因此倒劝谏过两次，无奈贾赦不听，也只得罢了。"除了贾赦，所有人都认为不妥的婚事就这样草草定下了，她千躲万躲，没有躲得过命运的捉弄。

她懦弱得辖制不了奶妈管理不了丫头，她懦弱而坦然地等待事件的走向和结果，不做丝毫的纠正，却不知，正是她的不作为，没有章法，没有管束，奶妈敢于赌博当金凤，丫头敢于打砸厨房，私相传递，恶行膨胀，千里蚁穴溃于一旦，在事败后同样她不能保护开脱她们，而是任事态发展，唯求自保。他日当她自身处于危难，受尽百般欺凌，生活在水深火热之中时候，也没有人出面为她支撑。惨痛的现实面前，她崩溃："我不信我的命就这么不好！"

木讷的安静的沉默的懦弱的迎春如同那洁白的茉莉花，静静地绽放青春，绽放清香。在最美好的华年被轻易摘给别人家，最终被其夫虐待致死。金闺花柳质，一载赴黄粱。原来，独自拿花针穿茉莉花的岁月是她短短一生中最珍贵最自由的时刻啊。

茉莉花

红楼梦里称为鸡头

肆拾叁

芡 实

　　袭人听说,便端过两个小捯丝盒子来。先揭开一个,里面装的是红菱和鸡头两样鲜果;又那一个,是一碟子桂花糖蒸新栗粉糕。又说道:"这都是今年咱们这里园里新结的果子,宝二爷送来与姑娘尝尝。再前日姑娘说这玛瑙碟子好,姑娘就留下顽罢。这绢包儿里头是姑娘上日叫我作的活计,姑娘别嫌粗糙,能着用罢。替我们请安,替二爷问好就是了。"

——《红楼梦》第三十七回

　　三十七回花团锦簇,精彩好看,先是安排贾政出远门,然后宝玉接到探春送来的花笺,商议成立诗社,花笺邀请了李纨、宝钗、宝玉、黛玉、迎春、惜春六人,宝玉去秋爽斋的路上收到贾芸的字帖,告知送了两盆白海棠。秋爽斋中,加上探春共七人分别起了诗号并进行诗社分工,现场作白海棠七律,探春并没有邀请史湘云,大家也没有想起她。

然后花开两朵各表一枝，镜头转回怡红院，袭人见有现成送白海棠的婆子，就略使了点打点钱，让婆子找后门小子们雇车，费用怡红院出，不用走公办流程。因为问起缠丝白玛瑙碟子哪里去了，从而我们得知，这个缠丝白玛瑙碟子是宝玉吩咐装了荔枝送到探春处了，同时还送了颜真卿真迹，探春受凉感冒，宝玉送去如此别致的慰问品——新鲜荔枝和颜真卿真迹，让爱好书法的探春很感动，所以在花笺上写道："昨蒙亲劳抚嘱，复又数遣侍儿问切，兼以鲜荔并真卿墨迹见赐，何痌瘝惠爱之深哉！"引发了探春结社之豪情雅兴。从晴雯、秋纹、麝月的对话中，我们又得知宝玉用连珠瓶装水插了桂花着秋纹送贾母及王夫人，秋纹得了不少赏赐，很是得脸。袭人涨工资也是公开化了。女孩子们一番斗嘴啰唆后，晴雯去王夫人处拿连珠瓶，秋纹去探春处拿碟子。

袭人准备好了红菱和鸡头两样鲜果及一碟子桂花糖蒸新栗粉糕，让宋妈妈坐刚才安排好的车送给湘云，袭人嘱咐宋妈妈道："再前日姑娘说这玛瑙碟子好，姑娘就留下顽罢。"到此才明白，之所以袭人追问那个缠丝白玛瑙碟子并要拿回来，是因为湘云在的时候说过这个玛瑙碟子好，袭人有心就想送给湘云玩了，原来费力找这个碟子是准备送给湘云的。后文有贾琏寻找蜡油冻的佛手一文，显示了贾府有一套管理古董器物的规矩，贵重物品流通是需要登记的。而此刻袭人不用请示不用登记，直接做主送人，可见怡红院中袭人是真正的一把手，能做主。宝贝见得多了，这个碟子在袭人姑娘眼中也不过是个普通玩意。晴雯和宝玉吵架时候愤愤然说过："就是跌了扇子，也是平常的事。先时连那么样的玻璃缸、玛瑙碗不知弄坏了多少，也没见个大气儿，这会子一把扇子就这么着了。"若器物需要盘点时候，打碎的这些可以算损耗，无须赔偿，怡红院的地位那是妥妥的稳固。袭人用这个缠丝白玛瑙碟子装了一碟子桂花糖蒸新栗粉糕，想来也是美不胜收，令人食指大动。

书中关于袭人有一段评价，这袭人亦有些痴处："伏侍贾母时，心中眼中只有一个贾母，如今服侍宝玉，心中眼中又只有一个宝玉。"其实在服侍贾母时，袭人还负责服侍过史湘云，当时二人感情深厚，超越了主仆之情，第三十二回两人见面有一段对话：

袭人斟了茶来与史湘云吃，一面笑道："大姑娘，听见前儿你大喜了。"史湘云红了脸，吃茶不答。袭人道："这会子又害臊了。你还记得十年前，咱们在西边暖阁住着，晚上你同我说的话儿？那会子不害臊，这会子怎么又害臊了？"这些话自然是小女儿之间亲密的不可告人的悄悄话，张爱玲大胆推测说袭人提起的十年前的夜话是湘云小时候说要跟袭人同嫁一个丈夫，好永远不分开。

史湘云笑道："你还说呢。那会子咱们那么好。后来我们太太没了，我家去住了一程子，怎么就把你派了跟二哥哥，我来了，你就不象先待我了。"袭人笑道："你还说呢。先姐姐长姐姐短哄着我替你梳头洗脸，作这个弄那个，如今大了，就拿出小姐的款来。你既拿小姐的款，我怎敢亲近呢？"史湘云道："阿弥陀佛，冤枉冤哉！我要这样，就立刻死了。你瞧瞧，这么大热天，我来了，必定赶来先瞧瞧你。不信你问问缕儿，我在家时时刻刻那一回不念你几声。"你来我挡，言语玩笑之间二人之隔阂已见，小时再亲密，渐渐长大也就渐渐生分了，不过旧时深厚感情的底子还在，礼尚往来是常有的，对于送湘云东西袭人是非常上心的。

鸡头是芡实的别称，芡实，一年生水生草本，芡实圆形巨大革质叶子漂浮水面，上面多皱褶也有刺，翻过来叶脉突出如小型山脉，站在一大片种植芡实的池塘水沼边，看那片片平铺开的芡实叶真是令人震撼，芡实花单生，花梗顶端露出水面，花形似小型睡莲花，由于叶子太大，遮住了大片水面，所以花朵往往就扎破叶子穿过叶子长出来，叶子看似结实，实际华而不实，苗而不秀，很容易就碎裂的。

花儿开了谢了结果，之所以叫鸡头是因为芡的浆果形状似鸡头，黑色球形种子密密长在浆果中，鲜鸡头种子可生吃，熟的种子味似芋头，广府人常用来煲汤。芡，通欠，有歉的意思，意思是歉收的年份里，此物果实可代粮食充饥用，所以叫芡实，《本草衍义》载："天下皆有之，临水居人，采子去皮，捣仁为粉，蒸炸作饼，可以代粮。"李时珍认为："深秋老时，泽农广收，烂取芡子，藏至囷石，以备歉荒，其根状如三棱，煮食如芋。"芡实入药补脾益肾，芡实磨成粉为芡粉，勾兑后加入热菜内热汤内，增加黏稠度，可以弥补菜汤之清，称为勾芡，当然勾芡也可以用其他的粉比如藕粉、马蹄粉、粟粉等。

大片芡实生境中生活着一种美貌的羽毛黑白黄相间的水雉鸟，一雌多雄制，在芡实田中筑巢，雌鸟产卵，雄鸟孵化，雏鸟在芡实田中长大，它们善游潜水飞翔，为了适应芡实叶子的特点，它们脚趾细长，在布满锐刺的芡实叶上行走自如，白色羽翼展开飞翔在芡实田间，极富美感。

袭人说菱角和芡实这两样都是这里园里新结的果子，可见大观园水系发达，能长出菱角和芡实的池塘水面不小，大观园物产丰富，真是个宝地。

宋妈妈是怡红院管送东西的老婆子，袭人手下无弱兵，能考虑到袭人未考虑周全之处，"宝二爷不知还有什么说的，姑娘再问问去，回来又别说忘了。"只是东西一送就走，未免太简单，她主动要求增加任务，要尽量全面周到。

袭人因问秋纹："方才可见在三姑娘那里？"秋纹道："他们都在那里商议起什么诗社呢，又都作诗。想来没话，你只去罢。"嬷嬷听了，便拿了东西出去，另外穿戴了。袭人又嘱咐他："从后门出去，有小子和车等着呢。"宋妈去后，不在话下。

虽然不懂诗社是什么，但是宋妈妈还是记住了，果然宋妈妈回来说起湘云的反应："问二爷作什么呢，我说和姑娘们起什么诗社作诗呢。史姑娘说，他们作诗也不告诉他去，急的了不的。"她转述的消息非常准确，宝玉通过贾母接出史湘云来，这才有了湘云那两首新鲜别致的海棠诗，才有后文热闹的螃蟹宴和菊花诗。

宝玉是个很有爱心、热衷分享的孩子，有了好东西不独占，看到好东西喜欢分享，心头时刻有挂念，对贾母、母亲也真是孝顺，对探春也真是手足情深，从袭人口中得知，鸡头和菱角也是宝玉嘱咐袭人送给湘云的，如此翩翩暖男少年，超凡脱俗又心地纯良，真是人见人爱，花见花开。

香蒲，
为什么又叫水蜡烛

香蒲

李纨又道:"一池青草草何名。"湘云忙道:"这一定是'蒲芦也'。再不是不成?"李纨笑道:"这难为你猜。"

——《红楼梦》第五十回

蒲芦,语出《中庸》第二十章:"夫政也者,蒲芦也。"意谓:"国政犹如种蒲芦一般,以人立政,犹蒲芦得地的滋养就能成长。"蒲草和芦苇有水有土就可以生长,与谜面"一池青草草何名"能相关合。

蒲草,又称水蜡烛、水烛、香蒲、蒲棒,多年生水生或沼生草本,之所以叫水蜡烛、蒲棒,是因为蒲草的顶生穗状花序,雄花序在上,黄色,雌花序在下,整体如一根粗细均匀的蜡烛,雄花序开花后脱落,留下一截空杆子,雌花序成熟后黄褐色像蜡烛,当然落在吃货眼中也像烤肠,点缀在茂密的绿叶间非常的有趣。

香蒲有很多实际的用处,新生嫩芽和根状茎可以食用,爽脆,称为蒲菜、蒲儿根、蒲儿菜。雄花序晒干筛取花粉为蒲黄，入药也可调味。成熟后的果序干燥后可以点燃用来驱散蚊虫，也入药，有止血化瘀之效，果实上的毛也就是蒲绒，爆裂开数量众多，可以填充做枕芯和坐垫。

蒲草的长叶子狭长简洁，是极好的夏季园林景观植物，曹植的《洛神赋》女主人翁原型甄氏有诗作《塘上行》，开头就是："蒲生我池中，其叶何离离。"叶片非常柔韧，也是一种广泛使用的工艺品编织加工材料，可以做蒲席、蒲包、蒲团等，也是造纸好原料。《孔雀东南飞》里，刘兰芝以蒲草自喻："君当作磐石，妾当作蒲苇，蒲苇韧如丝，磐石无转移。"蒲草的韧性被郑重地写入诗词，它的韧性和柔性，足以承受沉重而绝望的爱情，朴实的誓言里隐藏的是为爱情赴汤蹈火的决心。《荀子·不苟》："与时屈伸，柔从若蒲苇，非慑怯也；刚强猛毅，靡所不信，非骄暴也。以义变应，知当曲直故也。"大丈夫能屈能伸，以蒲草芦

香蒲

苇表示大丈夫屈如蒲草芦苇，并不是出于懦弱胆怯。

蒲草可以做蒲团，蒲团一般出家人用，比如《红楼梦》中栊翠庵的妙玉就用蒲团，第四十一回贾母领着刘姥姥宝玉黛玉等去栊翠庵游玩，妙玉让钗黛二人到耳房内喝茶，宝钗坐在榻上，黛玉便坐在妙玉的蒲团上。第七十六回妙玉邀请黛玉湘云到栊翠庵，小丫鬟在蒲团上垂头打盹，还被叫起来烹茶，做个小丫头很是辛苦的。

还有一个词叫"蒲轮"，皇帝到泰山封禅所乘之车，车轮用蒲草包裹，这样可以不伤山中草木花草，表达皇帝们恩泽草木的大爱，实际上也可以有减震的作用。不管如何，古人的环保意识比现在强多了。

《红楼梦》第五十回的谜语共八个。探春的没说出来不算，列出来看看：

李纨其一：观音未有世家传。打《四书》一句。

李纨其二：一池青草草何名。打《四书》一句。

李纹：水向石边流出冷。打一古人名。

李绮：萤，打一个字。

湘云：《点绛唇》："溪壑分离，红尘游戏，真何趣？名利犹虚，后事终难继。"打一物。

宝钗：镂檀锲梓一层层，岂系良工堆砌成？虽是半天风雨过，何曾闻得梵铃声！打一物。

宝玉：天上人间两渺茫，琅玕节过谨隄防。鸾音鹤信须凝睇，好把唏嘘答上苍。打一物。

黛玉：騄駬何劳缚紫绳？驰城逐堑势狰狞。主人指示风雷动，鳌背三山独立名。打一物。

宝钗宝玉黛玉的谜面没说谜底，然后宝琴走过来笑道："我从小儿所走的地方的古迹不少，我今拣了十个地方的古迹，作了十首怀古的诗。诗虽粗鄙，却怀往事，又暗隐俗物十件，姐姐们请猜一猜。"宝琴厉害啊，一出手就是十首，第五十一回宝琴的十首怀古诗让我们大家到现在都在争论猜想到底是什么谜底。

李纨的父亲李守中是国子监祭酒，公立最高学府的校长，李纨家是标准的书香门第，族中男女无有不诵诗读书者。虽然特意提了："至李守中继承以来，便说女子无才便有德，故生了李氏时，便不十分令其读书，只不过将些《女四书》《列女传》《贤媛集》等三四种书，使他认得几个字，记得前朝这几个贤女便罢了，却只以纺绩井臼为要。"虽然一再表明，对李纨的教育不认真，书中也提了李纨不善诗词，元妃省亲时候李纨勉强凑成一律，成立诗社时候，李纨主动说："我和二姑娘四姑娘都不会作诗。"但是处在这样的家庭，李纨姐妹学识水平并不差，只是她家的教育指导方针和贾政的想法一样："那怕再念三十本《诗经》，也都是掩耳盗铃，哄人而已。你去请学里太爷的安，就说我说了：什么《诗经》古文，一概不用虚应故事，只是先把《四书》一气讲明背熟，是最要紧的。"因为四书是科举考试的重点，所以要重点学，其他诗词曲赋不用认真学罢了。就跟我们现在高三生们学贯中西，精通物理化学或历史地理，却大多不会诗歌差不多。

四书为《论语》《孟子》《大学》《中庸》，是儒家经典著作，李纨可以说精通四书，深谙四书，出谜语都从四书中着手。宝钗湘云和黛玉也熟悉四书，能插几句，一起探讨，可见宝钗湘云黛玉也学了应试教育这一套体系，黛玉初入贾府，当贾母问起黛玉念何书。黛玉道："只刚念了《四书》。"后来见贾母不以为然，因为当黛玉又问姊妹们读何书。贾母道："读的是什么书，不过是认得两个字，不是睁眼的瞎子罢了！"聪明的黛玉一见贾府不提倡女子读四书，马上见风使舵，修正答案，当贾宝玉问她："妹妹可曾读书？"黛玉道："不曾读，只上了一年学，些须认得几个字。"实际上黛玉的四书水平是很高的，黛玉父亲林如海是前科的探花，书中介绍他时："奈他命中无子，亦无可如何之事。今只有嫡妻贾氏，生得一女，乳名黛玉，年方五岁。夫妻无子，故爱如珍宝，且又见他聪明清秀，便也欲使他读书识得几个字，不过假充养子之意，聊解膝下荒凉之叹。"假充养子之意可不是随便说的，那是按照科举考试的考试范围对黛玉进行知识储备和教育的。宝钗也是，"当日有他父亲在日，酷爱此女，令其读书识字，较之乃兄竟高过十倍。"湘云的教育背景没有提，但是看她挥洒自如的诗词联句表现，也是有不俗的教育经历。

李纨姐妹们出的谜语比较高深，解谜需要较高的文学和学术修养，曲高和寡，正如宝钗所道："这些虽好，不合老太太的意思，不如作些浅近的物儿，大家雅俗共赏才好。"

李纹和李绮是李纨之寡婶的两个女儿，是李纨的堂妹。她们上京后都住在贾府，二者之风采虽然比不上宝琴，但是也是顶尖的，惹得宝玉夸赞不已："更奇在你们成日家只说宝姐姐是绝色的人物，你们如今瞧瞧他这妹子，更有大嫂嫂这两个妹子，我竟形容不出了。老天，老天，你有多少精华灵秀，生出这些人上之人来！可知我井底之蛙，成日家自说现在的这几个人是有一无二的，谁知不必远寻，就是本地风光，一个赛似一个，如今我又长了一层学问了。除了这几个，难道还有几个不成？"宝玉眼中认识一个美女竟然能和学问相长相比，这个对比真是让人大跌眼镜。晴雯已经是一等一的美女，见到她们也夸："大太太的一个侄女儿，宝姑娘一个妹妹，大奶奶两个妹妹，倒象一把子四根水葱儿。"她们参加了芦雪庵争联即景诗和咏红梅花活动，诗才不弱，美女加才女。然而李纨家的家教严厉，第七十回，李纨的丫头碧月就曾经说过："我们奶奶不顽，把两个姨娘和琴姑娘也宾住了。如今琴姑娘又跟了老太太前头去了，更寂寞了。两个姨娘今年过了，到明年冬天都去了，又更寂寞呢。"

虽然读者觉得李纨闷，丫鬟们也觉得稻香村闷，然而殊不知李家姐妹们独特的教养所决定的知识储备自成一体，她们之间有她们心领神会的乐趣，不足为外人道也。

中国的母亲花

肆拾伍

萱 草

　　黛玉笑道："虽如此，下句也不好，不犯着又用'玉桂''金兰'等字样来塞责。"因联道："色健茂金萱。蜡烛辉琼宴，"湘云笑道："'金萱'二字便宜了你，省了多少力。这样现成的韵被你得了，只是不犯着替他们颂圣去。况且下句你也是塞责了。"黛玉笑道："你不说'玉桂'，我难道强对个'金萱'么？再也要铺陈些富丽，方才是即景之实事。"

——《红楼梦》第七十六回

　　第七十五回中秋节当天，此时贾政在家，一家子团圆，然而气氛却很微妙，清冷和寒意从热闹的表面丝丝渗透出来，遮挡不住。贾母带领女眷们先是在嘉荫堂前月台上上香拜月，然后率众去山之高脊处的凸碧山庄厅前平台上赏月，列下桌椅，用一架大围屏隔作两间，一间是贾母和儿孙们及贾珍，一间是女眷们。

　　贾母所在的是主圆桌，上面居中贾母坐下，左垂首贾赦、贾珍、贾琏、贾蓉，右垂首贾政、宝玉、贾环、贾兰，团团围坐。只坐了半壁，下面还有半壁余空。一张桌子坐了九个人，还有半壁余空，可见桌子够大。贾母嫌桌子空人少，向围屏后邢夫人等席上将迎春，探春，惜春三个请出来。贾琏宝玉等一齐出坐，先尽他姊妹坐了，然后在下方依次坐定。大家族的规矩很大，这个主桌上除了老祖宗贾母，坐的均是贾姓的嫡系子孙，工夫人邢夫人是媳妇，没资格坐的，而客居在贾府的黛玉和湘云也是没资格坐的。即使书中说，黛玉自在荣府以来，贾母万般怜爱，寝食起居，一如宝玉，迎春、探春、惜春三个亲孙女倒且靠后。此刻贾母也不可能将黛玉一并让出来同坐一桌。黛玉初到贾府，凤姐一见到黛玉就说过："况且这通身的气派，竟不象老祖宗的外孙女儿，竟是个嫡亲的孙女。"嫡亲的孙女和外孙女儿在夫家的地位还是有相当大的区别的，否则凤姐也不会如此遗憾式的比较。湘云就更是亲戚了，纯属外人，探春袭人等人若议论起来都不会说"就只不是咱家的人"这样的话。

虽然是规矩，然而毕竟有了亲疏之分，黛玉见贾府中许多人赏月，贾母犹叹人少，不似当年热闹，又提宝钗姊妹母女弟兄自去赏月等语，不觉对景感怀，自去俯栏垂泪。在这个合家团圆的日子里，黛玉和湘云触景生情，感同身受，就有了别样的身世之叹。此时此刻两位寄人篱下同病相怜的姑娘陪伴取暖，宽宏大量的湘云此时此刻联想起自己的处境，竟然也发出一句："我也和你一样。"令人心酸，大家的眼中心中都觉得湘云活泼可爱，没心没肺爱热闹爱说笑，其实她和黛玉一样是个无父无母的孤儿呢。黛玉的孤苦摆在桌面上，人人都可以表示下慰问和同情，况且还有个宝哥哥低声下气，处处为她考虑。多少小伙伴忽略了湘云是襁褓中父母叹双亡。湘云，也是个孤儿呢。

但是孤儿湘云愿意过另一番积极向上的生活，有花堪折直须折，远离伤春悲秋，有月即赏，何必心苦？这个心宽乐观的姑娘马上就安慰黛玉："你是个明白人，何必作此形像自苦。我也和你一样，我就不似你这样心窄。何况你又多病，还不自己保养。"埋怨几句宝钗后，豪兴大发："咱们两个竟联起句来，明日羞他们一羞。"她积极转移黛玉心思，若二人互相诉苦，互叹身世，那就落入俗套，少了多少锦绣文章可看。联句到冷月葬花魂时，栏外山石后转出妙玉，邀请黛玉和湘云去栊翠庵喝茶，龛焰犹青，炉香未烬，妙玉提笔一挥而就十三元中十三韵二十六句，妙玉也是孤儿呢，三位父母双亡的姑娘在中秋夜相聚，棋逢对手，惺惺相惜，共同完成中秋夜大观园即景联句三十五韵，也算是抱团取暖吧，不幸而幸，在这合家团圆的时分。

"色健茂金萱"，萱草茂盛，金色的色泽健康鲜明。萱草，又叫萱苏、谖草、宜男草、忘忧草，在诗经时代就已经种植吟咏，《诗经·卫风·伯兮》："焉得谖草，言树之背？"谖草也就是萱草，我到那里弄到可忘记忧愁的萱草，种在屋北？因而名忘忧草。萱草是多年生草本植物，根茎肉质，细长的枝顶端开出金黄色的花朵，称金萱非常合适。萱草经常和黄花菜混淆，黄花菜是萱草属中能食用的品种，采未开放之花蕾，蒸熟晒干，不能直接鲜食，需要开水焯过再高温烹饪，花蕾细长如针形，又名金针。西风东渐，康乃馨已经成为母爱之花，而我国古代一直是将萱草花作为母亲之花的。母亲的别称为萱亲、萱草，母亲居室为萱堂，母亲的生日为萱辰。我国传统中，父亲的代称是椿树，古人称父亲居室为椿庭，父母合称椿萱，椿萱并茂比喻父母都健在、健康。

"色健茂金萱"，这句是黛玉针对湘云的出句"香新荣玉桂"对的，为此二人还互相争论，黛玉道："虽如此，下句也不好，不犯着又用'玉桂''金兰'等字样来塞责。"作者比较偏爱十三元，第一次海棠社就用了十三元的韵字，十三元的韵字约有75个，五言排律对句除了押韵，还需要和上联对仗，好用的字用掉一个少一个，剩下的不常用的以及生僻字会越来越少，来对句正如湘云所说："作排律只怕牵强不能押韵呢。"此处湘云的出句最后两个字是"玉桂"，黛玉用"金萱"对之，金对玉，萱对桂，"金萱"的确是好对，湘云笑道："'金萱'二字便宜了你，省了多少力。这样现成的韵被你得了，只是不犯着替他们颂圣去。况且下句你也是塞责了。"据考证，历史上康熙皇帝给曹家老太太题匾"萱瑞堂"，以感激保姆也就是曹寅母亲孙氏之功劳。桂花和萱草花都盛放在秋天，黛玉此句算是作者有所指，有实物事实依据，所以作者借黛玉之口笑道："你不说'玉桂'，我难道强对个'金萱'么？再也要铺陈些富丽，方才是即景之实事。""色健茂金萱"，黛玉形容萱草长势时用了健康的"健"字，是表达对母亲健康的祝愿，落到湘云眼中，却是扎眼，所以不以为然："只是不犯着替他们颂圣去。"对于这两位早早失去母亲之爱的姑娘来说，金色萱草花是灿烂却是令人伤痛，不忍细品，"莫报春晖伤寸草，空余血泪泣萱花"。

有妈的孩子像个宝，无妈的孩子是根草。

桂圆汤是宝玉
幽梦后的安神汤

肆拾陆

桂　圆

彼时宝玉迷迷惑惑，若有所失。众人忙端上桂圆汤来，呷了两口，遂起身整衣。

——《红楼梦》第六回

桂圆汤的主要原料是桂圆，桂圆是龙眼树的果实。龙眼，常绿乔木，之所以名龙眼，是因为果实是黄黄的圆珠子状，是类似传说中龙的眼睛，又名桂圆，是因为广西产龙眼较多，广西简称桂，跟桂花没有一毛钱的关系，虽然有的桂圆肉是带点桂花香味。《花镜》还提到桂圆还有名益智、比目、海珠。

北方没有龙眼树，到了南方，龙眼则土生土长，长势良好，经常可以看到苍老的高大茂盛龙眼树。龙眼树似荔枝树，枝叶稍小，成熟的龙眼壳青黄色，形圆如弹丸，往往五六十颗一起作穗挂在树上累累如葡萄。

当晶莹剔透、水分充沛的荔枝刚刚下市，娇小玲珑果肉带浆其甘如蜜的龙眼就闪亮登场，新鲜的龙眼过了季节，可以供应更加甜香的干桂圆，将龙眼晒干成为桂圆,兼干果、药材、滋补佳品功能于一身,同样让人喜欢,而且被视为珍贵补品,补血养神、补心益智,有南桂圆北人参之称。荔枝晶莹剔透、水分充沛,却是贵族的果实,不亲民,三日后色香味全无,更加不屑于被制成荔枝干。龙眼鲜果可比荔枝保存得久很多,制成桂圆干外形不变,干桂圆打开壳,果肉紧紧贴在果核上,咬开后甜蜜无比,不像荔枝,干燥后的荔枝简直惨不忍睹,味道也差了鲜荔不知几个档次。但是由于龙眼后荔枝而熟,且颜值不及荔枝,故称为荔枝奴,在荔枝的盖世风华下,龙眼以奴称之,着实令人扼腕。《花镜》替龙眼打抱不平:"若论益人,则龙眼功用良多。荔枝性热,而龙眼性最和平,宜与荔枝比肩,焉得而奴隶之耶。"龙眼亲切大众,比荔枝温和多了。但是没有办法,人类喜高颜值贬低颜值的习惯也蔓延到植物界,荔枝奴的称号一时半时是改变不了的了。

《红楼梦》第五回中详细描写了贾宝玉做的一场春梦,宝玉在侄媳妇秦可卿卧室豪华香艳的陈设氛围中做了一场完整的惊世骇俗的春梦,先是可卿引梦,来到太虚幻境:

那宝玉刚合上眼,便惚惚的睡去,犹似秦氏在前,遂悠悠荡荡,随了秦氏,至一所在。但见朱栏白石,绿树清溪,真是人迹希逢,飞尘不到。宝玉在梦中欢喜,想道:"这个去处有趣,我就在这里过一生,纵然失了家也愿意,强如天天被父母师傅打呢。"

含着宝玉出生的贾宝玉生长在绮罗丛中,别人艳羡的富贵闲人的生活在他是再平常不过的日常,在他的心目中,富家公子的生活也并不如意,潜意识里"强如天天被父母师傅打",家族对他的期望对他也是有压力的。

正胡思之间,忽听山后有人作歌曰:

春梦随云散,飞花逐水流。寄言众儿女,何必觅闲愁。

宝玉听了是女子的声音。歌声未息,早见那边走出一个人来,蹁跹袅娜,端的与人不同。有赋为证……

作为红楼梦大剧的总策划总导演总编剧,警幻仙姑在开场歌曲中明白说了,这是一场春梦。宝玉见是一个仙姑,喜的忙来作揖问道:"神仙姐姐,不知从那里来,如今要往那里去?也不知这是何处,望乞携带携带。"这个神仙姐姐的称号是宝玉初创,在金庸的《天龙八部》中被段誉称呼了千百次,原来起源于贾宝玉。宝玉和神仙姐姐的见面第一句问话是通用的一般人常用的招呼:"你是谁?从哪里来?到哪里去?"他忘记问神仙姐姐的名讳了,不过也不算忘记,神仙姐姐的称呼就已经表明了他的恭敬和猜测。

仙姑带他到了太虚幻境图书馆,宝玉先看了一些人物传记的簿册,警幻仙姑怕宝玉太聪明不小心看懂了造成仙机泄漏,(很奇怪,又要给宝玉看又不要宝玉看懂,是什么道理?)带宝玉到后面玩,喊出几个仙子来相陪宝玉,仙女们一见了宝玉,都怨谤警幻道:"我们不知系何'贵客',忙的接了出来!姐姐曾说今日今时必有绛珠妹子的生魂前来游玩,故我等久待。何故反引这浊物来污染这清净女儿之境?"宝玉听如此说,便吓得欲退不能退,果觉自形污秽不堪。可见本来警幻仙姑是要接黛玉入梦的,路上遇到宁荣二公之灵,受到嘱托,所以改成邀请宝玉入幻境进行教育。宁荣二公之灵的教育方法很奇怪:"幸仙姑偶来,万望先以情欲声色等事警其痴顽，或能使彼跳出迷人圈子，然后入于正路。"警幻仙姑也就落实二公之想："先以彼家上中下三等女子之终身册籍，令彼熟玩，尚未觉悟。故引彼再至此处，令其再历饮馔声色之幻，或冀将来一悟，亦未可知也。"这种教育理念类似于，如果孩子游戏成瘾，干脆就让他玩高深的游戏玩个够，以后期望孩子失去游戏之瘾，因为会看不上普通游戏，也会安心走正途。

群芳髓、千红一窟、万艳同杯，仙界香料仙界茶品仙界家私仙界美酒让宝玉羡慕不已，却哪里料到繁花中蕴含的却是普天下女子的悲凉。痴梦、钟情、引愁、度恨，亦是人间女子身不由己的命运情感。饮酒间演出红楼梦诸曲。宝玉朦胧恍惚，告醉求卧，警幻仙姑对他一番意淫的教育后，许配兼美妹妹，秘授以云雨之事，推宝玉入房，将门掩上自去。宝玉柔情缱绻，软语温存，与可卿难解难分。第二日同至迷津，被惊醒。

宝玉的这场春梦至关重要，所在的第五回是全书纲领性的文字，通过宝玉的春梦，以谶语式簿册、歌曲等巧妙地暗示了主要女子的结局，故事的走向。有了这一回，即使后四十回散失了，我们也能大略猜出十二钗及晴雯袭人香菱的未来，既魔幻又现实，既不可理喻又入情入理。这场春梦也预示着宝玉的青春期到来，性的成熟，因而能与袭人初试云雨情，而后宝玉种种对女孩子的情愫和亲爱，却不是建立在肉欲关系上，他能依旧保持对女孩子的尊重爱怜，保持纯真赤子之心，是这个人物的可贵之处。可惜宝玉醒来后一点都不记得册籍内容，光记得警幻所训云雨之事，警幻仙姑的教育算是失败。

午睡的宝玉梦中游幻境，饮仙醪，最后在迷津被惊醒，噩梦初醒，迷迷惑惑，若有所失，桂圆汤安心定神，非常有用。

后四十回中，宝玉丢失了"莫失莫忘仙寿恒昌"的宝贝玉，迷迷糊糊当时，也是王夫人叫人端了桂圆汤叫他喝了几口才渐渐地定了神。当黛玉病得不省人事时，紫鹃便端了一盏桂圆汤和的梨汁喂她喝了少许，才有了点力气。

宝钗的冷香丸多大？龙眼大。

桂圆

肆拾柒

茄鲞是什么?

茄 子

贾母笑道:"你把茄鲞搛些喂他。"凤姐儿听说,依言搛些茄鲞送入刘姥姥口中,因笑道:"你们天天吃茄子,也尝尝我们的茄子弄的可口不可口。"刘姥姥笑道:"别哄我了,茄子跑出这个味儿来了,我们也不用种粮食,只种茄子了。"众人笑道:"真是茄子,我们再不哄你。"刘姥姥诧异道:"真是茄子?我白吃了半日。姑奶奶再喂我些,这一口细嚼嚼。"凤姐果又搛了些放入口内。刘姥姥细嚼了半日,笑道:"虽有一点茄子香,只是还不象是茄子。告诉我是个什么法子弄的,我也弄着吃去。"凤姐儿笑道:"这也不难。你把才下来的茄子把皮籖了,只要净肉,切成碎钉子,用鸡油炸了,再用鸡脯子肉并香菌、新笋、蘑菇、五香腐干、各色干果子,都切成钉子,拿鸡汤煨干,将香油一收,外加糟油一拌,盛在瓷罐子里封严,要吃时拿出来,用炒的鸡瓜一拌就是。"刘姥姥听了,摇头吐舌说道:"我的佛祖!倒得十来只鸡来配他,怪道这个味儿!"

——《红楼梦》第四十一回

对于第四十一回中凤姐介绍的书中著名的菜肴——茄鲞，是做红楼宴跳不过去的坎，多少红楼美食家想重现这道菜的风采，可惜总是不尽如人意。

做法看上去不难，逃不出切丁、油炸、煨鸡汤、封瓷罐子、凉拌、封存等程序，但是原料如此纷繁复杂，细究之下，都不知道这个茄子算不算得上主角了，茄子被如此折腾，早就面目全非，难以寻觅，最后竟然还以茄名冠之，茄子当深感荣幸焉。蒙戚本还有个不同的做法，茄子是切丝用鸡汤蒸了再晒干，九蒸九晒后晒脆封存，我怀疑是早期文字，所以刘姥姥说要十来只鸡来配。

味道肯定不错，刘姥姥吃了说："别哄我，茄子跑出这味儿来，我们也不用种粮食了，只种茄子了。"这个茄鲞所用的茄子不是刘姥姥带来的，因为第四十回说，"忽见上回来打抽丰的那刘姥姥和板儿又来了，坐在那边屋里，还有张材家的周瑞家的陪着，又有两三个丫头在地下倒口袋里的枣子倭瓜并些野菜。"刘姥姥带的是枣子南瓜和一些野菜，刘姥姥带特产礼物过来也是斟酌的，选了又选，琢磨着富贵人家喜爱啥，王夫人凤姐喜欢啥，刘姥姥也许看不上茄子，认为茄子是平常之物，不值得带。后面第四十二回刘姥姥临走时，平儿笑道："休说外话，咱们都是自己，我才这样。你放心收了罢，我还和你要东西呢。到年下，你只把你们晒的那个灰条菜乾子和豇豆、扁豆、茄子、葫芦条儿各样干菜带些来，我们这里上上下下都爱吃。这个就算了，别的一概不要，别周费了心。"说到了下次希望带茄子。

这次不是空手上门，得到的礼遇比上次来好多了，除了周瑞家的，连张材家的都作陪，当然张材家的负责裁缝绣匠管理工作，这时候可能是汇报工作，不是特意陪刘姥姥的，等着等着就成了作陪的了，也可以看出刘姥姥的亲和力非常好，且看她的说话："家里都问好。早要来请姑奶奶的安看姑娘来的，因为庄家忙。好容易今年多打了两石粮食，瓜果菜蔬也丰盛。这是头一起摘下来的，并没敢卖呢，留的尖儿孝敬姑奶奶姑娘们尝尝。姑娘们天天山珍海味的也吃腻了，这个吃个野意儿，也算是我们的穷心。"对着平儿这话说得非常圆满，刘姥姥知恩图报，一片感恩之心回报之心，不卑不亢，又感情真挚。生活有了起色，家境有了改善，有了回馈的能力，说话自然也有了底气。于是大家一片祥和，聊起螃蟹宴的成本，前面仿佛满桌子满蒸笼的螃蟹其实也只有主子们和少数奴仆能吃到，大部分的人只能看着，张材家的这个层次的是吃不上的。

刘姥姥担心天晚，要及时赶回家，这一次她是一点儿都没想再从贾府带点啥回去，她是纯粹的还情来的。周瑞家的主动去回凤姐，引起贾母的注意和兴趣，刘姥姥就去拜见贾母，黛玉后来笑话刘姥姥是母蝗虫，岂不知刘姥姥和黛玉经历过同样的考验，这次的拜见场面不亚于黛玉初进贾府。众目睽睽之下，人人目光炯炯，危机四伏，黛玉生怕失礼被人笑话，而刘姥姥内心的压力焉知不是巨大？但是她和黛玉一样都扛住了，以她的阅历和沉着，跟贾母旗鼓相当的一番对话，赢得贾母的好感，她称呼贾母老寿星，她说贾母是生来享福的，她是干农活的，没法比，她认命并安然接受事实。

贾母又笑道："我才听见凤哥儿说，你带了好些瓜菜来，叫他快收拾去了，我正想个地里现撷的瓜儿菜儿吃。外头买的，不像你们田地里的好吃。"刘姥姥笑道："这是野意儿，不过吃个新鲜。依我们想鱼肉吃，只是吃不起。"

刘姥姥心态平和，真实而坦然，有羡慕却不嫉妒不恨，再加上她发现她的世界里竟然有贾母们不知道不了解却很好奇的丰富内容，就更加自信且镇定了。不同认知层次的人，会有交流困难，刘姥姥克服了这个巨大的鸿沟，这样的表现实在是难得，作者忍不住做了解释："那刘姥姥虽是个村野人，却生来的有些见识，况且年纪老了，世情上经历过的。"

刘姥姥住下了，就有了花团锦簇的第四十回到第四十一回，我们读者也就能跟着刘姥姥游了一趟大观园。这个时刻，她已经打定主意配合鸳鸯和凤姐们，承奉好贾母，何乐而不为，大家都快乐。况且此行能大开眼界，把古往今来没见过的，没吃过的，没听见过的，都经验了。第四十二回看到她回家时候那堆着半炕的东西，看到平儿娓娓叙说每一件礼物的来历和用途，看到平儿竟然说起："休说外话，咱们都是自己，我才这样。"我的眼角也是湿润了，真心为刘姥姥高兴。咱们都是自己，在大家族循规蹈矩尊卑分明的生活中刘姥姥带来的这一出欢乐的小插曲没想到有如此重要的良好后果。平儿将她当作自家人似的看待，也许刘姥姥让平儿依稀想起娘家人？并且约下年底再送点特产来，这是长久欢迎走亲戚的心态啊。

最吊诡的是，她获得了凤姐的尊重，在水月庵中凤姐放言自己从来不信什么是阴司地狱报应，在大姐儿生病的时候却急病乱投医，并相信刘姥姥说的撞客了，更甚至让刘姥姥给大姐儿起名字，凤姐儿道："这也有理。我想起来，他还没个名字，你就给他起个名字。一则借借你的寿；二则你们是庄家人，不怕你恼，到底贫苦些，你贫苦人起个名字，只怕压的住他。"贫穷的刘姥姥竟然在凤姐眼中有了一种魔力，一种能驱邪的正气。警幻仙姑的簿册神秘而巧妙地让巧姐和刘姥姥有了直接的联系。

不知道得知茄子以这种奢侈面目呈现在贵族大家的饭桌上，刘姥姥回去会不会大肆渲染，不过乡邻们若想感受一下，刘姥姥可不会下手做的，为一道菜要配十来只鸡，哪里是庄户人家所为，而且那么烦琐，正如刘姥姥所说："我们村庄上种地种菜，每年每日，春夏秋冬，风里雨里，那有个坐着的空儿，天天都是在那地头子上作歇马凉亭。"口中粮食身上衣都难以保证，谁有那个闲工夫？

茄，直立分枝草本至亚灌木，又名落苏、紫茄、白茄、昆仑瓜、茄瓜、草鳖甲等，"何物昆仑种，曾经御苑题。"昆仑之名是隋炀帝所命名的。"紫腴乡圃，仗纤手、竹篮摘取。是昆仑脯，落苏得名古。"我非常喜欢落苏这个古名，有一次去婺源的一个村子里逛，一个门前簸箕里有晒干的条状，一时没有认出来，主人介绍说这个是落苏干，因为听到这个美好的名字竟然还在使用，一路上我心花怒放。茄子圆形或圆柱状，有紫色，有白色，有绿色，茄子表面有一层蜡质，油光发亮，紫色的尤其好看，张爱玲在《公寓生活记趣》中说道："看不到田园里的茄子，到菜场上去看看也好——那么复杂的，油润的紫色。"城市里长大的作家，具有独特的审美眼光，接触不到大自然，就欣赏大自然的产品来满足对美好事物的了解，清杏岑果尔敏《广州土俗竹枝词》之茄子："忽惊茄子更新样，变作纤纤紫玉钩。"南北朝沈约《行园诗》："紫茄纷烂熳，绿芋郁参差。"说的都是紫色的茄子。

茄子是地三鲜之一，是常见食材，《遵生八笺》记了糟茄子、淡茄、糟瓜茄、糖蒸茄、鹌鹑茄、香瓜茄、糖醋茄等做法，梁实秋《雅舍谈吃》介绍了烧茄子、

白茄子　　　　　　　　　　　茄子花

熬茄子、凉水茄、茄子盒、茄子炸酱的做法。

　　茄子亲和，煎炒蒸炸焖均合适，易于吸收鲜汁，也超级吸油，一般先用油炸或蒸熟令其肉质柔软，再加作料，拌茄泥就是油稍微加热加酱油加蒜末凉拌蒸好的茄子，陆游《素饭》："松桂软炊玉粒饭，醯酱自调银色茄。"这个当是白茄子了。烤茄子是类似做法，夏季烧烤最爱。也是还有常见做法是做茄盒，将长茄子用刀斜切同样厚度，底部不切断，将拌好的肉馅夹在两片茄子之间就是一个茄盒，可做炸茄盒或蒸茄盒。日常其他常见做法有鱼香茄子、咸鱼茄子煲等，张爱玲在《烬余录》里介绍道："有个安南青年，在同学群中是个有点小小名气的画家。他抱怨说战后他笔下的线条不那么有力了，因为自己动手做菜，累坏了臂膀。因之我们每天看见他炸茄子（他只会做一样炸茄子），总觉得凄惨万分。"在美国的日子里，她写了《谈吃与画饼充饥》："有一种罐头上画了一只弯弯的紫茄子。美国的大肚茄子永远心里烂，所以我买了一听罐头茄子试试，可不便宜——难道是茄子塞肉？原来是茄子泥，用豆油或是菜籽油，气味强烈冲鼻。"异乡不道地的食物如何能满足漂泊者对家乡食物的思恋呢？

相比较，贾府的做法真是独特，难得的是凤姐竟然能背出菜谱，可见也是吃货一枚。

《红楼梦》中还有一段跟茄子相关，贾琏偷娶尤二姐，这么大的事情竟然瞒着凤姐，而尤二姐是尤氏的妹妹，虽然不同母也不同父，竟然也是瞒，一点风声都不透露。凤姐大闹宁国府，对尤氏痛骂："你发昏了？你的嘴里难道有茄子塞着？不然他们给你嚼子衔上了？为什么你不告诉我去？你若告诉了我，这会子平安不了？怎得经官动府，闹到这步田地，你这会子还怨他们。自古说：'妻贤夫祸少，表壮不如里壮。'你但凡是个好的，他们怎得闹出这些事来！你又没才干，又没口齿，锯了嘴子的葫芦，就只会一味瞎小心图贤良的名儿。总是他们也不怕你，也不听你。"难怪凤姐如此气急败坏，以茄子和葫芦做比喻来痛击尤氏。作为两府当家奶奶，两人一直互通友好，见面也是打趣调笑，闺蜜一般的亲热，谁知道知人知面不知心，关键时刻，闺蜜给了这么个难题，能不让凤姐窝火气愤？若问她当时感悟，定是防火防盗防闺蜜啊。

肆拾捌

哪两位女子
被称为
没嘴的葫芦?

葫 芦

《红楼梦》第一回就提到葫芦庙，在甄士隐家隔壁。葫芦庙是一座地方窄狭的古庙，作者设置葫芦庙是用谐音法，葫芦谐音糊涂，甲戌本在此有批语："糊涂也，故假语从此具焉。"从此开启真真假假虚虚实实的红楼梦大戏之帷幕。

葫芦庙内寄居的一个穷儒，姓贾名化，表字时飞，别号雨村。贾雨村和甄士隐认识了，获得甄士隐的青睐和赏识，八月十五得到甄士隐赠送的上京赶考的经费，连夜启程离开了葫芦庙，第二年元宵节甄英莲被拐子拐走，三月十五葫芦庙里的和尚炸供，烧着油锅，烧了甄士隐家，葫芦庙也烟消云散。

烟尘散尽，但是葫芦庙的余波袅袅，第四回的回目有"葫芦僧乱判葫芦案"，葫芦僧是葫芦庙里幸存的和尚，葫芦案是甄英莲被两家强抢的案件。这个案件被葫芦僧和贾雨村联手稀里糊涂的结案了。甲戌侧批："至此了结葫芦庙文字。又伏下千里伏线。起用'葫芦'字样，收用'葫芦'字样，盖云一部书皆系葫芦提之意也，此亦系寓意处。葫芦，糊涂，真是。"

又第五回，宝玉在太虚幻境图书馆琢磨簿册，警幻仙姑知他天分高明，性情颖慧，恐把仙机泄漏，遂掩了卷册，笑向宝玉道："且随我去游玩奇景，何必在此打这闷葫芦！"闷葫芦，小孩子喜欢的储蓄罐扑满也叫闷葫芦，硬币们进去容易出来难，闷葫芦比喻心里有话也不说出口，全都藏在心底，让人猜不透心思。这里也有甲戌侧批："为前文'葫芦庙'一点。"警幻仙姑一方面希望宝玉在这谜语般的簿册内容前有所启发，一方面又生怕提前泄露天机，尺度很难把握，也是糊涂法，宝玉此梦可谓葫芦梦。此处照应第十七回："宝玉见了这个所在，心中忽有所动，寻思起来，倒像在那里曾见过的一般，却一时想不起那年那月日的事了。"这里庚辰双行夹批："仍归于葫芦一梦之太虚玄境。"将宝玉所梦明确称为葫芦一梦。

在红楼梦曲的最后一曲收尾·飞鸟各投林后又有一句评语："又照看'葫芦庙'，与'树倒猢狲散'反照。"葫芦庙在大火后了无痕迹，跟"好一似食尽鸟投林，落了片白茫茫大地真干净"的境界差不多。作者通过葫芦庙、树倒猢狲散、白茫茫大地等多种意向渲染色空观，因空见色，由色生情，传情入色，自色悟空。转到底，还是空即是色，色即是空。

此外，葫芦庙和葫芦案被批语多次提到，如赵嬷嬷谈及王家富贵："那是谁不知道的？如今还有个口号儿呢，说'东海少了白玉床，龙王来请江南王'"。此处有庚辰侧批："应前'葫芦案'。"

所以葫芦在书中不是普通植物的含义，有非常深刻的寓意。

葫芦，一年生蔓生或攀缘藤本植物。葫芦花白色单薄，开放在傍晚，在日本被称为"夕颜"，《源氏物语》中有一位凄美可怜的夕颜姑娘，和源氏结识就是通过夕颜花。葫芦果实品种形状多样，常见的为淡黄色，两个球状体中间细细的连在一起。

在古代葫芦有众多称呼，《邶风》"匏有苦叶，济有涉深"，《卫风》云"齿如瓠犀"，《幽风》云"七月食瓜，八月断壶"，《小雅》云"南有木，甘瓠累之"，其中的匏、瓠、壶、甘瓠均指葫芦。李纨出的谜语是"一池青草草何名"，湘云说出答案是"蒲芦"。这个蒲芦也有一说是葫芦的别称。第四十三回尤氏和凤姐谈及周姨娘和赵姨娘："又拉上两个苦瓠子作什么？"苦瓠子之说表明在尤氏眼中二位姨奶奶是苦命人。根据专家考证，妙玉的酒具颁瓟斝，斝是古代酒器名，颁瓟就是葫芦。把一个斝的模子套在小颁瓟上，让颁瓟按斝模的形状长大成型成熟，老化变硬后去掉斝模，挖瓢去籽，就可用来作为饮酒、饮茶的器具。之所以珍贵，是因为这个葫芦不容易完全按照模子长，葫芦壁的厚度也不能长得均匀。《芙蓉女儿诔》中有"文瓟匏以为觯斝兮"，瓟匏也为葫芦，这句话的意思是在葫芦上雕刻或作画作为精美的酒具。

庄子《逍遥游》中有一个著名的大葫芦，惠子觉得这个巨无霸大葫芦一点用都没有，盛水不结识，剖开做瓢太大，没地方搁，最后就只好砸了这个葫芦。

庄子说惠子固拙于用大矣，说他不会利用大物，这么大的葫芦可以考虑用来做漂浮江湖之上的舟，由此可见惠子格局太小，犹有蓬之心也夫，也就是蓬草一般的见识，见识浅薄的人哪里能懂得大道理，不会用人也不会用超出理解范围的物品。

葫芦常栽培作凉棚，可供观赏。果实葫芦嫩时可食用，味道鲜美，切成长条晒干后为葫芦条儿，平儿叮嘱刘姥姥带些到贾府中，因为上上下下都爱吃。

葫芦老了外壳会很硬，金黄色，摇动会有葫芦籽撞击葫芦内壁发出的清脆声音，对剖开就是可以舀水的瓢了。芦雪庵联句就有"清贫怀箪瓢"，箪和瓢都是非常环保的用品。第六十二回中，大家玩射覆的游戏，李纨和岫烟对了点子。李纨便覆了一个"瓢"字，岫烟便射了一个"绿"字，二人会意，各饮一口。第七十五回银蝶骂小丫头炒豆儿："说一个个没机变的，说一个葫芦就是一个瓢。"是说一个人实心眼。

葫芦长时间使用后颜色会逐渐成褐紫色。神仙们就地取材，也爱用这个老葫芦来装酒或装药，比如八仙中的铁拐李一直就背着一个大葫芦，"铁拐李葫芦里的药"比喻只看到别人的缺点，却看不到自己的，因为铁拐李的腿用他自己的仙药是治不好的。禁军教头林冲风雪山神庙时候，花枪上挑的就是葫芦，里面装的是酒。逐渐的这个老葫芦也有了种辟邪的功能，聊斋的《画皮》中那个披了人皮的鬼最后就是被道士用葫芦给没收了："道士出一葫芦，拔其塞，置烟中，飗飗然如口吸气，瞬息烟尽。"文字精彩，看得痛快，所谓魔高一尺，道高一丈，这个吸魔葫芦让人景仰万分。

凤姐大闹宁国府，哭着两手搬着尤氏的脸紧对相问道："你发昏了？你的嘴里难道有茄子塞着？……你又没才干，又没口齿，锯了嘴子的葫芦，就只会一味瞎小心图贤良的名儿……"凤姐的笑话说得好，骂人水平也是高超，虽然不认识几个字，但是才华横溢啊，锯了嘴子的葫芦，是说尤氏不够朋友，这么重大的事情竟然瞒得如此严密，不说给她知道。

第七十八回贾母评价袭人道："原来这样，如此更好了。袭人本来从小儿不言不语，我只说他是没嘴的葫芦。"没嘴的葫芦是天生没嘴，锯了嘴子的葫芦是后天没嘴，都是同样不会说话的意思。其实尤氏和袭人的口才并不弱，袭人还是宝玉的解语花。只是在以聪敏伶俐有口才为特长的贾母和凤姐眼中，这二人就算是笨嘴拙舌的了。每个人都以自己的观点从自己的角度看待别人，得出的结论自然不同。所以鸿鹄安知燕雀之志，夏虫不可以语冰。小知不及大知，小年不及大年。朝菌不知晦朔，蟪蛄不知春秋。贾母眼中的不言不语的袭人在王夫人眼中是性情和顺、举止沉重、行事大方、心地老实；贾母眼中聪明伶俐的晴雯在王夫人眼中是个妖精。众人眼中的百事通宝钗在凤姐眼中是不干己事不张口，一问摇头三不知，众人眼中脂粉中的英雄王熙凤在宝钗眼中却因是不识字而流入世俗。人生在世，做好自己难，做成别人希望的更难。人跟人的隔阂之巨大有时候比跟夏虫朝菌蟪蛄的隔阂更加宽广。

漏了一个细节，莺儿妈会编葫芦状的花篮。

灯姑娘
多姑娘的
蒹葭倚玉之叹

芦 苇

  赖家的见晴雯虽到贾母跟前，千伶百俐，嘴尖性大，却倒还不忘旧，故又将他姑舅哥哥收买进来，把家里一个女孩子配了他。成了房后，谁知他姑舅哥哥一朝身安泰，就忘却当年流落时，任意吃死酒，家小也不顾。偏又娶了个多情美色之妻，见他不顾身命，不知风月，一味死吃酒，便不免有蒹葭倚玉之叹，红颜寂寞之悲。

——《红楼梦》第七十七回

  在这里之后，又提到一句："若问他夫妻姓甚名谁，便是上回贾琏所接见的多浑虫灯姑娘儿的便是了。"再翻回第二十一回，并没有灯姑娘，贾琏偷情的却是多姑娘，来历也不同："不想荣国府内有一个极不成器破烂酒头厨子，名叫多官，人见他懦弱无能，都唤他作多浑虫。因他自小父母替他在外娶了一个媳妇，今年方二十来往年纪，生得有几分人才，见者无不美爱。他生性轻浮，最喜拈花惹草，多浑虫又不理论，只是有酒有肉有钱，便诸事不管了，所以荣宁二府之人都得入手。因这个媳妇美貌异常，轻浮无比，众人都呼他作多姑娘儿。"这个时候灯姑娘名叫多姑娘。

第二十一回中，多姑娘是多浑虫从小定亲的，在贾府外面的不属于贾府的奴隶，然，嫁过来后估计也成了贾府编制的女奴。第七十七回将多浑虫安排成晴雯的姑舅哥哥，灯姑娘是赖家的女奴，从中也可以看出曹公增删修改的痕迹，为了突出晴雯的悲惨身世和清白无辜，给晴雯安排了这样一个嫂子。

不管是灯姑娘还是多姑娘，是家生子还是外面聘的，多浑虫多官的娘子是这样的女子：多情美色。《红楼梦》中有很多美貌且没有好背景好条件的女子，尤二尤三邢岫烟袭人穿红衣服的姨妹等，各人情况不同，走向不同的境遇。

多姑娘婚前的少女生活没有一笔描述，作为一个贫女，美貌如斯，成长过程中会发生什么故事？因有父母呵护，闺门严谨，顺利等待嫁入父母择就的夫婿家如邢岫烟？家境艰难，少女时代就养就泼辣生存能力如麻油店的曹七巧？粗生粗长，被诱惑被抛弃如德伯家的苔丝？曾经被纨绔少爷骚扰如金钏？曾经被好色老爷惦记如鸳鸯？总之，我们一无所知，只知道天生美貌的多姑娘长大了并嫁了人。

然而嫁的是多浑虫，被酒精侵蚀的极不成器的一个粗俗男子。多姑娘身为下贱，又遇人不淑，天生丽质难自弃，遭遇到和潘金莲一样的境地。婚姻是女子面临的一次巨大挑战，不亚于一次脱胎换骨，一夜之间，从娘家到婆家，从少女到少妇。尤其是在大家庭时代，从承欢父母膝下的乖乖女到侍候公婆的媳妇相夫教子的贤妻，这种转换是极其震撼的。

一个女子能够得到真正的爱情和良好的婚姻，那是人生最幸福的事情。真爱和好婚姻可以使人性得到升华，激发美好的一面，无私包容，心胸宽大。而爱情的幻觉一旦破灭，婚姻落入不幸，错配了怨偶，种种人性缺点爆发，或隐忍悲哀，逆来顺受，如迎春香菱。或工于心计、自私自利、毁人伤己如夏金桂。

大部分人做不成安娜卡列尼娜，敢于逃脱不幸婚姻的樊笼，即使是安娜，逃脱之后又能如何？若有孩子还好，多少人可以生生灭了爱情，将感情寄托于孩子，然而，多姑娘没有孩子，潘金莲没有孩子，她们滔滔的情感没有寄托没有可以着地的指望。若有一份可以舒缓的爱好还好，比如写诗词的朱淑真，然而，多姑娘估计也没有多少书读，看不到周遭之外的世界模样。

多姑娘"恣情纵欲，满宅内便延揽英雄，收纳材俊，上上下下竟有一半是他考试过的"。吊诡的是，她竟然一路顺风，集邮无数，无阻无碍，无惊无险，她考试了贾琏，被平儿相助贾琏瞒过了凤姐，她的集邮可谓所向披靡，直到受阻于宝玉，令她见识到了男女之间的一番真情。

《世说新语》："魏蝗帝使后弟毛曾与夏侯元并坐，时人谓蒹葭倚玉树。"蒹葭和玉树放在一起有强烈对比，是美的更美，丑的更丑。蒹葭倚玉比喻一丑一美不能相比。

蒹葭是芦苇的别名，芦苇是多年生水生或湿生的草本，多生长在沟渠、沼泽地等处，是非常常见的植物，柳湘莲就在北门一带苇塘里狠狠揍了薛蟠一顿。蒹葭在遥远的《诗经》中就开始摇曳："蒹葭苍苍，白露为霜。所谓伊人，在水一方……蒹葭凄凄……蒹葭采采……"，琼瑶将此意境改成现代版歌曲《在水一方》:"绿草苍苍,白雾茫茫,有位佳人,在水一方……"曲调是非常的悠扬好听。《芙蓉女儿》诔中有"连天衰草,岂独蒹葭",描绘的是一幅凄清的荒野景色。

群植的芦苇在秋季开花时分,花白如雪,是苍茫壮观的美景,有一个有趣的咏雪诗:"一片两片三四片,五片六片七八片。十片百片千万片,落入芦花都不见。"形容芦花如雪,大观园中有一处院落为芦雪广:"盖在傍山临水河滩之上,一带几间,茅檐土壁,槿篱竹牖,推窗便可垂钓,四面都是芦苇掩覆,一条去径逶迤穿芦度苇过去,便是藕香榭的竹桥了。"木槿做的绿篱笆,竹子做的门,四面是芦苇,"荻芦夜雪"的匾额就在此。荻也是多年生草本植物,形状很像芦苇。白居易《琵琶行》开头就是:"浔阳江头夜送客,枫叶荻花秋瑟瑟。"荻也是秋天开花。芦苇花、荻花开的时候一片雪似的白,"荻芦夜雪"就是指芦雪广的景色,飘的不是雪花,是如雪花般洁白厚实的芦苇花荻花。

第五十回的联句探春有"无心饰萎苕"句,雪花无心去装饰枯萎了的芦花。苕,有很多种含义,如指番薯、凌霄、紫云英等,在这里是指芦苇的花,这句属于即景而作。苏轼写过"溪上苕花正浮雪",也将芦苇花形容为雪。同回联句中还有"苇蓑犹泊钓""葭动灰飞管"等句都跟芦苇相关。灰管亦作灰琯,古代候验节气变化的器具。以芦苇茎中的薄膜制成灰置于律管,故名灰管。到了某一节气,管中的灰就会飞出来,实在想象不出来是什么样子的自动计时工具。

多姑娘在蒹葭倚玉之叹、红颜寂寞之悲后,选择的是一条不归路,以色惑人,填补寂寞,败坏风气,将别人的家庭置于危地而不自知。年轻貌美时分,多少人爱你青春欢畅的时辰,爱慕你的美丽,假意或真心。年老色衰之际,人情冷暖,谁会爱你那朝圣者的灵魂，爱你衰老了的脸上痛苦的皱纹？可以想见，未来等待多姑娘的是一步步走向的那没有光的所在。

多姑娘在曹公笔下存在的更大意义是为了衬托晴雯的清白。至清至浊的强烈对比，让人唏嘘。同一间破败的茅屋里，世态炎凉，人性毕现。

念在嘴里倒象
有几千斤重的
一个橄榄

伍拾

橄榄

> 我看他《塞上》一首,那一联云:"大漠孤烟直,长河落日圆。"想来烟如何直?日自然是圆的:这"直"字似无理,"圆"字似太俗。合上书一想,倒象是见了这景的。若说再找两个字换这两个,竟再找不出两个字来。再还有"日落江湖白,潮来天地青",这"白""青"两个字也似无理。想来,必得这两个字才形容得尽,念在嘴里倒象有几千斤重的一个橄榄。还有"渡头余落日,墟里上孤烟",这"余"字和"上"字,难为他怎么想来!我们那年上京来,那日下晚便湾住船,岸上又没有人,只有几棵树,远远的几家人家作晚饭,那个烟竟是碧青,连云直上。谁知我昨日晚上读了这两句,倒象我又到了那个地方去了。
>
> ——《红楼梦》第四十八回

第四十八回"慕雅女雅集苦吟诗"一段是我最喜欢的片段之一,每每读来,口角噙香,近日几个爱红楼的大妈想起学诗,首先就通读这一段,并且毫不犹豫,按照黛玉教授香菱的办法,"我这里有《王摩诘全集》,你且把他的五言律读一百首,细心揣摩透熟了,然后再读一二百首老杜的七言律,次再李青莲的七言绝句读一二百首。肚子里先有了这三个人作了底子,然后再把陶渊明、应玚、谢、阮、庾、鲍等人的一看。"马上行动,先从王维的五言律诗读起。香菱谈论的三首王维五言诗便是我们首先要共读的。

使至塞上

单车欲问边,属国过居延。

征蓬出汉塞,归雁入胡天。

大漠孤烟直,长河落日圆。

萧关逢候吏,都护在燕然。

公元737年,开元二十五年,河西节度副大使崔希逸战胜吐蕃,王维以监察御史的身份出塞慰问,察访军情。首联写作者轻车前往边塞,经过居延。颔联写作者像随风飘舞的蓬草一样奔临边塞,像归来的大雁一样进入胡天,此时当是春天,大雁北归之际。颈联是全诗的精华,再现了浩瀚沙漠中的经典场面,将战争中的战场定格在短暂的宁静中,却是千古壮观,意境雄浑,历代诗论都频加赞赏,如"直字圆字,十二分力量""直圆二字极锤炼,亦极自然""大漠长河一联,独绝千古",等等。尾联写作者到了边塞,却没有见到首将都护,侦察兵告诉他,都护正在前线。

有一年的暑假,我来到非洲肯尼亚,在荒漠中以旁观者的身份关注荒野中的野生动物们,荒漠中远远近近不时腾起白色沙柱,盘旋上升,远远看也是笔直,是不均匀的热带旋涡所致，不其然就想起这一句，大漠孤烟直，长河落日圆。此烟可能是狼烟所烧，也有可能就是一种自然现象。

送邢桂州

铙吹喧京口，风波下洞庭。

赭圻将赤岸，击汰复扬舲。

日落江湖白，潮来天地青。

明珠归合浦，应逐使臣星。

这首是送别诗，公元761年，唐肃宗上元二年。首联写作者目送赴水路上任的邢济坐船远去，在钟鼓齐鸣中从京口出发，扬帆直下洞庭湖。颔联继续写未来的行程，将经过赭圻城和赤岸山，船桨拍击着水波，船只快速前行。颈联写景，夕阳西沉时江湖浪白，潮水涌来时天地色青，此联也是获得一致好评，如"正大尔雅""有老杜气格""五六水行之景，雄俊阔大""气象雄阔，涵盖一切"，等等。尾联说明珠重回到合浦海，定是追随着使臣之星，这是夸赞和勉励邢济为官清廉、造福一方百姓之言。

辋川闲居赠裴秀才迪

寒山转苍翠，秋水日潺湲。

倚杖柴门外，临风听暮蝉。

渡头馀落日，墟里上孤烟。

复值接舆醉，狂歌五柳前。

首联写辋川秋景，天色向晚，寒山逐渐苍翠，秋水不断潺湲。颔联写作者和朋友倚杖柴门，临风听蝉，闲适无比。颈联又写眼中所见景色，水边渡头望去夕阳欲落，陆上墟里炊烟初升，是郊外黄昏的典型景色。此联也是全诗精华，获得一致好评，如"淡宕闲适，绝类渊明"，"一时情景，真率古淡"，等等。尾联写沉醉的裴迪狂歌，自在逍遥。自己和朋友的活动场景俨然就是陶渊明所描述的理想生活状态。

黛玉是个学霸，学问功底扎实，对于此诗和陶渊明诗的一脉相承非常了然，所以她诲人不倦，点道：

"你说他这'上孤烟'好，你还不知他这一句还是套了前人的来。我给你这一句瞧瞧，更比这个淡而现成。"说着便把陶渊明的"暧暧远人村，依依墟里烟"翻了出来，递与香菱。香菱瞧了，点头叹赏，笑道："原来'上'字是从'依依'两个字上化出来的。"

真是令人感动，如此良师，如此勤奋好学的学生，一个倾囊相授，一个虚心求教，教学相长，相得益彰。是最理想的因材施教，多么温馨的场景。再看看陶渊明的诗。

　　　　归园田居五首 其一

少无适俗韵，性本爱丘山。

误落尘网中，一去三十年。

羁鸟恋旧林，池鱼思故渊。

开荒南野际，守拙归园田。

方宅十馀亩，草屋八九间。

榆柳荫后园，桃李罗堂前。

暧暧远人村，依依墟里烟。

狗吠深巷中，鸡鸣桑树巅。

户庭无尘杂，虚室有馀闲。

久在樊笼里，复得返自然。

"念在嘴里倒象有几千斤重的一个橄榄"，香菱此时的比喻真让人想起张爱玲笔下那些奇特的通感比喻，这个充满灵性诗性的小女子，为自己的诗心诗情所驱使，为自己的情感寻找倾诉的出口，自发选择了学诗。

橄榄树是常绿果树，橄榄果果实卵圆形至纺锤形，成熟时也是青色，因又名青果。此外因初吃时味道涩，细嚼后余味无穷，欲罢不能，比喻忠谏之言，虽逆耳，但利民利国，因此又名忠果、谏果。郑板桥将书斋名为"橄榄轩"，意读书如嚼橄榄，需细细品味。缪钺《论宋诗》："唐诗如芍药海棠，秾华繁采；宋诗如寒梅秋菊，幽韵冷香。唐诗如啖荔枝，一颗入口，则甘芳盈颊；宋诗如食橄榄，初觉生涩，而回味隽永……"以植物来比喻唐诗宋诗，非常有趣。《本草纲目》上介绍了一个摘橄榄果子的方法："橄榄树高，将熟时以木钉钉之，或纳盐少许于皮内，其实一夕自落，亦物理之妙也。"没有见过，不知道是不是可以如此摘果，但是苏东坡《橄榄》："纷纷青子落红盐，正味森森苦且严。待得微甘回齿颊，已输崖蜜十分甜。"宋吴礼之《浣溪沙·橄榄》："南国风流是故乡。红盐落子不因霜。于中小底最珍藏。荐酒荐茶些子涩，透心透顶十分香。可人回味越思量。"也说到这个办法。

元洪希文《尝新橄榄》："橄榄如佳士，外圆内实刚。其味苦且涩，其气清又芳，佐酒解酒毒，授茶助茶香。得盐即回味，消食尤奇方。"橄榄可食，但不好直接入口，需要加工，有蜜渍、盐藏等多种加工办法。青榄也可以煲汤，广府这边，青榄煲老鸭，青榄炖猪肺，青榄煲赤肉是常见做法，后者需青榄，赤肉，海参，葡萄干少量（20粒），按照一个人分量六只青榄，三两赤肉。秋季喝最好，润喉润肺。遇到一次青榄被横切，从汤中捞起时赫然如一张面孔，不禁暗服厨师。我还爱吃一种橄榄菜，潮汕地区的做法，将橄榄打破泡水一周去涩，和咸菜叶盐同熬，葱头切碎，用油同炒，即为橄榄菜，下粥妙品。

黛玉的前生绛珠仙女终日游于离恨天外，饥则食蜜青果为膳，天天只吃橄榄真不知道是什么滋味。

还有一种可榨油的橄榄，然，不是同一种橄榄，是另一种常绿乔木，《圣经》里上帝以洪水毁灭万物，诺亚造方舟以保存物种，漂流很久后放鸽子出舟，鸽子衔回一根翠绿色的橄榄枝，预示大地恢复生机，和平降临地球。橄榄枝成为和平的代名词，鸽子也被称作和平的使者，摇橄榄枝或放飞和平鸽代表友好愿望，联合国的徽志即是橄榄枝托着地球。此橄榄为木橄榄，也名洋橄榄，油橄榄。果实比橄榄小，含油量高，榨油即为橄榄油。橄榄油被誉为液体黄金，有极佳的天然保健功效、美容功效和理想的烹调用途。齐豫一首《橄榄树》："为什么流浪，为什么流浪远方,为了我梦中的橄榄树。"歌词为三毛所写,唱的是油橄榄。

香菱和黛玉讨论诗歌时候谈她读诗的体会:"'日落江湖白,潮来天地青',这'白''青'两个字也似无理。想来,必得这两个字才形容得尽,念在嘴里倒像有几千斤重的一个橄榄。"用几千斤重的一个橄榄来形容诗的味道,看似不通,细细品味却无刺可挑,将滋味悠长的感觉形容得入木三分。比喻非常之奇特,形象而贴切,宝玉听了大加赞赏:"会心处不在多,听你说了这两句,可知三昧你已得了。"香菱有如此深刻的认识和细腻的感觉,再加上黛玉老师的因材施教,怎么能不进展飞速,成为大观园诗坛最明亮的新星呢?

《红楼梦》第四十八回中有一段长长的脂批:"细想香菱之为人也,根基不让迎、探,容貌不让凤、秦,端雅不让纨、钗,风流不让湘、黛,贤惠不让袭、平,所惜者青年罹祸,命运乖蹇,至为侧室,且虽曾读书,不能与林、湘辈并驰于海棠之社耳。然此一人岂可不入园哉?故欲令入园,终无可入之隙,筹划再四,欲令入园必呆兄远行后方可。然阿呆兄又如何方可远行?曰名,不可;利,不可;无事,不可;必得万人想不到,自己忽发一机之事方可。因此思及'情'之一字及呆素所误者,故借'情误'二字生出一事,使阿呆游艺之志已坚,则菱卿入园之隙方妥。回思因欲香菱入园,是写阿呆情误,因欲阿呆情误,先写一赖尚荣,实委婉严密之甚也。"

果真,若少了香菱学诗,若少了香菱论诗,大观园中的好时光便少了些许趣味。

伍拾壹

佛豆好揀
佛心難修

佛　豆

贾母道："正是呢。我正要吃晚饭，你在这里打发我吃，剩下的你就和珍儿媳妇吃了。你两个在这里帮着两个师傅替我拣佛豆儿，你们也积积寿，前儿你姊妹们和宝玉都拣了，如今也叫你们拣拣，别说我偏心。"说话时，先摆上一桌素的来。两个姑子吃了，然后才摆上荤的，贾母吃毕，抬出外间。尤氏凤姐儿二人正吃，贾母又叫把喜鸾四姐儿二人也叫来，跟他二人吃毕，洗了手，点上香，捧过一升豆子来。两个姑子先念了佛偈，然后一个一个的拣在一个簸箩内，每拣一个，念一声佛。明日煮熟了，令人在十字街结寿缘。贾母歪着听两个姑子又说些佛家的因果善事。

——《红楼梦》第七十一回

佛豆指蚕豆，因为蚕时成熟，豆荚状如老蚕，因以蚕名之。西汉时由张骞从西域传入，又称胡豆，还有别名罗汉豆。《植物名实图考》蚕豆："明时以种自云南来者绝大而佳，滇为佛国，名曰佛豆，其以此欤？"

宋舒岳祥有诗："莫道莺花抛白发，且将蚕豆伴青梅。""翛然山径花吹尽，蚕豆青梅荐一杯。"青梅成熟的时节，蚕豆也上市了。宋释行海："雨洗樱红蚕豆绿，金衣公子可怜谁。"樱花红蚕豆绿，也是一景。可见蚕豆宋朝即有，所以金庸在《射雕英雄传》第一回安排杨铁心和郭啸天请张十五到村头小酒店喝酒，下酒菜就是一碟蚕豆、一碟咸花生、一碟豆腐干，另有三个切开的咸蛋。花生其实宋时还没有，而蚕豆是可以有的，可以作为宋朝草根江湖人物常见下酒菜。《笑傲江湖》已在宋后，开篇林平之等打猎后去小酒店用餐，伪装成服务员的岳灵珊端上来的也是牛肉、蚕豆之类下酒菜。宋宋祁《益部方物记》说蚕豆"以盐渍食之，小儿所嗜"，岂止小儿，大人也爱吃的。

蚕豆春节期间开花，紫色花很别致，然后长出肥美的荚果，没有冰箱的时代，一年之内也就春天里的一两个月能吃到新鲜蚕豆，比较难得，所以《鹿鼎记》中有个桥段，反映皇帝御厨房的采购工作猫腻，承值太监笑道："供奉过时隔宿的菜蔬，那是万万不敢。不过有些一年之中只有一两月才有的果菜，咱们就不能供奉了。倘若皇上吃得入味，夏天要冬笋，冬天要新鲜蚕豆，大伙儿又只好上吊了。"怕皇帝惦记不合时宜点单干脆不采购新鲜蚕豆，皇帝吃个鲜物也不容易。

佛豆

新鲜蚕豆的荚果肥厚，剥开可见里面有

白色海绵状的横膈膜，一排碧绿的粉嫩种子，种子长方圆形，近长方形，神似罗汉头，这也是罗汉豆名的由来。革质种皮还需要剥除，里面才是美味的可食用部分，我老家叫蚕豆米。剥蚕豆种皮在小时候的我看来也是很有意思的事情，蚕豆种子头上是一个深色的杠杠，学名是线形种脐，在种脐附近剥出一个口子，一挤，就有一个完整的有一个开口的口袋似的空壳，可以选了合适大小的，将十个指头全套上米玩。

盐水煮蚕豆是最简单的做法，还有更省事的，小时候去乡下玩，做饭时奶奶去菜园里摘蚕豆荚果，剥出一把新鲜蚕豆，直接丢进饭里，饭熟了蚕豆也熟了，熟后绿色种皮变成褐色，从饭里挑出蚕豆来用线穿一圈，挂在脖子上或者绕在手上，当零食吃，蚕豆米粉粉的糯糯的，有一丝丝的香甜，是纯天然的玩具和美食。文人笔下也有体现，如鲁迅《朝花夕拾·小引》："我有一时，曾经屡次忆起儿时在故乡所吃的蔬果：菱角，罗汉豆，茭白，香瓜。"《呐喊·社戏》："这回想出来的是桂生，说是罗汉豆正旺相，柴火又现成，我们可以偷一点来煮吃的。"无独有偶，胡兰成在《今生今世》里也写了村里年轻人结伴去偷地里的蚕豆吃："他们拔了大捆蚕豆回来，连叶连茎，拖进茶灶间里，灯下只见异样的碧绿青翠，大家摘下豆荚，在茶灶镬里放点水用猛火一煠，撒上一撮盐花，就捞起倒在板桌上。"写来令人流口水。然而并不是每个人都能吃蚕豆，G6PD缺乏症俗称蚕豆病，患者不能进食蚕豆。

除了盐水煮外，蚕豆还有常用吃法是用蚕豆米来炒肉丝，炒雪菜，打蛋花汤等。我小的时候家家户户还要做蚕豆酱，蚕豆煮熟晾干，放阴凉处拌了面粉待生出菌丝后加盐水泡好，放瓷坛中，太阳下晒上多日，就发酵出鲜美无比的蚕豆酱。

老透的蚕豆非常坚硬，食用方法也有多种，上海城隍庙著名特产茴香豆、怪味豆还有原料就是老蚕豆，关于茴香豆的茴有几种写法鲁迅笔下有孔乙己进行了专门的研究。老蚕豆也可油炸，油炸蚕豆还有个别名兰花豆。

说回《红楼梦》，贾母这个人物绝对是超脱了千红一哭万艳同悲的大氛围，福气满满，不属于薄命司中人。她出身名门，金陵世勋史侯家是赫赫扬扬四大家族之一，从枕霞阁事件看来闺女时代的贾母比湘云更活泼调皮。她嫁了当朝荣国公贾代善，夫妻和睦情深，生儿育女，此时荣宁二府正处于蒸蒸日上时期，连王夫人回忆起小姑子贾敏的女儿时代都情不自禁："只说如今你林妹妹的母亲，未出阁时，是何等的娇生惯养，是何等的金尊玉贵，那才像个千金小姐的体统。"两个何等，用的句式都是琼瑶体，可以想见贾母婚后生活的富贵繁华，即使有危机，那也是有惊无险平安度过，贾母在第四十七回感慨过："我进了这门子作重孙子媳妇起，到如今我也有了重孙子媳妇了，连头带尾五十四年，凭着大惊大险千奇百怪的事，也经了些。"经过生活历练的贾母，没有偏执戾气，剩下的都是祥和雍容，人情练达，世事洞明，她也顺理成章成为家族中最受尊敬的老祖宗。

贾母放手将理家之权交与孙媳妇王熙凤，安心延续她精致富贵、儿孙绕膝的生活，她爱玩爱热闹，她注重享乐品味高雅，吃喝玩乐样样精细，心宽体安，延年益寿，一帆风顺，八十岁的生涯可谓烈火烹油，锦上添花。

贾母八月初三八十岁生日是大事，从七月二十八日起至八月初五日止荣宁两处齐开筵宴为她庆生，自七月上旬，送寿礼者便络绎不绝，光围屏就有十六家有送。

生日期间暗潮汹涌，此时，邢夫人已经对王熙凤生了嫌隙之心，着实恶绝王熙凤。看角门婆子言语得罪了尤氏，经过系列发酵，被邢夫人抓住机会，当面给王熙凤难堪，王夫人和尤氏也没有顾及王熙凤的脸面，为她说话。凤姐得此打击，灰心转悲，受了气也不敢声张，向来不可一世的凤姐也深刻地体会到人言可畏、风刀霜剑。表面风光的贾府已经败象呈现。

贾母在生日期间用拣佛豆的方式祈福延寿，如她所说，这个活动参与的人还可以积积寿，所以她不忘记让疼爱的孙辈们一起参与，沾沾她的福气，对她留下的两个穷亲戚喜鸾四姐儿也不例外。鸳鸯告诉了凤姐受委屈后，贾母马上洞悉了真相，并想起喜鸾四姐儿的处境："到园里各处女人们跟前嘱咐嘱咐，留下的喜姐儿和四姐儿虽然穷，也和家里的姑娘们是一样，大家照看经心些。我知道咱们家的男男女女都是'一个富贵心，两只体面眼'，未必把他两个放在眼里。有人小看了他们，我听见可不依。"老太太深谙人情世故，深谙人心叵测。

她用自己的羽翼庇护孙女儿们外孙女儿宝贝孙子们，疼爱她们，温暖她们。她能善待清虚观的小道士，善待小戏子们，善待穷亲戚们，善待她能看到的贫弱人群，能和刘姥姥谈笑风生，她用自己的方式，为自己积善也为子孙们积福。红楼梦中令人艳羡的生活方式，令人仰视的富贵逼人气派，非她莫属。

谁还有贾母的底气，在密切的甄家获罪抄没家产回京治罪等时节，在大厦将倾的危机前，犹有心情："咱们别管人家的事，且商量咱们八月十五日赏月是正经。"

结个大倭瓜
花儿落了

伍拾贰

南 瓜

鸳鸯笑道:"凑成便是一枝花。"刘姥姥两只手比着,说道:"花儿落了结个大倭瓜。"

——《红楼梦》第四十回

从刘姥姥这边看,虽然是抱着见世面的心态行走贾府,兵来将挡水来土掩,见招拆招。然而处于众人焦点,那么多双眼睛盯着,虽然将自己低到尘埃中,也不免时有忐忑,失礼不怕,太失礼了惹贾母烦厌就不好了,这个度是很难把握的。比如在缀锦阁里贾母希望喝酒行令。即使是豪门贵族,不是人人都是学问好,知书达理,能行个雅点的酒令也是不容易的,贾母一提议行一令,薛姨妈就首先犯难:"老太太自然有好酒令,我们如何会呢,安心要我们醉了。我们都多吃两杯就有了。"贾母笑道:"姨太太今儿也过谦起来,想是厌我老了。"贾母不让薛姨妈有退路,薛姨妈笑道:"不是谦,只怕行不上来倒是笑话了。"

连薛姨妈都担心说不好被笑话，而最后王夫人还是鸳鸯代说的，可见王家的教育是达理却不知书，这个场面不是那么容易过的。

等到鸳鸯上场，号称酒令大如军令，那个阵势让刘姥姥胆怯了，鸳鸯未开口，刘姥姥便下了席，摆手道："别这样捉弄人家，我家去了。"很明显的捉弄，这时候她是真的是没底，真想逃回家去。

众人都笑道："这却使不得。"鸳鸯喝令小丫头子们："拉上席去！"小丫头子们也笑着，果然拉入席中。刘姥姥只叫："饶了我罢！"鸳鸯道："再多言的罚一壶。"刘姥姥方住了声。

作者没写此时刘姥姥的心理，想来惴惴不安，没有那么轻松。

等到鸳鸯说出酒令规则，贾母说了，薛姨妈说了，湘云说了，黛玉说了，迎春说了，王夫人竟然不会说，由鸳鸯代说，此时刘姥姥镇定多了，这段时间是她苦苦观察并学习揣摩的时间，谁也不知道看似大大咧咧的刘姥姥这段时间是多么的不容易，但是她心里有了底气。

鸳鸯笑道："左边'四四'是个人。"刘姥姥听了，想了半日，说道："是个庄家人罢。"

得到贾母首肯，首战告捷，接着"一个萝卜一头蒜、花儿落了结个大倭瓜"等村语俚语接上，通俗自然，完全符合酒令的要求，尾字也是压韵的。

对比一下薛蟠和宝玉蒋玉菡的一次喝酒行酒令，由宝玉提议发一个新酒令：

要说悲、愁、喜、乐四字，却要说出女儿来，还要注明这四字原故。说完了，饮门杯。酒面要唱一个新鲜时样曲子；酒底要席上生风一样东西，或古诗、旧对、

《四书》《五经》、成语。

当时薛蟠就不想参加,他是真的不懂,当时的心态和刘姥姥应该差不多,也是在众人不同意的情况下被迫参加,先说了两句押韵的,又说了一句让大家惊讶的雅致的句子,然后就是粗俗不堪的句子,让席上的人难堪,还大言不惭说是哼哼韵。

两次酒令都是超过了薛蟠和刘姥姥的学识,薛蟠用撒泼胡搅蛮缠来过关,相比较下,刘姥姥体面过关,展示了过人的智慧。

南瓜,一年生蔓生草本,又叫倭瓜、饭瓜、金瓜等,又因为来自外域,倭、番都是国人对外族之称谓,所以也叫倭瓜、番瓜。南瓜果实形状多样,大小多样,因品种而异,大小有巨无霸也有微型,大的被称为植物界最大的浆果,果实外面常有数条纵沟或无,内有长卵形或长圆形种子多数,灰白色,边缘薄。南瓜既可当菜也可当粮,是常见的食用瓜。

蒸南瓜、煮南瓜、煨南瓜、炒南瓜都是美味,南瓜切开挖出瓤,用外皮当燉盅可以做各式南瓜盅。南瓜饼是将南瓜去皮去瓤蒸熟蒸烂,和入适当的面粉,揉好,捏成饼状用油煎熟。《小团圆》里提道:"这一天她在楼梯口叫道:'我做南瓜饼,咱们过阴天哪!'只有《儿女英雄传》上张金凤的母亲说过过阴天儿的话。她下厨房用南瓜泥和面煎一大叠薄饼,没什么好吃,但情调很浓。"南瓜在国外也是常见的食品,做成酥饼最常见,张爱玲翻译《无头骑士》:"黄黄的南瓜,仰天躺在玉蜀黍下面,它们美丽的圆滚滚的肚子晒在太阳里——眼见得可以吃到最精美的南瓜酥饼。""在桥那边,在河身宽阔河水深而黑的一段,他

南瓜花做成的美食

们在岸上发现了那不幸的夷查博的帽子,紧挨著它旁边有一只砸得稀烂的南瓜。"中国传统做法就是煮和蒸,她在《道路以目》里写道:"小饭铺常常在门口煮南瓜,味道虽不见得好,那热腾腾的瓜气与照眼明的红色却予人一种暖老温贫的感觉。"中外对比,煞是有趣。老南瓜味道尤其面,小时候暑假最喜欢到乡下,跟奶奶去菜园里摘了青中透黄的老南瓜,长疙瘩的瓜皮厚实坚固,去瓤切片,连瓜皮一起就直接丢到煮饭的米上,饭熟了,老南瓜也熟了,最爱吃的靠近南瓜皮的部分,尤其是靠近瓜蒂的部分,面、甜、香。南瓜子洗净晒干炒熟,酥脆,也是美味。南瓜花是黄色的,也可食用,我吃过瓜花酿,南瓜花里酿入用肉豆腐葫芦剁成起胶的馅,加入上汤,蒸熟了,是夏日的美味。

　　李纨有一次看到平儿,想起自己形单影只,相比较凤姐,既少了夫君,又没有如平儿一般的忠仆，伤感不已："我成日家和人说笑，有个唐僧取经，就有个白马来驮他；刘智远打天下，就有个瓜精来送盔甲；有个凤丫头，就有个你。你就是你奶奶的一把总钥匙，还要这钥匙作什么。"刘智远和瓜精是元代杂剧《白兔记》中的故事，五代刘智远入赘李家庄，与李三娘成婚。三娘哥嫂将有瓜精作祟的瓜园分与刘智远，欲加害之。李三娘力阻刘智远前往瓜园。而刘智远仗着一身武艺战胜了瓜精，得到了兵书和盔甲宝剑，成就一番事业。我搜索了一大圈，没查出瓜精是什么瓜，当然那个时候南瓜还没有传进我国，刘智远看的瓜园不是南瓜园，瓜精不是南瓜精，但是总觉得西瓜、冬瓜、丝瓜、黄瓜，都比不上南瓜的结实，瓜精应该让南瓜精当。西方的 Halloween 万圣节也即鬼节，南瓜是重要的道具和装饰品，掏去南瓜内部的瓤和籽，刻成鬼怪脑袋模样，再在南瓜里面点灯，让灯光由镂空处透出，别具一番诡异。童话《灰姑娘》中灰姑娘仙德蕾拉去参加王子的舞会，所坐的马车就是南瓜变的。《西游记》中有一段故事，唐太宗游地府，鬼王处有东瓜西瓜，只少南瓜，唐太宗许诺送南瓜。刘全因和妻子翠莲口角，妻子一时不忿而自杀，刘全要求入地府进瓜，后来还魂。刘全进瓜，头顶的即是一对南瓜。这段故事后来编成戏剧如《进瓜记》《刘全进瓜》等。其实南瓜是明朝时候才传入我国的，然而不影响人们对南瓜具有某种法力那殷切的期望。

腊八粥的主力之一

伍拾叁

落花生

> 老耗问:"米有几样?果有几品?"小耗道:"米豆成仓,不可胜记。果品有五种:一红枣,二栗子,三落花生,四菱角,五香芋。"
>
> ——《红楼梦》第十九回

落花生就是花生,一年生草本植物,花生植株低矮匍匐,之所以叫落花生,是因为这个花生有个独特奇异的习性,花生的花朵授粉后,子房柄伸长下弯垂于地面,将幼果插入土壤中,前端钻入地下2~8厘米时,子房横卧,变肥变白,体表生出茸毛,有吸收功能,可直接吸收水分和养分,然后在地下黑暗湿润的土壤环境中长成成熟的花生荚果,因为这个地上开花、地下结果的习性,所以适合生长在松软的沙质土壤中,落花生"花落下在土里生子"的含义名副其实。

花生果壳内的种子称为花生米或花生仁,花生米具有很高的营养价值,也叫长生果。至于《红楼梦》十二曲其九虚花悟上所说:"西方宝树唤婆娑,上结着

长生果"是不是花生，有待考证。毕竟同名同姓的植物很多，花生又是草本，不是乔木。

作家许地山的笔名就叫"落花生"，他对花生情有独钟，写过散文《落花生》，对花生的特点写得非常深入："花生的好处很多，有一样最可贵：它的果实埋在地里，不像桃子、石榴、苹果那样，把鲜红嫩绿的果实高高地挂在枝头上，使人一见就生爱慕之心。你们看它矮矮地长在地上，等到成熟了，也不能立刻分辨出来它有没有果实，必须挖出来才知道。"

花生耐瘠薄易生长，我国种植范围广，花生米味道甘美，可谓价廉物美。花生米可生吃，可熟吃，熟吃可带壳水煮，可剥壳清水煮盐水煮，可油炸，可卤制成五香，可焖可煮汤，可做成花生酱，富含油脂，可以榨油。最近见到一种花生，花生衣上有花纹，真是"花"生米了。油炸花生米需花生米和冷油一起下锅，炸好撒白糖或撒细盐，可甜可咸，甜的还可以裹上一层糖粉，我的老家称为花生川。油炸花生米是绝好下酒之物，一颗颗嚼着吃，既香又不会马上就饱，宜佐酒聊天，施蛰存《偶忆昆明肴馔之美戏赋一首》："竭来闽峤艰生事，一撮花生佐浊醪。"武侠片中草根江湖侠客点菜必备。金庸在《射雕英雄传》第一回安排杨铁心和郭啸天请张十五到村头小酒店喝酒，下酒菜就是一碟蚕豆、一碟咸花生、一碟豆腐干，另有三个切开的咸蛋。别看现在花生到处有，其实

花生的花

宋朝时候花生还没有传入我国，因而杨铁心们是吃不到花生的。同理，乔峰吃不到，令狐冲在汉水畔小镇鸡鸣渡旁一家冷酒铺也是吃不到那几粒咸水花生的，他的小师妹岳灵珊在林平之家附近乔扮酒馆服务生也卖不成花生。

明朝开始有花生，明徐渭有《渔鼓词四首其四》有："洞庭橘子凫茨菱，淡菽香芋落花生。"清末民国初巨赞桂《平西山山居即事十首其十》有："油茶种罢点花生，茄子黄瓜芽已萌。"此时花生米开始是日常常见之食，张爱玲笔下，花生有独特的呈现，她自况："我懂得怎么看七月的巧云，听苏格兰兵吹bagipe，享受微风中的藤椅，吃盐水花生，欣赏雨夜的霓虹灯，在双层公共汽车上伸出手摘树巅的绿叶"是盐水花生，最容易做的花生食物，直接盐水煮而已。"久了方才看到那寂静的面庞上有一条筋在那里缓缓地波动，从腮部牵到太阳心——原来她在那里吃花生米呢，红而脆的花生米衣子，时时在嘴角掀腾着。"这个场面描写令人印象深刻，通过吃花生米绝佳地展示了《沉香屑第一炉香》中无知无畏的女仆睇睇的性情。"振保见她做出那楚楚可怜的样子，不禁笑了起来，果真为她的面包上敷了花生酱。娇蕊从茶杯口上凝视着他，抿着嘴一笑道：'你知道我为什么支使你？要是我自己，也许一下子意志坚强起来，塌得极薄极薄。可是你，我知道你不好意思给我塌得太少的！'两人同声大笑。"是花生酱拉近了《红玫瑰和白玫瑰》中佟振保和王娇蕊的感情。"可是他父亲晚餐后每每独坐在客堂里喝酒，吃油炸花生，把脸喝得红红的，油光腻亮，就像任何小店的老板"，是《年轻的时候》里的描写，这个场景是多么常见和熟悉。花生本身就已经很好吃了，一般不会舍得吃花生芽，其实花生芽粗大肥美爽脆，花生味浓郁，清炒已是美味，用腊味或排骨再加点陈皮末同蒸那就更好吃了。

《红楼梦》里没有正面描写怎么过腊八节的，只是在第十九回《情切切良宵花解语 意绵绵静日玉生香》中通过宝玉给黛玉讲故事提到腊八节里吃腊八粥，腊八粥里少了花生米那味道是要大打折扣的。

宝玉和黛玉青梅竹马两小无猜，不料宝钗驾到，年岁虽大不多，然品格端方，容貌丰美，人多谓黛玉所不及。黛玉凭着敏锐的直觉，感到自己在宝玉心中的至高地位受到深深的威胁，和宝玉的口角也多起来，宝玉为了安慰黛玉，让黛玉释怀，真是绞尽脑汁，第二十回中举出一个例子说明黛玉比宝钗重要："你先来，咱们两个一桌吃，一床睡，长的这么大了，他是才来的，岂有个为他疏你的？"第十九回的讲故事桥段便非常好地诠释了他们一床睡的情意。

宝玉推醒午睡的黛玉，希望和她说话，混过中午的困意，这样晚上就好睡了，并说自己见到别人就怪腻的，然后二人一同找枕头歪着，黛玉揩拭宝玉脸腮上的胭脂渍，宝玉拉住黛玉的袖子闻香，呵痒，这些细节都非常生动，非常自然，两小无猜的小儿女情态纯真无邪。

黛玉还是困意缠绵，此时宝玉就绘声绘色说了香芋的故事，打趣黛玉是真正的香玉，趣话是从黛玉的名字有玉中而来，很有意思，小耗子令人不由自主觉得黛玉的属相是鼠？当然证据不足哈。

黛玉听了，翻身爬起来，按着宝玉笑道："我把你烂了嘴的！我就知道你是编我呢。"说着，便拧的宝玉连连央告，说："好妹妹，饶我罢，再不敢了！我因为闻你香，忽然想起这个故典来。"黛玉笑道："饶骂了人，还说是故典呢。"

打打闹闹中,黛玉也不困了。然后宝钗过来,听到典故,就从典故上发散开去,打趣宝玉在元春省亲的考场上不记得绿蜡的典故。宝钗亲见宝黛二人之亲密,也没表现得大惊小怪,视作平常,见怪不怪,可见宝黛二人之亲密是非常自然而然的,是纯粹的友情亲情的表现。

宝钗频频出现在宝黛二人在的场合,此时想必她是非常想融入这个高端二人集团中。

庚辰本有脂批:"钗玉名虽两个,人却一身,此幻笔也。今书至三十八回时已过三分之一有余,故写是回使二人合而为一。请看黛玉逝后宝钗之文字便知余言不谬矣。"黛玉去世后宝钗是必定嫁了宝玉的,关于黛玉的往事是他们绕不过去的坎,黛玉是他们共同的回忆,也许二人偶尔会闲谈那曾经的少年时光,那曾经的宝玉临时发挥的那关于腊八节的故事?故事里有那一去不复返的青春,故事里有机灵的会做法的小耗子,故事里有腊八粥,腊八粥里有红枣,栗子,落花生,菱角,香芋。

花生

真正袭人的夏金桂

伍拾肆

桂 花

(宝玉)遂掷下这个,又去开了"副册"橱门,拿起一本册来,揭开看时,只见画着一株桂花,下面有一池沼,其中水涸泥干,莲枯藕败。后面书云:

根并荷花一茎香,

平生遭际实堪伤。

自从两地生孤木,

致使香魂返故乡。

——《红楼梦》第五回

桂,常绿灌木或小乔木,桂叶的叶脉形如圭,如圭的木本也就有桂之名。又因为桂树木质纹理如犀,所以又叫木樨。《红楼梦》第二十八回蒋玉菡拈起一朵木樨念道:"花气袭人知昼暖。"这个木樨花就是桂花。传说月亮里有桂树,所以月亮又叫桂轮、桂魄,宝玉初到大观园写了四时即事,其中秋夜即事有:"绛芸轩里绝喧哗,桂魄流光浸茜纱。"桂魄流光就是月光,读来仿佛月光带着桂花香。

蟾宫折桂可是读书人向往的大事,蟾宫指月宫,传说月宫中有蟾蜍,攀折月宫之桂在科举时代比喻应考得中。第九回宝玉读书前去辞别黛玉,黛玉在窗下对镜理妆,听宝玉说上学去,因笑道:"好!这一去,可定是要'蟾宫折桂'去了。"黛玉其实还是传统女性的想法,觉得宝玉应该去读书的。第七十五回贾赦赞贾环的诗歌道:"这诗据我看甚是有骨气。想来咱们这样人家,原不比那起寒酸,定要雪窗萤火,一日蟾宫折桂,方得扬眉吐气。"贾赦作为富三代,早就没有了上进心,以啃老为荣,不愿辛苦读书,这样的教育哪里能巩固这百年家业。传说月中有桂花树,还有一位大汉吴刚,被罚用斧子砍那棵桂树,斧砍进桂树,斧子拿出来,桂树又恢复原状,吴刚只有不停地砍,桂花树只好陪他不停地负伤再自行愈合。这是一种惩罚,和古希腊神话里的西西弗斯反复推石头上山顶类似,进行的是无效无望的没有尽头的努力。所以每每望月,总是可怜那个吴刚,也可怜那棵桂花树。这样不停手地玩一个游戏有啥意思哦。

桂枝是很高雅的象征,桂木也是高贵的木材,贾妃省亲坐的船是桂楫兰桡,"桂殿兰宫妃子家",省亲别墅看上去就是"琳宫绰约,桂殿巍峨",古希腊的人们常以月桂树叶编成冠冕称为桂冠,奉献给有成就的人,现在也用来指竞赛中的冠军。不过这个月桂属樟科常绿乔木,与中国桂相近但不同科。

桂岩是个常见的意象,如宋朱熹写的桂花诗:"亭亭岩下桂,岁晚独芬芳。叶密千层绿,花开万点黄。"《芙蓉女儿诔》中有"素女约于桂岩"。

桂花是秋天的应时花,桂花香气独特,如同香菱说过:"兰花桂花的香,又非别花之香可比。"桂花簇生于叶腋,金色或黄白色,满枝丫沉沉压满细碎小花,花开得繁盛时枝条仿佛也有不堪重负的感觉,稠密的花朵香气袅袅,香气浓郁仿佛空气都凝固,让人心醉神迷。风动时候或轻摇枝条,桂花就像雨点似的簌簌落下。

桂花利用很广泛,《扬州画舫录》中有详细的描述:"是地桂花极盛,花时园丁结花市,每夜地上落子盈尺,以彩线穿成,谓之桂球;以子熬膏,味尖气恶,谓之桂油;夏初取蜂蜜,不露风雨。合煎十二时,火候细熟,食之清馥甘美,谓之桂膏;贮酒瓶中,待饭熟时稍蒸之,即神仙酒造法,谓之桂酒;夜深人定,溪水初沉,子落如茵,浮于水面,以竹筒吸取池底水,贮土缶中,谓之桂水。"树下铺上干净被单,承接桂花雨,剔除杂质后用糖腌,可以保鲜很久。食物里可

桂花

以借用桂花香，袭人就让宋妈妈给湘云送了一碟子桂花糖蒸新栗粉糕。刘姥姥游大观园，招待的点心中有一款藕粉桂糖糕。《遵生八笺》里有一个桂花糕的做法："採花，漉以甘草水，和米舂粉作糕，清香满颊。"读之亦满口生香。

《红楼梦》中有用来整理头发的桂花油。湘云说过酒令："这鸭头不是那丫头，头上那讨桂花油。"蒋玉菡也说过酒令："女儿愁，无钱去打桂花油。"

中秋月明，桂花飘香，桂子月中落，天香云外飘，是最美好的赏月氛围，若加上螃蟹那就完美了。第三十八回湘云做东邀请大家赏桂吃蟹，没提到是不是中秋，但是重点提到桂花，贾母问哪里好，凤姐道："藕香榭已经摆下了，那山坡下两颗桂花开的又好，河里的水又碧清，坐在河当中亭子上岂不敞亮，看着水眼也清亮。"凤姐虽然不认识多少字，但是见多识广，深得享受的要义，隔着水赏桂花闻桂花香，当真是清清爽爽，赏心又悦目。大家螃蟹吃完准备写菊花诗，宝钗一面构思一面手里拿着一枝桂花玩，俯在窗槛上掐了桂蕊掷向水面，引的游鱼浮上来唼喋，这是非常好看的画面。螃蟹诗中也少不了桂花的身影，宝玉的有"持螯更喜桂阴凉"，黛玉的有"对斯佳品酬佳节，桂拂清风菊带霜"，宝钗的有"桂霭桐阴坐举觞，长安涎口盼重阳"。

大观园里特别是藕香榭、凸碧山庄附近种了多棵桂花，而且大观园的桂花树应该是有年头了，树比较高大，桂阴下可以铺地毯，演奏的人也是处在桂阴下。七十回鸳鸯独自一个人去大观园，因为内急要小解，就下了甬路，寻微草处，行至一湖山石后大桂树荫下来，结果撞破了司棋和潘又安两位真鸳鸯。呵呵，可见大观园的厕所不够用啊。

《红楼梦》中有一位以桂命名的姑娘：夏金桂。夏家非常富贵，其余田地不用说，单有几十顷地独种桂花，凡这长安城里城外桂花俱是他家的，连宫里一应陈设盆景亦是他家贡奉，因此才有"桂花夏家"这个诨号。这个姑娘曾经将桂花改为嫦娥花，寓自己身份如此，也算是附庸风雅之人。"这姑娘出落得花朵似的了"，是香菱口中的夏金桂，香菱嫁给薛蟠，虽然过了没半月，也看的马棚风一般了，但是香菱自从安稳有了依靠，却是勤勤恳恳为薛家打算，自感责仟重大，见薛蟠要娶夏金桂，竟然

自为得了护身符，自己身上分去责任，到底比这样安宁些；二则又闻得是个有才有貌的佳人，自然是典雅和平的：因此他心中盼过门的日子比薛蟠还急十倍。好容易盼得一日娶过了门，他便十分殷勤小心伏侍。

善良的香菱没想到自己期盼的佳人外具花柳之姿，内秉风雷之性。她哪里想到夏金桂卧榻之侧岂容他人酣睡，首先对付的是自己。

桂花多数盛开于八月，芙蓉也是秋天开花，所以八月又叫蓉桂竞芳之月，金桂开在秋，却叫夏金桂，反了季节的花朵异样的妖冶。如同这个开在夏天的另类女儿金桂，美则美矣，却是脾气太坏，忌妒心太强，出手太狠，生生践踏了宝玉心目中的女儿形象，实践了宝玉的鱼眼睛之说。

菱角花开在夏，结实在秋，香菱却被改成秋菱，在桂花盛开的秋天里，菱角花已经凋谢，秋菱意味着她已经到了生命的尽头。唐卢照邻《长安古意》里有："寂寂寥寥扬子居，年年岁岁一床书。独有南山桂花发，飞来飞去袭人裾。"花香袭人的是桂花，真正袭人的是夏金桂，可怜的香菱，最终成了薄命司中副册第一。

宝玉和元春为什么都喜欢《浣葛》一词?

伍拾伍

苕

稻香村的命名过程比较曲折，先是贾政带着宝玉先行考察，此处的布局是：

转过山怀中，隐隐露出一带黄泥筑就墙，墙头上皆稻茎掩护。有几百株杏花，如喷火蒸霞一般。里面数楹茅屋。外面却是桑榆槿柘，各色树稚新条，随其曲折，编就两溜青篱。篱外山坡之下，有一土井，旁有桔槔辘轳之属。下面分畦列亩，佳蔬菜花，漫然无际。

是干净富足的村庄景象，杏花占绝对优势。

见到路旁的石碣，

贾政道："诸公请题。"众人道："方才世兄有云，'编新不如述旧'，此处古人已道尽矣，莫若直书'杏花村'妙极。"贾政听了，笑向贾珍道："正亏提醒了我。此处都妙极，只是还少一个酒幌，明日竟作一个，不必华丽，就依外面村庄的式样作来，用竹竿挑在树梢。"贾珍答应了，又回道："此处竟还不可养别的雀鸟，只是买些鹅鸭鸡类，才都相称了。"贾政与众人都道："更妙。"

贾政和贾珍的审美差不多一个档次，几个来回，酒幌和鹅鸭鸡类的家禽就确定了。

贾政不满意杏花村，此处杏花为重点，要紧扣杏花，又不能太俗太直白，

贾政又向众人道："'杏花村'固佳，只是犯了正名，村名直待请名方可。"众客都道："是呀。如今虚的，便是什么字样好？"大家想着，宝玉却等不得了，也不等贾政的命，便说道："旧诗云：'红杏梢头挂酒旗。'如今莫若'杏帘在望'四字。"众人都道："好个'在望'！又暗合'杏花村'意。"宝玉冷笑道："村名若用'杏花'二字，则俗陋不堪了。又有古人诗云：'柴门临水稻花香。'何不就用'稻香村'的妙？"众人听了，亦发哄声拍手道："妙！"贾政一声喝断："无知的业障！你能知道几个古人，能记得几首熟诗，也敢在老先生前卖弄！你方才那些胡说的，不过是试你的清浊，取笑而已，你就认真了！"

宝玉等不及问便忙着插话，一个才华横溢的少年跨踌满志的形象跃然纸上，比如考试时候看到考题对胃口，一路破竹，考得顺手，且灵感频发，得意之情不可抑止，从这一点看，和后文黛玉安心大展奇才将众人压倒的心理非常类似，二者都是学霸型，可惜黛玉无处施展，而宝玉这次是出尽风头。

然而贾政却一声断喝，这段非常精彩，中国式的教育，从字面上看，真是摸不着头脑，到底贾政是赞还是骂？此处有庚辰眉批："爱之至，喜之至，故作此语。作者至此，宁不笑杀？壬午春。"作者写到此处都是笑得不得了，只有国人才能体会到这中国式教育的微妙，断喝中是饱含了浓烈的父子之情的。

然后宝玉洋洋洒洒评说此处并不天然。

未及说完，贾政气的喝命："又出去！"刚出去，又喝命："回来！"命再题一联："若不通，一并打嘴！"宝玉只得念道：新涨绿添浣葛处，好云香护采芹人。

贾政听了，摇头说："更不好。"

对于宝玉的傲娇和议论，贾政觉得过了，但是也无可奈何，这个娃应答如流，张口即来，诗词曲赋水平实在是比清客们的高。从后文看，元春省亲前是采用了杏帘在望作为石碣刻字，没有用稻香村作为村名。

元春的审美眼光一流，省亲短短几个小时，游览时间更短，就能慧眼举出出众之处的庭院，将"杏帘在望"赐名曰"浣葛山庄"，也就是说浣葛山庄是村名，并下了评语："潇湘馆、蘅芜院二处，我所极爱，次之怡红院、浣葛山庄，此四大处，必得别有章句题咏方妙。"

黛玉为宝玉代写了"杏帘在望"："杏帘招客饮，在望有山庄。菱荇鹅儿水，桑榆燕子梁。一畦春韭绿，十里稻花香。盛世无饥馁，何须耕织忙。"

贾妃看毕，喜之不尽，说："果然进益了！"又指"杏帘"一首为前三首之冠。遂将"浣葛山庄"改为"稻香村"。也就是说村名由"浣葛山庄"变成"稻香村"。

元春觉得稻香村更好，一来是黛玉的诗的确写得太好，二来是稻香村比杏花村含蓄实在多了，稻香也比浣葛更强烈更适合更能表达丰收富足之意。杏花村、稻香村、浣葛山庄、稻香村，终于尘埃落定，浣葛山庄出局，而浣葛一词保留在对联中。

葛，多年生草质藤本植物，又名葛藤、野葛、甘葛，分布几遍全国。之所以名葛，是因为著名医生葛洪率先用葛来治病，因而以葛名此藤。《本草纲目》说葛还有一名为"鹿藿"，是因为鹿食九草，此其一种，故名。葛粗生粗长，耐干旱耐瘠薄，喜光，常伏地或攀缘蓬勃生长于草坡、路边或疏林中，是一种良好的水土保持及地面覆盖植物，葛叶很大，三出复叶互生，随葛藤蔓延很广，往往占领一大片地盘。葛花腋生，总状花序，花密，花冠紫红色，在绿叶坡中很醒目。

葛在古代应用甚广，有极高的实用价值，葛藤可编成篮子，茎皮纤维是造纸原料，可做成葛纸，可拧成绳索为葛绳。在棉花传入之前，常用葛来纺织成布，名为葛布，也叫夏布，衣服、鞋子、帽子都可以用葛布做成，葛衣、葛巾均为平民服饰。探春曾经做了首诗《簪菊》，后半段是："短鬓冷沾三径露，葛巾香染九秋霜。高情不入时人眼，拍手凭他笑路旁。"葛巾是男子戴的头巾，女子一般没有戴葛巾的，探春如此写，也暗含了她的心事、她的远大抱负："我但凡是个男人，可以出得去，我必早走了，立一番事业，那时自有我一番道理。"她是渴盼自己如男人般有机会有平台能有所作为。一般的葛布当然没有丝绸轻薄华美，但是也有例外，屈大均在《广东新语》中详细介绍了葛布，说以增城女葛为上，市面上却不见，因为女子终岁乃成一疋，只给其夫君做衣服。还有女儿葛、雷葛、善政葛、凤葛、黄丝布、美人葛、春葛、龙江葛、葛越等，都有出神入化的描写，并有诗："雷女工絺绤，家家买葛丝。"又云："蛮娘细葛胜罗襦，采葛朝朝向海隅。"在高级织工的手下，葛布之精美不亚于蚕丝："织成弱如蝉翅，重仅数铢，皆纯葛无丝。"虽在岭南，而我终不见到，也不知道还有没有人传承，令人向往不已。

葛在《诗经》中出现了很多次，是出镜率很高的植物，数一数很惊人，忍不住列举如下：

《国风·魏风·葛屦》："纠纠葛屦，可以履霜。"《国风·周南·葛覃》："葛之覃兮，施于中谷。"《国风·王风·采葛》："彼采葛兮，一日不见，如三月兮。"《诗经·唐风·葛生》："葛生蒙楚，蔹蔓于野。""葛生蒙棘，蔹蔓于域。"《国风·王风·葛藟》："绵绵葛藟，在河之浒。""绵绵葛藟，在河之涘。""绵绵葛藟，在河之漘。"这五篇是以葛为名。还有其他五篇提到葛，《诗经·小雅·大东》："纠纠葛屦，可以履霜。"《国风·齐风·南山》："葛屦五两，冠緌双止。"《诗经·邶风·旄丘》："旄丘之葛兮，何诞之节兮。"《诗经·大雅·旱麓》："莫莫葛藟，施于条枚。"《国风·周南·樛木》："南有樛木，葛藟累之。""南有樛木，葛藟荒之。""南有樛木，葛藟萦之。"越王勾践自吴国返回后，卧薪尝胆，处心积虑，投吴王所好，使国中男女上山采葛，织布献给吴王，有采葛的女子写诗："葛不连蔓棻台台。我君心苦命更之。尝胆不苦甘如饴。令我采葛以作丝。女工织兮不敢迟。"有这样善解人意的老百姓配合，越王的复仇事业当然能成功。

葛的肥厚块根可制葛粉也可酿酒，葛粉和葛花供药用，有解酒功效。《本草衍义》里写了如何做葛粉："冬月取生葛，以水中揉出粉，澄成垛，先煎汤使沸，后擘成块下汤中，良久，色如胶，其体甚韧。"

有瓜葛一词，以瓜和葛都是蔓生的植物，比喻相互牵连的关系，《红楼梦》中说到刘姥姥和秦可卿时用了这个词，凤姐因为尤二姐打官司时，也说察院都和贾王两处有瓜葛。

宝玉将浣葛放入对联中"新涨绿添浣葛处，好云香护采芹人"，元春赐名浣葛山庄，为什么宝玉和元春喜欢用浣葛这个词？是因为浣葛这个词有特定的含义，源自《国风·周南·葛覃》："葛之覃兮，施于中谷，维叶萋萋。黄鸟于飞，集于灌木，其鸣喈喈。葛之覃兮，施于中谷，维叶莫莫。是刈是濩，为絺为绤，服之无斁。言告师氏，言告言归。薄污我私，薄浣我衣。害浣害否，归宁父母。"从表面来看，"是刈是濩，为絺为绤，服之无斁"，诗中女子采割葛藤，煮软剥丝织成葛布，裁制葛衣。"薄污我私，薄浣我衣。害浣害否，归宁父母"，回娘家（或出嫁）前，将葛衣清洗干净。是关于葛衣制作，葛衣清洗的辛勤劳作诗歌。有解读认为此诗是歌颂后妃之德的，诗中的女子是一位妇德、妇言、妇容、妇功俱佳的后妃，勤于劳作，熟习女工。元春以浣葛为名，贵而能勤，富而能俭，也是自重身份的表达，非常妥帖。宝玉称此处为浣葛处，此处有庚辰双行夹批："采《诗》颂圣最恰当。"明确说明是颂圣，所以贾政挑不出毛病，元妃也喜欢。宝玉不喜欢读书，并不妨碍他会作诗写对联，而且此对联的意象丰富，词句精美，主题上是积极向上符合主流的。

后来李纨选择了住在这里，浣葛二字也可用来称赞李纨的妇德。下联中的采芹人指的是读书人，可不是指的是同住在稻香村的贾兰？对联上联对应母亲李纨，下联对应孩子贾兰，这个对联可真是妥帖呢。

大观园何处有"十里稻花香"的美景?

伍拾陆

稻

中秋时分的南国，热浪滚滚，秋游郊外，见稻田犹未黄，清澈的水，碧绿的叶，饱满低垂的稻穗，空气中热腾腾满是稻花的香味，不禁想起大观园中的稻香村来：

转过山怀中，隐隐露出一带黄泥筑就墙，墙头上皆稻茎掩护。有几百株杏花，如喷火蒸霞一般。里面数楹茅屋。外面却是桑榆槿柘，各色树稚新条，随其曲折，编就两溜青篱。篱外山坡之下，有一土井，旁有桔槔辘轳之属。下面分畦列亩，佳蔬菜花，漫然无际。

如此欣欣向荣宁静安详的农村美景，勾引起贾政归农之意，宝玉也意兴湍飞，才思泉涌，一口气起出"杏帘在望"匾额名，"新涨绿添浣葛处，好云香护采芹人"的对联，"稻香村"的村名。

关于稻香村的名，宝玉是因为"柴门临水稻花香"的诗句而得的灵感："村名若用'杏花'二字，则俗陋不堪了。又有古人诗云：'柴门临水稻花香。'何不就用'稻香村'的妙？"诗句来自唐许浑《晚自朝台津至韦隐居郊园》：

秋来凫雁下方塘，系马朝台步夕阳。

村径绕山松叶暗，柴门临水稻花香。

云连海气琴书润，风带潮声枕簟凉。

西下磻溪犹万里，可能垂白待文王。

柴门也有版本是野门，是秋天郊外风景。锦绣丛中长大的宝玉竟然能弃杏花而美稻花，意识到稻花之香，真是难得的。这个少年天性纯朴，天真烂漫，没有受苦的经历，没有被世俗的尊卑观念束缚，天性中有一种平等博爱的观念，对万事万物同情亲近，富贵闲人生涯中，他能体会到刘姥姥的不容易，他能在二丫头的村庄中看到了锹、镢、锄、犁等物，想到"谁知盘中餐，粒粒皆辛苦"的诗句。是个好苗子。

既然称为柴门临水稻花香，可见此处稻田面积也不小，墙头是"黄泥筑就墙，墙头上皆稻茎掩护"，连收获后的稻茎也用上了。探春改革的时候，婆子们各自竞价承包，这一个说："那一片稻地交给我，一年这些顽的大小雀鸟的粮食不必动官中钱粮，我还可以交钱粮。"后来有一个叫老田妈的中标，这一个老田妈本是种庄稼的，所以改革后稻香村一带凡有菜蔬稻稗之类，都归她按时培植。田和稻的关联含义风趣，曹公给笔下人物取名似信手拈来却处处妥帖。

元春在省亲时候，虽然将此处赐名浣葛山庄，终究还是因为林黛玉的诗作太好，描绘了盛世田园美景，尤其颈联"一畦春韭熟，十里稻花香"清新自然，对仗工整，内涵丰富，"十里稻花香"突出了稻香中的丰收安详，让元春赞赏不已，放弃浣葛山庄名，改为稻香村，兜来转去，终究采用稻香村名，好一团锦绣文字，到此方领会作者煞费苦心处，在起稻香村名这件事上，宝玉、黛玉、元春真是情趣相投，灵犀暗通，英雄所见略同，连脂批都忍不住叹道：如此服善，妙！（这个是夸元春从善如流，并不以贵妃身份压人，真是长姐风范）仍用玉兄前拟"稻香村"，却如此幻笔幻体，文章之格式至矣尽矣！壬午春。这种写法增加了情节一波三折的趣味。李纨自然而然从稻香村名受到启发，给自己起号为稻香老农。稻香村也入过妙玉的诗句："钟鸣栊翠寺，鸡唱稻香村。"

"八月剥枣，十月获稻""不能蓺稻粱。父母何尝""黍稷稻粱，农夫之庆""滮池北流，浸彼稻田""有稷有黍，有稻有秬"，稻在《诗经》中就已经被反复吟诵，人生归有道，衣食固其端，作为主食之一的稻子在我国种植历史非常悠久。米由稻子脱皮而来，碓米舂米或者碾米是重要的农事之一，宝钗给宝玉讲禅的时候说起六祖惠能就从事过碓米的工作："当日南宗六祖惠能，初寻师至韶州，闻五祖弘忍在黄梅，他便充役火头僧。"火头僧重要工作之一就是碓米，因为一首偈子，碓米的惠能显示出非凡的悟性，成了南宗衣钵传人。

《红楼梦》中出现了形形色色的米，罗列一下，米的种类有：御田胭脂米、御田粳米、碧糯、白糯、粉粳、杂色粱谷、下用常米等，米可以做米饭、粥、粽子等丰富的食物，还可以酿酒。罗列一下《红楼梦》中饭粥的种类：白粳米饭、绿畦香稻粳米饭、鸭子肉粥、枣儿熬的粳米粥、腊八粥、红稻米粥、米汤等。

绿畦香稻粳米饭是刘嫂子送给芳官吃的豪华套餐配饭，套餐是："一碗虾丸鸡皮汤，又是一碗酒酿清蒸鸭子，一碟腌的胭脂鹅脯，还有一碟四个奶油松瓤卷酥,并一大碗热腾腾碧荧荧蒸的绿畦香稻粳米饭。"每次看到都是要流口水的。

光一个米就分了很多等级,什么层次的人吃什么米,界限分明,比如红稻米胭脂米等就是主子们吃的。第七十五回中有很精彩的演绎:

贾母笑道:"看着多多的人吃饭,最有趣的。"因见伺候添饭的人手内捧着一碗下人的米饭,尤氏吃的仍是白粳米饭,贾母问道:"你怎么昏了,盛这个饭来给你奶奶。"那人道:"老太太的饭吃完了。今日添了一位姑娘,所以短了些。"鸳鸯道:"如今都是可着头做帽子了,要一点儿富余也不能的。"王夫人忙回道:"这一二年旱涝不定,田上的米都不能按数交的。这几样细米更艰难了,所以都可着吃的多少关去,生恐一时短了,买的不顺口。"贾母笑道:"这正是'巧媳妇做不出没米的粥'来。"众人都笑起来。鸳鸯道:"既这然,就去把三姑娘的饭拿来添也是一样,就这样笨。"尤氏笑道:"我这个就够了,也不用取去。"鸳鸯道:"你够了,我不会吃的。"底下的媳妇们听说,方忙着取去了。

吃什么样的一碗饭,是有着严格的规定的,可见贾府的等级森严,然而也有例外,鸳鸯作为总裁秘书,享受和主子一般的米饭待遇,尤氏作为宁国府的管家奶奶,性格却特别平和,不挑剔不挑嘴,都算是另类。

《红楼梦》中的粥可分为三类:

第一类是纯米粥,光以米煮,不加配料如红稻米粥,营养丰富,有补血功能,第七十五回贾母就盼咐将红稻米粥送给凤哥儿吃去,因为凤姐小产、失血,正适合吃这个粥。第四十二回平儿介绍给刘姥姥御田粳米熬粥是难得的。还有一种米汤,又叫"米油",是将米用大锅煮成稀粥时,浮在锅上的一层油性汤,患虚症的人喝此米汤能滋阴长力，也容易消化。物质匮乏的时代，用米汤当牛奶喂养幼儿也是常有的。第二十回袭人感冒，夜间发了汗，觉得轻省了些，只吃些米汤静养。第二十五回宝玉和凤姐省了人事渐渐恢复的时候是旋熬了米汤与他二人吃了，精神渐长。

第二类是花色粥。加上配料，与米共煮如鸭肉粥、红枣粳米粥、腊八粥等，十九回宝玉说故事就说"明日是腊八，世上人都熬腊八粥"。

第三类是药粥，加上补品或药材煮成的粥，有药疗作用，四十五回宝钗介绍燕窝粥的做法是："每日早起拿上等燕窝一两，冰糖五钱，用银铫子熬出粥来，若吃惯了，比药还强，最是滋阴补气的。"名为粥，其实并没有米，是将燕窝熬成粥的样子。

民以食为天，关于米、粥的口头语常见，第六回刘姥姥说过："守多大碗儿吃多大的饭。"第六十四回中，贾蓉撺掇贾琏偷娶尤二姐就说过："就是婶子，见生米做成熟饭，也只得罢了。"第二十四回贾芸和舅舅卜世仁（竟然谐音"不是人"）说："巧媳妇做不出没米的粥来，叫我怎么样呢？要是别个，死皮赖脸三日两头儿来缠着舅舅，要三升米二升豆子的，舅舅也就没有法呢？"这里有个脂批：余二人亦不曾有是气？隐约中有作者曾经的辛酸。当贾母说起"巧媳妇做不出没米的粥"来的时候，大家族的颓败之势已经势不可挡了。

海棠诗社的
第一社主角

伍拾柒

秋海棠

因忽见有白海棠一种，不可多得。故变尽方法，只弄得两盆。大人若视男是亲男一般，便留下赏玩。

——《红楼梦》第三十七回

宝玉在八月二十日后的某一天接到两张字帖，一张是探春的诗社成立邀请花笺，翠墨送来的。一张是贾芸的字帖，跟两盆秋海棠一起，由值班的老婆子送来的。两张字帖一雅一俗，连在一起读，那文采文风真是天壤之别，一阳春白雪一下里巴人，各有妙处，让人拍案叫绝。在女子无才便是德的时代，探春的花笺用文言写就，诗意挥洒，飘逸隽永，典故精妙："孰谓莲社之雄才，独许须眉；直以东山之雅会，让余脂粉。"莲社是东晋名僧慧远在庐山东林寺所结的一个文社，因为寺中有白莲，所以称莲社。探春连受凉感冒都写得意趣盎然："未防风露所欺，致获采薪之患。"

作为贾家正经子弟的贾芸却是用白话写成字帖，俗言满篇，内容直白，完全只是初通文墨的感觉，可见贾家义学的授课效果不是一般的差。又是须眉浊物和清爽闺秀的对比，富养的女儿贾探春有能力有兴趣追慕古人成立诗社："历来古人中处名攻利敌之场，犹置一些山滴水之区，远招近揖，投辖攀辕，务结二三同志盘桓于其中，或竖词坛，或开吟社，虽一时之偶兴，遂成千古之佳谈。"穷养的二爷贾芸为五斗米折腰，四处求靠，曲意奉承："不肖男芸恭请父亲大人万福金安。男思自蒙天恩，认于膝下，日夜思一孝顺，竟无可孝顺之处。"贾芸十七八岁，竟然认十二三岁的宝玉为父亲，除了说明这个人滑头世故，也说明了穷人的孩子早当家，无爹可拼，有舅胜似无舅，他谋事求生是多么的不容易。"前因买办花草，上托大人金福，竟认得许多花儿匠，并认得许多名园。"事实证明，贾芸倒是很能干，充分调研并认真学习，将大观园的花草树木打点得欣欣向荣，并且爱岗敬业，努力认花识草，学习风景园林，业务水平蒸蒸日上。

这两张字帖一起促成了大观园诗社的成立和确定了第一次诗社活动的主题。探春邀请了宝钗、黛玉、迎春、惜春、李纨、宝玉，加上探春自己，一共七个人，宝玉赶到秋爽斋的时候，李纨还没来。

众人见他进来，都笑说："又来了一个。"探春笑道："我不算俗，偶然起个念头，写了几个帖儿试一试，谁知一招皆到。"宝玉笑道："可惜迟了，早该起个社的。"黛玉道："你们只管起社，可别算上我，我是不敢的。"迎春笑道："你不敢谁还敢呢。"宝玉道："这是一件正经大事，大家鼓舞起来，不要你谦我让的。各有主意自管说出来大家平章。宝姐姐也出个主意，林妹妹也说个话儿。"宝钗道：

"你忙什么，人还不全呢。"

这一段煞是好看，各人性格分明，探春豪爽大气，作为学霸的黛玉谦逊有礼，迎春恬淡温言，宝玉则是急性子，一听就着急："可惜迟了，早该起个社的。"又慌里慌张："宝姐姐也出个主意，林妹妹也说个话儿。"能想象出宝玉那个左顾右盼毛手毛脚兴奋的样儿，宝钗沉着稳重，实在是看不惯宝玉的慌脚鸡模样："你忙什么，人还不全呢。"

李纨一到，已经胸有成竹，以迅雷不及掩耳之势主动拿下社主之位。她有自知之明，自己诗才不捷，写诗没啥意思，不如做个社主，可进可退，又能参与，又有面子。她考虑周详，随后将迎春惜春定为副社长，这样各人都能参与并有事做了，诗社虽然没有朝着探春的原意来成立，李纨的安排也算合理，探春也就认可了。

各人起诗号一段也是好看，李纨自名稻香老农，李纨年轻守寡，主动守节，起了这个刻意淡化女性性别意识的号，也是契合她竹篱茅舍自甘心的心态。也不过二十余岁的人吧，就自称老农，人未老心已老，是槁木死灰的心境。大家没有多关注评价她的号，然后黛玉打趣探春蕉下客的典故，探春反击，谈谈笑笑中定下黛玉潇湘妃子的号，李纨帮起了宝钗的号，宝玉又着急了，从众人七嘴八舌中我们知道，宝玉曾经干过起号的营生，宝钗对他做了评价：无事忙、富贵闲人。宝玉被说得有点不好意思，"当不起，当不起，倒是随你们混叫去罢。"从各人的诗号来看，倒是大部分和各人住所有关，尤其是和住所相关的植物有关。

李纨——稻香老农；探春——蕉下客；黛玉——潇湘妃子；宝钗——蘅芜君；

宝玉——怡红公子；迎春——菱洲；惜春——藕榭。

探春兴致勃勃，要马上开社，李纨来路上见到贾芸送宝玉的两盆白海棠，就出了海棠的题，迎春限韵的方法完全靠天意，随意翻开一本诗书，翻到七律就定了七律，小丫头随口说一个字就定了十三元的韵字，再让小丫头随手拿四块韵牌就敲定了四个韵字"盆""魂""痕""昏"，韵字的次序也不能变。这个做法真是省心又省力，虽然迎春没什么主见，但是这种方法不能不说是捷径，也算高效实用。

除了李纨，谁也没见过这两盆白海棠长啥样，所以迎春说："都还未赏，先倒作诗。"宝钗说："不过是白海棠，又何必定要见了才作。古人的诗赋，也不过都是寄兴写情耳。若都是等见了作，如今也没这些诗了。"宝钗真是高手，学霸中的学神，总结得当，深得诗歌真味，一语道破写诗不过是寄兴写情耳。（诗歌不是说明文，我等俗辈咏物，往往陷入仔细描摹物之形态质地而不能自拔。但是太写意也有不好的地方，就是光看诗句，模糊处是看不出是写的啥，尤其是作为花痴的我，能告诉我此处海棠是哪个品种不？）

海棠社是在秋天举行，此时已经是八月下旬，木本的海棠早就不开花了，所咏的应该是草本的秋季开花的秋海棠。宝玉在第五十一回和麝月说起晴雯的药方时候说过："我就如那野坟圈子里长的几十年的一棵老杨树，你们就如秋天芸儿进我的那才开的白海棠。"明确是秋天开的花。

秋海棠，多年生草本或小灌木，有球形块茎，是著名的观赏植物，另有名称断肠草、断肠花、八月春、相思草。名为断肠据说是思念夫君的离妇眼泪浇灌而成,是众多名为断肠的植物中的一种。秋海棠花叶俱美,在我国栽培历史悠久,相传陆游与唐婉分手之际,唐婉送了陆游一盆秋海棠作为留恋。在《闲情偶寄》中,李渔感慨道:"予有四命,各司一时:春以水仙兰花为命,夏以莲为命,秋以秋海棠为命,冬以蜡梅为命。"金庸在《神雕侠侣》中为程英安排了一段秋海棠的情节,表达她对杨过的暗恋一直无法解脱,读来令人唏嘘,照录与大家共伤:

这一日艳阳和暖,南风熏人,虽在北国,也有些十月小阳春之意。晋南一带,一到冬天便无甚花卉,这日到了山阳,高山挡住了北风,气候温暖,黄蓉忽见一堵断垣下开着一丛花,颜色娇艳,说道:"这棵秋海棠开得倒挺好!"陆无双道:"师姊,这在我们江南叫'断肠花',不吉利的。"因程英叫黄蓉"师姊",陆无双硬要高郭芙一辈,便也跟着叫"师姊"。

黄蓉问道:"为甚幺叫'断肠花'?"陆无双道:"从前有个姑娘,想着她的情郎,那情郎不来,这姑娘常常泪洒墙下。后来墙下开了一丛花,叶子绿,背面红,很是美丽,他们说,只在背后才红,无情得很,因此叫它'断肠花'。"

程英想起了杨过当年在绝情谷中服食断肠草疗治情花之毒,过去将两棵秋海棠摘在手里,说道:"秋海棠又叫'八月春',那也是挺好看的。这时快十一月了,这里地气暖,还有八月春,可真不容易了!"拿着把玩,低吟道:"问花花不语,为谁落?为谁开?为谁断肠?半随流水,半入尘埃。"黄蓉见她娇脸凝脂,眉黛鬓青,宛然仍是十多年前的好女儿颜色,想象她这些年来香闺寂寞,相思难遣,不禁暗暗为她难过。

便在此时,只听得嗡嗡声响,一只大蜜蜂飞了过来,绕着程英手中那两枝秋海棠不断打转，接着停在一朵花上，秋海棠有色无香，无甚花蜜可采。

秋海棠的品种繁多，如四季秋海棠、斑点竹节秋海棠、银星秋海棠、毛叶秋海棠、蟆叶秋海棠、洒金秋海棠、花叶秋海棠等。秋海棠花单性同株，雌雄花同生于一花束上，花色清丽，花萼与花瓣颜色相同，有红色、粉红及白色等。秋海棠的叶子比花更为出色，叶片娇媚，在颜色、形状及质地上极富变化，主色

秋海棠

调有淡绿、深绿、淡棕、深褐、紫红等，有些叶色斑斓，叶片上的斑点也是多姿多彩，纵观各诗，颈联因必须押韵痕字，都极力描摹突出秋海棠叶片之痕。"倩影三更月有痕。""愁多焉得玉无痕""晓风不散愁千点，宿雨还添泪一痕。""秋闺怨女拭啼痕"。后来湘云的也不例外："雨渍添来隔宿痕。""晶帘隔破月中痕。"

诗中唯一一句描写海棠形态的是宝玉写的"七节攒成雪满盆"，估计是指茎干似竹的斑叶竹节秋海棠。

诗社首社七人，到最后写诗的四人，管理领导三人，无编制服务人员若干。交稿前四人各自思索，黛玉好强，虽是学霸，丝毫不轻敌，认真构思，宝钗同为谦逊低调的学霸，宝玉忙着思考，又担心黛玉，又关注宝钗进展，一心多用。

探春主场，才捷手快，第一个写好。

斜阳寒草带重门，苔翠盈铺雨后盆。

玉是精神难比洁，雪为肌骨易消魂。

芳心一点娇无力，倩影三更月有痕。

莫谓缟仙能羽化，多情伴我咏黄昏。

首联写花盆里白海棠的生长环境，颔联赞美白海棠的风韵堪比玉和雪，颈联突出花蕊和叶片，既是写花也是写人，人花一体，尾联将白海棠形容为穿白衣的仙女，陪伴诗人在黄昏时分吟咏。

宝钗的是：

珍重芳姿昼掩门，自携手瓮灌苔盆。

胭脂洗出秋阶影，冰雪招来露砌魂。

淡极始知花更艳，愁多焉得玉无痕。

欲偿白帝凭清洁，不语婷婷日又昏。

首联不写白海棠，写养花的诗人，珍重姿容和行为，注意自身形象和影响，白天也关门闭户，她亲自浇灌养护白海棠。颔联渲染白海棠花的白和纯净，这种白和纯净是历练过的，是洗出胭脂后展现出来的，自我选择的。颈联展现出一种自信和笃定，淡到极点的花最美，何必多愁计玉生痕，脂批说"看他讽刺林宝二人着手"，顺手微微讽刺了一下宝黛这两个名中都有玉字的二人的自寻烦恼。尾联写白海棠默默地坚守着自己的清洁，纵使无人理解，独自领略黄昏。全诗稳重大方，脂批一再夸赞："宝钗诗全是自写身份，讽刺时事。只以品行为先，才技为末。……最恨近日小说中一百美人诗词语气只得一个艳稿。""看他清洁自厉，终不肯作一轻浮语。""好极！高情巨眼能几人哉！正'鸟鸣山更幽'也。""看他收到自己身上来，是何等身份。"

宝玉的：

秋容浅淡映重门，七节攒成雪满盆。

出浴太真冰作影，捧心西子玉为魂。

晓风不散愁千点，宿雨还添泪一痕。

独倚画栏如有意，清砧怨笛送黄昏。

首联写白海棠的形态。颔联将白海棠比喻成出浴的杨妃和捧心的西施，有杨贵妃之白，西施之病态，杨妃和西施在书中有暗喻宝钗和黛玉的，因此也不妨说暗喻指宝钗之白，黛玉之态。颈联着重写白海棠的愁绪。尾联还是写白海棠无法摆脱忧愁。他最终还是聚焦在黛玉身上，心心念念的还是黛玉，在他眼中，白海棠就是黛玉一般的品格，就是忧郁，就是有着无法化解的愁绪，流不完的泪。所以脂批说："妙在终不忘黛玉。""宝玉再细心作，只怕还有好的。只是一心挂着黛玉，故平妥不警也。"

黛玉道："你们都有了。"说着提笔一挥而就，掷与众人。哇，这个气势，这个气场，真是令人仰慕，若不是腹有诗书气自壮的学霸，普通人哪里敢有这个底气。

半卷湘帘半掩门，碾冰为土玉为盆。

偷来梨蕊三分白，借得梅花一缕魂。

月窟仙人缝缟袂，秋闺怨女拭啼痕。

娇羞默默同谁诉，倦倚西风夜已昏。

首联也是从种花护花人入手，半卷半掩，极尽女儿娇弱娇羞之态，诗人出手不凡，以冰为土，以玉为盆，花盆和土都是如此高洁，可以想象种出的白海棠是如何的高贵典雅，不食人间烟火。颔联以梅花和梨蕊来比喻白海棠的白和韵，非常灵动地使用了偷和借字，剑走偏锋。颈联更进一步，用月中仙人的白衣飘飘，秋闺佳人的泪痕来形容花和叶。尾联感慨知己难求，昏夜独坐，回归寂寥。

众人看了，都道是这首为上。然而群众评委不当数，专家评委才管用，李纨当裁判，定出高低："若论风流别致，是黛玉的；若论含蓄浑厚，终让蘅稿。"结果一出，首先探春响应，道："这评的有理，潇湘妃子当居第二。"宝玉想给黛玉争取第一："只是蘅潇二首还要斟酌。"说得太委婉了，李纨马上给挡回去了:"原是依我评论,不与你们相干,再有多说者必罚。"宝玉听说,只得罢了。李纨有探春支持,宝玉说出来没人应答,大局就此而定。

　　白海棠在众人眼中既是美丽的花,更是不同的女儿形象,是作者们对自己的个人定位的反映,探春渴望着被理解,渴望着自己的信念有所寄托。宝钗诗中自尊自重的矜持当然是遵守封建规范的李纨和探春所赞同钦佩的。黛玉则是空灵缥缈,满腹心思无从解脱,孤苦的身世让她伤感多愁,即使是白海棠在她眼中也是孤苦无告的秋闺怨女泪珠不断的形象,这正是她以泪洗面悲伤情绪的自然流露。宝玉心思飘忽,在出浴太真、捧心西子的身影中不能自拔,也就是还在宝钗和黛玉之间徘徊,希望能两全其美,既要宝儿高兴,也要颦儿微笑。

　　第二天湘云来到,一心兴头,等不得推敲删改,一面只管和人说着话,心内早已和成,即用随便的纸笔录出两首七律,诗中可以体会出无可奈何、孤影自怜、独善其身、孤芳自赏、随遇而安、豁达大度等情感和体味,获得众人的一致称赞。诗社终以海棠为名。

刘姥姥眼中的扁豆架子在大观园哪里？

伍拾捌

扁 豆

扁豆，在农村里，真是再常见不过的，篱笆上、墙头上，种哪就在哪精神十足地伸藤展蔓，一架紫花开得烂漫，弯月形的扁豆，嫩时可以炒了做菜，老了可以剥豆煮食，端的像质朴乐观生命力顽强的刘姥姥。

及至到了房舍跟前，又找不着门，再找了半日，忽见一带竹篱，刘姥姥心中自忖道："这里也有扁豆架子。"一面想，一面顺着花障走了来，得了一个月洞门进去。

——《红楼梦》第四十一回

七十五岁的农村老太太刘姥姥凭着和王夫人的一丝儿的瓜葛、精准的直觉、莫大的勇气、良好的心态以及难得的幸运顺利得到王熙凤的资助，度过了年关也渡过了难关。一顺百顺，收成好了，秋天多打了两石粮食，瓜果菜蔬也丰盛。想起回报贾府，就将头一起摘下来的瓜果留下来没卖掉换钱，将这些尖儿孝敬姑奶奶姑娘们尝尝。没想到贾府正吃完螃蟹宴做了一社菊花诗，一派热闹祥和的气氛，刘姥姥也投了王熙凤和贾母的缘，被留下聊天讲古，还要集体游园，于是我们跟着刘姥姥和贾母的足迹，仔细地逛了一遍大观园，于是刘姥姥进大观园成了一句耳熟能详的俗语。

刘姥姥先参观了大观楼上收藏的乌压压的堆着些的围屏、桌椅、大小花灯之类物品，五彩炫耀，各有奇妙。再陪着贾母簪菊花，将一盘子花横三竖四地插了一头，不但不恼，还觉得有趣。在潇湘馆摔一跤，也不觉得难看，自我解嘲一下就无所谓了。她配合凤姐演出一出闹剧，让大家乐不可支，她愈发兴致盎然。众目睽睽之下，刘姥姥打量惜春，打量黛玉，毫无顾忌，心性坦然。她遇难而上，快速学习，了解了酒令的玩法，让酒席上的氛围更上一层楼。听到穿林渡水的音乐，同样能神怡心旷，酒兴之下，喜得手舞足蹈起来，和大家同乐，并不自惭形秽格格不入。

从种种迹象来看其实刘姥姥和贾母是同一类人，合理化现状，爱玩爱热闹喜享受，只是贾母身份使然，需要自重，而刘姥姥跌打滚爬在田野里，没有拘束没有底线。贾母和刘姥姥，因为出生不同，生长环境不同，历练不同，一雅一俗，鲜明对比，一阳春白雪一下里巴人，一富贵之极一贫贱之极，一锦上添花贵气逼人一低到尘埃中却从尘埃中开出花来，在这个欢乐的时刻，到底是谁取悦了谁，谁娱乐了谁，真是不好说。一班观众读者为刘姥姥抱屈，沦落为贾府的女篾片，成为太太小姐们取乐的对象，从另一面来看，焉知不是贾府一众太太小姐陪着刘姥姥取乐，成为刘姥姥的女篾片？得失之念全在一心，刘姥姥娱乐了自己，开心了自己，再娱乐了别人，开心了别人，此行大开眼界，而贾府众人痛快一乐，双赢局面皆大欢喜。

当然也有不和谐之音，妙玉鄙夷刘姥姥，连同刘姥姥喝过茶的成窑五彩小盖钟也要丢弃，身为带发修行的女尼，将佛法众生平等的教义弃之一旁。林黛玉在酒席上就已经表达了对刘姥姥的观感："当日圣乐一奏，百兽率舞，如今才一牛耳。"作为吃一点点螃蟹夹子肉就心口疼，平时也没有什么食欲的黛玉，刘姥姥饕餮一样的好胃口和穷凶极恶的吃相在她眼中是俗不可耐的，更加不可能理解刘姥姥闻乐而舞的傻气。在不久后的一次集会上，她更为伶牙俐齿，"可是呢，都是他一句话。他是那一门子的姥姥，直叫他是个'母蝗虫'就是了。"她是哪一门子的姥姥，很是不屑的语气，更有甚者，"别的草虫不画罢了，昨儿'母蝗虫'不画上，岂不缺了典！"有文化的人讽刺起人来拐弯抹角高深之极，正如宝钗解释的："世上的话，到了凤丫头嘴里也就尽了。幸而凤丫头不认得字，不大通，不过一概是市俗取笑。更有颦儿这促狭嘴，他用'春秋'的法子，将市俗的粗话，撮其要，删其繁，再加润色比方出来，一句是一句。这'母蝗虫'三字，把昨儿那些形景都现出来了。亏他想的倒也快。"钗黛二人刚刚交心，尽释前嫌，互相鼓励，联手将刘姥姥讽刺得入木三分。

在贾府住了这么久，故乡已经远去，他乡已成故乡，黛玉已经融入了贾府，黛玉已经忘记了她曾经的经历，第一次进贾府的忐忑和不安，那个步步留心，时时在意，不肯轻易多说一句话，多行一步路，唯恐被人耻笑了他去的小女孩已经远去了。己所不欲勿施于人，她唯恐被人耻笑了去，而今她却成为耻笑别人的人，生活真是吊诡。难怪，黛玉没有受过缺钱的苦楚，虽然父母双亡，然贾母和宝玉宠她爱她，给了她一个温暖的锦衣玉食的环境。见惯了奢侈靡费，见惯了精致浪费，多少玉粒金莼吞不下，成为负担，哪里理解农人手停口停的压力？人跟人之间的鸿沟是如此巨大。

宝玉却天然对刘姥姥亲近，真是违背了他素常的对待鱼眼睛们的观点，对于宝玉来说，距离产生美，所以宝玉见到农庄里的农具，还能想到谁知盘中餐粒粒皆辛苦，这个情不情的少年，真心为刘姥姥着想，为改善她的生活不遗余力，只不过若他得知刘姥姥在他精致的床上酣睡，尽情打屁打嗝的时候会有怎样的表现和心情？

乡下的植物多样性和园林中的植物多样性体系不同，这也不难理解刘姥姥将怡红院后院的花障错认成了扁豆架子，怡红院是不会种扁豆当花障的，山野之中悠然自在的扁豆花和怡红院的奢靡风格是格格不入的，若说有可能，稻香村的佳蔬菜花中极有可能有扁豆。

扁豆，又名藊豆，多年生缠绕藤本植物，是农家常见的绿篱植物，常种在篱笆边，所以也叫篱豆、沿篱豆。清郑板桥有："一庭春雨瓢儿菜，满架秋风扁豆花。"清查学礼："碧水迢迢漾浅沙，几丛修竹野人家。最怜秋满疏篱外，带雨斜开扁豆花。"扁豆花细看很精美，形如一只只小小鸟，有白色也有紫色，娇小玲珑，清新质朴。扁豆为荚果，扁平，微弯如蛾眉，所以也叫蛾眉豆。扁豆味道鲜美，撕掉边缘的筋，可以切丝或切片和辣椒肉丝清炒，焖面也是好吃。贾府山珍海味吃惯了，这些新鲜的有机蔬菜经过重重买办经手，到餐桌上也陈了，所以刘姥姥临走前，平儿笑道："休说外话，咱们都是自己，我才这样。你放心收了罢，我还和你要东西呢。到年下，你只把你们晒的那个灰条菜乾子和豇豆、扁豆、茄子、葫芦条儿各样干菜带些来，我们这里上上下下都爱吃。这个就算了，别的一概不要，别罔费了心。"刘姥姥获得了平儿鸳鸯凤姐们的认同和尊重，这一点点的互相尊重和不计回报，竟然在未来的某一时刻起了巨大的作用，刘姥姥出手挽救了巧姐，力挽狂澜，成为凤姐的救赎者。留余庆，留余庆，忽遇恩人；幸娘亲，幸娘亲，积得阴功。劝人生，济困扶穷。未来巧姐在农庄里，触目可见扁豆花架。而怡红院的花障，估计已经是姹紫嫣开遍，似这般都付与断井颓垣。

扁豆的花

伍拾玖　芬芳的摆设品

香橼

遂又往后看时，只见画着一张弓，弓上挂着香橼。也有一首歌词云：

二十年来辨是非，

榴花开处照宫闱。

三春争及初春景，

虎兕相逢大梦归。

——《红楼梦》第五回

看了很多资料，知道香橼和佛手的区别，佛手是香橼的变种，所以佛手又叫五指香橼。香橼又名枸橼子、枸橼、香泡。佛手在广州常见，见到就买上几颗放到车里，而与香橼却是缘悭一面。一直牵挂着，有一次看到一种跟柚子很类似的柑橘属的大大的圆圆果实挂在枝头，蔚为壮观，打开看，果肉味道苦涩，难以下咽，却香气浓郁，以为就是香橼了，一问花友老师，却说是香圆，顿时又迷茫了。

花友很专业，告诉我香橼单叶，叶柄无翅，与叶片连接处无关节，果皮比果肉厚。香圆是单身复叶，叶柄有翅，与叶片连接处有关节，果肉比果皮厚，香圆是柚子的一个变种。

理论知识储备了，还是没有感性认识，傻傻为香橼和香圆而迷惑，感谢强大的热心的朋友圈，潮汕的友帮去花店拍了香橼的图，山东的友寄了自家种的唯一疑似香橼过来让我鉴别，浙江的友干脆网上找了三个真正的香橼寄过来。一起到达，一起取回来，一开包装，香气四溢，沁人心脾，个个美貌无暇。眼见为实，瞬间妥妥的分清楚了这些柑橘家的近亲们。

《遵生八笺》里写了一个香橼汤的做法："用大香橼不拘多少，以二十个为规，切开，将内瓤以竹刀刮出，去囊袋并筋收起，将皮刮去白，细细切碎，以笊篱热滚汤中焯一二次，榨干收起，入前瓤内。加炒盐四两，甘草末一两，檀香末三钱，沉香末一钱（不用亦可），白蔻仁末二钱，和匀，用瓶密封，可久藏。"

《红楼梦》中出现了很多柑橘属的植物，探春房中有一个大观窑的大盘，盘内盛着数十个娇黄玲珑大佛手，板儿要佛手吃，探春拣了一个与他说："顽罢，吃不得的。"探春送了板儿一个佛手玩，后来巧姐儿（这个时候还不叫巧姐，叫大姐儿，可见凤姐儿的大大咧咧，家里那么多的文艺青年，也没想着早早给大姐儿起个文艺范儿的名）抱着一个大柚子玩，见板儿抱着一个佛手，便也要佛手。众人将板儿的佛手哄过来与巧姐。那板儿见这柚子又香又圆，更觉好玩，且当球踢着玩去，也就不要佛手了。我现在觉得，这里又香又圆的柚子很可能就是香圆，香圆的果肉是极为不好吃的，涩，所以也是观赏用的。冬天赏梅花时候，李纨命人给袭人送了吃食去，里头有朱橘、黄橙。这些佛手、香橼、橘、橙都是柑橘属的亲戚。

元春的下场扑朔迷离，从判词来看，不是普通的死亡，可能是惨烈的暴亡，原因不明。为她量身定做的红楼梦曲名《恨无常》："喜荣华正好，恨无常又到。眼睁睁，把万事全抛；荡悠悠，把芳魂消耗。望家乡，路远山高。故向爹娘梦里相寻告，儿命已入黄泉，天伦呵，须要退步抽身早！"这里甲戌本有夹批："悲险之至！"悲险二字读之真是字字触目。省亲宴会上演戏，第二出是《乞巧》，《乞巧》是《长生殿》中的第二十二出《密誓》，表现唐明皇与杨贵妃在七月七日焚香祭牵牛织女二星，设誓生死不渝。庚辰双行夹批：《长生殿》中伏元妃之死。而我们知道，杨玉环在马嵬坡被奉旨赐死，是一条白练缢死的下场。

作为家中的长女，这个年轻的女子，从小就被送入宫中，步步惊心，义无反顾担负着稳定提升整个家族荣光的重任。书中没有描写她的心路历程，是度过怎样的竞争和煎熬，在强手如林美女如云波云诡谲的后宫里脱颖而出，被晋封为凤藻宫尚书，加封贤德妃，并得到省亲的机会，有机会回到朝思暮想的娘家。

三从四德的年代，女儿们出嫁后，命运就和夫家紧密相连，和娘家就成了时断时续的亲戚，若夫家娘家交通不便，那就更难回娘家了。书中没有提到贾母、王夫人、邢夫人、尤氏等有没有回过娘家，回娘家时是怎样的情形。身为贾府至高无上的老祖宗，贾母也不可能和女儿常来常往，最宝贝的女儿贾敏的出嫁竟然就是和母亲的生离死别，连最后一面也见不成。唯一一次描写回娘家的也就是身份还不明朗却享受姨娘待遇的袭人，那份慎重和隆重，却是和娘家的生分之始。

为元春修建的大观园耗费巨资，这个天上人间诸景备的出色园林被称为金门玉户神仙府，桂殿兰宫妃子家，却只接待了元春几个小时。高高在上的穿着黄袍的元春让宝钗仰视并向往，一众家族上下都匍匐在地，将她深深地敬仰，她的父亲对她说着冠冕堂皇的文章，她也回馈着毫无瑕疵的语言。只有在老祖母的正室中，她方能满眼垂泪，一手搀祖母，一手搀母亲，三个人满心里皆有许多话，只是俱说不出，只管呜咽对泪。邢夫人、李纨、王熙凤、迎、探、惜三姊妹等，俱在旁围绕，垂泪无言。这是一幅令人伤感的画面。在宫中待了多年以后，元春跟父亲说的："田舍之家，虽赍盐布帛，终能聚天伦之乐；今虽富贵已极，骨肉各方，然终无意趣。"是肺腑之言，却也只能说说而已。

短短的元宵节的夜晚，香烟缭绕，花彩缤纷，处处灯光相映，时时细乐声喧，都是为她。她游赏了园林，叙了家常，跟弟妹们唱和诗歌，看戏，仿佛进行着无穷的丰富的节目，却终究在临走时分再次落泪。这一次，她自己控制住了，勉强堆笑，拉着贾母、王夫人的手，紧紧地不忍释放，再三叮咛："不须记挂，好生自养。如今天恩浩荡，一月许进内省视一次，见面是尽有的，何必伤惨。倘明岁天恩仍许归省，万不可如此奢华靡费了。"这个家族赫赫扬扬，发展到了巅峰时刻，家族中的男子们都沉浸在烈火烹油、鲜花着锦的富贵繁华中，尽情享受。没人想到节俭，量入为出，开源节流，可持续性发展，大观园这个支出和维护未来也成为拖垮家中经济的重要元素。

元春有着隐约的不安，她一再强调，不要奢华浪费，不可如此奢华靡费，她的话却是轻轻的一阵耳旁风，无声无息消失在夜空里。

纵然元春清醒而冷静,为家族劳神,为弟弟宝玉的教育和婚姻操心,身为女子,她也只能如同判册中的图案,一张弓,弓上挂着香橼,弓和宫谐音,千红一窟,万艳同杯,她也不过是宫殿里如同香橼一般的摆设罢了。

大观园枫树底下的一次密谈

陆拾

枫

鸳鸯也往园子里来，各处游玩，不想正遇见平儿。平儿因见无人，便笑道："新姨娘来了！"鸳鸯听了，便红了脸，说道："怪道你们串通一气来算计我！等着我和你主子闹去就是了。"平儿听了，自悔失言，便拉他到枫树底下，坐在一块石上，越性把方才凤姐过去回来所有的形景言词始末原由告诉与他。

——《红楼梦》第四十六回

在"枫树底下"文本处，有庚辰双行夹批："随笔带出妙景，正愁园中草木黄落，不想看此一句，便恍如置身于千霞万锦、绛雪红霜之中矣。"

枫，落叶乔木，又称为丹枫，因为经霜之后，叶皆赤红。秋天树叶变黄变红的植物极多，枫树是最典型最常见的，汉时宫殿前多种有枫树，所以皇帝住的地方又称为枫宸。小学生都要求背诵的有唐杜牧《山行》："远上寒山石径斜，白云生处有人家。停车坐爱枫林晚，霜叶红于二月花。"唐张继的《枫桥夜泊》

也是脍炙人口："月落乌啼霜满天，江枫渔火对愁眠。姑苏城外寒山寺，夜半钟声到客船。"海子写枫的诗有："高寒的秋之树，长风千万叶，暖如雪。"只是大部分的时候枫树给人的却不是欣喜，如"徒悲枫岸远，空对柳园春"，满山遍野的枫叶在秋日里如火如荼，火焰燃烧般灿烂，却有着无法替代的忧伤，"浔阳江头夜送客，枫叶荻花秋瑟瑟"，因为很快就是肃杀的寒冬了。

宝玉的丫头茜雪，为了一碗枫露茶被逐。关于这个枫露茶，没有什么文献记载，所以解释不一，有说是用枫树新叶的嫩尖采来制成的茶，用新开的热水沏满，直至第三次，杯中才现出一片剔透的茶色。有说是为枫露点茶的简称，也就是取枫树之嫩叶，入甑蒸之，取其露，将枫露点入茶汤中，即成枫露茶。也有从字面上想是枫叶上的露珠，类似于妙玉将梅花上的雪收集来泡茶，用枫叶上的露珠来泡茶？有说是虚幻的，因为有一脂批：与"千红一窟"遥映。

用枫制茶也可以想象。枫叶中含有糖分，秋天时分，枫叶中贮存的糖分分解转变成花青素，使叶片的颜色艳红。也许枫茶的制作方法是将枫树汁去掉糖分，然后加进优质茶中加工而成。总之宝玉爱喝，只是我没喝过枫茶，实在想象不出是什么味道，难道也是宝玉的杰作，是他的独家制作？因为大观园里的确种有枫树。

宝玉祭奠晴雯的夜晚，备了四样晴雯所喜之物。不知道这四样是什么物品，但是诔文中写了四样："谨以群花之蕊，冰鲛之縠，沁芳之泉，枫露之茗，四者虽微，聊以达诚申信，乃致祭于白帝宫中抚司秋艳芙蓉女儿之前。"其中的枫露之茗就是枫露茶，可见枫露茶在怡红院应该是常喝的。

曼妙的初秋中秋已经过去，繁华渐渐凋落，不堪和猥琐渐次上演，在不久前的九月初二刚举行了凤姐的生日宴会，热闹非凡，而贾琏和凤姐大打出手，只是被打者却是无辜的平儿，琏凤二人恩爱已经渐行渐远，嫌隙已生。黛玉以草木之质的天性敏感地体会到节气的转化，自然的无情，在一个秋风秋雨的秋夜，吟出悲凉的《秋窗风雨夕》。而这个名为鸳鸯的贾母首席大丫鬟遭遇了一次巨大的危机冲击，大老爷贾赦看上了她，且派出邢夫人亲自出马，要她做小老婆，势在必得。

邢夫人先叫过媳妇王熙凤到贾赦家的小院里来商量，刚说出这个意思，凤姐第一反应就是回绝，快言快语举出理由："依我说，竟别碰这个钉子去。老太太离了鸳鸯，饭也吃不下去的，那里就舍得了？况且平日说起闲话来，老太太常说，老爷如今上了年纪，作什么左一个小老婆右一个小老婆放在屋里，没的耽误了人家。放着身子不保养，官儿也不好生作去，成日家和小老婆喝酒。太太听这话，很喜欢老爷呢？这会子回避还恐回避不及，倒拿草棍儿戳老虎的鼻子眼儿去了！太太别恼，我是不敢去的。明放着不中用，而且反招出没意思来。老爷如今上了年纪，行事不妥，太太该劝才是。比不得年轻，作这些事无碍。如今兄弟、侄儿、儿子、孙子一大群，还这么闹起来，怎样见人呢？"凤姐已经忍不住说出老太太对大儿子的意见了，然而架不住邢夫人的执拗和愚戆，以及对她的埋怨和不满。她快速盘算，毕竟自己是贾赦的儿媳妇，是晚辈，这样说公公行事不妥是不合理的，也后悔自己说的太多，有漏洞，比如不小心说出老太太平日里说起的闲话，倘若邢夫人认真告诉贾赦，自己就有了挑拨他们母子亲情的嫌疑。凤姐盘算的是如何在此事中明哲保身，不得罪婆婆公公，也不得罪贾母，所以赶紧补救，说明父母都是爱子女的，贾母对儿子贾赦也是如此，加深了邢夫人的必胜决心。她打乱了邢夫人原本晚上再谈的计划，撺掇了邢夫人马上一起过贾母处，只是为了洗脱事先可能透露秘密的嫌疑，怕鸳鸯不同意，邢夫人以为是她泄密，拿她出气。她让邢夫人自己先去贾母处找鸳鸯谈，自己抽身回去，这样就没有跟鸳鸯串通的嫌疑。

邢夫人也算是做了严密筹划，没敢先跟贾母说，而是直接奔向鸳鸯处做鸳鸯的工作，说了一通这是如何如何有益的喜事，就要拉了鸳鸯一起直接跟老太太说，父母之命媒妁之言的年代，这样立马逼女孩儿马上应承的做法是压根没将鸳鸯以及鸳鸯的父母当一回事，直接将鸳鸯直接推向风口浪尖。

噩耗如此突如其来，让鸳鸯措手不及，这个不久前在刘姥姥二进荣国府的宴会上意气飞扬、杀伐果断的姑娘在此时无法可想，不知如何当面拒绝，唯有一味躲避，放在邢夫人的眼中却是害羞怕臊的表现，让愚昧的邢夫人得出结论："想必你有老子娘，你自己不肯说话，怕臊。你等他们问你，这也是理。让我问他们去，叫他们来问你，有话只管告诉他们。"我曾经和几个师奶们讨论，若鸳鸯在这个时候跟邢夫人亲口说不，会不会让贾赦知难而退，从而将事件的知情面缩到最小，将事件的影响力减到最少？但是讨论到贾赦对石呆子扇子的狠劲儿，鸳鸯此时的说"不"能有效吗？说不定被整治的连贾母的面都见不着的了（参考晴雯）。于是我们只能眼睁睁看着这个女孩儿一步步的盲目行走，一步步的艰难自救。

凤姐对人情世故不可谓不通达，她非常了解邢夫人的性格和处事风格和行事方法，凤姐儿对平儿道："太太必来这屋里商议。依了还可，若不依，白讨个臊，当着你们，岂不脸上不好看。你说给他们炸鹌鹑，再有什么配几样，预备吃饭。

你且别处逛逛去，估量着去了再来。"她用了必来这个词。她考虑到两种后果，都是好应对的，却没有考虑到目前还没有结果。果然邢夫人来了，只是并没有鸳鸯的准信儿，凤姐这点失算了，她只得配合邢夫人叙述了鸳鸯的家庭状况，邢夫人令人找了鸳鸯的嫂子金文翔媳妇来说和。

好看的是，鸳鸯也有着惊人的判断力，这里鸳鸯见邢夫人去了，必在凤姐儿房里商议去了，必定有人来问他的，不如躲了这里，连用了两个必字，必在，必定，这个斩钉截铁的字说出来，也预示着内闱妇女们的常规做法也就如此了。

这里也有一个批语："终不免女儿气，不知躲在哪里方无人来罗唣，写得可怜可爱。"鸳鸯跟着老太太，将老太太伺候得无微不至，百依百顺，仿佛有至高的权力。实际上老太太一日离不开她，并不表示她的不可替代，她只是一个能干勤奋忠心耿耿的女仆，她全身心的为老太太服务，不值班的时间，也是为老太太工作，邢夫人找她时候，是从后门出去，打鸳鸯的卧房前过，只见鸳鸯正坐在那里做针线，她是为老太太做女工，不分工作时间和业余时间。她又自己靠近贾母的卧房，是为了十二个时辰二十四个小时内随叫随到，她忙忙碌碌，她的忠心和勤勉是她存身的资本。她有自己的卧房，却不是安稳的所在，她是无处可去的。

鸳鸯往园子里去，各处游玩，没有提及她的心情，她是如何忖度这个麻烦的，工作日里游览大观园，心事重重，那风景园林树木花草也不会入眼吧。遇到被凤姐遣到园里的平儿，平儿是早知道缘由和底细的。即使是平儿，也不能肯定鸳鸯到底愿不愿意。这个时候谁也不知道事件会怎样的走势，旁观者的心情还是轻松的，看热闹的。

两位从小一起长大的女儿一起坐在一棵枫树地下的一块石上，深入谈心，鸳鸯穿着半新的藕合色的绫袄，青缎掐牙背心，下面水绿裙子。蜂腰削背，鸭蛋脸面，乌油头发，高高的鼻子，两边腮上微微的几点雀斑。女儿微瑕，雀斑显示出这个劳作的少女无暇装扮自己，以脂粉掩盖这微微的缺陷。她也不善打扮，她的衣服都可以让刘姥姥穿，可见她穿着的老气。然而，青春岁月有着挡也挡不住的活力和俏丽。

鸳鸯说出自己的心声，从她的口中，提及袭人、琥珀、素云、紫鹃、彩霞、玉钏、麝月、翠墨，跟了史姑娘去的翠缕，死了的可人和金钏，去了的茜雪，连上平儿和鸳鸯自己，从小一起长大的好朋友圈一共有十四人，平儿是王熙凤的丫头，也被鸳鸯说及是一起长大的，也许平儿是贾府送给王熙凤的？脂批忍不住在这里批道："余按此一算，亦是十二钗，真镜中花、水中月、云中豹、林中之鸟、穴中之鼠、无数可考、无人可指、有迹可追、有形可据、九曲八折、远响近影、迷离烟灼、纵横隐现、千奇百怪、眩目移神、现千手千眼大游戏法也。脂砚斋。"

十四个贾府丫头长大后基本上都是或者曾经是业务骨干，都是出色的："从小儿什么话儿不说？什么事儿不作？这如今因都大了，各自干各自的去了，然我心里仍是照旧，有话有事，并不瞒你们。"鸳鸯推心置腹，这是个重情重义的女儿。这么多花季少女一起成长，在贾府最繁盛富贵的时候，想必也是热闹的，她们的成长经历中有什么故事？想必也是有很多很多有趣的事情。

然后袭人从山石背后出来，三人坐在石上，深入谈心，这个场景非常唯美，不亚于黛玉葬花、湘云卧芍。细想一下，一棵大枫树，在秋天的深蓝高远天空下叶红如花，随风簌簌，枫树下的大石头上，坐着三个正好年华的女孩子，谈天说地。这场景非常具有画面感，只是谈论的话题太沉重。三个女孩儿，一个家生女儿鸳鸯，一个中途被买进来的袭人，平儿也不是家生的，现在是单身在这里，估计也是买来的，不管是怎么样的出身，具有一起长大的背景，长大后，便走上不同的道路，各自干各自的了。而此时等待她们的出路是如此的雷同，都是小老婆的可能，不同的是不同的主子。

作为家生子鸳鸯，其实有家等于没家，父母远离身边，在南京看房子，从不大上京，父亲金彩已经得了痰迷心窍，那边连棺材银子都赏了，不知如今是死是活。母亲是个聋子。哥哥金文翔是老太太的买办，嫂子是老太太那边浆洗的头儿。鸳鸯离开父母后，是没有机会再见到父母了，从后文可知，她是连父母死前也不能见上一面。从鸳鸯痛骂嫂子的话中可以得知她和哥哥嫂子不亲，简直一点感情都没有，一方面是贾赦的高压，另一方面这哥哥嫂子是一点都没有为她着想。那么善解人意的勤劳善良的鸳鸯，原来是这样的家世背景。

她名为金鸳鸯，一个光彩熠熠的名字，在秋天的枫树底下，金色枫叶飞舞，口吐誓言："老太太在一日，我一日不离这里；若是老太太归西去了，他横竖还有三年的孝呢，没个娘才死了他先纳小老婆的！等过三年，知道又是怎么个光景，那时再说。纵到了至急为难，我剪了头发作姑子去；不然，还有一死。一辈子不嫁男人，又怎么样？乐得干净呢！"非我所愿，非我所想，纵然千尊万贵，亦不为所动。宁为玉碎不为瓦全。况且使用这种牛不吃水强按头的狠毒方法逼人就范。

有一首汉乐府民歌《陌上桑》，一名叫罗敷的女孩儿倾国倾城，被使君看中，使君谢罗敷："宁可共载不？"罗敷前置词："使君一何愚！使君自有妇，罗敷自有夫。"然后描述了一番良人的尊贵，没有下文，使君是老羞成怒还是知难而退？罗敷是潇洒而归，挥一挥衣袖，还是被使君抢走？然而，诗里的轻松语调，总是让人觉得使君不是那种强抢民女的恶霸，二人对答行云流水，有君子之风。既不是两相情愿，那就唱一曲《偶然》擦肩而过好了："你有你的，我有我的，方向；你记得也好，最好你忘掉，在这交会时互放的光亮！"

贾赦不是君子，这个好色的大老爷是左一个小老婆右一个小老婆放在屋里，典型的皮肤淫滥之蠢物，且不通风情，不会怜香惜玉。果然，见鸳鸯不愿意，采取高压和恐吓，逼得鸳鸯破釜沉舟，当众明志，贾母勃然大怒，这才逼贾赦暂时收手。鸳鸯此法属于棋走险着，侥幸过关，也埋下无穷之后患。

枫叶

火辣辣的一场四人戏

陆拾壹

生 姜

> 凤姐于这些上虽不通达，但只见他三人形景，便知其意，便也笑着问人道："你们大暑天，谁还吃生姜呢？"众人不解其意，便说道："没有吃生姜。"凤姐故意用手摸着腮，诧异道："既没人吃生姜，怎么这么辣辣的？"宝玉黛玉二人听见这话，越发不好过了。
>
> ——《红楼梦》第三十回

宝钗来到贾府，黛玉已经和宝玉青梅竹马两小无猜了一段时间，心甜意洽，言语和顺。宝钗的强势入驻，在黛玉看来，是个强有力的威胁，因为宝玉对宝钗的另眼相看，自己和宝玉的亲密无间受到严重的威胁。对宝钗来说，她很看重宝玉和黛玉，希望自己能顺利融入宝玉和黛玉的小集体中去。这个时候，刚刚少年的她们是没有意识友谊和爱情的区分的。

果然，宝玉没有邀请黛玉一起，而是单独去看望了宝钗，在一起比通灵和金锁。果然，宝钗晚上去怡红院串门，没有叫上黛玉，黛玉敲门还吃了闭门羹。果然，宝玉瞅着宝钗的一段酥臂发呆了。这林林总总怎不让黛玉心酸，让黛玉不安？黛玉在贾府顺风顺水的生活，因有了宝钗的存在，过得如同一袭华美的袍子，上面爬满了虱子。而宝玉究竟是不是知己？从宝玉见到姐姐就忘记妹妹的表现上来看，她也不能认定，这一切的一切激发了她的身世之感，命运之叹。

张道士五月初一在清虚观里的突然提亲更是火上浇油，宝黛二人在初二终于爆发了争吵，在那个含蓄的时代，爱情两个字还是不存在的词语，私情密意是见不得光的，二人都不知道怎么表达这异样的感情，如何去印证。二者都是烦恼异常，不约而同隐藏了真心，频频以假意试探，结果作者也忍不住分析了又分析为什么二人如此，反复说明，告诉读者，宝玉故每每或喜或怒，变尽法子暗中试探。黛玉也每用假情试探。二人将求近之心，反弄成疏远之心。

宝玉被黛玉一激，无从分辨，便赌气摔玉，气得脸都黄了，眼眉都变了。黛玉脸红头胀，一行啼哭，一行气凑，一行是泪，一行是汗，不胜怯弱。袭人和紫鹃分别劝说自己深爱的主子，无法，四人都哭了，无言对泣，各怀心思，这个场景真是好看煞。

最终事情闹大，贾母王夫人被惊动，带走了宝玉，独留下黛玉，不知道如何收场。

初三，薛蟠生日，宝黛两人都没去，宝玉推病，贾母也是烦恼不堪，宝黛二人听到贾母传来的"不是冤家不聚头"的这句俗语，好似参禅的一般，都低头细嚼此话的滋味，都不觉潸然泪下。虽不曾会面，然一个在潇湘馆临风洒泪，一个在怡红院对月长吁,却不是人居两地,情发一心!两假相逢,终有一真,真真假假的吵架有时候比沉默更能有效地观察到自己的内心深处真实的想法。

袭人劝说宝玉,紫鹃劝说黛玉,对照来看,也是有趣,两个姑娘都是赤胆忠心为了各自的小主人好而操心。宝玉可爱之处就是不记仇,没有爱面子之说,尤其是对待黛玉,一夜过去,就忘记了争吵,惦记着妹妹了。他主动来潇湘馆赔不是,主动找台阶下,对紫鹃说:"你们把极小的事倒说大了。好好的为什么不来?我便死了,魂也要一日来一百遭。妹妹可大好了?"真是令人笑喷,而黛玉听见宝玉来,由不得伤了心,止不住滚下泪来。作为读者,看着也是心酸,这种委屈的情绪是真是只对至亲才能发生的啊。

可爱的宝哥哥将好妹妹叫了几万声,终于唤回了妹妹的回应。一个愿打一个愿挨,互相挂心互相爱护,林黛玉扔给宝玉一个旧手帕擦眼泪,这份同哭对哭的深情厚谊,这种独特的相处模式,这种心甜意洽的情愫,也唯有林妹妹才能给予宝玉的啊。后文宝玉挨打后送给黛玉两方旧手帕,实实在在就是告诉黛玉:你哭,我陪你一起哭。

一句没说完,只听喊道:"好了!"宝林二人不防,都唬了一跳,回头看时,只见凤姐儿跳了进来。一个跳字,让宝林二人吓一跳,也让读者吓一跳,形容凤姐儿身手矫健行动快捷,真是令人莞尔。凤姐说明来意,老太太不放心,让她来劝和。然后拉黛玉走,林黛玉回头叫丫头们,一个也没有。这一段也是离奇,我们聪明的紫鹃姑娘遣走了丫头婆子们,给宝林二人创造了一个多么好的独处空间。

在贾母屋子里,凤姐儿伶伶俐俐的一番话,让大家都笑了。宝黛和好,贾母欢喜，大家也都松了口气。宝钗也在，那林黛玉只一言不发，挨着贾母坐下。作为贾母心中的娇娇宝贝孙女儿，黛玉已经习惯了贾母的宠爱，和贾母的亲密自然而然。

宝玉没甚说的，便向宝钗笑道："大哥哥好日子，偏生我又不好了，没别的礼送，连个头也不得磕去。大哥哥不知我病，倒像我懒，推故不去的。倘或明儿恼了，姐姐替我分辨分辨。"宝钗笑道："这也多事。你便要去也不敢惊动，何况身上不好，弟兄们日日一处，要存这个心倒生分了。"宝玉又笑道："姐姐知道体谅我就好了。"又道："姐姐怎么不看戏去？"宝钗道："我怕热，看了两出，热的很。要走，客又不散。我少不得推身上不好，就来了。"宝玉听说，自己由不得脸上没意思。

为什么宝玉会没意思呢，因为宝钗委婉地讽刺他，她知道他是没病装病哦。

宝玉只得又搭讪笑道："怪不得他们拿姐姐比杨妃，原来也体丰怯热。"不管哪个时代，直接对一个姑娘说："怪不得大家都说你胖，你果然很胖。"真真是找抽的搭讪节奏。宝钗终于按捺不住矜持了，回思了一回，脸红起来，正好小丫头靛儿撞上枪口，宝钗乘机对靛儿大加训斥。宝玉自知又把话说造次了，当着许多人，更比才在林黛玉跟前更不好意思，便急回身又同别人搭讪去了。可怜的宝玉，频频受挫，纵使百般脸皮厚，那也是在黛玉面前勇于放低身段，在端庄的宝姐姐面前，是无计可施的。

林黛玉听见宝玉奚落宝钗，心中着实得意，才要搭言也趁势儿取个笑，小女儿的心态历历可见，宝玉奚落宝钗，当然深得黛玉之心，然而宝钗真气了，她又怎能落井下石？临时改变搭讪主题，便改口笑道："宝姐姐，你听了两出什么戏？"也是帮宝玉解围。

宝钗笑道："我看的是李逵骂了宋江，后来又赔不是。"宝玉虽然在别人搭讪，其实一直关注宝钗的，一见有机可乘，有话可补，便笑道："姐姐通今博古，色色都知道，怎么连这一出戏的名字也不知道，就说了这么一串子。这叫《负荆请罪》。"宝钗笑道："原来这叫作《负荆请罪》！你们通今博古，才知道'负荆请罪'，我不知道什么是'负荆请罪'！"

宝钗厉害啊，以一敌二，毫不客气，指东打西，将二人双双联手的招式反击回去，正如她在探春理家时候所说的："学问中便是正事。此刻于小事上用学问一提，那小事越发作高一层了。不拿学问提着，便都流入市俗去了。"暗含机锋，引文有学问提着，这场口头对决就分外有趣好看，是高手间的对招，旁观者还没看清，胜负已定。宝玉林黛玉二人心里有病，听了这话早把脸羞红了。

三人羞红的三张脸落在凤姐眼中，让她产生一丝幸灾乐祸，不如让气氛再热烈一些吧，在这个炎热的端午期间。

凤姐于这些上虽不通达，但只见他三人形景，便知其意，便也笑着问人道："你们大暑天，谁还吃生姜呢？"众人不解其意，便说道："没有吃生姜。"凤姐故意用手摸着腮，诧异道："既没人吃生姜，怎么这么辣辣的？"凤辣子就是凤辣子，出口毫不含蓄，直将三人之红脸暴露于大庭广众之下。

宝玉黛玉二人听见这话，越发不好过了。宝钗再要说话，见宝玉十分讨愧，形景改变，也就不好再说，只得一笑收住。还是宝姐姐懂事，及时收篷，没有乘胜追击。

作者忍不住说道："别人总未解得他四个人的言语，因此付之流水。"可惜众人愚笨，旁观者不清，不能领会凤姐儿之指向，也不能理解宝黛钗三人之交锋。前一场风波里有四人，宝黛袭人紫鹃，这一场风波里有四人，宝黛钗凤姐。环环相扣，圈圈涟漪，好一场风花雪月的故事，作者写到这里，也是忍俊不禁，带着微笑下笔的吧。

生姜，多年生草本植物姜的根茎，肥大，不规则块状，类似手掌，表皮节节如有疆界。薑，疆也，界也，能疆御百邪，故谓之薑。是中国人生活中最常见的调味品，也是药。四十二回巧姐病了，医生开了丸药，服用方法是临睡时用姜汤研开，吃下去。

李时珍曰："姜辛而不荤，去邪辟恶，生啖熟食，醋、酱、糟、盐、蜜煎调和，无不宜之。可蔬可和，可果可药，其利博矣。"俗言上床萝卜下床姜，因为姜能开胃，而萝卜能消食。用姜可以辟腥消毒，三十八回凤姐吃螃蟹的时候说要多倒些姜醋，醋里加姜或姜汁，点螃蟹肉真是绝配。宝玉写的螃蟹诗有："持螯更喜桂阴凉，泼醋擂姜兴欲狂。"

《本草纲目》引王安石《字说》："初生嫩者其尖微紫，名紫姜，或作子姜；宿根谓之母姜也。"子姜没有筋，第五十二回宝玉早起先喝了两口建莲红枣儿汤再嚼了一块法制紫姜。这里的紫姜就是嫩姜，因尖部发紫而得名，也叫子姜。

宝钗给惜春开的画画工具中有生姜二两，酱半斤，为的不是吃，是粗色碟子保不住不上火烤，不拿姜汁子和酱预先抹在底子上烤过了，一经了火是要炸的。

只可惜，这一场风波并没有让宝玉的心灵宁静下来，接下来，饱受情感折磨而烦恼不堪的宝玉戏金钏、踢袭人、骂晴雯，自作自受，也即将上演挨打的大戏。

生姜

凤辣子

是个泼皮破落户儿

陆拾贰

辣 椒

> 贾母笑道："你不认得他，他是我们这里有名的一个泼皮破落户儿，南省俗谓作'辣子'，你只叫他'凤辣子'就是了。"
>
> ——《红楼梦》第三回

黛玉进贾府是一场大戏，高清摄像机跟着黛玉，带领我们看了宁荣街、宁荣二府的外观，轿子从西边角门进去，垂花门前落轿，黛玉扶着婆子的手进入垂花门，转过插屏，穿过小小的三间厅，来到后面的正房大院，进入房中，和久已等候的彼此都是第一次见到的鬓发如银的外祖母涕泣相拥，然后黛玉正式行拜见礼，贾母指点黛玉和邢夫人、王夫人、李纨相见，然后见过三个一样妆饰的贾家姐妹，然后叙家常，在严谨的摄像机扫描下，场景、人物、细节事无巨细，一丝不苟地展现。

在一派追思往者悲伤的情绪中，王熙凤平地一声春雷，人未到，笑先闻，艳冠群芳隆重出场，大段的服饰和面貌描写刻画出一个恍若神妃仙子的美人儿，她的出现顿时一扫整场忧伤情绪，贾母展颜处有脂批："阿凤一至，贾母方笑，与后文多少笑字作偶。"虽然贾母笑话王熙凤是凤辣子、泼皮破落户，口气却是满满的赞意。

辣椒，一年生草本植物，有白色花有紫色花，果实辣椒成熟后变成鲜红色、黄色或紫色，圆锥形或长圆形。辣椒原产于美洲热带地区，在明代传入中国，辣椒进入中国改变了国人饮食文化中的五味构成，因为在没有辣椒的年代，我国定义五味是酸甘苦辛咸，有辛无辣，辣椒传入后被广泛应用，影响之巨，直将传统的五味变成现在常说的酸甜苦辣咸，去辛来辣。成就了川菜和湘菜体系。辣椒本身也被赋予了豪爽、热烈、干练、红火、喜庆等文化内涵，用辣椒来形容凤姐的雷厉风行、泼辣果断是非常形象的。

王熙凤大笑着出场，可见此时小乔初嫁，她的心情明媚如朝阳，嫁过来不过二三年，二十岁不到，已经独当一面，管理着荣国府偌大的内闱。生活过得顺风顺水、顺心顺意，她和贾母投缘，被借调到二房中主持家事，承欢于贾母膝下，这一老一少真是绝配，王熙凤在贾母维护宠爱下谈笑自如肆意张扬，贾母在王熙凤的奉承侍候下快乐放松如老顽童。婆婆邢夫人、姑妈也是姨妈王夫人退居二线，此时凤姐和贾琏的感情也是新鲜热辣，美满幸福，贾琏由着她出手料理了婚前放在房中服侍的两个房里人。

王熙凤是凤姐的学名，书中特地提了有学名的女子只有她，另外还特意提的有薛蟠和秦钟，秦钟也罢了，薛蟠不学无术，王熙凤不上学，不读书，也起了响亮的学名，非常具有讽刺意味。这个自幼假充男儿教养的女儿却不识字不读书，这个也奇了，既然假充男儿教养，却不让读书，难道王家男儿也不读书，一味从武？王熙凤具备男儿的风采风度，却缺乏学问的滋养，因此造就了王熙凤独特的性格和行事风格，也造成了她的缺点，限制了她的远见和高度。

她口才犀利，是天生的演讲家和辩论家，冷子兴口中，她是："模样又极标致，言谈又爽利，心机又极深细，竟是个男人万不及一的。"周瑞家的口中，她是："这位凤姑娘年纪虽小，行事却比世人都大呢。如今出挑的美人一样的模样儿，少说些有一万个心眼子。再要赌口齿，十个会说话的男人也说他不过。回来你见了就信了。"她天赋异禀，肚内有无限的新鲜趣谈，有她在，场面热闹，老少咸宜，元宵节她要讲笑话，全府的丫头们都奔走相告，挤了一屋子。

她管理方法简单粗暴，周瑞家的评价她缺点："就只一件，待下人未免太严些个。"她对待下人绝不手软，心狠手辣，生日宴会回家见丫头可疑，顺手就打耳光，回头向头上拔下一根簪子来，向那丫头嘴上乱戳。王夫人房里少了东西，她的方法是："把太太屋里的丫头都拿来，虽不便擅加拷打，只叫他们垫着磁瓦子跪在太阳地下，茶饭也别给吃。一日不说跪一日，便是铁打的，一日也管招了。"她的生日，王夫人的陪房周瑞家的儿子拿的一盒子失了手，撒了一院子馒头，又不服管教，她得知后就要撵出去，并告知两府里不许收留他，彻底断绝他的生机，让他无路可走。后来赖嬷嬷求情，才打了四十棍留下来。她对赵姨娘的态度更是直接，张口就训，丝毫不给面子。她利用了张华，又生怕张华透露秘密，悄命旺儿遣人寻着了他，或说他做贼，和他打官司将他治死，或暗中使人算计，务将张华治死。

她世俗，宝钗评价她："世上的话，到了凤丫头嘴里也就尽了。幸而凤丫头不认得字，不大通，不过一概是市俗取笑。"但是因为有大家族的底子作支撑，有她粉光脂艳的外形作陪衬，这份世俗就不同于小门小户的寒酸和小气，在大家族里是另类，有种粗俗爽快的魅力，尤氏、李纨也喜欢说她破落户。刘姥姥和她投缘："我的嫂子，我见了他，心眼儿里爱还爱不过来，那里还说的上话来呢。"无意中，刘姥姥原生的世俗粗鄙路线却正合了王熙凤的风格，因为直接爽快，正如她对红玉笑道："好孩子，难为你说的齐全。别像他们扭扭捏捏的蚊子似的。嫂子不知道，如今除了我随手使的几个人之外，我就怕和人说话。他们必定把一句话拉长了作两三截儿，咬文咬字，拿着腔儿，哼哼唧唧的，急的我冒火，他们那里知道！先时我们平儿也是这么着，我就问着他：难道必定装蚊子哼哼就是美人了？说了几遭才好些儿了。"所以，刘姥姥那些："凭他怎样，你老拔根寒毛比我们的腰还粗呢！"的话虽然不堪，凤姐听了也无所谓，因为对她的胃口。

她要面子，在馒头庵经不住老尼净虚激将，出手包揽诉讼，生生祸害了张金哥一对苦命鸳鸯。为了展现铁娘子风范，她可以半夜起身，半夜入睡，费力费神，透支身体的健康。为了权威和权力，和贾琏平分秋色乃至逐渐占上风。之所以要除掉张华，也是打算剪草除根，保住自己的名誉。

她骄纵，成功人士，有少年早成，有大器晚成，王熙凤算是前者，太顺利的道路，太多的奉承，太容易解决的难题，都手到擒来，她杀伐决断之际，无人敢挡，这份顺利让她有了错觉，天下没有她应付不了的事情，也让她的自信心爆棚："你是素日知道我的，从来不信什么是阴司地狱报应的，凭是什么事，我说要行就行。"

她沉迷于丰富的物质生活中，有着世俗的进取心，她勤勤恳恳地做好孙媳妇的角色，只要有个不散的宴席，她就愿意辛苦地照看着每一顿饭局，招呼着大家吃菜。她兴兴头头地对弟弟妹妹们，为他们和解，推动丰富他们的活动，做一个好嫂子。

她聪明，王熙凤协理宁国府和敏探春兴利除宿弊可以对照着看，旁观者清，凤姐对宁府的宿弊看得清清楚楚，凤姐对宁府的诊断是："头一件是人口混杂，遗失东西；第二件，事无专责，临期推委；第三件，需用过费，滥支冒领；第四件，任无大小，苦乐不均；第五件，家人豪纵，有脸者不服钤束，无脸者不能上进。此五件实是宁国府中风俗。"因此针对这五件弊端，她痛下针砭，快准狠。快刀斩乱麻，责任到人，钱物到人，赏罚分明。也不知道后来尤氏接管家事会不会继续凤姐的做法。

她没有远见，荣国府的宿弊贾探春也看得清清楚楚，正如凤姐所说："凡百大小事仍是照着老祖宗手里的规矩，却一年进的产业又不及先时。多省俭了，外人又笑话，老太太、太太也受委屈，家下人也抱怨刻薄；若不趁早儿料理省俭之计，再几年就都赔尽了。"治别人家容易，治自己家就难，凤姐不敢也不能拿自己人开刀，兴利除弊，按照以往惯例，是没错的，虽然面临入不敷出的境地。凤姐的眼光和手段也就是普通深闺妇人，冒险放利息，包揽诉讼也是一桩来钱快的途径，在馒头庵初尝好处之后，她是胆识愈壮，以后有了这样的事，便恣意的作为起来，胆大妄为。秦可卿在梦中对她说的置地置产规避风险方案，她醒来就忘记了，她的经历和短视束缚了她，她疲于应付眼前的繁难，而不能为家族做长远的谋划和打算。宝钗作为旁观者，对她的评价是："我来了这么几年，留神看起来，凤丫头凭他怎么巧，再巧不过老太太去。"有拍贾母马屁的成分，也是实话。粗线条的她哪里比得上老太太的决断力和大局观。

她甚至比不上探春，因为探春读书识字，正如凤姐所说："他虽是姑娘家，心里却事事明白，不过是言语谨慎；他又比我知书识字，更厉害一层了。"凤姐此时已经意识到自己的不足和黔驴技穷的窘迫，强弩之末的挣扎，走投无路的迷惘。同样深闺长大的探春读书识字，韬光养晦，比凤姐多了一份学识和见识，有了理论的指导和引导，她的立场和眼界风险意识就比凤姐高很多，脂砚斋忍不住说明："使此人不远去，将来事败，诸子孙不致流散也，悲哉伤哉！"

她的判册上是一片冰山，上面有一只雌凤。其判曰："凡鸟偏从末世来，都知爱慕此生才。一从二令三人木，哭向金陵事更哀。"就凤姐来说，她曾经所有的权力和威望是因为她有靠山贾母，然而这靠山只是一座冰山，况且已经日薄西山。繁花似锦的富贵生涯逐渐淡化褪色，一地鸡毛的繁难逐渐展现，生活逐渐露出狰狞之面，已经超出她的掌控。

她力不从心的除了复杂的人事关系，还有无法维系的婚姻，尽付东流的感情，将倾倒的家族大厦，她自己的健康以及卿卿性命，她女儿的险恶处境。

她笑着出场，哭着下场，她哭向金陵的时刻，那个为她撑腰，叫她凤辣子的人已经不在了，没有人再会叫她一声凤辣子。冰山消融，白茫茫一片大海，凤兮凤兮，何处落脚。

晴雯两根
葱管一般的指甲
送给了宝玉

陆拾叁

葱

  宝玉拉着他的手，只觉瘦如枯柴，腕上犹戴着四个银镯，因泣道："且卸下这个来，等好了再戴上罢。"因与他卸下来，塞在枕下。又说："可惜这两个指甲，好容易长了二寸长，这一病好了，又损好些。"晴雯拭泪，就伸手取了剪刀，将左手上两根葱管一般的指甲齐根铰下。又伸手向被内将贴身穿着的一件旧红绫袄脱下，并指甲都与宝玉道："这个你收了，以后就如见我一般。快把你的袄儿脱下来我穿。我将来在棺材内独自躺着，也就像还在怡红院的一样了。论理不该如此，只是担了虚名，我可也是无可如何了。"宝玉听说，忙宽衣换上，藏了指甲。

——《红楼梦》第七十七回

  年少时轻言别离，殊不知那一场场的生离就是一场场的死别。宝玉出生于昌明隆盛之邦，诗礼簪缨之族，成长于花柳繁华地，温柔富贵乡，有祖母父亲母亲大姐为他遮风挡雨，有出色的姐姐妹妹们环绕，有惺惺相惜的佳友良朋，有利胆忠心的女奴侍候，人见人爱，花见花开。然而，《红楼梦》不是一部永不落幕的贵族生活白描图，天下没有不散的宴席，一缕悲音夹杂在盛世欢歌中，愈演愈烈，宝玉亲见生命中重要的朋友，一个个离开，提醒着少年宝玉，"那红尘中有却有些乐事，但不能永远依恃，况又有'美中不足，好事多魔'八个字紧相连属，瞬息间则又乐极悲生，人非物换，究竟是到头一梦，万境归空。"

先是秦钟，再是秦可卿，再是金钏，然后就是晴雯，到了七十回，变故频频，是仲春天气，争奈宝玉因冷遁了柳湘莲，剑刎了尤小妹，金逝了尤二姐，气病了柳五儿，连连接接，闲愁胡恨，一重不了一重添。弄得情色若痴，语言常乱，似染怔忡之疾。生活并没有因为宝玉的忧伤就放过他，很快，秋天来了。

爆发了绣春囊事件，邢夫人将绣春囊封好直接送到王夫人处，凤姐和王夫人商议暗地访拿这事，凤姐的意思是乘机将年纪大些的，或有些咬牙难缠的丫头们，拿个错儿撵出去配了人，王夫人于心不忍，怕委屈了园中的下一辈们。架不住王善保家的挑拨，直接就拿宝玉屋里的晴雯说事，直击王夫人软肋："别的都还罢了。太太不知道，一个宝玉屋里的晴雯，那丫头仗着他生的模样儿比别人标致些。又生了一张巧嘴，天天打扮的象个西施的样子，在人跟前能说惯道，掐尖要强。一句话不投机，他就立起两个骚眼睛来骂人，妖妖趫趫，大不成个体统。"话说到这个份上，王夫人不管也是不可能了，核心部门被如此诟病，岂能轻视。

王夫人听了这话，猛然触动往事，便问凤姐道："上次我们跟了老太太进园逛去，有一个水蛇腰，削肩膀，眉眼又有些像你林妹妹的，正在那里骂小丫头。我的心里很看不上那狂样子，因同老太太走，我不曾说得。后来要问是谁，又偏忘了。今日对了坎儿，这丫头想必就是他了。"凤姐道："若论这些丫头们，共总比起来，都没晴雯生得好。论举止言语，他原有些轻薄。方才太太说的倒很像他，我也忘了那日的事，不敢乱说。"

凤姐是不想掺和进去的，王夫人怒从心头起的时候，王善保家的更进一层，"不用这样，此刻不难叫了他来太太瞧瞧。"此时的王夫人骑虎难下，也是为谗言所惑，为宝玉担心，让小丫头子叫来晴雯。

晴雯身上不自在，睡中觉才起来，素日这些丫鬟皆知王夫人最嫌趫妆艳饰语薄言轻者，故晴雯不敢出头。今因连日不自在，并没十分妆饰，自为无碍。谁知道她的自以为是和衣冠不整勾起了王夫人的真怒，"好个美人！真象个病西施了。你天天作这轻狂样儿给谁看？你干的事，打量我不知道呢！我且放着你，自然明儿揭你的皮！宝玉今日可好些？"晴雯再次判断失误，他本是个聪敏过顶的人，见问宝玉可好些，他便不肯以实话对，并且说出"我原是跟老太太的人"，不曾留意宝玉的生活起居，王夫人一时信以为实，狂怒之下，向王善保家的道："你们进去，好生防他几日，不许他在宝玉房里睡觉。等我回过老太太，再处治他。"喝声"去！站在这里，我看不上这浪样儿！谁许你这样花红柳绿的妆扮！"她竟然让王善保家的去处理这件事。

晴雯只得出来，这气非同小可，一出门便拿手帕子握着脸，一头走，一头哭，直哭到园门内去。晴雯知道自己被暗算陷害了，但是她竟然毫无反抗的意识和自我救赎的挣扎，怡红院几年养尊处优的副小姐生活让她丧失了危机感和居安思危的谋划能力，她守口如瓶，晚上抄检时候，袭人因见晴雯这样，知道必有异事，然她没问，晴雯还是没说。甚至在抄检过程中，宝玉是怎么想的，作者也留了空白。

再过了贾母的生日，过了中秋，这些日子里，晴雯的煎熬是怎样的，作者没提，只说晴雯之病亦因那日加重，细问晴雯，又不说是为何。晴雯将最佳解救自己的时间轻轻放过。宝玉糊里糊涂的，只见到司棋被无情逐去的过程：

只见几个老婆子走来，忙说道："你们小心，传齐了伺候着。此刻太太亲自来园里，在那里查人呢。只怕还查到这里来呢。又吩咐快叫怡红院的晴雯姑娘的哥嫂来，在这里等着领出他妹妹去。"因笑道："阿弥陀佛！今日天睁了眼，把这一个祸害妖精退送了，大家清净些。"宝玉一闻得王夫人进来清查，便料定晴雯也保不住了，早飞也似的赶了去，所以这后来趁愿之语竟未得听见。

一个丫头被老婆子们称为祸害妖精，真是令人触目惊心，晴雯四五日水米不曾沾牙，恹恹弱息，如今现从炕上拉了下来，蓬头垢面，两个女人才架起来去了。在王夫人雷嗔电怒之下，宝玉竟然不敢多言一句，多动一步。这个纯良的少年，秉承着传统的教导，孝字当先，即使为了心爱的林妹妹，发狂发痴，也不敢批评父母的不是，不敢灭过父母的次序，他信心满满的说过："除了老太太、老爷、太太这三个人，第四个就是妹妹了。要有第五个人，我也说个誓。"他无法适应突然陌生的母亲，突然发怒的母亲。除了对着袭人哭，他毫无主张。

天性敏感的他已经隐隐约约晴雯即将小命不保："他这一下去，就如同一盆才抽出嫩箭来的兰花送到猪窝里去一般。况又是一身重病，里头一肚子的闷气。他又没有亲爷热娘，只有一个醉泥鳅姑舅哥哥。他这一去，一时也不惯的，那里还等得几日。知道还能见他一面两面不能了！""这阶下好好的一株海棠花，竟无故死了半边，我就知有异事，果然应在他身上。"他和袭人高谈阔论草木之无情有情，最后宝玉乃道："从此休提起，全当他们三个死了，不过如此。况且死了的也曾有过，也没有见我怎么样，此一理也。"他不会为了晴雯等人去做任何的努力，不会为了她们去和母亲对抗，他静等命运的安排和裁夺。

他还是独自找机会去见晴雯一面，在晴雯的猪窝一般的落脚处，一眼就看见晴雯睡在芦席土炕上，他将自己抽离出来，品度晴雯的现状，见晴雯如得了甘露一般，一气都灌下去那半碗油膻之气的绛红的茶水，竟然还有心思想起饱饫烹宰、饥餍糟糠、饭饱弄粥的俗语。晴雯身处恶境，竟然也没有心思请宝玉救她一把，这个痴情的姑娘和宝玉换了旧红绫袄，剪了指甲送给宝玉。特意提了，左手上两根葱管一般的指甲，二寸长的，齐根铰下。

《红楼梦》里详细描写指甲的人物全是晴雯，一次是第五十一回，晴雯生病，请了医生来给她看病，看病很隆重：

宝玉便走过来，避在书架之后。只见两三个后门口的老嬷嬷带了一个大夫进来。这里的丫鬟都回避了，有三四个老嬷嬷放下暖阁上的大红绣幔，晴雯从幔中单伸出手去。那大夫见这只手上有两根指甲，足有三寸长，尚有金凤花染的通红的痕迹。

三寸长的指甲能留成，是非常不容易的事情，作为现代职场的我，简直不可想象,指甲稍微长点不是断就是裂,哪里能留长指甲。

晴雯服了药,至晚间又服二和,夜间虽有些汗,还未见效,仍是发烧,头疼鼻塞声重。宝玉便命麝月:"取鼻烟来,给他嗅些,痛打几个嚏喷,就通了关窍。"麝月果真去取了一个金镶双扣金星玻璃的一个扁盒来,递与宝玉。宝玉便揭翻盒扇,里面有西洋珐琅的黄发赤身女子,两肋又有肉翅,里面盛着些真正汪恰洋烟。晴雯只顾看画儿,宝玉道:"嗅些,走了气就不好了。"晴雯听说,忙用指甲挑了些嗅入鼻中,不怎样。便又多多挑了些嗅入。忽觉鼻中一股酸辣透入囟门,接连打了五六个嚏喷,眼泪鼻涕登时齐流。

晴雯用指甲挑药的动作非常令人遐思。

没有说过其他女孩染不染指甲,只是闲闲提了一句史湘云、平儿、香菱等在山石边掐凤仙花,我们知道凤仙花是可以染指甲的。

在所有女孩子中,单单提到晴雯的红指甲,长指甲,让我们印象深刻,作为奴婢,能留成长指甲,能有时间打理红指甲,说明晴雯真是如宝玉所说:"他自幼上来娇生惯养,何尝受过一日委屈。"手指头动来动去的,指甲很容易折断,葱管一般二三寸长的指甲能留成是不容易的,可推测晴雯平时干活也是不多。

然而,勇晴雯病补雀金裘一段让我们对晴雯刮目相看,这个身怀绝技的美丽姑娘其实是那么的聪明那么的有才华,她那一身女红功夫的确有天分在里头,不是勤奋就能够学到的。

葱,又称芤、菜伯、和事草等,神农尝百草找出葱后,将之作为日常膳食的调味品,各种菜肴加葱而调和,故有"和事草"的雅号。李时珍曰:"葱从怱。

外直中空，有忽略通之象也。芤者，草中有孔也，故字从孔，芤脉象之。葱初生曰葱针，叶曰葱青，衣曰葱袍，茎曰葱白，叶中涕曰葱苒。"葱整个儿是软的嫩的，却常用来形容手指和指甲，《孔雀东南飞》中刘兰芝的手指就是"指如削葱根"，赵鸾鸾《闺房五咏》："纤纤软玉削春葱，长在香罗翠袖中。"怡红院里锦衣玉食的比一般人家小姐还尊贵的晴雯丫头，被打发回了草帘芦席土炕的哥嫂家里，无人理会。况又是一身重病，里头一肚子的闷气，一缕香魂，不久就随病而逝，死前直着脖子叫了一夜的娘。而死后被当成女儿痨迅速火化，她的美丽的葱管一般的指甲，随风而逝，化烟化灰，却长存宝玉心中。

龙二姐喜欢的
零食之一

陆拾肆

砂 仁

贾蓉又和二姨抢砂仁吃,尤二姐嚼了一嘴渣子,吐了他一脸。贾蓉用舌头都舔着吃了。

——《红楼梦》第六十三回

《红楼梦》第六十三回的回目是"寿怡红群芳开夜宴　死金丹独艳理亲丧",前大半段是宝玉生日当晚,众人在怡红院中开夜宴,为宝玉庆生,芳官唱曲,众人抽花签,喝酒,黛玉宝钗等走后,怡红院众人继续吃吃喝喝唱曲,喝醉后是黑甜一觉。第二天一早,众人醒来,个个回想昨日情景,纷纷脸红。宝玉发现砚台下有妙玉贺签,去找黛玉斟酌回复,路上遇到邢岫烟解决了疑问,回怡红院写了回帖,再隔着门缝投进栊翠庵,再回怡红院给芳官改妆,饭后平儿还席,尤氏带了佩凤偕鸳二妾过来游玩,甄家有两个女人送东西过来。这大半段花团锦簇,浓墨重彩,细细勾勒,正玩笑不绝,一派祥和欢乐的气氛。然后进入后小半段的叙事，突然接到贾敬暴亡的报告，尤氏需要独立主持处理，不能回家，就请自己的继母帮忙看家，她的继母带了两个未出嫁的女儿来宁国府一起起居。贾珍贾蓉请假星夜驰回，贾蓉先回家，镜头就跟着贾蓉一起转向了宁国府。

贾蓉和外祖母和两个姨娘的相见场面让人大吃一惊，贾蓉先拿尤二姐调侃，贾蓉且嘻嘻的望他二姨娘笑说："二姨娘，你又来了，我们父亲正想你呢。"作为晚辈，竟然敢如此正大光明拿自己的父亲和尤二姐调笑，令人咋舌。

尤二姐便红了脸，骂道："蓉小子，我过两日不骂你几句，你就过不得了。越发连个体统都没了。还亏你是大家公子哥儿，每日念书学礼的，越发连那小家子瓢坎的也跟不上。"说着顺手拿起一个熨斗来，搂头就打，吓的贾蓉抱着头滚到怀里告饶。

若是年幼小孩子滚到姨娘的怀里，是个温馨的场面，而贾蓉却是成年人，这个场面已经不堪。接下来的场景更是不忍卒读：

贾蓉又和二姨抢砂仁吃，尤二姐嚼了一嘴渣子，吐了他一脸。贾蓉用舌头都舔着吃了。

贾蓉在前回里的形象一下子崩塌，那位在凤姐屋里为求玻璃炕屏低声下气装可怜，拿焦大没办法，陪医生为秦可卿看病，陪凤姐宝玉看望秦可卿，为凤姐出马收拾贾瑞，为贾蔷谋事，去苇坑找到被柳湘莲打的薛蟠，清虚观里因去钟楼乘凉被父亲惩罚被小厮往脸上啐口水的年轻人终于展现出其无法无天荒唐无耻的另一面。前回里，贾蓉已经成年娶妻，秦可卿去世后又续弦，长房长孙的地位显赫，出席各种场合，被父亲差使着忙来忙去，也没什么怨言。给人感觉是一个早熟的聪明的秀气的年轻人，他第一次出场是面目清秀，身材夭娇，轻裘宝带，美服华冠。他在父亲的高压下表现有些懦弱，是中规中矩的贵族子弟形象。从这回开始，他的故事他的行径令人大跌眼镜。

砂仁，多年生草本植物，喜生南方林下或山地荫湿之处，密生长披针形的叶片，常年绿意婆娑，叶片揉碎了有浓烈的香味，果实就是著名的砂仁，又名缩砂蜜、缩砂蔤。成熟时候紫红色，市场见到的是褐色的砂仁干，因为广东阳春出产的砂仁是地道药材之一，所以常称为阳春砂或者春砂仁，阳春蟠龙金花坑所产更是品质突出，个大饱满，香味浓郁。《本草纲目》记载砂仁可以和中行气，止痛安胎，治脾胃气结滞不散，补肺醒脾，养胃益肾，理元气，通滞气，散寒饮胀痞，噎膈呕吐。《中华人民共和国药典》记载砂仁化湿开胃，温脾止泻，理气安胎，用于湿浊中阻，脘痞不饥，脾胃虚寒，呕吐泻泄，妊娠恶阻，胎动不安。砂仁具有非常浓郁的姜科的香味，药食同源，也可日常餐桌上食用，用来焖排骨蒸牛肉，可以提味去腥，牛肉和排骨吸收了砂仁的香味，肉质嫩滑，气味芬芳，口感独特。直接嚼食砂仁有类似口香糖的作用，但是具有比较强烈的冲击性，我试了一下，直接咬破一颗砂仁皮后，突然爆发的浓烈味道实在是难以接受。药用除了入药方之外，一般建议胃痛胃不适时候吃两粒。吃法是剥皮嚼食，有缓解胃痛养胃之作用，而尤二姐嚼了一嘴的渣子，应该不止两粒，她是将砂仁当作零食吃了。这个口味不可谓不重。

砂仁果实常见，也常吃到，砂仁的花却很不易看到，我连续几年都没有找到砂仁的花，一直很遗憾，也迟迟不能下笔写砂仁，去年终于在5月砂仁花期时候，在一小块砂仁林里拨开叶片，看到几丛盛开的砂仁花，花藏在密密的砂仁叶下，贴地而生，幽暗的环境下，很容易被忽略掉。真是惊喜万分，不顾林下湿滑，我蹲下来细看，砂仁花真是精美可爱，别具一格，花瓣像个别致的磁白色为主的汤匙，中脉凸起，沿着凸起染了黄色，黄色中间杂两条流畅的紫红色的斑条，花丝花药以及药隔附属体洁白娇嫩，安静卧在花瓣中，像是安放在汤匙上的静物。花清香宜人，也具有砂仁独特的香味。

封建时代，千金小姐的言行举止都有严格的要求，未婚女子岂能有当外姓男子的面大嚼零食的行为，作者这样写，也是突出表现尤二姐举止轻佻性格轻浮的一面。联想到尤二姐和贾琏调情时候，贾琏从她的槟榔荷包里捡出半块尤二姐吃剩下的槟榔撂在口中吃了，这个细节和贾蓉吃她嘴里吐出的砂仁有异曲同工殊途同归之感。美艳绝色的尤二姐，犹如砂仁花，自带芳香，对于男子们具有不可抗拒的魅惑力，连带她吃过的零食都涂上了一层诱惑的魔力。尤二姐的零食突出描写的有砂仁，有槟榔，都是很重口味的食品。

在贾蓉如此死缠烂打的时候，尤二姐尤三姐她们的母亲，尤老娘，是什么表现呢，作者轻飘飘一句"原来尤老安人年高喜睡，常歪着"，故意忽略了她的表现和感受。等她醒来，贾蓉当着她的面油嘴滑舌，和尤二姐挤眼睛，她压根就没干预，无知无觉，是因为习以为常了，不当一回事。当贾蓉说他父亲一直在为二位姨娘找两个又有根基又富贵又年轻又俏皮的两位姨爹，前日路上才相准了一个时，如此明显的假话和油腔滑调，尤老娘只当真话，忙问是谁家的，真是又糊涂又浅薄。贾蓉的话之所以让尤老娘上当，是因为贾蓉的话正中她的软肋，这样的母亲平时给两个女儿灌输的也许就是如贾蓉所说，想方设法嫁给又有根基又富贵又年轻又俏皮的男子。只是，哪里有天上掉馅饼的事情呢，作为出身一般，教养一般，目前家境艰难，靠贾珍帮扶的单亲家庭，在门当户对的世情时代，女孩子们又大门不出二门不迈的，没有自由恋爱的机会和可能，全靠父母之命媒妁之言，嫁入豪门适配适龄郎君哪有那么容易。

书中没有提尤氏姐妹和贾珍贾蓉是什么情况下的开始，不可否认，尤老娘负有极大的责任，不说为虎作伥，也是默许赞同，甚至推波助澜。花容月貌的女子，最大的悲哀是在少不更事的时候得不到父母有效的庇护，且遇到一个老谋深算手段毒辣的渣男，尤二姐不幸被贾珍网罗，而接着遇到的这个家族的贾蓉贾琏们，都是色胆包天，欲令智昏之人，一个个奋不顾身的男子一次次直奔主题的调情，已经让她分不清真情假意，有责任担当还是玩弄占便宜。况且见识到豪门奢靡和安逸，尤二姐哪里还能看得上败落的张华，哪里能忍受过贫寒的生活？

贾珍贾蓉贾琏三人各怀鬼胎各有打算，贾蓉出的馊主意，在宁荣街后二里远近小花枝巷内买定一所房子，一乘素轿，将二姐抬来。贾琏素服坐了小轿而来，拜过天地，焚了纸马。尤二姐做了贾琏的外室。凤姐岂止被完全蒙在鼓里，她在贾蓉贾琏口中，竟然是将死的人了，二人异口同声说她要早死，贾蓉说过个一年半载，等她一死，尤二姐就做正室。贾琏说只等一死，便接尤二姐进去。真是骇人听闻，一个是王熙凤的枕边人，一个是王熙凤曾经的死党，如此作践她，可见王熙凤的境况已经是每况愈下了。而尤二姐竟然也就相信，贾琏不计较她的过往，更让她感到幸运，一心一意地指望贾琏。为踏实进入豪门，为求一个一劳永逸，一个上台面的体统，她自觉地屏蔽同样素服而来的王熙凤的杀气，倾心吐胆，以为以礼相待，凤姐又能拿她怎样，她考虑到很多可能性，却从未想到她即将面临的人情世情压力，是超出她的想象力的。

她遇到的是王熙凤，卧榻之侧岂容他人酣睡的凤姐。她毫无防备地被王熙凤骗入大观园。贾琏贾蓉们一个个奋不顾身，争献殷勤，无须她动脑筋，无须她有过人的手腕，无须她人情练达，在贾蓉们那里她的美是无往不利的。然而，在后宅，在女人们扎堆的深宅大院，她的美毫无用处，她的情商受到严重的挑战，充分见识到世态炎凉，人情冷暖。秋桐对她明里的打压，挑拨离间。凤姐对她暗里的毒手，借刀杀人，挑拨离间。她上不能迎合好长辈，下不能辖制好婢女，导致了贾母对她的厌恶，墙倒众人推，她又没有了相依为命的母亲和手足妹妹。虽然小门小户，她在家里也是母亲的心头肉，妹妹的好伙伴，顺风顺水地成长，花为肠肚雪作肌肤的人，如何经得这般折磨。而她托付终身，打算一辈子生死相依的贾琏喜新厌旧，粗枝大叶，不闻不问。她孤零零地暴露在狂风暴雨中，独自承受四方的打击，不知道如何自处自救，终于失去了胎儿后彻底断绝了希望，吞金而亡。尤二姐的遭遇可以作为一个典型的案例，为贫寒之家没有心机手腕美貌的、梦想以偏门左道进入豪门的女孩子敲一警钟。

蒙回末有个批语："宝玉品高性雅，其终日花围翠绕，用力维持其间，淫荡之至，而能使旁人不觉，彼人不厌。贾蓉不分长幼微贱，纵意驰骋于中，恶习可恨。二人之行景天渊而终邪，其一滥也，所谓五十步之间耳。持家有意于子弟者，揣此而照察之。可也！"将宝玉夜宴和贾蓉调笑尤二姐的行径进行对照，表面看来都是差不多的混迹于女孩子群里。然表现一美一丑，美到极雅致，丑到极猥琐，宝玉是博爱然而尊重女性，是作者所极力表达的美好的男女之情，而贾蓉之行为则是典型的皮肤滥淫。然而谁能细细分辨这中间的区别呢？第五回中，警幻给了很精彩的解释："非也。淫虽一理。意则有别。如世之好淫者，不过悦容貌，喜歌舞，调笑无厌，云雨无时，恨不能尽天下之美女供我片时之趣兴，此皆皮肤淫滥之蠢物耳。如尔则天分中生成一段痴情，吾辈推之为'意淫'。'意淫'二字，惟心会而不可口传，可神通而不可语达。汝今独得此二字，在闺阁中，固可为良友，然于世道中未免迂阔怪诡，百口嘲谤，万目睚眦。"世人谁又能理解作者之苦心呢。

砂仁

黛玉和宝钗
共饮了
合欢花浸的烧酒

陆拾伍

合 欢

  黛玉放下钓竿，走至座间，拿起那乌银梅花自斟壶来，拣了一个小小的海棠冻石蕉叶杯。丫鬟看见，知他要饮酒，忙着走上来斟。黛玉道："你们只管吃去，让我自斟，这才有趣儿。"说着便斟了半盏，看时却是黄酒，因说道："我吃了一点子螃蟹，觉得心口微微的疼，须得热热的喝口烧酒。"宝玉忙道："有烧酒。"便令将那合欢花浸的酒烫一壶来。黛玉也只吃了一口便放下了。宝钗也走过来，另拿了一只杯来，也饮了一口……

——《红楼梦》第三十八回

  合欢，落叶乔木，又名夜合花、楷、合昏、马缨花、绒花、青裳。晋崔豹《古今注》说合欢："树之阶庭，使人不忿，嵇康种之舍前。""欲捐人之忿，则赠以青裳，青裳一名合欢，则忘忿也。"晋嵇康在《养生论》中说："合欢蠲忿，萱草忘忧。"清李渔在《闲情偶寄》中说："凡见此花者，无不解愠成欢，破涕为笑，是萱草可以不树，而合欢则不可不栽。"传统观念上见到此花可以平息怒气，令人高兴。因松尾芭蕉的俳句"象潟绰约姿，雨里合欢花带愁，婀娜似西施"太出名了，在日本文学中，合欢就成了花中西施。《本草纲目》说合欢："安五脏，和心志，令人欢乐无忧。"《广群芳谱》引《女红余志》："杜羔妻赵氏，每端午取夜合花置枕中。羔稍不乐，辄取少许入酒，令婢送酒。便觉欢然。"合欢花有清香，用来浸酒想来味道不错。

浸花的酒大多数是烧酒，花色花香都入酒中，酒色美，酒味醇香独特，更有一定的食疗作用。古人对于以酒浸花的花样非常之丰富：椒柏酒、桃花酒、李花酒、石榴花酒、荷花酒、菊花酒、茉莉花酒、木槿花酒、桂花酒、梅花酒、金银花酒、菖蒲酒、屠苏酒……《芙蓉女儿诔》中有："漉醽醁以浮桂醑耶。"醽醁是美酒的代称，桂醑就是桂花酒。宝钗螃蟹诗中有："酒未涤腥还用菊，性防积冷定须姜。"为了解除螃蟹的腥气，要喝菊花酒，预防食用螃蟹后胃寒腹痛，要多吃生姜。黛玉和宝钗都很懂得食螃蟹的注意事项，螃蟹性寒，多吃会积冷于胃和腹，黛玉体质差，吃了一点子螃蟹，就觉得心口微微的疼，喝合欢花浸的烧酒可以暖胃，消除不适感，宝钗喝酒是为了预防。而且还要喝热热的烫过的酒，酒辛温，有发散风寒的作用，加热后可助发散之力。贾府有用花浸酒的习惯，说不定就是在杂学旁收的宝玉指导下进行的呢。

最浪漫离奇的是警幻仙姑的酒："此酒乃以百花之蕊，万木之汁，加以麟髓之醅，凤乳之麴酿成，因名为'万艳同杯'。"百花之蕊，万木之汁，各种味道加到一起，竟然还是清香甘洌，异乎寻常，仙界的酿酒技术可谓高超。可惜竟然是万艳同悲的含义。

酒名"合欢",而宝钗、黛玉都喝了一口,寓意深刻。合欢树叶是二回羽状复叶,昼开夜合,如夫妻相亲相爱欢好之状,故叫合欢树,第七十六回联句中湘云有"庭烟敛夕椿",烟雾笼罩庭院,傍晚的合欢树叶子已经收敛合拢。夕椿,庭烟,加上动词敛,是一幅动感安宁的黄昏的画。而这个椿字别具特色,人类结婚,是女加昏字,树木同体,则是木加昏字。古典诗文常以合欢表示忠贞不渝的爱情。如杜甫《佳人》:"合欢尚知时,鸳鸯不独宿。"清纳兰性德《夜合花》:"阶前双夜合,枝叶敷花荣。疏密共晴雨,卷舒因晦明。"他有另一首《生查子》"不见合欢花,空倚相思树"是写给亡妻的。

合欢花开时分,树冠如盖,风姿绰约。绿叶中笼罩着点点粉色,远看如弥漫团团绯红的轻雾,细看轻盈如粉扑,一个粉扑却不是一朵花,是几十朵花簇拥在一起形成一个头状花序,花分雌雄,雌花中有一个雌蕊多个雄蕊,雄花则都是雄蕊,雌雄花中半粉红半粉白的细丝是雄蕊的花丝,花丝基部连合,顶端有金色花药。《广群芳谱》描述得很形象:"五月开花,色如醮晕线,下半白,上半肉红,散垂如丝。"脂批有:"伤哉,作者犹记矮凹舫前以合欢花酿酒乎?屈指二十年矣。"看曹寅《晚晴述事有怀芷园》:"节气余萱草,庭柯忆马缨。"可见曹家是种有合欢花的,他还有两首诗提到合欢花,《戏题桃柳村扇》:"鲜红谁画剪春罗,夜合花开贮锦窝。"《栀子》:"晚凉轻剪玉,心拟合欢花。"

宝钗和宝玉有金玉之缘,黛玉和宝玉有木石之缘,都有婚姻之可能。合欢花,预示夫妻和合的花,黛玉喝了,宝钗岂能不喝?当然都要喝这个合欢花之酒。

此外，寿怡红群芳开夜宴上，黛玉抽签得芙蓉花签，题着"风露清愁"四字，那面一句旧诗，道是：莫怨东风当自嗟。注云："自饮一杯，牡丹陪饮一杯。"也是二人同饮酒。

合欢花之酒，黛玉吃了一口就放下了，宝钗呢，另取了一个杯子来喝了一口。这个细节不由得令人联想到第六十二回，大家在红香圃给宝玉等过生日，期间袭人便送了一杯茶给黛玉，正好宝钗也在。

宝钗笑道："我却不渴，只要一口漱一漱就够了。"说着先拿起来喝了一口，剩下半杯递在黛玉手内。袭人笑说："我再倒去。"黛玉笑道："你知道我这病，大夫不许我多吃茶，这半杯尽够了，难为你想的到。"说毕，饮干，将杯放下。

两杯茶，三人喝，宝玉自喝一杯，宝钗顺手将喝剩的茶递在黛玉手里，难以想象，在此之前黛玉能心甘情愿喝宝钗喝剩的茶。平时给人小心眼感觉的黛玉却无所谓喝宝钗喝过的剩茶，是因为她已经认为宝姐姐是真心为她好，关心她的，对这个可亲的大姐姐有了一种依恋之情，如同湘云曾经的感觉一样，黛玉一旦信任宝钗，连宝钗喝剩的茶也毫不犹豫地喝下，在黛玉是对好姐妹的最好表达，可爱的天真的毫无城府心机的林妹妹啊。而平时那么随和的宝钗姐姐却不会去喝黛玉喝过的酒，她是那么自然地将剩下的茶盅递到黛玉手中，宝钗心理上的强势、高人一等的优越感可见一斑，到底是谁是真正的目无下尘、孤高自许，一目了然。

从共用一杯就想到另一个情节：贾母带刘姥姥等一群人至栊翠庵，妙玉亲自捧了一个海棠花式雕漆填金云龙献寿的小茶盘，里面放一个成窑五彩小盖钟给贾母。贾母吃了半盏，笑着递于刘姥姥，说：'你尝尝这个茶。'刘姥姥便一口吃尽。贾母将喝到一半的茶递给刘姥姥喝，表面上是一种亲和的姿态，其实，有一种高高在上的姿态，甚至顺便地，将妙玉一并俯视。茶乃妙玉亲捧来的，茶叶也是精心挑选的，水也是精心选择的，而贾母并不表现得珍惜、领情，随意递给刘姥姥，也许在贾母眼中，妙玉跟刘姥姥没什么分别。后来，妙玉命人将那茶杯搁在外头去，许是妙玉心中是很不忿，感觉很郁闷，却又不能发作，只好消极扔杯。所以妙玉说出讥笑黛玉分辨不出什么水，"隔年蠲的雨水那有这样轻浮，如何吃得。"她可是用这水招待贾母的，以及对宝玉："不是我说狂话，只怕你家里未必找出这么一个俗器来呢。""一杯为品，二杯即是解渴的蠢物，三杯便是饮牛饮骡了"等冷嘲热讽的话语也就不难理解了。

黛玉也曾经在大庭广众之下做了一件很是不妥的事情，在第五十四回里贾母命宝玉道："连你姐姐妹妹一齐斟上，不许乱斟，都要叫他干了。"宝玉听说，答应着，一一按次斟了。至黛玉前，偏他不饮，拿起杯来，放在宝玉唇上边，宝玉一气饮干。黛玉笑说："多谢。"宝玉替他斟上一杯。

眼中心里只有宝哥哥的黛玉情到深处，情不自禁，忘记了这是个公共的场合，两小无忌，递酒到宝玉唇边等动作一切皆做的自然，只是让一干人等看了都别扭，也引出了贾母的一番关于才子佳人的长篇大论。

后 记

朱自清说："我爱热闹，也爱冷静；爱群居，也爱独处。"我深以为然，我喜欢人群中的热闹，谈天说地，指点江山；也爱独处的快乐，比如阅读或者拍摄花草。尤其是偷得浮生少时闲，若能静静地对着一朵花，上看下看左看右看，我能百看不厌，百拍不厌。这个时候，我特别享受一个人独处的快乐，没有人催，没有人意见不同，没有人不耐烦地等。《爱莲说》曰：水陆草木之花，可爱者甚蕃。天然造化的花木，种类丰富，形态多样，是大自然给予人类的厚泽。一花一世界，在我眼中每一朵花都是大自然的杰作，意味深长。

2010年出版的《人间芳菲——〈红楼梦〉中的植物世界》是我拍摄花草的一次总结和展示，分六章：植物与环境，植物与人物，花事纷纭，瓜果缤纷，植物与物品，植物与俗语。限于结构和篇幅，给每一种植物的阐述都不多，意犹未尽，也有很大原因是很多红楼梦里的花木我没有看到、拍到，往往点到为止。随着硬盘里的花木图片逐渐增多，遗憾逐渐增多。2016年好友三生石做微信公众号"红楼梦研究"的编辑，跟我约文，以《红楼梦》里的花木为线索和主题，开个"红楼花木志"系列。话说彼时我正好在一棵高大的海红豆树下徘徊，抬头从细碎的二回羽状复叶间看枝顶嫩黄色的圆锥花序衬托着蓝天，分外好看，地下散落着颗颗艳红的小红豆，从卷曲的豆荚间散落出来，我哼着滴不完相思血泪抛红豆，低头去捡，一会儿竟然也得了一小把红豆。看看凑齐了木本的海红豆和藤本的相思子的花和果实，就发朋友圈炫，有人打趣：红豆就红酒，请君上红楼。两种红豆都有毒，真吃的话，上不成红楼，直入太虚幻境也。所以开篇即是红豆，然后是西番莲，然后是凤仙花，网络上发文比发在纸本上的好处是可以用视频，所以为了表达凤仙花的果实名急性子，拍了一段视频，表达果实碰裂的时刻，直接、直观。然后一篇一篇地写下去，每周一篇，坚持到一年多，乐此不疲。

桃花源是东晋末期陶渊明理想的遁世乐园，土地平旷，屋舍俨然，有良田美池桑竹之属，人们则不知有汉，无论魏晋，彻底断绝桃花源中人与人间其他人群的往来。香格里拉是20世纪30年代英国作家希尔顿理想的遁世乐园，在雪域高原上的一片有天然屏障的独特山谷里，却是舍不得隔绝现实人间，设置有丰富藏书的图书馆、陶器水墨画漆器瓷器等历代高雅珍品、蕴藏金矿甚至还有和外界的购买沟通渠道，谷内人们长寿，时间是恒定的，无需担心岁月和容颜的流失，然一出去就恢复到原始年龄，长寿者很快就死去。大观园是康乾期间曹雪芹笔下年轻人的绝妙乐园，天上人间诸景备，却没有隔绝人间，甚至就是人间的一部分。是贾家的后花园，是贾家元春姑娘的省亲别墅，是这样的花柳繁华地，也是主人公贾宝玉的温柔富贵乡，是一个缤纷精彩的人生舞台，有别致的庭院，借自然之山水、搭配园林的植物，少年公子贾宝玉和一众青春美少女上演着令人羡慕的青春舞台剧，现一曲梦幻悲歌。大观园可以说是曹雪芹创造的文学胜地，寄托了他对理想对青春的憧憬和规划。

大观园不是虚无缥缈的空中楼阁，园中花花草草均是人间所见之草木，超越了地域的物候的限制，融合到大观园中，且设计得非常巧妙而有深意妙趣，寄托了文学意向和情感，是一项系统庞大的文学造园工程。我在这文学的园林中跋涉探花，整理花木的情节和细节，拍摄选择花木图片，惊叹曹公的谋篇布局，寻找花木在红楼梦中幽隐的深意，格物致知，思考阐明。曲径通幽，乐而忘返。

痴迷花痴迷《红楼梦》的日子过得有趣而飞快，跟着季节写当季的花木，秋天里去看芙蓉花，一日看三回，早晨中午晚上，为了看芙蓉花的变色过程。蜡梅是腊月名花，年末最后一期就用了蜡梅，祝读者朋友们于蜡梅馨香中欢度岁末，共迎新春。水仙是春节的清供名花，飘逸芬芳，既妆点气氛，又清雅不俗。作为新年首期文章，祝红友们岁首吉祥，生活芳馨。情人节则采用梅花，因为诗经《摽有梅》中：求我庶士，迨其吉兮。时不我待，愿有情的终成了眷属，相思一夜梅花发，林下归来见美人。菊花对应着重阳，艾草与菖蒲对应着端午。看似漫不经心，实际上排列很有深意。

杏花是广州没有的，多年来一直错过杏花花期，没有机会去北方拍，写李纨的稻香村怎么能少了红杏？写邢岫烟绿叶成阴子满枝怎么能少了杏花或者杏子？写探春的花签湘云的酒令怎么能少了杏花？写柳家的和看门小厮怼怎么能少了杏子？终于在三月的一个周末，一咬牙一跺脚，买了夕发朝至的高铁票去了北京，直奔天坛公园，有几百株杏花正是花期，一次看了个饱，心满意足。当地的好丽友开车带我去郊外，车在山道盘桓良久，去到山谷里的果园，主人是守陵人的后代，在果园一棵盛开的杏树下摆上椅子凳子，拿出茶杯水瓶，品新上市的绿茶，天南地北闲聊，穿过重重复复的杏树枝丫是远方的青黛山峦，山中有前朝前前朝帝王陵墓，一只黄狗拴在旁边，在方圆一米的范围内徒劳地转圈，公白鹅妻妾成群，忙着平息争吵，主人的小平房在漠漠旷野中单薄伫立。远方客人的眼中，果园里的静谧是诗意满满，却也知道果农们日常的清冷，生活的辛劳。夕阳西下，新月皎皎，透过杏花花影看过去，只想到宫斗剧中常见煽情一句：杏花天影里，吹笛到天明。风从浩荡的历史远方吹过来，不禁恍惚这内涵丰富的土地田园曾经发生过怎样的故事生活过怎样的人。这次成本不菲的出行，除了收获了杏花，还拍到了同期盛开的樱桃花，鸳鸯的骨牌有：樱桃九熟。

天可怜见，夏天去南疆的时候，途经新疆克孜勒苏柯尔克孜自治州奥依塔克冰川，看到沿途的红色土山，饱含泥浆的雪山融水汇集成奥依塔克河在红山脚下奔腾着，越近冰川，越冷，到达山脚下起雨了，裹成粽子坐电瓶车再行六千米上到观景台，冰山笼罩在雨雾中时隐时现，寒气袭人。匆匆下山，重新上车，却阳光明媚，经过一个村落，已经是绿意盎然，杨树笔直站成一排排，路边被一树红果果吸引，停车询问，原来是可以出售的杏，主人热情地开了园门，几树杏美艳不可方物，真是意外之喜，忙着赏杏，偶尔摘一颗丢嘴里，新鲜清甜无比，雪山之水灌溉的果然不同，临别女主人又抓了一把杏脯相赠。一年之内凑齐杏花杏子的美图，真是美好的经历。

和花木邂逅的故事说起来真是丰富，一年半后突然就觉得兴尽，虽然还有很多花木排队等待，一直没有再续。于是，在虚杰老师的容忍下，"红楼花木志"也就勉强结集了。感谢文芳老师的细致编辑，感谢影子设计师精心布置图片和文字。《红楼梦》是个宝藏，花木未完，未来将会继续。

蒋春林

二〇二〇年七月八日于华南理工大学

图书在版编目（CIP）数据

红楼花木志 / 蒋春林著. -- 北京：中国科学技术出版社，2020.9
ISBN 978-7-5046-8687-9

Ⅰ.①红… Ⅱ.①蒋… Ⅲ.①《红楼梦》研究②植物 - 介绍 - 中国　Ⅳ.① I207.411②Q94

中国版本图书馆 CIP 数据核字（2020）第 102285 号

策划编辑	田文芳　　杨虚杰
责任编辑	田文芳
书籍设计	刘影子
责任校对	张晓莉
责任印制	马宇晨

出　　版	中国科学技术出版社
发　　行	中国科学技术出版社有限公司发行部
地　　址	北京市海淀区中关村南大街 16 号
邮　　编	100081
发行电话	010-62173865
传　　真	010-62173081
网　　址	http://www.cspbooks.com.cn

开　　本	710mm×1000mm　1/16
字　　数	305 千字
印　　张	28
版　　次	2020 年 9 月第 1 版
印　　次	2020 年 10 月第 1 次印刷
印　　刷	北京博海升彩色印刷有限公司
书　　号	ISBN 978-7-5046-8687-9/I·51
定　　价	78.00 元

（凡购买本社图书，如有缺页、倒页、脱页者，本社发行部负责调换）